Jo Schneider

DIE LETZTEN ZEILEN DER NACHT

Copyright © 2018 by

Drachenmond Verlag GmbH
Auf der Weide 6
50354 Hürth
http: www.drachenmond.de
E-Mail: info@drachenmond.de

Lektorat: Lillith Korn
Korrektorat: Michaela Retetzki
Satz: Marlena Anders
Layout: Astrid Behrendt
Umschlagdesign: Alexander Kopainski
Bildmaterial: Shutterstock

Druck: Booksfactory

ISBN 978-3-95991-429-1
Alle Rechte vorbehalten

Für alle Träumer,
die die Worte dieser Welt im Herzen tragen.

Wie soll sie sein?
Jung und schön. Lieblich und grazil.
Und ganz allein.
So wie sie aus dem Neste fiel.

Komm, sagt er zu ihr, nimmt sie bei der Hand.
Komm ins Reich der Nacht.
Reich sie mir als gold'nes Pfand.
Gib mir deiner Seele Macht.

KAPITEL 1

»Vater«, begann ich, »ich fürchte um mein Wohl, wenn ich den Kopf in den Nacken lege.«

»Manche Dinge sollten nicht höher gebaut werden, als man die Hände strecken kann«, pflichtete meine Mutter mir bei.

Das Haus mutete an wie ein windschiefer Klotz, der zu einem Palast hätte geboren werden wollen, auf halber Strecke jedoch der harten Realität jener Zeiten entgegensehen musste, die mittlerweile herrschten. Verwittertes Holz zwischen abgetragenem Stein, dazwischen quadratische Löcher, denen das Wort »Fenster« nicht gerecht wurde. Das Dach eingedrückt vom alten Toben des Windes, ein Intermezzo aus Moos und Nistdreck durchbrach das verblasste Braun der Schindeln.

Mein Vater seufzte. »Könnte ich es, würde ich euch ein Schloss mit den bloßen Händen bauen. Aber womöglich würde es eines Tages ebenso über euch zusammenstürzen.«

Meine Mutter und ich schenkten ihm starre Blicke. Er stöhnte erschlagen, griff nach den vielen Säcken, die er für einen Moment auf den Boden gelegt hatte, um sich über die Stirn zu wischen. Zwar war es noch kühler Frühling, aber die Anstrengung hatte uns allen den Schweiß aus den Poren getrieben. Der Umzug hatte uns einiges abverlangt; drei Kutschen hatte es gebraucht, um uns hierherzubringen.

Nach Velkhain.

Ich hatte es zunächst bedauert. Ich hatte unsere kleine Hütte inmitten unseres alten Dorfes geliebt. Nichts war uns entgangen, keine

Menschenseele war uns unbekannt gewesen. Schon dort war mein Vater unter dem Namen *verrückter Kauz* bekannt gewesen; ein kreativer Kopf, der doch zu oft die Realität aus den Augen verlor. Trotzdem liebten sie ihn. Man nannte ihn einen gütigen, sich kümmernden Mann, der keinem eine Bitte ausschlug. Er half, wo er nur konnte.

Doch irgendwann kam der Tag, an dem sich alles änderte. Ein reicher Fürst zog mit seinem Gefolge durch unsere Heimat. Alle mussten für einen Tag haltmachen, da die Achse einer jener schweren Kutschen sich verkantete, die ihn begleiteten. Ein wunderschönes Ding, wie mein Vater sagte.

Er reparierte es binnen einer einzigen Stunde.

Dabei blieb es nicht. Der Fürst folgte meinem Vater in unseren Schuppen, ließ sich erst von ihm alle Werkzeuge zeigen, die er gedachte, an diesem einzigartigen Meisterwerk zu benutzen, wie der edle Mann das Gefährt selbst nannte. Fast zwanzigtausend Darzen habe es gekostet. Eine Sonderanfertigung seines Meisterkonstrukteurs. Unerreicht. Sagenhaft. Pompös.

Während des aufgeblasenen Geschwafels, dem ich zu jenem Zeitpunkt unauffällig beigewohnt hatte, fiel dem Fürsten eine sonderbare Maschine zwischen all dem Gerümpel auf, das mein Vater hortete. Was es sei, fragte er.

Eine Buchdruckmaschine, so mein Vater.

Funktioniere sie?, wollte der Fürst wissen.

Wie ein Mühlrad, sagte Vater, schnell und unermüdlich.

Der Fürst ließ sie sich zeigen, frohlockte wie ein kleines Kind, als er seinen Namen auf dem Papier verewigt sah. In der Tat, meinte er, wahrlich flink.

Mein Vater erhielt ein Angebot, seine Maschine dem Fürstentum zu überlassen. Gegen eine großzügige Summe natürlich. Gleichzeitig wäre großes Interesse an seiner Person vorhanden, denn wer eine solche Wundermaschine erschaffen hatte, der konnte gewiss auch noch zwei weitere bauen. Oder zehn.

Meinem Vater stockte der Atem, steif schüttelte er die Hand des Fürsten. Währenddessen bekam meine ebenfalls anwesende Mutter große Augen.

Damit es war besiegelt. Der Fürst nahm die Maschine noch am selben Tag mit, entlohnte meinen Vater bis auf die letzte Darze. In zwei Wochen wolle man ihn auf dem Fürstenhof sehen. Dann könne man alles Weitere besprechen.

Und da waren wir nun. Eine halbe Wegstunde von Alvara entfernt, der großen Hauptstadt des Fürstentums, die Vaters Maschine jetzt ein neues Zuhause sein durfte. Ein Haus dort hatten wir uns nicht leisten können, nicht einmal mit dem Geld des Fürsten. Alvara schien ein ausgesprochener Hort des Adels zu sein, nur wenig ärmliche Bürger lebten dort. Dafür gab es viele Dörfer in jedweder Himmelsrichtung um die am Fuße eines Berges gelegene Stadt verteilt. So auch Velkhain, jene Siedlung, die nahe dem schimmernden Dunkelwald lag, des größten Waldes aller nördlichen Lande.

Nun stand ich vor ihm, betrachtete die Bäume mit den schwarzen Baumkronen, die wie finstere Soldaten in einer Reihe standen. Silbergraue Rinde umgab ihre geraden, hochgewachsenen Stämme. Feine Blumen in hellem, fast durchscheinendem Blau drängten sich in zarter Gemeinschaft an ihre Wurzeln, die gewunden schienen wie frisch geschmiedetes Eisen. Der Wind murmelte leise Geheimnisse in die dunklen Blätter, ließ sie wogen und tanzen, eines mit dem anderen.

»Saiza, träume nicht bei Tag, sonst sind deine Gedanken vollkommen still in der Nacht und du wirst vom kopflosen Reiter fortgeholt, wenn er es merkt!«

Ich zuckte zusammen und setzte eine entschuldigende Miene auf. Hastig begann ich ihr zu folgen. Ein kalter Schauer überkam mich, während ich hinter ihr durch den krummen Türbogen trat und mich in einer dunklen Stube wiederfand, die schwere Gerüche von Staub und Mäusedreck in sich gefangen hielt.

Mein Vater öffnete den Fensterladen, ließ frische Luft hineinströmen, welche all den matten Schmutz in die Luft wirbelte, der in diesem Gemäuer lag. Mutter seufzte. Das würde viel Arbeit werden.

»Verletze dich nicht, du Narr«, murrte meine Mutter, als mein Vater sich an die knarzende Treppe wagte, die in das nächste Stockwerk führte. Ich saß neben ihr, löffelte meine Suppe und beobachtete, wie er einen Fuß nach dem anderen auf das alte Holz setzte, lief, als würde er einen gefrorenen Bach überqueren wollen.

»Saiza!«, rief er oben angekommen. »Das musst du dir ansehen.«

Ich stellte meine Suppe auf den wackelnden Tisch, sprang auf und erklomm die steile Stiege. Mein Vater packte mich bei der Hand, zog mich zu sich, deutete in die entgegengesetzte Richtung. Wieder entdeckte ich ein geöffnetes Fenster, doch dieses Mal wand sich ein großer Ast daran vorbei – und auf ihm saß ein kleiner Vogel. Ein stolzes Rotkehlchen mit gerecktem Bäuchlein zwitscherte die schönste Arie in unsere Hütte, als wollte es uns in unserem neuen Heim begrüßen.

»Das, meine Liebe«, murmelte mein Vater leise, während ich vor Staunen nur noch lächeln konnte, »ist dein Zimmer.«

KAPITEL 2

Ich war gerade dabei, einen Strauß duftenden Winterlavendels zu pflücken, der neben dem Küchenfenster wuchs, als eine Gruppe Fremder unvermittelt den dünnen Pfad entlanggetrottet kam, der von der ein Stück entfernt liegenden Handelsstraße zu unserem Haus führte. Ich hielt inne, schaute auf.

Es handelte sich um zwei Frauen und einen Mann. Vielleicht ein Paar und ihre Tochter? Der jüngeren Frau, die anscheinend demütig hinter den zweien herlief, lag ein schwaches Lächeln auf den Lippen.

»Ehrenwerte *Iophissia*«, begrüßte mich der Mann mit einem freundlichen Nicken.

Iophissia. Die hier wohl gegenwärtige Bezeichnung für junge, unverheiratete Frauen. Lange nicht mehr hatte ich dieses Wort gehört, nannte man Mädchen wie mich in meiner alten Heimat lediglich »Fräulein«.

Ich erwiderte den Gruß. »Was führt Euch an diesen Ort, mein Herr?«, fragte ich höflich.

Der Mann sah an mir vorbei. Seine Blicke wanderten unser marodes, windschiefes Haus entlang. »Nun, ist das nicht offensichtlich?«

Die ältere Frau machte einen Schritt zur Seite, sodass die jüngere vortreten konnte. Im Arm hielt sie einen Korb mit eingeschlagenem Brot, einem Strauß herrlich gelber Blumen und einer unsanft geformten Weinflasche.

»Mein Name ist Lored Egne. Ich wohne mit meiner Familie inmitten unserer blühenden Gemeinschaft in Velkhain«, stellte sich mir der Mann vor. Er deutete eine Verbeugung an, lichtete seinen Umhang und entblößte einen gewölbten Bauch.

»Dies ist meine Frau, Miralissia, und das dort meine Tochter, Eidala.«

Ich sank kurz herab und nickte ihnen zu. »Sehr erfreut, Herr Egne.« Das Kinn hebend, schaute ich ihm in die braunen Augen. »Lasst mich Euch meinen Vater vorstellen.«

Ich ging voraus, öffnete die Tür und rief nach ihm. Mir selbst war es nicht erlaubt, mich allein vorzustellen, sofern er sich in der Nähe befand.

Meine Mutter, die gerade in der Küche einen Teigfladen mit ihrer Hand bearbeitete, schien äußerst überrascht, musterte die Fremden von Kopf bis Fuß. Während Vater die Treppe hinunterkam, wischte sie sich die mehligen Hände unauffällig an ihrer Schürze ab.

»Brista Manot«, stellte er sich vor. »Willkommen in unserem bescheidenen Heim.«

Die junge Frau, Eidala, schnaubte, es klang amüsiert. Sofort handelte sie sich von ihrer Mutter ein tadelndes Starren ein.

Vater nannte unsere Namen und schüttelte dem Mann die Hand, erst danach durfte ich den Geschenkkorb entgegennehmen. Meine Mutter sah mir akribisch genau zu, wie ich ihn auf den maroden Tisch hieve, von dem ich betete, er möge nicht in dieser Sekunde in alle Einzelteile zerfallen.

»Woher stammt Eure Familie, wenn ich das fragen darf, Kurd Manot?«, richtete sich Herr Egne an meinen Vater.

Kurd. Herr.

»Die *blaue Heide* ist unsere Heimat«, antwortete er. »Ein gutes Stück gen Süden.«

»Ah.« Herr Egne nickte. »Dort, wo der viele Wein an den Hängen wächst, nicht wahr?«

»Ganz recht.«

»Wir hörten, Ihr habt eine Maschine erfunden, die Bücher macht«, erhob Eidala plötzlich die Stimme. Sie klang weich und dennoch wohnte ihr eine herausfordernde Schärfe inne. Ihre Mutter verzog abermals missbilligend das Gesicht.

»So ist es. Aber sie macht sie nicht, Fräulein. Sie druckt sie nur«, korrigierte Vater sie mit einem milden Schmunzeln.

Eidalas Gesicht leuchtete auf. »Kann man sie sehen?«

»Ich bedaure. Sie steht nun in Alvara.«

»Ein Gram. Hier auf dem Land fehlt uns der Geist für kluge Technik.« Eidala schmunzelte vielsagend. Es irritierte mich, wurde ich doch nicht schlau aus ihr.

»Was meine Tochter sagen will«, fing Herr Egne mit warnendem Blick an, der Eidala jedoch nicht im Geringsten interessierte, »ist Folgendes: Wir können kaum glauben, einen Erfinder in unserer Mitte begrüßen zu dürfen. Es ist eine große Ehre, noch dazu sagt man, Ihr hättet bereits die Gunst des Fürsten errungen. In der Tat beeindruckend.«

Mein Vater lächelte unbeholfen. Mit Lob und Komplimenten hatte er noch nie gut umgehen können.

»Wir würden Euch gerne auf das große Götterfeuerfest einladen«, sprach Herr Egne weiter. »Es wäre uns eine große Freude, würdet Ihr uns dort mitsamt Eurer Familie beehren.«

Eidalas Augen waren wieder schmal geworden, was den überlegenen Zug um ihre Lippen jedoch keineswegs schmälerte. Sie besah erst meine Mutter, dann mich. Auf einmal grinste sie.

»Gern, werter Herr. Diese Einladung nehmen wir dankend an«, meinte mein Vater.

Herr Egne drehte sich schwungvoll zu seiner Familie um, wollte sehen, ob die seine überschwängliche Euphorie denn teilten. Sie taten es erst in jenem Moment, in dem er sich ihnen zuwandte. Ein Lächeln, schöner gefälscht als das andere.

»Bis dahin beehrt uns doch in unserem kleinen Dörfchen und seht Euch um. Wir werden Euch mit offenen Armen empfangen.« Das war an uns alle gerichtet.

Wir nickten höflich.

Auf dem Weg zum Markt lief ich an der Seite meiner Mutter durch die platt getretenen Pfade, die man innerhalb Velkhains als »Straße«

bezeichnete. Mein Saum stand bereits vor Schmutz. Sehr zum Missfallen meiner Mutter, die mir beinahe jede Minute nahelegte, mich aufrecht zu halten, das Kinn zu heben und nicht dreinzublicken, als wäre mir ein Regenschauer in die Stiefel gejagt.

Wenn ich wenigstens welche besessen hätte, um diesen Morast zu bezwingen.

Wir kamen an einem Gemüsestand vorbei. Der Handel hier schien bereits im vollen Gange, dabei war es erst frühmorgens. Noch schillerte der Tau auf den Blättern. Feine Nebelschwaden waberten über die Erde.

»Guten Tag, werte Lina, werte Iophissia«, sprach der Gemüsehändler, ein älterer Mann, uns an.

Lina – die Dame.

Meine Mutter blieb stehen und so tat ich dasselbe. Wir schauten hinab auf die glänzenden Karotten, die saftigen Salatköpfe und den hellen Spargel – allein der Anblick ließ meinen Magen krampfen. Ich hatte kaum eine Scheibe Brot gegessen, da hatte meine Mutter mich gedrängt, sie hierher zu begleiten. Ich fühlte mich müde, aber der bunte Trubel auf diesem weiten Platz inmitten des Dorfes erweckte neues Leben in mir.

»Woran seid Ihr interessiert, werte Lina?«, hakte der Händler nach, während Mutter sich anschickte, nach den Karotten zu greifen.

Während sie um das Gemüse zu feilschen begann, zwang ich mich dazu, wegzuschauen, um nicht vollends vor Hunger zu vergehen. In jenem Moment entdeckte ich dafür Eidala vor einem Stand, hinter dem ein junger Mann mit verschränkten Armen lehnte. Seine Miene wirkte erheitert, während sie irgendetwas zu erzählen schien.

Urplötzlich schoss sein Blick jedoch in meine Richtung. Ich erstarrte.

Eidala drehte sich um, eine Braue nach oben gezogen. Nachdem sie mich entdeckt hatte, grinste sie und kam auf mich zu.

»Seid gegrüßt, Iophissia Manot«, war das Erste, was ich aus ihrem Mund zu hören bekam. Leise nur. Dabei tönte in jedem Laut eine gewisse Verachtung, sogar Rebellion. Als wäre ihr diese steife Höflichkeit zuwider.

»Iophissia Egne«, erwiderte ich in den Worten des Landes. Ich merkte erst jetzt, dass ich mich ein Stück von meiner Mutter entfernt hatte, die nun gerade einen Salatkopf aus den Händen des Händlers pflückte, die Stirn runzelte und seinem Gerede nur ein halbes Ohr schenkte, wie sie es gern bei meinem Vater tat, uferte er wieder einmal bei seinen neuen Ideen für eine Maschine aus.

»Wie gefällt es dir in Velkhain?«, fragte Eidala.

»Gut«, entgegnete ich.

Eidala schnaubte amüsiert. »Mehr hast du nicht zu sagen?«

»Mehr habe ich noch nicht gesehen.«

Sie stemmte die Hand in die Hüfte, betrachtete mich eingehend. »Vielleicht kann ich dich ein wenig herumführen, was meinst du?«

Ich schaute über meine Schulter. »Ich kann nicht.«

Eidala sah an mir vorbei. »Ach so, du hängst ja noch am Rockzipfel.«

Für einen kurzen Moment flammte Wut in mir auf. Ein wunder Punkt in meinem Inneren begann zu brennen. »Ich bin eine gute Tochter«, sagte ich bloß.

»Sind wir das nicht alle?« Eidala schritt rückwärts, zeigte mir ein Lächeln, das voll von Verheißung und Unheil war. Ich kannte solche Menschen. Sie brachten nichts als Ärger.

»Wenn du es dir anders überlegst – ich wohne im roten Haus am Brunnen.«

Wenn, dachte ich.

Wenn. Wenn. Wenn.

Wenn es nur anders wäre.

»Herrje, Saiza, willst du uns verhungern lassen?«

Ich sah das verärgerte Gesicht meiner Mutter, bemerkte den Blick, der auf die vielen Kartoffelschalen fiel, die vor mir lagen.

»Schneide sie dünner! Oder glaubst du, wir hätten etwas anderes an die Erde zu verschenken als unsere Demut und unseren Fleiß?«

Den Kopf schüttelnd bemühte ich mich, dünner zu schneiden.
»Gewiss nicht, Mutter.«
Es dauerte lang, bis wir das Essen auf den Tisch gebracht hatten. Doch bei Weitem länger dauerte das Mahl selbst. Ich kämpfte darum, aufrecht zu sitzen und sorgsam die Hände zu falten, um meiner Mutter und ihrem Gebet den nötigen Respekt entgegenzubringen. Mit aller Macht versuchte ich, nicht darauf zu achten, wie mein Vater eine alberne Grimasse zog, während meine Mutter ihre schwer schwingenden Worte sprach.

Ein ersticktes Kichern drang aus meiner Kehle.

Meine Mutter schlug mit der flachen Hand auf den Tisch. Sämtliche Teller schepperten, ein Porzellangewitter riss mich in die Höhe.

»Saiza Evanoliné Manot!«, zischte sie. »Willst du die Götter verärgern?«

»Nein, Mutter.«

»Lobst du ihre Güte, ihre Weisheit und ihre Allmächtigkeit?«

»Ja, Mutter.«

»Dann tue Buße außerhalb dieser Räume. Denn die Götter ertragen keinen Schalk in den Gaben, die wir ihnen tagtäglich zu geben haben!«, fauchte sie, während ich auf meine Hände starrte, die wie weiße Fremdkörper auf dem aschfarbenen Tisch anmuteten.

Ich bog den Nacken. »Verzeih mir, Mutter.« Ohne ein weiteres Wort erhob ich mich, trat nach draußen in die milde Mittagswärme und schloss die Tür hinter mir.

Es geschah nicht zum ersten Mal, dass sie mich nichts essen ließ, wenn ich mich ihrer Meinung nach wie eine *blasphemische Närrin* aufgeführt hatte. Nichts hasste sie mehr an mir als die mangelnde Frömmigkeit, die sie mir so häufig unterstellte. Wehren tat ich mich dagegen nicht. Ich huldigte den Göttern auf meine Weise, allerdings widmete ich ihnen nicht alles, was ich tat. Denn wo bliebe dann das, was nur uns galt? Das, was wir nur für uns selbst taten?

Innerhalb unseres egoistischen, gierigen Geistes, hatte meine Mutter geantwortet, nachdem ich ihr diese Frage einmal gestellt hatte. Danach war mein Kopf zur Seite geflogen und ich hatte für den Rest des Tages geschwiegen.

Nachdenklich zupfte ich eine weitere Lavendelblüte vom Strauch, steckte sie mir ins Haar und lief einige Schritte, betrachtete die großen blauen Gipfel in der Ferne. Dort, wo ich herkam, gab es nur sanfte Hügel und Blumenmeere. Hier dagegen war alles schroff und uneben, die Wälder dicht und dunkel. Die Winde kühler. Nie wieder würde meine Haut so braun werden wie in meiner alten Heimat. Nein, hier würde ich blass und farblos bleiben.

Ich wanderte ein gutes Stück, erreichte irgendwann einen großen Baum, der einsam und dennoch stark am Fuße eines Hanges stand. Ich sank neben ihm auf die Erde, lauschte zunächst dem Rauschen des Windes, der durch seine Krone tanzte. Dann fischte ich aus meiner Rocktasche ein gefaltetes Blatt Papier und einen verkümmerten, mit Holz ummantelten Kohlestift. Zu lange schon hatte ich ihn nicht mehr gespitzt und so kratzte er nun träge über das Papier, ließ meine Worte breiter und breiter werden.

»He! Iophissia!«

Ich schaute auf. Meine eben gewonnene Ruhe und Friedlichkeit schien einfach hinfortgewischt. Eidala stand mitsamt einem Mann auf der gepflasterten Straße, die sowohl nach Velkhain als auch nach Alvara führte.

Eidala raffte ihren frühlingsgrünen Rock und eilte auf mich zu. Sie lachte, als sie über einen großen Stein hinwegsprang, der Mann folgte ihr weitaus gemächlicher. Ich kannte ihn, es handelte sich um den jungen Händler, mit dem sie am Vortag auf dem Markt geredet hatte.

»Was machst du denn hier?«, fragte mich Eidala und kam mit einem letzten Sprung vor mir zum Stehen, stemmte die Hände in die Hüften. Sie wirkte so stolz und stark.

»Ich genieße diesen Moment«, antwortete ich. *Zumindest habe ich das, bis du kamst.*

»Das klingt sehr nachdenklich«, meinte Eidala unbeschwert. Dann guckte sie auf meinen Schoß. »Ach so. Du schreibst Gedichte. Nein, wie romantisch.«

Der Mann tauchte neben ihr auf. Sein tiefbraunes Haar fiel ihm in die Stirn, die grünen Augen darunter wirkten wachsam und neugierig. »Eine Poetin?«

»Nein, ich ...«

Weiter kam ich nicht, da schnellte Eidala vor, bückte sich und riss mir das Papier aus der Hand. Ihr Blick flog über die paar Zeilen hinweg, die ich bis jetzt verfasst hatte. Sie fing an zu grinsen. »Du meine Güte, ein Erfinder und eine Poetin. In Velkhain scheint sich eine Legende zutragen zu wollen, so viele Berühmtheiten unter uns.«

Der Mann linste Eidala über die Schulter. Auch sein Mund verzog sich zu einem amüsierten Lächeln.

»So griff er nach ihr, begehrte sie aufzuhalten, aber da war nichts als Schmerz in ihren Augen, als sie sich ihm zuwandte, die Lippen öffnete, um ein Wort zu sprechen, das ihr in der Seele brannte«, las Eidala laut vor. Sie seufzte theatralisch. »Eine Geschichte über die Liebe? Die Leidenschaft?«

Züngelndes Feuer suchte mein Gesicht heim. »Nein«, brachte ich schwach hervor. »Nur die Liebe.«

Eidala schaute mich wieder an. »Kennst du dich damit aus?«

Ich wagte es nicht, den Kopf zu schütteln. Noch nie hatte ich wirklich tiefgehende Liebe für jemand anderen als meinen Vater verspürt. Noch nie auf eine andere Weise geliebt als auf die, mit welcher man seine Familie liebte. Hin und wieder hatte ich träumerische Gedanken gehegt und mit meinen Blicken viel zu lang auf schönen Gesichtern verharrt, die mir im Laufe des Lebens untergekommen waren, aber wahrlich geliebt?

»Offenbar nicht«, las der Mann jedoch die Antwort in meinem Gesicht.

»Das ist übrigens Noah!«, stellte Eidala ihn mir vor. »Vielleicht kann er dir ja ein paar Dinge zeigen, die mit der Liebe zu tun haben.«

Noah schnaubte belustigt. Vielleicht auch abschätzig?

Ich stand auf, griff nach dem Blatt. Zu meiner Überraschung gab Eidala es sofort frei. Fast schon schützend presste ich es an meine Brust, entlockte der jungen Frau ein weiteres Grinsen damit.

Sie begann um mich herumzuschreiten, fast wie eine Wölfin, die ihre Beute einzukreisen versuchte. »Du bist tatsächlich ein verschüchtertes Entlein, nicht wahr? Es ist nicht nur deine Familie, die dich wie eine Schnecke kriechen lässt?«

Verunsichert biss ich die Zähne zusammen. »Ich liebe meine Familie.«

»Sie ist wirklich gut erzogen«, stellte Noahl fest.

»Stört es dich auch?«, wandte sich Eidala an ihn, als wäre ich nicht da.

Er verschränkte die Arme, überlegte. »Ich fühle mich richtig unwohl, wenn ich sie ansehe und ihr zuhören muss.«

»Es ist ja auch alles falsch an ihr«, zischte eine Stimme plötzlich nahe meinem Ohr. Japsend zuckte ich zusammen, sprang erschrocken zur Seite und sah, wie Eidala lachte.

»Komm schon, kleine Poetin. Lass dich gehen.« Sie breitete die Arme aus. »Was denkst du, was wir hier tun? Denkst du nicht, uns sind die vier Wände, in denen wir leben, und jene Gebote zuwider, die in ihnen gelten?«

»Ich weiß nicht, was ihr von mir wollt«, entgegnete ich mit einem tiefen Stirnrunzeln. In meinem Kopf wirbelten Worte herum, die Eidalas Anblick zu beschreiben versuchten. Sätze bildeten sich aus einem Silbenhaufen heraus. Eine Geschichte erblickte das Licht der Welt.

Aufmerksam sah ich mich um, während ich Eidala und Noahl auf einem lichten Waldpfad folgte.

»Wir gehen zum einem kleinen See. Kannst du schwimmen, kleine Poetin?«, fragte Eidala mit verwegener Miene.

Ich nickte. »Ja. Kann ich.«

»Sag, hast du deine Stimme nur, um Antworten zu geben? Oder sprichst du auch von allein?«, wandte sich Noahl an mich.

Zaghaft schaute ich in das Gesicht des jungen Mannes, das durchaus schön genannt werden konnte, obgleich es harte Züge aufwies.

»Das kommt darauf an, ob ich glaube, dass meine Worte aufgehoben oder verschwendet sind.«

Er zeigte die Zähne. »Und was sagst du bisher? Verschwendest du sie bei uns?«

»Wer weiß. Bisher bringen sie mir nicht viel mehr außer Spott«, gab ich zurück.

»Nicht doch.« Eidalas Stimme glich dem Schnurren einer Katze. »Wir schätzen deine anregende Gesellschaft. Du musst wissen, in Velkhain gehen wenig Leute ein, dafür umso mehr aus.«

Mein ganzer Körper versteifte sich, während Eidala neben mir herschlenderte und meinen Körper inspizierte wie ein Kleidungsstück, das sie im Begriff war zu kaufen. »Wie kommt das?«

»Kennst du die Sagen der Götter?«

Wieder nickte ich. Jeder von ihnen besaß seine eigene Geschichte. Eine ruhmvoller als die andere.

»Dann weißt du gewiss, was man sich über den Spinnengott erzählt«, kam es von Noahl.

»Spinnengott?« Ich durchforstete meine Erinnerungen. Von dem hatte ich noch nie etwas gehört.

»Oder auch Spinnenfürst. Er ist eine mystische Kreatur, die im Dunkelwald haust«, murmelte Eidala mit geheimnisvoller und zugleich lockender Stimme. »Er stiehlt die Seelen schöner Jungfrauen.«

Mein Mund öffnete sich vor Entsetzen. Ein Gott sollte sich Seelen erschleichen?

Eidala schmunzelte triumphierend, als sie meinen Gesichtsausdruck bemerkte. »Nachts, wenn alles schläft, schickt er seine kleinen Helfer aus, lässt sie Haus und Hof erobern, um nach einem Opfer zu suchen, das seinen Gelüsten gerecht wird. Und hat er eines gefunden, spinnt er sein Netz darum.«

Kälte kroch meine Arme entlang. Ich konnte diese absurde Geschichte nicht glauben. Götter waren ehrenvolle, gute Wesen. Keine arglistigen Räuber.

»Du siehst zweifelnd aus, Poetin.« Wieder hatte mich Noahl gut beobachtet.

»Die, die wir in meiner Heimat verehrten, sind anmutig und genießen unsere Hochachtung. Sie tun derartige Dinge nicht«, sprach ich meine Gedanken laut aus.

Eidalas Brauen zuckten. »Ah. Du stammst aus einem der Landstriche, in denen sie den Göttern huldigen und vor ihnen kriechen.«

Meine Mutter hätte vor Empörung laut aufgeschrien. Wie konnte sie so etwas nur sagen?

»Hier stellen wir uns ihnen entgegen. Wir halten gemeinsam gegen ihre Missetaten an. Wir wenden unsere Gesichter dem schützenden Feuer zu und nicht ihren lechzenden Fratzen«, stimmte Noahl mit ein.

Gotteslästerer. Verleumder. Ungläubige. Die Stimme meiner Mutter dröhnte in meinem Kopf. Ein giftiger Chor schwoll in mir an.

»Was ist los, kleine Poetin?«

Ich sah auf. Hinter Eidala und Noahl schimmerte ein kleiner See unter dem strahlenden Sonnenlicht. Wie ein Meer aus glitzernder Seide lag er dort inmitten des Waldes. Unberührt und voll einzigartiger Schönheit.

»Verurteilst du uns gerade?«

Ich schaute hinüber zu Eidala. Sie guckte mich abwartend an, ihr Lächeln war verschwunden. Übrig blieb nur eine junge Frau mit großen Augen und wallendem schwarzen Haar.

»Nein«, sagte ich.

Ein seltsamer Funke erhellte mein Inneres. Hoffnung. Viel zu absurd, um ihr Gehör zu schenken. Und dennoch …

Ich bekam meine Gedanken nicht zu fassen, meine Gefühle nicht geordnet. Denn auf einmal jagte Noahl los, sprang über einen umgestürzten Baumstamm und riss die Arme nach oben, ehe er im schillernden Teich verschwand. Funkelnde Perlen spritzten durch die Luft, wirbelnder Frühlingswind riss sie hinfort.

Und meine Furcht gleich mit.

Denn die wurde nun zu einer langsam lodernden Neugierde.

KAPITEL 3

»Verrate mir, was würdest du über uns schreiben, kleine Poetin?«, fragte Eidala mit einem ungewöhnlich sanften Schmunzeln auf den Lippen, während sie Noahl, dessen Kopf in ihrem Schoß lag, wieder und wieder durchs nasse Haar fuhr.
»Zwei Liebende an einem See. Geheim und so vertraut. Liebe so stark, sie schmilzt den Schnee«, kamen mir jene Worte über die Lippen, die in meinem Kopf schon seit einigen Momenten ihr Unwesen trieben.
Eidala lachte. »Liebende? Sind wir das, mein geschätzter Noahl?« Nachdem Noahl jedoch lediglich brummte, als Eidalas schlanke Finger aufgehört hatten, sein Haar zu zerzausen, richtete sie sich wieder an mich.
»Wir sind Geliebte, kleine Poetin. Nicht mehr und nicht weniger.«
Ich blinzelte. »Ich habe den Unterschied zwischen Liebenden und Geliebten nie verstanden«, gab ich unvermittelt zu.
Da schlug Noahl die Lider auf, er und seine *Geliebte* Eidala sahen sich an. Fingen gleichsam an zu strahlen. »Nun«, begann Eidala, »wie soll ich es dir erklären?«
Ich fühlte, wie Röte über meine Wangen schlich, dachte an den Text in meiner Rocktasche. War er nichts als eine Farce? Wie konnte eine Unwissende schon von Liebe schreiben. Von Feuer, das sie selbst nie gekannt hat. Machte es mich zur Heuchlerin?
»Was ist die schönste Erinnerung in deinem Leben?«, fragte Eidala plötzlich.

Darüber musste ich nicht lange nachdenken. »Es ist der Tag, an dem mein Vater mir die Feder einer Mond-Elster schenkte und mit mir zusammen anfing zu schreiben. Die ganze Nacht. Den gesamten folgenden Morgen. So lange, bis wir einfach eingeschlafen sind.«

Eidala hörte mir aufmerksam zu. »Würdest du sagen, dass das deine Leidenschaft ist? Schreiben, Tag und Nacht?«

Ich nickte, ohne zu zögern. »Ich liebe es.«

Eidalas Lächeln wandelte sich zu einem Grinsen. »Du tust es heimlich, nicht wahr?«

»Meine Mutter sagt, es wäre ein sinnloses Hirngespinst. Eine Träumerei, fernab der Welt, die die Götter für uns geschaffen hätten«, erklärte ich ein wenig leiser.

Eidala nickte beinahe mitfühlend. Dann strich sie Noahl ein letztes Mal über den Kopf. »Das ist es, was Geliebte und Liebende unterscheidet – Liebende haben ihre Leidenschaft Tag und Nacht, sie erfüllen einander, lassen einen sein, wer man wirklich ist. Geliebte teilen flüchtige Momente der Freude miteinander, doch mehr als das wird es nie sein. Ein Aufflammen von Leidenschaft. Ein kurzes Hingeben. Aber keine bindende Zuneigung. Kein Anspruch auf Halten und Gehaltenwerden.«

Eidalas Worte faszinierten mich. Sie brachten mich zum Nachdenken, entzündeten die Lyrik in mir, die sich in den letzten Tagen angestaut hatte wie ein blockierter Bach. Ich dachte über die Geschichte nach, an der ich gerade schrieb. Über die tiefen Gefühle, die dort zwischen den Zeilen schimmerten.

»Warum seid ihr lediglich Geliebte und keine Liebenden?«, wollte ich wissen, bevor ich überhaupt nachdachte, was ich da gerade sagte.

»Wie alt bist du, kleine Poetin?«, fragte Noahl.

»Achtzehn.«

»Was denkst du, wie alt wir sind?«

»Das vermag ich nicht zu sagen.«

Noahl drehte sich um, vergrub das Gesicht zwischen den Beinen von Eidala, die nur vergnügt kicherte. Mir aber stieg die Hitze den Hals entlang. Was taten sie da nur? Fürchteten sie sich nicht vor dem Urteil dieser Welt?

»Wir sind doch bei Weitem zu jung, um zu entscheiden, wer uns halten kann und darf. Und gleichzeitig sind wir so jung, wie wir sein sollten, um den Spaß vor den Ernst des Lebens zu stellen.«
Ich presste die Lippen zusammen.
»Für so klug und wortgewandt hat sie uns wohl nicht gehalten«, raunte Eidala, das Gesicht ganz nah an dem von Noahl. Er nickte verschwörerisch grinsend.
»Hör zu, kleine Poetin, lass uns all das jugendliche Pathos doch beiseitelassen«, meinte Eidala auf einmal und erhob sich, sehr zum Missfallen von Noahl, der die Finger an ihren Beinen entlanggleiten ließ. Sie reckte die Arme in die Höhe und senkte die Lider, während die Sonne ihr Gesicht wärmte.
»Lass uns lieber mit dem Frühling tanzen und nichts als grenzenlose Freude empfinden!«
Zur Bekräftigung ihrer Worte fing sie an zu laufen, schlug urplötzlich ein rasantes Rad inmitten des grünen Grases. Lachte und drehte sich um sich selbst, nachdem sie wieder auf beiden Füßen gelandet war.
Noahl guckte mich an. »Kannst du tanzen?«
»Ein wenig«, erwiderte ich.
Bisher hatte ich nur gemeinsam mit meinem Vater zu den Klängen des alten Geigers getanzt, der in unserer alten Heimat gegenüber gewohnt hatte. Ich war herumgewirbelt worden wie ein Kreisel, hatte gelacht und geprüht. Mein Vater hatte die Posen der städtischen Edelmänner imitiert – nein, er hatte sie verspottet – und mich derart in endloses Gelächter verfallen lassen, dass mir noch am Tag danach der Bauch wehgetan hatte.
Es war einer der wenigen Tage gewesen, an denen ich mein wahres Selbst berührt, es ins Licht geholt und nicht in die Dunkelheit gesperrt hatte, wie es von mir verlangt worden war, tagein, tagaus.
»Dann tanz mit mir, kleine Poetin.« Noahl hielt mir die Hand entgegen.
Ich legte meine Finger in seine.

Meine Mutter zürnte, als ich erst nach Stunden wieder nach Hause kam, doch das kümmerte mich nicht. Mein Vater entschuldigte sich bei mir für ihren Wutausbrauch und half mir, das Feuerholz in die Stube zu tragen, während er mir ein paar alberne Reime zusammendichtete. Dennoch war meine Freude zum Anbruch der Nacht hin getrübt.

Morgen müsste mein Vater aufbrechen und mich hier zurücklassen. Der Gedanke daran ließ mich nur schwer in den Schlaf finden. Immer wieder wälzte ich mich herum, hörte das Kratzen der Äste, die bei jedem Windhauch an der Hauswand entlangschabten. Irgendwann lichteten die ersten Sonnenstrahlen den dunklen Himmel, kitzelten meine Nase durch einen Spalt der kaputten Fensterläden. Vater hatte erst gestern versprochen, sie zu reparieren.

Der Abschied fiel nicht leicht. Aber auch mein eigener Aufbruch einige Stunden später glich einem Kampf. Mir war es erst erlaubt zu gehen, als ich meiner Mutter versprach, einen Laib Brot mit nach Hause zu bringen. Ich nickte demütig, küsste bekräftigend ihre Hände und machte mich auf den Weg.

Doch ein Laib Brot war gerade das Letzte, was mich interessierte. Schnellen Schrittes erreichte ich Velkhain und noch viel schneller stand ich vor jenem roten Haus, das all die Blicke des runden Platzes auf sich zog, auf dem ich nun stand. Ein hübscher Brunnen plätscherte hinter meinem Rücken, als ich an die Tür klopfte.

»Poetin!«, rief Eidala freudig überrascht aus, als sie mich erkannte. »Du kommst, um mich zu besuchen?«

»Nein. Ich komme, um dich mitzunehmen«, meinte ich.

Eidala verschränkte grinsend die Arme. »So? Ist dir über Nacht der Mut gekommen oder warum so forsch des Weges?«

Ich zuckte mit den Schultern. »Um das herauszufinden, musst du wohl oder übel mitkommen.«

Eidalas Augen funkelten. Sie griff sich einen tiefgrünen Umhang, trat nach draußen und lief mir nach.

»Wohin gehen wir denn?«, wollte sie wissen, hakte sich ganz selbstverständlich bei mir unter.

»Ich habe von einem Mann gehört, der Bücher verkaufen soll«, verriet ich ihr. »Mein Vater erzählte mir von ihm. Wie heißt er? Blagel? Blager?«

Eidala nickte. »Kurd Blagel.«

»Kannst du mich zu ihm führen?«

»Ich dachte, ich solle *dir* folgen?«

»Irgendwie musste ich dich doch aus dem Haus locken.«

Eidala lachte, drückte meine Hand. »Für dich wäre ich auch so auf die Straße getreten, kleine Poetin, glaube mir. Dieser Ort ist nett und beschaulich, aber wie ich schon sagte – es fehlt an neuen Leuten.«

Wieder musste ich an die Sage denken, von der sie und Noahl gesprochen hatten. Die Sage vom Spinnengott.

»Gibt es noch andere Götter, die ihr fürchtet?«, fragte ich freiheraus, als wir an einer Schmiede vorbeiliefen. Hitze flutete die Straße. Es roch nach Eisen und Schweiß.

»Wir fürchten sie nicht«, belehrte mich Eidala umgehend. Dann leckte sie sich über die Lippen. »Da gäbe es noch die Dame vom See, die Spiegelgöttin. Sie raubt dir das jugendliche Antlitz, wenn du dein Gesicht nur allzu oft im Wasser bewunderst.«

Ich sagte nichts, hörte einfach zu.

»Oder aber der kopflose Reiter, der deine Träume stiehlt, sollten sie voll von rastlosem Hass oder unstillbarer Begierde sein.«

Nun merkte ich auf. »Der kopflose Reiter ist ein Gott?«

Eidala blickte mich erstaunt an. »Natürlich. Er ist schließlich ein magisches Wesen.«

Magie. Jene Macht, die eine Kreatur zum Gott werden ließ. Sie war nicht für die Finger der Sterblichen gedacht und dennoch wurde sie weit mehr begehrt als endlose Schönheit oder nie endender Reichtum. Sie war eine Verführung, der nur die Götter zu widerstehen vermochten. Denn nur sie konnten über diese unvergleichliche Kraft gebieten.

Sagte jedenfalls meine Mutter.

Wir bogen um eine Ecke. »Was ist mit dem Spinnengott?«

»Was soll mit ihm sein?«

»Du sagtest, er lebt im Dunkelwald«, setzte ich an.

Eidalas Gesicht bekam etwas Verschlagenes. »Ja. Er lebt nur zehn Schrittlängen von eurem Haus entfernt.«

Mich fröstelte es. »Darum will also niemand in diesem Gemäuer leben.«

Eidala kicherte, nickte. »So ist es. Aber wenn du mich fragst, ist das alles nur Mumpitz. Das große Feuer schützt und segnet uns.« Wieder legten sich ihre Finger über meine Hand. »Und wenn du morgen daran teilnimmst, dann bist auch du gesegnet und der Gott kann dir nichts tun. Du brauchst dich nicht zu fürchten.«

Unsicher erwiderte ich ihren Blick.

»Und falls er doch vor deiner Schwelle steht, dann senk dein Haupt und hebe einen Finger an die Lippen. Denn wenn du nicht sprichst, dann kann dich auch die Magie seiner Worte nicht umgarnen.«

Ich legte den Kopf schief, Eidala aber zeigte mir, was sie meinte. Sie führte ihren Zeigefinger an die geschlossenen, vollen Lippen. Für einen kurzen Moment bemerkte ich eine seltsame Demut an ihr. Überraschend stellte ich fest, wie schön sie dabei aussah.

Ich machte es ihr nach.

Eidala nickte langsam, schaute mich an und fing wieder an zu grinsen – und ich erwiderte es.

In meiner alten Heimat hatte es Buchläden gegeben. Zweistöckig, bunt wie eine Blumenwiese. Ein Hort des Wissens und der Kunst, veredelt mit dem Geruch alten Papiers und verblasster Tinte. Eine Symphonie des Geistes und der Sinne.

Kurd Blagels Buchhandlung glich einem Trauerspiel des Herzens. Überall lagen einst kostbare Bücher wahllos auf Tischen verstreut, viele ihrer Einbände waren verschmutzt und vergilbt, manche regelrecht zerkratzt. Einige Seiten trugen dunkle Flecken an den Rändern, irgendwo hatte ich sogar geronnenes Blut gefunden. Meine Seele weinte mit jeder Sekunde mehr, die ich in diesem Schuppen verbringen musste, der sich ein Geschäft für lyrische Kunst schimpfte.

»Du siehst aus, als würdest du am liebsten eine Kerze umwerfen«, murmelte Eidala mit besorgter Miene, während ich stirnrunzelnd einen der Gedichtbände zu entkrusten versuchte, der wohl schon vor langer Zeit auf den Boden gefallen war.

»So geht man doch nicht mit Büchern um«, zischte ich gedämpft. Irgendwo im Raum trieb der Besitzer sein Unwesen. Schien mehr Geist denn Händler dieses Geschäftes.

»So sah es hier schon immer aus.« Eidala strich mit dem Finger über eine dicke Staubschicht eines Regals. »In Velkhain liest niemand. Hier wird nur viel geredet.«

Seufzend ließ ich die Arme sinken. Mein Herz blutete noch immer, als sie mich wieder auf die Straße zog, zurück ins Licht. »Du willst eine Geschichte hören, nicht wahr, kleine Poetin?«

Erst jetzt fiel mir auf, dass wir ja fast gleich groß waren.

»Dann lass mich dir nun von der großen Parinux erzählen, die das Unmögliche vollbrachte, indem sie eine einzige Kerze mit der Macht ihres Herzens entzündete«, fuhr Eidala fort, wertete mein Schweigen als glimmendes Interesse.

»Was war das Unmögliche?«, wollte ich jedoch wissen, bevor sie begann.

»Nun«, machte Eidala und zog den folgenden Moment unerträglich in die Länge.

Ich biss die Zähne zusammen, Falten gruben sich in meine Stirn. Eidala lachte bei diesem Anblick. Doch wer war ich, dem Sog einer geheimnisvollen Geschichte zu entgehen? Dies dürfte wohl etwas sein, das ich niemals zu schaffen vermochte. Denn Geschichten waren die Worte unseres Herzens, geschrieben mit der Tinte unserer Fantasie, geformt von der Feder unseres Verstandes.

Meine Seele wurde von ihnen berührt, wenn ich es nicht mehr konnte. Wenn ich glaubte, sie ginge nun endgültig in der Dunkelheit verloren, in der ich sie oft verstecken musste.

Und ja, so blieb mir nichts anderes übrig, als hier, mitten auf der Straße, mit geballten Fäusten zu stehen und stumm zu flehen.

Verrat sie mir. Diese Geschichte. Verrat mir ihr Geheimnis.

»Parinux war die Erste, die es zu tun vermochte«, hüllte mich Eidala weiterhin in den Nebel der Unwissenheit.
»Was?«, hauchte ich.
»Sie war die Erste, die einen Gott bezwang.«

KAPITEL 4

»Wie?«

»Indem sie sich ihm entgegenstellte und eine Kerze entzündete«, erklärte Eidala. »Er drohte, ihr das Leben zu nehmen. Sie war ganz allein inmitten der Nacht, er stahl jedes Licht aus dem Moment, tauchte alles in endlose Dunkelheit, wollte sie hindern an der Flucht. Wollte ihr jeden Mut nehmen und nur die Angst in ihren Augen sehen.«

Ich wagte kaum, mich zu rühren, sog jedes Wort auf.

»Sie aber bot ihm die Stirn und wagte nicht, auch nur in die Knie zu gehen. Ihre Finger schlangen sich um die Kerze, die sie vor ihrem Herzen trug. Das letzte Licht erstarb und so gab es da nichts außer Finsternis – doch plötzlich wurde die Dunkelheit vertrieben.« Eidalas Stimme wurde leiser und leiser.

»Die Flamme?«, wisperte ich.

Eidala nickte. »Die Kerze entzündete sich nur durch die Kraft des Herzens. Eines mutigen Herzens. Der Gott sah es und schreckte zurück, vollkommen gebannt von diesem strahlenden Licht. Parinux tat einen Schritt vor den anderen, ließ den Gott zurückweichen, weiter und weiter, bis er schließlich floh.«

»Tatsächlich?« Vor lauter Anspannung ballte ich bereits die Hände zu Fäusten.

»Tatsächlich«, bestätigte Eidala. »Parinux kehrte zurück in ihre Heimat und lebte ein friedliches Leben. Sie teilte ihr Wissen mit all den Menschen dort, zeigte ihnen, dass sie sich nicht länger vor den Göttern fürchten müssen, sich nicht ihrer Grausamkeit beugen müssen, wenn diese ihnen nach dem Leben trachten. Denn das Feuer des Mutes würde sie schützen vor ihrer Macht.«

»Darum das Fest.« Nun verstand ich.

»Richtig. Das Feuer ist entzündet von unserem Mut und unserer Gemeinschaft. Jedes halbe Jahr erhellen wir die Nacht damit und zeigen den Göttern, dass wir uns nicht vor ihnen ängstigen.«

Eine schöne Geschichte. Wenngleich ich noch immer nicht recht verstand, dass Götter das Leben der Menschen begehrten. Aus purem Egoismus – wie es jedenfalls beim Spinnengott erschien.

»Um was für einen Gott handelte es sich?«, wollte ich im Folgenden wissen.

»Der des Winters und der Eisblumen«, verriet Eidala.

»Und warum wollte er Parinux' Leben?«

Eidala zuckte mit den Schultern. »Das weiß niemand.«

Ich starrte sie irritiert an. »Hat sie es nie erzählt?«

»Offenbar nicht.«

Wut kochte in mir hoch. Das Feuer der Neugierde brannte noch so hell und doch gab es nichts mehr zu sagen. Eidala konnte mir nicht viel mehr erzählen, während wir wieder zum kleinen Brunnenplatz zurückkehrten. Sie lachte über mein grübelndes Gesicht, das in Wahrheit nur eine Maske des Frustes war, den ich verspürte.

Ich hasste es, den Schleier eines Geheimnisses nicht lüften zu können.

»Ich hoffe, Vater geht es gut«, erhob ich nach lange währender Stille die Stimme.

Ich fegte gerade den Boden, während meine Mutter am Tisch saß und den dünnen Stoff bestickte, den sie erst gekauft hatte, um daraus Vorhänge zu schneidern.

»Er ist manchmal ein schlimmer Tölpel«, meinte Mutter. »Aber haben wir Vertrauen. Haben wir Hoffnung, dass die Götter ihn auf den richtigen Pfad leiten.«

Ich fragte mich in diesem Moment, was meine Mutter sagen würde, wüsste sie, welche Bedeutung das morgige Fest tatsächlich hatte. Aber ich entschied mich zu schweigen und ihrem Zorn somit vorerst zu entgehen.

»Wo willst du hin?«, fragte meine Mutter, als ich den Besen in die Ecke stellte und nach der Türklinke griff.

»Ich möchte ein paar Blumen vom Waldrand pflücken. Sie haben so schöne Blüten, ich glaube, sie würden wundervoll in deiner grünen Vase aussehen.«

Meine Mutter nickte, entließ mich in die Abenddämmerung. Die Luft fühlte sich kühl an, sanfte Müdigkeit zerrte an meinen Gliedern und meinem Verstand, als ich über die wankenden Gräser lief, tatsächlich keine zwanzig Schritte brauchte, bis ich vor dem ersten Baum stand und langsam vor ihm in die Knie ging. Meine Finger berührten die blassblauen Blüten, spürten diese zarte Weichheit der Kronblätter.

Ich sammelte einen regelrechten Strauß, konnte kaum aufhören, mich an dieser einzigartigen Schönheit satt zu sehen. In meiner ehemaligen Heimat hatte es viele Blumen gegeben und keine Farbe, die es nicht gab. Hinter unserem alten Haus gab es damals eine bunte, von Blüten übersäte Wiese und ich hätte Stunden damit verbringen können, sie zu betrachten. Diese Pflanzen hier waren anders. Sie besaßen eine unaufdringliche und sanfte Eleganz.

In meinem Kopf begannen sich einzelne Bilder zu einer Szene zu weben. Meine Protagonistin hielt eine Blume in der Hand, eine tiefblaue …

Ich rang nach Luft, tat einen Satz zurück und drückte die Blumen an meine Brust. Eine Gänsehaut breitete sich auf meinen Armen aus. Mit angehaltenem Atem starrte ich auf das seltsame dunkle Etwas, das da soeben in meine Sicht tanzte.

Eine Spinne. Eine schwarze, am Faden wogende Spinne.

Ein Kloß bildete sich in meiner Kehle. Diese Kreaturen hatte ich nie gemocht, ihre langen Beine waren mir ein Graus und die Art und Weise, wie sie über Wände und Böden huschten, bereitete mir Ekel. Diese hier hatte zudem eine bemerkenswerte Größe. Auf den zweiten Blick erkannte ich, dass sie bereits ein vollständiges Netz zwischen zwei Stämmen gewebt hatte. Erst jetzt fiel das Sonnenlicht auf die glitzernden Fäden, enthüllte eine ganz eigene Art von Schönheit.

Stirnrunzelnd sah ich an dem Tier und seinem Kunstwerk vorbei, dachte, ich hätte einen Schatten im Wald gesehen, aber da war nichts. Nur dunkles Dickicht und schwarze Blätter. Dennoch konnte ich nicht verhindern, dass mir ein unangenehmer Schauer den Rücken entlangjagte.

Der Spinnengott.

Ich war eine Närrin. Eine neugierige, wohl das Leben nicht wertschätzende Närrin. Einen Fuß setzte ich vor den anderen, wagte mich in den Wald hinein, blickte hinter jeden Stamm. Weit ging ich nicht, nur ein kleines Stück, und doch fühlte es sich bereits an, als stünde ich in tiefster Finsternis. Die Welt schien ein Stück kälter geworden zu sein, die Luft so klar und frei von den Düften des Frühlings.

Mir war nicht klar, was ich eigentlich wollte. Den Gott sehen? In sein magisches Antlitz starren? Vielleicht hatte mich Eidalas Geschichte wagemutig werden lassen. Es kostete Mühe, mir ins Gedächtnis zu rufen, dass ich noch nicht vom Feuer geschützt und demnach eine leichte Beute für einen seelenraubenden Gott war.

Ein Knistern im Gebüsch. Ich fuhr herum, suchte nach jenem Ding, das meinen Atem stocken ließ.

Aber da war nichts. Nur meine Blumen und ich.

»Saiza!«

Nur schwerlich widerstand ich dem Drang, laut aufzuschreien, als ich die Stimme meiner Mutter vernahm. Nach Atem ringend lief ich los, hetzte über Stock und Stein, nur um aus diesem Wald zu kommen.

»Rot oder Blau?«, fragte Eidala, während sie meine hellbraunen Haare zu einem Zopf flocht.

»Blau«, sagte ich und genoss das Kitzeln der Gräser an meinen Beinen, während ich so auf dem Bauch lag.
»Kirsche oder Apfelsine?«
»Hm.« Ich dachte kurz nach. »Apfelsine.«
»Mann oder Frau?«
Ich drehte meinen abgelegten Kopf ein wenig weiter, versuchte Eidala ins Gesicht zu blicken. »Seltsame Frage. In welcher Hinsicht denn?«
»Beantworte sie einfach. Mann oder Frau.«
»Mann«, sagte ich dann.
Eidala tat ein amüsiertes Geräusch. »Hast du schon mal geküsst, Saiza?«
Meine Lippen pressten sich kurz zusammen. »Nein.«
»Würdest du es gern?«
Hitze stieg mir in die Wangen. Eidala bemerkte es und lachte darüber, hörte aber nicht auf, meine Strähnen zu verflechten.
»Heute Abend auf dem Fest könntest du herausfinden, wie es sich anfühlt. All die jungen Männer unseres Dorfes werden dort sein und mit uns tanzen. Du könntest dir einen von ihnen aussuchen.«
Ein unverständlicher Laut kam aus meinem Mund, ich entschied mich jedoch, nicht eindeutig darauf zu antworten.
»Auch Noahl.«
Nun musste ich die Lider wieder aufschlagen. »Ist Noahl nicht dein?«
Eidala lächelte vor sich hin. »Das hatten wir dir doch erklärt. Noahl ist nicht mein und ich bin nicht sein.«
»Aber du magst ihn, oder?«, forschte ich nach.
»Natürlich.«
»Doch lieben tust du ihn nicht?«
Eidala zog an meinen Haaren, sachte nur, aber ich merkte es. »Was bist du neugierig, kleine Poetin.«
Das war ich in der Tat. Aber nicht ohne Grund. Natürlich fand ich die Liebe und all jene Dinge, die mit ihr zu tun hatten, spannend. Doch wenn es nach meiner Mutter ginge, dann würde ich mit brav gefalteten Händen im Schoß auf den Tag warten, an dem

ein Mann um meine Hand anhielt. Genau wie es mein Vater damals bei ihr getan hatte. Eine wunderschöne Dame sei sie gewesen. Kümmernd und warmherzig.

Manchmal wusste ich nicht, wo diese Frau heute war.

»Hast du ein hübsches Kleid für das Fest?«, fragte mich Eidala irgendwann, nachdem sie ihr Werk an meinem Haar beendet hatte.

»Bestimmt«, murmelte ich.

»Auch eines, das nicht aussieht wie aus dem letzten Jahrhundert?«

Nun musterte ich Eidala empört. »Was soll das heißen?«

»All deine Kleider sind so langweilig, so hochgeschlossen. Du siehst aus wie eine Priestertochter, aber nicht wie eine leidenschaftliche Poetin.«

Ich setzte mich auf, sah ihr zu, wie sie an einem Gänseblümchen herumzupfte. »Wie sollte sich denn eine Poetin kleiden?«

»Aufregend!«, entgegnete Eidala. »Dem Feuer angemessen, das in ihr lodert.«

Jetzt war ich diejenige, die lachen musste. »Vielleicht hättest du eine Poetin werden sollen.«

»Vielleicht.« Sie grinste. »Aber ich begnüge mich damit, die Freundin einer solchen zu sein.« Auf einmal stand sie auf, hielt einen kleinen Bund Gänseblümchen in der Hand. »Komm mit, ich habe da eine Idee.«

Gemeinsam schlenderten wir zurück ins Dorf; ich staunte, als sie mich dort in ihr Haus bat. Es war weitaus ansprechender eingerichtet als unseres. An den Wänden hingen sogar Bilder. Kunstvolle Gemälde von Landschaften und edel aussehenden Obstschalen.

Auch so etwas, was ich nie verstanden hatte – Obst auf einem Bild. Obst und nichts sonst. Was wollte uns dieses Kunstwerk sagen? Etwa, dass auch einer Schar Äpfel eine gewisse Tragik innewohnte, hatte man sie nur richtig mit Trauben und Apfelsinen zu einem ansprechenden Arrangement drapiert?

»Mein Zimmer«, verkündete Eidala, während sie eine knarzende Tür öffnete.

Ein großes Bett zierte die Mitte des Raumes. Unter dem einzigen Fenster stand ein kleiner Schreibtisch und ein großer, mit

Rosen bemalter Schrank fand sich direkt neben uns. Ebenjenen riss Eidala nun auf und wühlte ausgiebig in all den darin enthaltenen Kleidungsstücken.

»Wie wäre es hiermit?«

Sie hielt mir ein langes weißes Kleid vor die Brust. Der Stoff wirkte auf der einen Seite glatt und fließend, auf der anderen dünn und leicht. Auf ihr Drängen hin zog ich es an. Es entsetzte mich, wie viel Haut ich auf einmal entblößte – da war nur durchsichtiger Stoff über meinem Schlüsselbein und auch auf einem kleinen Stück darunter.

»Ich bin ja nackt«, keuchte ich angesichts meiner blanken Arme.

»Unsinn.« Eidala schüttelte abwinkend den Kopf. »Es ist perfekt!«

»Meine Mutter wird mich niemals so unter die Leute lassen.«

»Sie muss es ja nicht unbedingt sehen, bevor du auf dem Fest bist.« Schalk eroberte Eidalas Miene. Sie holte noch ein anderes Teil aus ihrem Schrank. Eine beige Tunika. »Zieh die drüber. Und wenn wir uns heute Abend treffen, reiße ich sie dir vom Leib. Dann hast du sogar eine Ausrede.«

Meine Brauen wanderten in ungeahnte Höhen. Eidalas Worte ließen mir die Röte ins Gesicht schießen. Natürlich hatte sie darauf gehofft, kicherte triumphierend und widmete sich den Blumen, die sie vorhin achtlos auf ihr Bett geworfen hatte.

»Ich mache mir einen Kranz daraus«, erklärte sie angesichts meines neugierigen Blickes. »Sie sehen immer herrlich auf meinen schwarzen Haaren aus. Alle Männer drehen sich nach mir um, wenn ich an ihnen vorbeilaufe.« Vollkommen gedankenversunken strich sie über die Blüten. »Wie eine Prinzessin sehe ich dann aus.«

Wenn auch nicht, um Männer zu gewinnen, wollte ich es ihr nachmachen. Die Idee gefiel mir und so holten wir uns noch einen Strauß Lavendel hinzu, der im Hinterhof wuchs, und fertigten auch mir einen duftenden Kranz. Eidala führte mich im Anschluss zu dem einzigen Spiegel, den es im Haus gab. Und der befand sich im Schlafgemach ihrer Eltern. Es fühlte sich so verboten an, dass mir glatt ein wenig flau im Magen wurde.

Doch dieses Gefühl verflog, als ich mein Spiegelbild entdeckte.

Da stand ich. Meine hellblauen Augen, mein blasses Gesicht mit diesen vollen Lippen, die das Einzige an mir waren, was ich wirklich mochte. Mein langes braunes Haar hatte ich zu einem seitlichen Zopf geflochten, der lilafarbene Kranz umgab mein Haupt wie eine Krone. Das zarte weiße Kleid umschmeichelte meine ohnehin schmale Figur. Zum ersten Mal, seit ich aufgehört hatte zu wachsen, fühlte ich mich wie eine Frau.

Wie eine Prinzessin.

Eidala umfasste meine Schultern, schob ihr Gesicht neben meines. Ihre Lippen zu einem roten Lächeln verzogen, die Augen glänzten in freudiger Erwartung.

»Lass uns tanzen, Saiza. Und lass es nicht weniger als die ganze Nacht lang sein«, wisperte sie zu mir.

Ich nickte. Sah die Farbe in meinem Gesicht.

Das Leben.

KAPITEL 5

Ich war unendlich froh, meinen Vater wieder in die Arme schließen zu können, so sehr hatte ich ihn vermisst.
»Bist du gewachsen, meine Liebe?«, scherzte er und tätschelte mir den Kopf.
»Erzähl mir von deinem Besuch in der Stadt«, drängte ich. »Wie ist das Leben dort? Hast du Bücher mitgebracht? Wie geht es deiner Maschine?«
»Vergiss das Atmen nicht.« Er schmunzelte. »Ich erzähle dir alles auf dem Weg. Es wird doch schon Zeit, nicht?«
»Ganz recht.« Meine Mutter richtete sich das Halstuch. Auf einmal verstand ich, was Eidala gemeint hatte, als sie mich wegen meiner braven Kleidung verspottet hatte. Meine Mutter war ganz und gar verschlungen worden von all den Stoffen, die sie auf ihrer Haut trug.
»Verzeih, ich habe den ganzen Tag vertrödelt. Ich wusste nicht, wann du kommst«, meinte ich demütig, während mein Vater mir meinen Umhang reichte.
Er drückte liebevoll meine Schulter. »Ich freue mich, wenn du Freunde gefunden hast, Saiza.«
Bevor wir aus dem Haus gingen, warf meine Mutter noch mal einen letzten unzufriedenen Blick auf mein Kleid. Ich trug, wie mir aufgetragen, die Tunika darüber und nun auch einen Umhang. Doch meine entblößten Arme mussten ihr bereits ein Dorn im Auge sein. Ich hatte allerdings erklärt, wie wundervoll ich es fand, dass Eidala mir etwas von ihr lieh, besaß ich doch selbst so wenige helle Sachen.

Während wir uns also auf dem Weg nach Velkhain befanden, berichtete mein Vater von seinem Aufenthalt in Alvara. Der Fürst habe ihn warm empfangen, mit Freuden berichtet, wie wunderbar die Maschine ihre Arbeit verrichte. Fast zweihundert Bücher hätten sie schon gedruckt und es sei kein Ende in Sicht. Die Leute seien vollkommen begeistert, strömten wie die Ameisen in die Buchhandlungen und kauften die neu gelieferten Werke.

Mein Vater habe den Auftrag für eine weitere Maschine. Bis zum übernächsten Monat solle er sie fertigstellen. Alles, was er brauche, werde man ihm in der fürstlichen Werkstatt zur Verfügung stellen. Gleich zur nächsten Woche könne er anreisen und beginnen. Zwar würde man ihm ein Gemach zur Verfügung stellen, doch er lehnte ab. Seine Familie sei ihm zu wichtig, um sie nur an den Wochenenden zu sehen.

»Wunderbar, fantastisch, großartig!«, rief ich aus, als er geendet hatte.

»Da spricht die Meisterin der vielen Worte.« Mein Vater grinste.

»Glorreich! Fabelhaft! Exzellent!«, machte ich lachend weiter.

»Halte ein.« Er erwiderte das Lachen. »Nicht, dass plötzlich all die Worte deinen Geist verlassen und nicht mehr wiederkehren.«

»Das würden sie nicht. Dafür schreibt mein Herz jeden Tag tausend neue«, versicherte ich.

Wenige Minuten später erreichten wir das Dorf. Das Fest war bereits in vollem Gange, wie schwer zu überhören war. Überall tummelten sich singende und grölende Menschen auf den Straßen, dennoch fühlte ich mich sofort wohl. Fast jeder lachte, strahlte und schien unbeschwert. Das eigentliche Treiben fand jedoch auf dem Marktplatz statt, der nun ein gewaltiges Feuer in seiner Mitte offenbarte. Die Flammen loderten hoch, schienen sich dem Nachthimmel entgegenstrecken zu wollen. Die immense Helligkeit vertrieb selbst das Leuchten der Sterne.

Man hatte Bänke und Tische aufgestellt, es gab Stände und ein geöffnetes Wirtshaus, in dem man sich Getränke und Nahrung besorgen konnte. Oder eher hamstern, wie ich aus den vollgepackten Armen vieler Dorfbewohner schloss. Ich entdeckte riesige Zinnkrüge, ausladende Platten mit aufgetürmten Leckereien oder auch gebratene Spieße, die einen mehr als lockenden Duft verströmten.

»Ah, Kurd Manot!«, rief jemand aus der Menge. Es handelte sich um Kurd Egne, Eidalas Vater. Sie hatte mir erzählt, dass er das Amt des Bürgermeisters innehatte. Erst hatte ich gestaunt, aber es erklärte den leichten Hauch von Luxus in ihrem Haus.

Während mein Vater und meine Mutter sich zu Herrn Egne und seiner Frau gesellten, schaute ich mich nach Eidala um. Es fiel nicht schwer, sie im Trubel auszumachen. Sie wirbelte um die Männer herum, lachte und zwinkerte, zog all die Aufmerksamkeit auf sich.

Ich traute mich nicht recht, zu ihr zu treten, überlegte noch, wie ich mich am besten an all den jungen Männern vorbeistehlen könnte. Lange konnte ich diesen Überlegungen nicht nachgehen, denn jemand packte mich an der Schulter.

Es war Noahl.

»Schön, dich zu sehen, kleine Poetin.« Er steckte in einer einfachen Hose und einem Hemd, das zu viel seiner muskulösen Brust offenbarte.

»Gleichfalls«, erwiderte ich nur und zwang mich, ihn anzusehen. Er lachte. »Versuchst du, ein Wort von Eidala zu erringen?«

»Eigentlich ja. Aber ich weiß nicht, ob ich mich wirklich zwischen die Wölfe und ihre Beute werfen sollte.«

Noahl grinste, sandte Wirbel durch meinen Bauch. »Eidala ist zu keiner Zeit ihre Beute. Sie ist die Jägerin. Aber sie weiß die Rollen anders erscheinen zu lassen.«

»Was ist mit dir?«, fragte ich ihn. »Willst du nicht von ihr gejagt werden?«

»Oh, die Nacht ist noch jung. Ich sehe, was mir mein Glück so bringt.«

»Und was hast du bisher schon errungen?«

»Vielleicht die Hand einer kleinen Poetin.« Noahl beugte sich ein Stück vor, war mir auf einmal verhängnisvoll nahe. »Willst du mit mir tanzen, Saiza?«

Zum ersten Mal hörte ich meinen Namen aus seinem Mund. Ich hatte größte Mühe, nicht hörbar laut zu schlucken, während ich langsam nickte. Dann fiel mir auf, dass ich noch in dieser Kleidung steckte, die ich ja eigentlich gar nicht tragen sollte.

»Doch zuerst«, fing ich an und entzog ihm meine Hand sogleich wieder, »möchte ich kurz einen Moment mit Eidala reden.«

»Natürlich.« Er wies mit dem Kinn auf etwas hinter mir. »Da kommt sie auch schon.«

»Sei gegrüßt, meine Liebe«, empfing mich Eidala mit vom Spaß geröteten Wangen. Sie packte mich bei der Hand. »Verschwenden wir keine Zeit. Noch sind die Männer nicht volltrunken und bewundern deine Schönheit auf ehrliche Weise.«

Ich stolperte ihr hinterher, überrascht von ihrem eifrigen, schnellen Schritt. Einen Moment später befanden wir uns in einer halbdunklen Gasse.

»So und jetzt schnell aus damit«, meinte Eidala und zog an den Bändern meines Umhangs. Danach streifte ich mir selbst die Tunika über den Kopf, ließ mir beides von ihr aus den Fingern reißen. Sie wickelte es zu einem Knäuel und stopfte es in eine der Kisten, die neben uns an der Hauswand lehnten. »Keine Sorge, hier geht es nicht verloren«, versicherte sie mir. Im nächsten Moment drückte sie kurz auf meinem Kranz herum. Lavendelduft erfüllte die Gasse.

»Jetzt bist du bereit für die wilde Nacht«, lachte Eidala.

Mit erhitzten Wangen kehrten wir zurück. Eidala hatte recht – die Männer drehten sich nach uns um. Ich fühlte ihre forschen Blicke auf meiner Haut. Manche blinzelten erstaunt, als sie den Duft bemerkten, der von mir ausging. Einer lächelte mir sogar zu. Ich war viel zu nervös, um es zu erwidern, doch ich hätte ihm gern gezeigt, wie sehr ich diese Aufmerksamkeit schätzte.

»Hier, trink etwas«, sagte Eidala zu mir und hielt mir einen kleinen Tonbecher unter die Nase.

»Nein danke«, meinte ich. Alkohol hatte ich in meinem Leben bisher streng gemieden. Ich mochte den wilden, rauschartigen Kontrollverlust nicht, der damit einherging. Ein Rausch, der machte, dass man die eigenen Worte aus dem Kopf verlor, je mehr man versuchte, etwas mit ihnen sagen zu wollen.

»Dann nicht.« Eidala leerte den Becher in einem Zug.

»Da komme ich nun, um mein Pfand einzufordern«, sprach eine andere Stimme hinter uns. Noahl.

Sein Blick glitt an mir entlang. Er betrachtete mich derart ausgiebig, dass ich mich beschämt abwandte. Noch nie hatte mich ein Mann so angesehen. Noch nie hatte ich es genossen, mit meinem Äußeren eine solche Wirkung freizusetzen.

Einmal hatten mich die jungen Kerle meiner alten Heimat gepackt und in den Fluss geworfen. Wutentbrannt war ich diesem wieder entstiegen, das dünne Kleid hatte sich damals eng an meinen Körper geschmiegt, die Haare nicht länger mein Gesicht verdeckt. Alle hatten sie gestarrt. Nichts war ungesehen geblieben. Und obwohl ich zornig gewesen war, hatte ich doch eine seltsame Freude empfunden.

Eine verbotene, würde meine Mutter jetzt sagen.

Der Tanz mit Noahl fühlte sich anders an als das, was ich meinen Füßen bisher zugemutet hatte. Er war leicht und schnell, wir drehten uns, wieder und wieder, und kamen einander immer näher. Erst nach und nach konnte ich Noahls Strahlen erwidern. Meine Aufgeregtheit blieb allerdings. Doch das machte nichts, denn Noahl schien genau das zu gefallen.

Aus den Augenwinkeln entdeckte ich Eidala in den Armen eines anderen Mannes. Sie lachte hell, ließ sich von ihm herumwirbeln und bewundern. Jeder ihrer Schritte passte perfekt zum Takt der harmonischen Melodie, die im Hintergrund spielte. Geiger, Flötisten, Lautenspieler. Ja, sogar einen Sänger gab es unter ihnen. Einige Leute echoten seine Worte im Chor.

Es war eine Befreiung. Ein Einatmen, ein Ringen nach der Luft des Lebens. Und ich war hungrig auf das Leben – hungrig wie nie zuvor. Jeder einzelne Moment in Noahls Händen war ein Genuss, ich lachte und legte den Kopf in den Nacken. Spürte die Hitze des Feuers und wusste nicht, ob dies von einer der echten Flammen kam oder von jener, die in meinem Herzen auflorderte.

Es war, als wäre ich nach Jahren des Glimmens in Brand gesteckt worden.

»Wer so tanzt, muss Magie in den Füßen haben«, hörte ich Noahls Stimme irgendwann in meinem Ohr. Erst jetzt wurde mir bewusst, dass ich die Zeit beinahe vollkommen vergessen hatte.

»Vielleicht habe ich das ja«, erwiderte ich schmunzelnd.

Noahls Augen leuchteten auf. »Unmöglich, dann würdest du im Angesicht dieser Flammen einfach vergehen.«

Wohl wahr. Dennoch fühlte es sich genau so an. Aber auf eine gute, erfüllende Weise.

»Komm«, sagte eine andere Stimme auf einmal. Eidala. Ihr Blick war ebenso entzündet wie meiner. Unvermittelt packte sie mich bei der Hand und zog mich mit sich.

In der folgenden Sekunde standen wir auf einem der Tische, neben uns noch zwei andere Frauen. Auch andere Tische waren voll mit Menschen und nicht länger übersät mit Tellern und Krügen. Sie fingen an zu klatschen, stampften rhythmisch mit ihren Schuhen auf das harte Holz.

Eidala und ich machten es ihnen nach. Der Takt dahinter ging ins Ohr und ich verstand schnell. Irgendwann begann der Gesang und alle wussten offenbar, welche Worte sie nun in die Nacht zu rufen hatten. So auch ich nach dem zweiten Vers.

Ich sang, ich tanzte, ich stampfte, ich drehte mich. Eidala beklatschte mich, sandte mir ihre starke Stimme entgegen und ich antwortete ihr. Stampfen, klatschen, springen. Die Kleider wirbelten herum. Die Musik schien sich mit all der Hitze und Freude zu einer einzigen Komposition aus Empfindungen zu vermischen. Und wir bildeten das Orchester, wir allesamt.

Völlig losgelöst bemerkte ich kaum, wie alles ein Ende fand. Doch unmittelbar auf den letzten Ton, der aus unseren Mündern kam, folgte ein Aufflammen des Feuers. Es knisterte und knackte, Funken wirbelten in den schwarzen Himmel empor, der nicht ansatzweise so dunkel wirkte wie eine gewöhnliche Nacht.

Die Leute jubelten. Brüllten ihr Glück, ihren Mut und ihren Zusammenhalt in die Welt hinaus. Einige sprangen von den Tischen, fassten sich an den Händen und tanzten im geeinten Kreis um das Feuer herum. Manche lachten, manche summten.

»Du meine Güte«, keuchte Eidala. »Du hast wirklich Ausdauer!«
Ein Grinsen stahl sich auf mein Gesicht, während mir der schnelle Atem über die Lippen strömte. »Es macht eben so viel Spaß.«
Wir lehnten uns gegen eine Hauswand, gönnten uns eine Pause. Wieder fielen mir die Blicke der Männer auf. Auch Noahl stand dort in der Menge, lächelte mich herausfordernd an.
»Wenn du ihn heute küssen willst, dann tu es«, meinte Eidala, als sie es bemerkte.
Hastig fuhr mein Kopf zu ihr herum. »Nein, niemals.«
»Es ist in Ordnung, Saiza. Gib deinem Herzen, was es will.«
»Das will es aber nicht«, entschied ich über das hastige Pochen in meiner Brust hinweg.
Eidala öffnete bereits den Mund, ich aber verzog das Gesicht, wich zurück. Sie drehte sich um, verstand schnell, was mich abgestoßen hatte.
Eine Spinne hockte in ihrem Netz unterhalb einer Regenrinne. Ihr dunkler Körper schimmerte schwach im Glanz der Flammen.
»Ha«, machte Eidala im ersten Moment. »Vor der brauchst du dich nicht zu fürchten. Der Gott kann keine Macht über dich erlangen. Nicht mehr.«
Zweifelnd dachte ich zurück an den kurzen Moment, den ich im Dunkelwald verbracht hatte. Angst konnte er mir jedenfalls noch machen.
»Du glaubst das nicht?« Eidala griff abermals nach meinem Arm. »Dann lass uns doch sehen, wie unser Feuer ihn bezwingt.«
Scharf sog ich die Luft ein. »Nein, Eidala, das sollten wir nicht tun!«
»Warum? Traust du dem Feuer etwa nicht?«
»Doch, schon ...«
»Aber?«
Ich biss die Zähne zusammen. Eine gewisse Neugierde war durchaus da. Hatte Parinux wirklich die Wahrheit erzählt? Konnte ein Feuer des Mutes, ein Feuer des Herzens wirklich die Kraft eines Gottes bezwingen?

KAPITEL 6

Eidala zog mich durch den Nebel der Nacht. Draußen auf den Feldern hatte sich ein dunstiger Schleier breitgemacht, kalt und unheilvoll im Gegensatz zu den wärmenden, freudigen Flammen des Dorfes.

»Mach dir nicht ins Hemd, Saiza«, scherzte Eidala über mich. Selbst jetzt ließ sie nicht von mir ab. Allmählich näherten wir uns dem Wald. Je größer diese schwarzen Bäume vor uns wurden, umso unwohler fühlte ich mich.

Im Wald war es erneut kalt und unheimlich. Nun bei Nacht konnte man kaum noch die Hand vor Augen sehen. Jedenfalls zu Anfang. Je tiefer wir ins Dickicht vordrangen, desto mehr Licht fiel durch die breiten Baumkronen. Mondlicht, wie ich nach einer Weile bemerkte. Irgendwo krächzten ein paar Vögel, hier und da zog sich der Duft wilder Blumen durch die Luft.

»Hast du ihn schon einmal gesehen?«, wisperte ich mit gedämpfter Stimme.

»Nein, aber er soll entsetzlich sein. Hässlich wie eine Unke und dennoch gesegnet mit der Stimme eines Singvogels. Die Angst ist seine Kraft, geschönte Worte sein Netz, das er um dich spinnt, hörst du ihm nur zu lange zu«, erzählte Eidala leise und trotzdem voll von dunkler Faszination.

»Was machen wir, wenn das Feuer ihn nicht von uns fernhält?«, fragte ich sie.

»Das wird nicht passieren.«

Ich war mir nicht sicher, ob Eidalas Zuversicht und Wagemut mir noch mehr Furcht einflößen sollten. Dennoch brannte ich darauf, herauszufinden, was für eine Kreatur dieser Gott war.

Wir erreichten einen silbernen Teich, dessen Ufer von grauen, im Mondlicht metallisch schillernden Gräsern gesäumt war. Vereinzelte Seerosen trieben auf der Wasseroberfläche, die aussah wie verflüssigtes Silber. So etwas hatte ich nie zuvor gesehen.

»Ist das Wasser?«, hörte ich Eidala fragen. Sie ging in die Knie, berührte die Oberfläche des Teiches. Feine Ringe breiteten sich aus, silberne Farbe haftete an Eidalas Fingern, verblasste jedoch alsbald.

Mit zusammengepressten Lippen schlang ich die Arme um mich und schaute mich um. Auch hier wuchsen die blassblauen Blumen, die mir so gefielen. Im Leuchten der Nacht waren sie noch schöner, beinahe, als würden sie selbst zu strahlen beginnen.

»Es ist niemand hier. Vielleicht ist das ja schon Beweis genug, dass das Feuer ihn zurückhält«, schlug ich vor, nachdem Eidala immer öfter ihre Hand in das Silber tauchte.

»Möglicherweise«, meinte Eidala mit ferner Stimme.

»Können wir wieder umkehren?« Ein eisiger Schauer ging durch mich hindurch. »Es ist kalt und meine Mutter wird zürnen, wenn sie merkt, dass ich gegangen bin.«

»Deine Mutter hat dich den ganzen Abend über nicht gesehen, sonst wäre sie gewiss in einen Schreikrampf ausgebrochen wegen des Kleides.« In der Reflexion des Teiches sah ich das breite Grinsen von Eidala. »Sie scheint eine sehr verklemmte alte Frau zu sein, das schließe ich anhand der Dinge, die du so über sie erzählst.«

Ich schluckte.

Auf einmal stand Eidala auf, schüttelte ihre silbern glänzende Hand, beobachtete, wie die Tropfen neue Ringe in dem fremdartigen Wasser hervorriefen. Schließlich seufzte sie. »Aber gut, hier passiert ja doch nichts, dann gehen wir eben wieder. Was für ein langweiliger Gott.«

Erleichtert sanken meine Schultern nach unten, ich nickte und drehte mich um – und schrie.

Eine gewaltige Welle aus Nebel hatte sich vor uns aufgebaut, flutete die Baumwurzeln und drang die Stämme empor, verschluckte jeden Busch und jede Blume. Ein leises Murmeln wohnte darin, schien klagend und traurig. Stechende Kälte begleitete die Geräusche, biss mir gnadenlos in die blasse Haut.

Doch das war nicht das Schlimmste von allem. Es war die Gestalt, die inmitten dieses dunstigen Meeres stand. Ein dunkler Mantel umgab ihre hochgewachsene Figur. Schwarzes Haar, wild und zerzaust, bildete einen bizarren Kontrast zu der todfarbenen Haut, die ein eigenartiges Gesicht umgab. Die Wangenknochen glichen dunklen Schneiden, die Lider waren durchdrungen von violett gefärbtem Schimmer. Die wie leer gesaugten Lippen besaßen die ungesunde Farbe eines Blutergusses. All das erschien jedoch unbedeutend im Angesicht der giftgelben, leuchtenden Augen, deren Blick zunächst auf mir ruhte, dann auf Eidala.

Keiner von uns brachte einen Ton hervor. Ich fühlte mich wie erstarrt, meine Muskeln hatten sich binnen eines Atemzuges in stahlharte Knoten verwandelt und rührten sich kein Stück. Meine Kehle dörrte aus.

»Fürchtest du dich vor dem, was du riefst?«, richtete er seine ersten Worte an uns.

Nein, nicht an uns. Nur an Eidala.

»Ich habe Euch nicht gerufen«, wisperte Eidala erstickt.

Ich vermochte den Kopf ein winziges Stück zu drehen, in ihr Gesicht zu schauen. Kreidebleich sah sie aus.

»Du hast über mich gespottet.«

»Das war nicht meine Absicht«, brachte Eidala mühevoll hervor.

»Was war deine Absicht?«, wollte er von ihr wissen. Er bewegte sich nicht.

Wie ein Toter, der aus seinem Grab gezerrt worden ist.

»Wir ... wollten Euch ... sehen«, verriet Eidala wahrheitsgemäß, doch jedes ihrer Worte klang erstickter als das vorige. Ich höre die nackte Angst in ihrer Stimme.

Der Gott legte den Kopf zur Seite. Ein Lächeln erschien auf seinem Gesicht. Es trat einen Wirbel in mir los, der mich zum

Keuchen brachte. Angst und Faszination ließen sich nicht mehr auseinanderhalten. Eidala hatte unrecht gehabt, zumindest teilweise. Dieser Mann war durchaus hässlich und dennoch schön auf eine groteske Weise. Seine Stimme glich einem Spiel der Melodien, auf fürchterliche Art anziehend und dennoch angsteinflößend.

Ein Knacken ertönte über uns. Langsam nur wagte ich es, den Kopf zu heben. Die Furcht zog mir daraufhin sämtliche Muskeln meines Nackens zusammen.

Eine schiere Horde von Spinnen krabbelte an einem dicken Ast entlang, der kaum einen Meter über unseren Köpfen hing. Schwarze, braune und sogar dunkelrote drängten sich übereinander, aneinander, untereinander. Alle waren sie klein und flink. Ganz anders als dieses Monstrum, das langsam aus der Baumkrone glitt und mit fließenden, beinahe tanzenden Bewegungen an einem Faden zu Boden sank.

Eine Spinne so groß wie mein Rumpf.

Eidala fing an zu schreien und lief davon. Jagte an dem Gott vorbei, stolperte, ehe sie endgültig im Nebelsumpf verschwand. Ein heiserer Ton kam über meine Zunge gekrochen, nachdem ich begriffen hatte, dass sie mich einfach zurückgelassen hatte.

Angst fraß sich wie Säure durch meinen Körper. Ich merkte erst jetzt, dass ich den Atem angehalten hatte. Das Blut pochte in meinen Schläfen, während sich meine Fingerspitzen in brennende Eiszapfen verwandelten. Eine Stimme in meinem Kopf schrie mir zu, dass ich fliehen musste, doch der Impuls drang nicht bis zu meinen Beinen durch.

Mein Inneres wurde zu einem See aus Furcht und Chaos.

»Lauf, Saiza«, sagte der Gott plötzlich zu mir.

Ich starrte ihn an.

»Lauf.«

Und dann lief ich. Lief, so schnell ich konnte. Lief, bis ich den Wald hinter mir gelassen hatte. Lief selbst dann noch.

Tränen strömten mir über die Wangen, unaufhaltsam und sengend. Da war nichts als Entsetzen in mir. Nichts als das und eine Frage, die wie ein erwachender Morgenschimmer in mir aufkam.

Woher kannte der Spinnengott meinen Namen?

Als ich zu Hause ankam, wartete dort nichts außer Wut auf mich. Meine Mutter schrie mich an, fragte mich, wo mein Kopf geblieben sei. *In dem Wald hinter unserem Haus, Mutter. Ein Gott hat ihn mir gestohlen.*

Ich schwieg. Ließ alles über mich ergehen, selbst den Schmerz, als sie mir eine Lavendelblüte aus dem Haar riss. Mein Kranz war fort. Ich musste ihn bei meiner Flucht verloren haben.

Weder fing ich an zu weinen noch zu toben, nachdem ich in mein Zimmer getreten war und mein Kleid hatte zu Boden fallen lassen. Mit klammen Fingern zupfte ich lange, dünne Spinnenfäden von meiner Haut und meinen Strähnen. Fein wie Federn schwebten sie zu Boden, blieben einfach liegen. Selbst als ich im Bett lag und auf den Boden starrte, sah ich sie noch im faden Schein glitzern.

Obwohl ich es mit aller Macht versuchte, konnte ich nicht in den Schlaf finden. Kaum schloss ich die Lider, sah ich diesen mich marternden gelben Blick. Als wäre er noch immer dort draußen und würde mich beobachten. Mir direkt ins blanke Gesicht sehen.

Und lächeln.

Unruhig wälzte ich mich herum, versuchte zu verdrängen, was gewesen war, aber der Schreck saß zu tief.

Ich hatte einem Gott in die Augen geblickt. Hatte seiner Gegenwart widerstanden und war nicht in die Knie gegangen. Voller Angst war ich geflohen, ja, aber ich war davongekommen. Er hätte mich einfach packen und vernichten können. Und trotzdem hatte er es nicht getan.

Warum? War es das Feuer gewesen?

War es Mitleid gewesen?

Gnade?

Geplagt presste ich die Hände aufs Gesicht. Nein. Ein Gott wie er, eine scheußliche Kreatur wie das, was er war – so etwas würde niemals Gnade oder Mitleid für schwächliche kleine Menschen wie uns empfinden.

Ich seufzte. Was geschah da bloß mit mir?

KAPITEL 7

Keinen einzigen Fuß durfte ich aus dem Haus setzen. Meine Mutter verdonnerte mich zu langwieriger Hausarbeit, ließ mich schrubben und fegen. Ich kroch über den Boden, bis mir die Knie wehtaten, aber selbst das schien nicht genug. Mein Vater hatte Mitleid mit mir, doch all seine Versuche, mich aufzuheitern und Trost zu spenden, unterband Mutter mit scharfen Blicken.

»Da, den Fetzen soll deine *Freundin* bloß wieder an sich nehmen.«

Sie schmiss mir Eidalas Kleid vor die Füße, als ich gerade den Eingangsflur mit dem Besen bearbeitete. Mitten in den Staub fiel der weiße Stoff, verschmutzte sofort.

»Ich kann nicht fassen, dass dieses Dorf ein einziger Haufen Ungläubiger sein soll«, meinte sie plötzlich.

Vater hatte mir verraten, welches Entsetzen sie erfasst hatte, nachdem das am gestrigen Abend zur Sprache gekommen war. Sie hatte Herrn Egne angeschaut, als wäre er im Begriff gewesen, sie zu schlachten. Sie sei empört aufgestanden und hätte nach mir gesucht. Natürlich war ich nicht auffindbar gewesen, sondern bereits fort. Wutentbrannt war sie daraufhin nach Hause gelaufen, hatte gar nicht hören wollen, welch beschwichtigende Worte mein Vater an sie gerichtet hatte.

Kaum war die Tür zugefallen, hatte sie getobt. In solch einer Gesellschaft wolle sie nicht leben.

»Sie glauben doch an die Götter«, wagte sich Vater auf einmal zu sagen.

»Sie hassen sie!«, zischte Mutter. »Sie sprechen ihnen böswillige Absichten und große Grausamkeit zu!«
»Vielleicht haben sie ja recht«, murmelte ich.
»Was?« Es klang wie ein Knurren aus ihrem Mund.
Ich linste vorsichtig zu ihr hinüber. »Es könnte sein, dass es tatsächlich Götter gibt, die mehr Bestie denn Wunderbringer sind.«
»Wie kannst du nur so etwas sagen?« Ihr Blick war entflammt, beinahe so leuchtend wie jener des Spinnengottes.
»Weil ich einen gesehen habe!«, platzte es in diesem Moment aus mir heraus.
Skeptisch musterte sie mich. »Wen?«
»Den Spinnengott«, verriet ich ihr. »Er lebt in dem dunklen Wald hinter unserem Haus. Er sieht aus wie ein Toter, der wieder ins Leben kam. Seine Haut ist dünn und bleich und seine Augen so gelb wie die Blüten einer Sonnenblume. Doch anders als eine Blume ist er entsetzlich, Mutter! Und trotz dessen spricht er mit der Stimme eines Goldvogels. Zudem leben in seinem Wald Spinnen so groß wie ...«
»Genug!«, donnerte sie.
Wütend biss ich mir auf die Innenseiten meiner Wangen.
»Kein Gott ist voll von Hässlichkeit und toter Dunkelheit«, belehrte sie mich umgehend. »Das, was du sahst, war die Strafe für dein törichtes Eindringen in seinen Wald, in sein Heiligtum. Du weißt, dass die Götter nur Taten an den Menschen verüben, um diese zu strafen. Und dafür haben sie allesamt edle Gründe. Jede Pein ist verdient und lehrt dich hoffentlich in zukünftigen Tagen, eine Bessere zu sein, als du es jetzt bist.«
»Dieser Gott stiehlt die Seelen von Menschen! Sein Lächeln ist voll von Blutgier!«, hielt ich dagegen an.
»Noch ein Wort und ich lasse dich des nachts in der Kälte schlafen!«, drohte Mutter mit vor Zorn verzerrter Miene.
Ein merkwürdiges Gefühl breitete sich in mir aus. Fast so kriechend und klammernd wie der Nebel der vergangenen Nacht. Es fühlte sich schrecklich und gut zugleich an.

»Dieser Gott ist ein Unheil. Es gibt allen Grund dazu, um ein vom Mut geweihtes Feuer zu tanzen, um sich vor ihm zu schützen«, gab ich mit leiser Stimme von mir.

Mutter packte mich, wirbelte mich herum und griff nach meinem Kragen. Wie einen Welpen beförderte sie mich aus dem Haus, warf mir Eidalas Kleid ins Gesicht und schlug mir die Tür vor der Nase zu.

Dann saß ich im Dreck. Hinter mir verschlangen graue Wolken die Nachmittagssonne. Schatten tanzten über die grünen Hügel und Felder. Ohne einen einzigen Ton von mir zu geben, raffte ich mich nach einer Weile auf und nahm Eidalas Kleid mit mir, als ich zu jenem Baum wanderte, unter dem ich zuletzt an meiner Geschichte gearbeitet hatte. All die vielen Vergnügungen mit Eidala und auch mit Noahl hatten meine Schreiberei in den Hintergrund gerückt. Ein Ding der Unmöglichkeit eigentlich, liebte ich es doch mehr als mich selbst.

Nachdenklich kauerte ich mich zusammen, zog meinen Zettel aus der Rocktasche und las das bisher Geschriebene durch. Ich hatte von einer unschuldigen ersten Liebe erzählt. Doch was wäre, wenn ich sie dunkel werden ließ? Furchtvoll?

Nach und nach formulierte ich ein paar Sätze in meinem Kopf, überlegte zunächst. Aber es gefiel mir nicht. Nein, die Liebe an sich sollte bleiben, wie sie war. Vielleicht könnte ich allerdings die Welt verändern, in der sie spielte. Sie finsterer machen, kälter.

Das gesamte Papier kritzelte ich voll. Als ich keinen Platz mehr hatte, griff ich nach einem Laubblatt der Eiche, sammelte zahlreiche, rund gewundene Blätter und schrieb sie voll mit meinen Gedanken und Empfindungen. Ich fühlte die Geschichte, als wäre sie mir selbst widerfahren.

Als wäre ich es, über die ich dichtete.

Irgendwann begann der Abend das Licht des Tages zu verschlingen. Doch selbst dann noch tanzte mein Stift über die Blätter. Bis eine Gestalt die weite Straße entlanglief. Es war Noahl.

»Guten Abend, Saiza«, begrüßte er mich freundlich. Ich erwiderte nichts. Und so legte er den Kopf schief, betrachtete mich. »Wie geht es dir?«

»Das weiß ich gar nicht so genau«, antwortete ich ehrlich.
»Wie kommt das?«
»Hast du mit Eidala gesprochen?«, wollte ich von ihm wissen.
Er nickte schwach.
»Das hier ist ihres.« Ich reichte ihm das schmutzige Kleid. »Kannst du es ihr bringen?«
Wieder nickte er stillschweigend, nahm das Stoffbündel an sich.
»Hat sie dir erzählt, was wir im Wald gesehen haben?«
»Sie hat lange geweint, bevor sie es mir verriet«, erzählte Noahl. »Sie war unsagbar verängstigt.«
»Dabei hatte sie es unbedingt wissen wollen«, murmelte ich.
»Was?«
Ich guckte Noahl in die grünen Augen. »Ob der Gott vor uns zurückschrecken würde.«
»Du scheinst dich nicht ansatzweise so zu fürchten wie Eidala«, stellte er fest.
Unsicher runzelte ich die Stirn. »Doch, das tue ich. Aber irgendwie ...«
»Irgendwie?«, wiederholte Noahl, als ich nicht weitersprach.
Ich schüttelte den Kopf. »Nicht so wichtig. Geht es Eidala denn wieder gut?«
»Sie traut sich nicht aus dem Haus. Sie hatte schlimmste Albträume und ist vollkommen erschöpft. Ich glaube, sie schläft jetzt schon.«
Mein Blick fiel auf die zahlreichen Blätter in meinem Schoß. Ich hatte geschrieben, als hätte mich der Wahnsinn überfallen. »Was machst du eigentlich hier?«, fragte ich Noahl, ohne ihn anzusehen.
»Mich würde interessieren, wie du dich fühlst. Ob du vielleicht eine Umarmung brauchst.«
Perplex sah ich auf.
Noahl grinste schwach. »Na?«
Beharrlich schwieg ich.
»Du bist gestern einfach so vor mir geflohen, eigentlich habe ich sogar mehr als eine Umarmung verdient, ich armer Tor.«
»Es tut mir leid?«

Er winkte ab. »Schon gut, kleine Poetin. Ich treibe nur Spaß mit dir.« Er wies mit dem Kinn auf die vielen Blätter. »Schreibst du gerade an deiner Liebesgeschichte? Hat der gestrige Abend deine Leidenschaft entflammt?«

»Vielleicht.«

Nicht nur der gestrige Abend. Es war vor allem die vorangegangene Nacht, die etwas mit mir gemacht hatte. Der Spinnengott und sein Wald. Das erste Mal fragte ich mich, ob ich ihn wiedersehen würde. Ihn und dieses Lächeln der Finsternis.

Noahls Stimme veränderte sich; ich hörte schwache Töne der Sorge heraus. »Der Gott kann dich vielleicht nicht holen, aber er kann dich heimsuchen. Du musst dich nicht davor fürchten, seine Spiele sind harmlos, wenn dein Herz sich nicht für sie öffnet. Bleib des nachts in deinem Haus, Saiza.«

»Werde ich, Noahl.«

Die Nacht wurde immer kälter. Ich drängte mich gegen den kleinen Strohballen, der an der Hinterseite unseres Hauses an der Wand lehnte. Er wärmte mich zumindest ein bisschen. Immerhin hatte ich einen Umhang von meinem Vater entgegennehmen dürfen. Nun kauerte ich mit zusammengebissenen Zähnen auf einem alten Leinensack neben der Hintertür und wartete, dass der Schlaf mich fortholte.

Meine Blätter hatte ich im Schoß liegen, sie wieder und wieder durchgelesen und gestaunt, welch Worte meinem Verstand entsprungen waren. Sie gefielen mir und weckten meinen Stolz.

Mein größter Traum war es, einmal eine bekannte Schriftstellerin zu werden. Eine Geschichte zu einem Buch drucken zu lassen und zu sehen, wie andere Menschen sie lasen. Sie vielleicht so liebten, wie ich es inzwischen tat.

Aber all das blieb wohl nur ein Hirngespinst. Denn Frauen schrieben keine Bücher und druckten sie nicht auf wertvolles Papier. Sie träumten lediglich mit einer Feder in der Hand und leugneten jeden Satz, der ihrem Herzen entsprang. Frauen waren zu romantisch, um eine wahre Geschichte erzählen zu können. Ihre Ideen strotzten vor alberner Narretei und zartem Geplänkel, das nicht im Entferntesten den Kampf widerspiegelte, der täglich auf dieser Erde tobte.

Was hatte ich die Augen bei diesen Worten verdreht, als die Freunde meines Vaters sie an einem Abend in unserer alten Stube von sich gegeben hatten. Selbst der größte Buchhändler unserer alten Heimat hatte dem zugestimmt, mir vor Empörung die Röte auf die Wangen getrieben mit seinem Nicken.

Sie hatten doch alle keine Ahnung.

»Saiza.«

Ich öffnete die Augen, vergaß meine eben übergeschwappte Wut und fühlte einen Schauer spiegelblanker Kälte auf meinen Armen. Mein Magen zog sich auf schmerzhafte Weise zusammen. Mir wurde übel.

Die Blumen am Waldrand hatten zu leuchten begonnen. Ich starrte sie so durchdringend an, dass mir fast entging, wie ein Schatten neben einem silbergrauen Stamm erschien. Zwar wusste ich, wer er war, wollte aber nicht, dass meine Vermutung zur tatsächlichen Wahrheit wurde, würde ich nun den Blick heben.

So gelb. Wie konnten Augen nur so gelb sein? Wie konnten sie inmitten all des Todes ein Zeichen von Leben sein?

»Wende dich nicht ab von mir«, murmelte seine samtene Stimme, als ich die Lider wieder niederschlug.

Angsterfüllt hob ich mir einen Finger an die Lippen.

»Wovor fürchtest du dich?«

Ich schwieg. Bewegte mich nicht. Etwas kam näher. Es gab nur meinen Atem und sonst keinen.

Urplötzlich fegte ein kurzer Windstoß an der Wand entlang, riss meine Haare in die Höhe, ließ braune Strähnen über meine Lippen streichen und all meine Blätter in die weite Nacht wehen. Entsetzt holte ich Luft, ließ die Hand sinken. Mein Werk verteilte sich wahllos im kalten Gras.

Dann hielt der Spinnenfürst plötzlich eines der Blätter in den dünnen Fingern. Erst jetzt fiel mir auf, dass er nicht blinzelte. Nein, er starrte klar und durchdringend auf meine Worte.

Eine andere Art von Angst jagte durch mich hindurch. »Hör auf«, hörte ich mich sagen, bevor ich begriff, dass ich die Stimme erhoben hatte.

Er hob eine seiner schwarzen Brauen. »Warum sollte ich?«

»Weil diese Worte mir gehören.«

»Dann hol sie dir doch zurück.«

Ich rang einen kurzen Moment mit mir. Schlussendlich stand ich auf und näherte mich ihm mit vorsichtigen Schritten. Der Spinnenfürst beobachtete mich mit unverhohlener Faszination, die ich nicht verstand. Er war schließlich ein Gott, ich nur ein Mensch. Was sollte ihn an mir schon faszinieren?

Einer seiner Arme streckte sich mir entgegen, zwischen seinen bleichen Fingern hielt er das Blatt. Ich zögerte, nahm es letztlich doch an mich. Nichts geschah, er schaute mich einfach nur an und wartete ab. Der Spinnenfürst war größer als ich, wenngleich nicht viel älter. Trotzdem kam er mir alterslos vor. Götter leben ewig. Ein Menschenleben war nur ein Wimpernschlag für sie.

»Du hast uns Angst gemacht«, sprach ich mit gesenkter Stimme.

»Habe ich das?«

Ich nickte.

»Tue ich das jetzt auch?«

Tatsächlich fing ich an zu überlegen. Ich kannte die Antwort darauf nicht. Ein Ja wäre falsch gewesen. Ein Nein aber ebenso. Er schien meinen inneren Konflikt zu bemerken, seine Mundwinkel verzogen sich zu einem amüsierten Grinsen.

»Was willst du von mir?«, stellte ich ihm stattdessen eine Gegenfrage.

Jetzt war er der Schweigende.

»Bist du gekommen, um meine Seele zu stehlen?«

Wieder gab er keine Reaktion von sich, stand einfach nur da in seiner unheilvollen Dunkelheit.

»Antworte!«, forderte ich von ihm, überraschte mich selbst mit meinem barschen Ton. Was tat ich hier bloß? Wollte ich dem Tod allzu genau ins Auge sehen?

»Das kann ich nicht. Weil ich selbst noch nicht weiß, was ich von dir will, Saiza.«

Mein Mund schloss sich wieder.

»Für den Anfang frage ich mich, von was deine Geschichte handelt«, kam es dann aus seinem seltsam gefärbten Mund.

»Weshalb sollte ich dir davon erzählen?«, gab ich zurück.

»Weil ich interessiert bin.«

Warum blinzelte er nie?

Unsicher verschränkte ich die Arme.

Fast schon belustigt nahm er es zur Kenntnis. »Wolltest du das nicht? Dass sich jemand für deine Geschichte interessiert?«

»Schon, aber ...« *Nicht du.* »Ich hatte da eher Menschen im Sinn.«

»Was macht mich als Zuhörer anders?« Er schloss kurz die Lider, nur um mir erneut einen Schauer durch Mark und Bein zu jagen mit einem forschen Blick, der in ein verschmitztes Lächeln gebettet war. »Ich weiß ein kunstvolles Wort ebenso zu schätzen wie ein leidenschaftlicher Lyriker.«

Ich sah auf das Blatt in meiner Hand und zögerte. »Es geht um ein Mädchen, das mit seinem Bruder durch einen Wald spaziert. Sie kommen an einem mystischen Garten vorbei, in dem blaue Rosen wachsen. Ihr Bruder pflückt eine dieser Rosen und daraufhin erscheint ein Mann, der sich als *Prinz des Glases* entpuppt. Eine Sagengestalt innerhalb dieser Welt.«

»Ein Prinz? Aus Glas?«, wiederholte der Spinnenfürst, hatte eine Braue nach oben gezogen. Es sah aus, als hätte er Spaß. Machte er sich gerade über mich lustig?

»Ja«, entgegnete ich harsch, »ganz recht.«

»Was will der Mann von dem Mädchen und seinem Bruder?«, fragte er.

»Er fordert, dass jemand für das Leben der Rose bezahlt, das eben beendet wurde. Das Mädchen sagt, es wäre es gewesen, es habe die Rose gepflückt. Da die Rose zu diesem Zeitpunkt bereits sechs Monate gezählt hatte, verpflichtete der Prinz sie, in seinem Schloss aus Glas zu wohnen. In einer Halle ohne Möbel, ohne Leben und Farbe. Damit sie die Trostlosigkeit des Todes nachvollziehen könne«, erläuterte ich.

»Ist der Prinz ein Gott?«

Unmerklich schüttelte ich den Kopf. »Nein«, meinte ich langsam. »Nein, ist er nicht. Er ist ein verfluchter Junge, der wegen seiner Herzlosigkeit verwunschen wurde und dazu verdammt ist, ein Herz aus Glas in der Brust zu tragen, bis ihn jemand erlöst.«

»Und wie kann man ihn erlösen?«

Erst jetzt fiel mir auf, dass der Spinnenfürst mir so nahe war, dass er einfach nach mir hätte greifen können. Aber er tat es nicht und ich bewegte mich nicht fort.

»Indem jemand sein Herz mit wahrer Liebe berührt«, verriet ich.

»Also ist es eine Geschichte über die Liebe«, stellte der Gott für sich fest. Schmunzelte auf seine bizarre Weise, was sein entstelltes Antlitz doch merkwürdig schön erscheinen ließ.

»Auch. Ja.« Ich versuchte mich nicht von ihm und seiner Erscheinung einschüchtern zu lassen.

»Es gibt zu viele Geschichten über den Tod und den Kampf. Ein Buch über die Liebe – das habe ich noch nie gelesen.« Die Züge des Spinnenfürsten wurden weicher. Mich aber versetzte das in Aufruhr. War es vielleicht ein Trick? War es das, wovor Eidala mich gewarnt hatte?

»Noch ist es nicht fertig«, sagte ich tonlos.

»Dann erzähl mir doch an einem anderen Tag, wie die Geschichte weitergeht. Erzähl mir, wie sie endet, wenn du so weit bist.« Bevor ich etwas erwidern konnte, hob der Gott die Hand. »Jetzt solltest du aber die Augen öffnen. Ein wenig länger noch und du verlierst dich viel zu tief in deinem eigenen Schlummer.«

Ich blinzelte, verstand nicht.

Im nächsten Moment japste ich laut nach Luft, denn urplötzlich saß ich wieder auf dem Leinensack, den Umhang um die Schultern. Die Sonne ging gerade auf und kleine Tautropfen glitzerten auf dem

Gras vor meinen Füßen. Irgendwo zwitscherten ein paar Vögel über mir auf dem Dach.

Ungläubig rieb ich mir über das Gesicht und sah hinab auf die Blätter in meinem Schoß. Kein einziges fehlte.

Was war hier gerade geschehen? Hatte ich all das bloß geträumt?

KAPITEL 8

Meine Mutter schickte mich ins Dorf, um ein paar Nahrungsmittel zu besorgen, sie selbst wollte sich dort nicht mehr blicken lassen. Genauer gesagt wollte sie alle dortigen Bewohner nie wiedersehen müssen.

Mir machte das nichts aus – im Gegenteil. Ich rannte regelrecht und konnte es gar nicht erwarten, Eidalas Gesicht vor mir zu sehen. Als sie mir schließlich die Tür öffnete, seufzte sie zunächst und fiel mir dann in die Arme.

»Ach, bin ich froh, dich zu sehen, kleine Poetin«, murmelte sie.

»Alles ist gut, Eidala«, sagte ich zu ihr und strich über ihren Rücken.

»Jetzt, ja.«

»Kannst du ein Stück mit mir gehen?«, fragte ich.

Sie nickte und folgte mir hinaus in den milden Tag, der nur wenige Sonnenstrahlen für uns übrighatte. Wir fanden Platz nahe einem langsam aufgehenden Kornfeld. Eidala strich sich die schwarzen Haare aus dem Gesicht, zupfte an einer gelben Löwenzahnblüte herum. Die Blumen hier schienen alle viel robuster im Vergleich zu jenen Pflanzen in meiner alten Heimat. Sie blühten schon jetzt hell und kräftig.

»Noah hat mir das Kleid gebracht«, fing Eidala an.

»Es tut mir leid. Meine Mutter hat es einfach in den Dreck geworfen«, entschuldigte ich mich kleinlaut.

»Schon gut. Ein schmutziges Kleid war an diesem Tag meine geringste Sorge.«

»Geht es dir inzwischen besser?«, wollte ich wissen.

»Sicher.« Sie gab sich zuversichtlich, doch ich sah den Zweifel in ihren Zügen. »Es waren die vielen Spinnen und diese Fratze.« Sie spitzte die Lippen, schaute in die Ferne. »Sonst erschreckt mich nicht vieles, aber das war entsetzlich. Ich bin froh, dass das Feuer uns vor ihm geschützt hat.«

Ich nickte. »Du bist wirklich sehr mutig, Eidala.«

Diese Worte hatte sie gebraucht, das wusste ich. Prompt schaute sie mich an. »Danke.«

Es folgte keine Entschuldigung, dass sie mich einfach stehen gelassen hatte.

»Ich habe ihn noch mal gesehen«, verriet ich dann.

Entsetzen prägte ihre Züge. »Beim Himmel, wirklich?«

»Ja. Er tauchte in einem meiner Träume auf«, erzählte ich. »Er hat mir nichts getan. Wir haben nur miteinander geredet und sonst nichts. Er hat sich für meine Geschichte interessiert.«

Auf einmal lagen Eidalas Hände um mein Gesicht. »Oh, Saiza, sieh dich vor! Das ist nur ein Trick, um dich wieder in seinen Wald zu locken und deine Seele zu stehlen!«

Ich runzelte die Stirn. »Aber wie soll das gehen? Ich dachte, das Feuer würde genau dies verhindern.«

Eidala ließ von mir ab, guckte mich besorgt an. »Nun, das Feuer wirkt nur so lange gegen die Kraft eines Gottes an, wie man es im Herzen behält. Öffnet man das Herz für den Zauber des Gottes, dann kommt es frei und erlischt. Und der Schatten der Magie kann wiederum in jede Faser deiner Seele dringen und sie an sich nehmen.« Eidalas Miene enthielt Ahnungen von Schmerz. »So passiert es jedenfalls immer wieder, dass junge Frauen aus unserer Mitte verschwinden. Wenn er nicht einfach nach ihnen greifen und sich ihrer ermächtigen kann, dann versucht er es mithilfe seiner Trickserien und seiner betörenden Stimme.«

Das weckte die Enttäuschung in mir – das erschreckte mich wiederum.

»Er interessiert sich nicht für deine Geschichte, Saiza, nur für deine Seele«, hörte ich Eidala sagen.

Ja. Niemand interessierte sich für meine Geschichten ... Wie hatte ich nur etwas anderes glauben können.

»Wann ist das letzte Mal ein Mädchen aus dem Dorf verschwunden?«, wollte ich wissen, nachdem wir eine Weile geschwiegen hatten.

»Das ist schon einige Monate her«, antwortete Eidala.

»Woher wisst ihr, dass es der Gott ist, der sie fortlockt?«

»Es ist der Nebel, der am Morgen aus dem Wald dringt. Er ist nicht wie ein gewöhnlicher; seltsame Flüsterstimmen leben darin, sie weinen und klagen.« Eidalas Stimme sank zu einem Wispern herab. »Man sagt, dies seien die letzten Fragmente einer sterbenden Seele, die noch versucht, ins Licht zu entkommen.«

Das klang schauerlich. Ich erinnerte mich zurück an unsere erste Begegnung mit dem Gott. Da war genau jener Nebel erschienen, den Eidala gerade beschrieben hatte.

»Wenn er dir abermals erscheint, wende dich ab, schau ihn nicht an und sprich nicht mit ihm«, warnte Eidala.

»Hast du ihn noch einmal gesehen?«, stellte ich ihr eine weitere Frage.

»Nein. Und das ist auch gut so.« Eidala schlang die Arme um sich. »Ich habe meinen Vater angewiesen, alle Spinnen aus dem Haus zu werfen. Sollte ich noch mal eine erblicken, werde ich sie eigenmächtig unter meinen Schuh zerquetschen.« Nun wirkte sie grimmig.

»Wenn du mich brauchst, dann bin ich für dich da«, sagte ich, als es mir schien, sie ginge gerade in Gedanken verloren.

Sie schaute auf. »Das ist lieb von dir, Saiza.«

Ich lächelte sie an. In meinem Kopf zogen jedoch Bilder von dunklen Spinnenkörpern vorbei. Eine Stimme wisperte meinen Namen. Auf eine solch schöne Weise, dass mir ein Schauer den Rücken herunterlief. Ich bekam es mit der Angst zu tun, fragte mich, ob ich dem Spinnengott und seiner Magie vielleicht bereits mein Herz geöffnet hätte, indem ich ihm von meiner Geschichte – dem größten Teil meines Herzens – erzählt hatte.

Zuerst fühlte ich eine schreckliche Ohnmacht, dann kam mir eine Idee.

Ich befand mich gerade auf dem Heimweg, trug diesen entsetzlich schweren Korb in meinem Arm, als jemand meinen Namen rief. Beinahe wäre ich zusammengezuckt, begriff jedoch, dass es sich bloß um Noahl handelte. Ich drehte mich um und entdeckte ihn zwischen zwei großen Pferden. Eines war braun, das andere rot wie ein Fuchs.

»Sind das deine?«, fragte ich ihn, während sie alle vor mir zum Stehen kamen. Sie überragten mich fast turmhoch. Eines schnaubte leise, das andere blieb ruhig.

»Nein.« Noahl guckte mich freundlich an. »Ich trainiere sie nur.«

»Für was?«

»Es sollen einmal Kutschpferde werden. Ich bilde sie aus.« Er schaute dem roten Tier ins Gesicht. Es erwiderte es. »Aber jetzt kommen sie zurück auf die Weide. Genug für heute.«

»Ist das deine Arbeit?«, wollte ich von ihm wissen. Gemeinsam setzten wir uns in Bewegung. Ich lief im gebührenden Abstand zu den Tieren, deren Hufe die Größe eines Kinderkopfes besaßen.

Noahl nickte. Dann schaute er auf meine Arme. »Gib mir das, das sieht schwer aus.«

Bevor ich etwas sagen konnte, hielt er schon den Korb in der Hand. Ein wenig verdutzt bedankte ich mich, lief aber dennoch weiter. Noahl aber grinste mich von der Seite an.

»Sag, hättest du Lust, mit mir schwimmen zu gehen? Heute Abend?«

Wieder entglitten mir meine Gesichtszüge für einen kurzen Moment. »Ich denke nicht.«

Diese direkte Absage überraschte Noahl, seine amüsierte Miene wich einer enttäuschten. »Wie schade.«

»Meine Mutter braucht noch meine Hilfe beim Anbringen der Gardinen. Verzeih«, schob ich noch hinterher. Ich hatte ihn nicht verletzen wollen, doch tatsächlich hatte ich andere Dinge im Kopf, die es zu tun galt. Zudem – ich könnte doch nicht einfach mit einem Mann schwimmen gehen, der nicht einmal mein Ehemann war. Das wäre ...

Seltsam. So mein erster Gedanke. Nicht aber »skandalös« oder »unzüchtig«. Nein. Nur seltsam, im Sinne von ungewohnt.

Die Weide der beiden Pferde lag unweit von meiner großen Eiche entfernt. Noahl gab lediglich einen kurzen, prägnanten Ton von sich, dann liefen sie von selbst auf die Koppel, nachdem er ihnen die Führstricke entfernt hatte. Ich sah ihnen hinterher, schaute mir auch die anderen Pferde an, die dort grasten. Vornehmlich waren es weiße.

»Das sind Winterpferde aus den *Großen Gebirgen*«, erklärte mir Noahl. »Sie sind dazu gemacht, schlimmste Kälte und eisige Stürme zu überwinden. Dank ihnen ist es möglich, Handel mit den Ländereien hinter den Gebirgen zu treiben, gibt es doch nur die Gletscherpässe, die zuverlässig dort hinführen.«

»So etwas gab es bei uns nicht«, meinte ich. »In meiner ehemaligen Heimat ist das Land viel wärmer. Geschneit hat es nur selten einmal.«

»Was gab es bei euch, was es wiederum hier nicht gibt?«, fragte mich Noahl, während er wie ich am Zaun lehnte. Ich wirkte wahrscheinlich wie ein kleines Kind, er dagegen machte einen lässigen Eindruck.

Ein flüchtiges Lächeln huschte über meine Lippen, als einige Erinnerungen aufkamen. »Bei uns gab es Eidechsen so bunt wie Regenbögen. Und vierfarbige Blumen. Sie schillern im Sonnenlicht wie Glas, so klar sind sie.«

»Das klingt märchenhaft«, meinte Noahl mit einem Schmunzeln. »Vermisst du deine alte Heimat?«

»Ja und nein«, lautete meine Antwort. »Manches dort habe ich als wundervoll empfunden. Anderes nicht.«

»Gibt es hier auch wundervolle Dinge?«

Da lächelte ich ihn nur stumm an. Er erwiderte es.

Der Abend war gekommen und mit ihm die Zeit, meinen Plan in die Tat umzusetzen.

Ich hüllte mich in einen dicken Umhang, band mir das Haar zu einem Zopf, sodass nichts meine Sicht beeinträchtigte. Meine Mutter wurde wieder einmal von flutwellenartigen Kopfschmerzen geplagt, die sie regelmäßig heimsuchten. Niemand konnte es erklären, niemand konnte es heilen. In diesem Zustand schien sie meist unfähig zu jedweden Dingen, die es im Haushalt zu erledigen galt. Auch eine sinnvolle Konversation blieb verwehrt, nur Stöhnen und Ächzen drang aus ihrem Mund. Oft bemitleidete ich sie für diese Pein, heute aber tat ich einen erleichterten Seufzer, während ich die Treppe hinunterschlich.

Ich biss mir zur Strafe sofort auf die Zunge. Der Schmerz eines anderen Menschen sollte mir kein Glück bereiten.

»Wo willst du hin?«, hielt mich Vater auf, nachdem ich um die Ecke gebogen war.

»Nur ein kleines Stück spazieren. Die Nachtluft bringt meinen Kopf zum Arbeiten. Die Dunkelheit inspiriert mich«, verriet ich ihm, drehte mich nur halb um, in der Hoffnung, er würde mich gleich gehen lassen.

Er machte ein bedrücktes Gesicht. »Das tat sie bei mir auch immer.«

Ich schenkte ihm ein Strahlen. »Warum so trübsinnig?«

»Weil die Dunkelheit nichts sein sollte, was den Geist in Leidenschaft und Kreativität versetzt.«

KAPITEL 9

Vater ließ mich gehen. Aber nur, weil er mich verstand. Weil er ebenso wie ich nicht vollkommen an die absolute Strenge der Götter glaubte. Meist kümmerten sie ihn nicht, er betete mit meiner Mutter gemeinsam, wenn sie es verlangte, aber in all den anderen Stunden des Tages verschwendete er keinen überflüssigen Gedanken an sie.

Mein Kopf dagegen war heute voll davon gewesen.

So kam es, dass ich nun durch den Wald stapfte, den Umhang immer fester um mich zog, während ich die Kälte auf meinen Wangen spürte, die in jede Pore meiner Haut zu dringen versuchte. Ein seichter Nebel bedeckte den Boden, Mondlicht wand sich durch die Baumkronen, strömte an Ästen und Stämmen vorbei, berührte mein Haupt und brachte mein Haar zum Schimmern.

Mich beschlich ein ungutes Gefühl, nachdem ich erst nach ewigem Marsch den silbernen Teich erreicht hatte, der genauso ruhig und verlassen inmitten dieses eigenartigen Waldes lag wie schon zwei Nächte zuvor. Lange tat sich nichts. Ich schaute mich um, erwartete, dass er jeden Moment wieder vor mir stehen würde mit seinem Unheilgrinsen und dem Nebelmeer zu seinen Füßen.

Aber er kam nicht.

Irgendwann wurde ich müde und wagte, die Lider für ein herzhaftes Gähnen zu senken, als ich plötzlich ein feines Kribbeln in meinem Nacken spürte, das mir sämtliche Haare aufstellte. Ich drehte mich um, aber noch immer war ich allein. Also führte ich meine Hand an meinen Nacken, strich unter meinem Haar vorbei. Etwa huschte über meine Finger.

Meine Beine zitterten, als ich die Hand vors Gesicht hob. Eine kleine schwarze Spinne bewegte ihre langen Beine über meine Fingerkuppe. Sie besaß nicht einmal die Größe meines kleinsten Fingers, doch ihre metallisch glänzende Rotfärbung im rechten Licht ließ mich vor Furcht ruckartig die Luft einziehen.

»Das ist die *Kleine Nagi*. Die gefährlichste aller Spinnen. Ihr Biss tötet innerhalb zweier Augenblicke.«

Ich wagte lediglich, den Kopf zu drehen. Der Spinnengott stand unweit von mir entfernt zwischen zwei Stämmen, lächelte mich schief an. Seine Anwesenheit setzte einen neuen Aufruhr in meinem Inneren frei.

»Kannst du sie von meiner Hand verschwinden lassen?«, bat ich ihn mit wackeliger Stimme.

Die Aufmerksamkeit des Gottes richtete sich auf die kleine Spinne, deren sachte Berührungen schon fast eine Liebkosung auf meiner Haut waren. Geschwind wanderte sie meinen Arm hinauf, eroberte meine Schulter und setzte das erste Bein an meinen Hals. Ich wimmerte.

»Sie soll weg von mir«, hauchte ich gebrochen. »Bitte.«

Der Gott tat nichts, außer die Spinne anzusehen. Und doch befehligte er die Kreatur damit offenbar, von mir zu verschwinden. Erleichtert rang ich nach Luft. Meine Arme fühlten sich schwer und unsagbar schwach an.

»Du scheinst nichts aus den Warnungen der Dörfler zu lernen«, richtete er sich wieder an mich, als ich die Fäuste ballte und meine Beherrschung zurückgewann.

»Ich bin hier, um Buße zu tun«, sagte ich zu ihm.

Seine Brauen rutschten in die Höhe. »Buße?«

»Ja.« Ich nickte fest. »Um mich von dir loszusagen. Ich weiß, wir haben dich verärgert durch unser Erscheinen in deinem Wald und die spöttischen Worte. Ich will Demut zeigen. Im Gegenzug musst du von mir ablassen.«

»Ablassen?«, wiederholte er. »Du denkst, ich begehre dich in irgendeiner Weise?«

Ich presste unmerklich die Lippen zusammen. »Nun …«

Ein gefährlicher Ausdruck huschte über sein Gesicht. »Deine Buße kümmert mich nicht, Mensch.«

Sorge ließ mein Herz schwer werden. »Was kümmert dich dann?«

»Alles, was du mir zu geben bereit bist.«

Falten gruben sich in meine Stirn. »Ich könnte dir ein Gedicht schreiben.«

Seine Augen glommen auf wie eine entzündete Fackel.

»Wenn ich es tue, lässt du mich danach für immer in Frieden. Einverstanden?«, fügte ich noch hinzu.

Langsam legte er den Kopf schief. Dann – ein einzelnes Nicken.

»Gut, ich komme morgen wieder«, meinte ich erleichtert.

»Nein«, entgegnete er.

Sofort schnürte sich mir die Kehle zu. »Nein?«

»Schreib das Gedicht jetzt.«

Ich sah in sein bleiches Gesicht. Das Schmunzeln war noch immer ungebrochen und trotzdem lag in seinem Ausdruck etwas Forderndes, Unerbittliches.

»Ich schreibe all meine Werke normalerweise allein und in Ruhe«, versuchte ich ihn umzustimmen.

»Setz dich.« Er wies auf etwas hinter mir. Zu meiner Überraschung fand ich dort einen moosüberzogenen Stein, der eben noch nicht dort gestanden hatte. Schluckend sank ich hinab. Im nächsten Moment hielt ich ein Pergamentpapier und einen Kohlestift in der Hand.

Der Spinnenfürst schaute mich durchdringend an.

»Und jetzt schreib«, verlangte er mit seiner betörenden Stimme, die er gewiss einem Sänger gestohlen haben musste.

Mit trockenem Mund starrte ich auf das leere Blatt zwischen meinen Fingern. In meinem Kopf herrschte Leere, nie waren die Worte mir derart fern gewesen. Mein Herz klopfte ohne Unterlass schmerzvoll gegen meine Brust.

Fahrig notierte ich ein paar Worte. Keines besaß einen wohlen Klang in meinen Gedanken, doch ich hatte keine Wahl.

»Starr mich nicht so an«, fuhr ich den Gott an, als ich merkte, wie intensiv er mich beobachtete. Zwei Spinnen huschten über seine Schultern. Er schien es nicht einmal zu bemerken.

»Stört es dich?«, fragte er.

»Natürlich.« Ich widerstand dem Drang, schnaubend den Kopf zu schütteln. Sollte er einmal ein Gedicht aus dem Ärmel schütteln, wenn ich ihn währenddessen mit meinem Starren durchbohrte.

»Du bist ziemlich mutig für einen Menschen, der eigentlich von Furcht umklammert ist«, meinte er nach einigen Momenten der Stille.

Da mochte er wohl recht haben. Mir war sie nicht entgangen, diese unangenehme Ambivalenz in mir. Einerseits fürchtete ich ihn, hielt ihn für etwas Verabscheuungswürdiges, andererseits machten seine groteske Schönheit und sein suchender Blick etwas mit mir, was ich kaum zu beschreiben wusste.

Es zog mich an.

Doch – nein, das war absurd. Lediglich meine Worte, die mir wie ein Anker in der stürmischen See der Ungewissheit erschienen, ließen mich die Angst vergessen. Fein malte ich sie auf das Papier, versuchte mich an dem gelungenen Schwung ihrer Beschaffenheit zu erfreuen und Zuversicht zu gewinnen für die Aufgabe, die vor mir lag.

Spinnen krabbelten über meine Schuhe und ich versuchte, nicht das Gesicht zu verziehen, als ich sie entdeckte. Mit aller Macht konzentrierte ich mich auf meine Aufgabe, schrieb Verszeile um Verszeile nieder. Zum Schluss überlegte ich, mein Signum ans Ende des Blattes zu setzen.

Ich tat es nicht.

»Bitte sehr«, sagte ich zum Spinnenfürst und hielt ihm mein Werk entgegen.

Wir sahen einander an. Dieses Mal traf es mich so schlimm wie nie zuvor, denn plötzlich lag in seinem Blick eine Sanftheit, die selbst den letzten Winkel meiner Seele erreichte.

»Trag es mir vor«, forderte er mit leiser Stimme.

»Warum?«, fragte ich, beinahe flüsternd.

»Weil ich dich darum bitte.«
Zaghaft stand ich auf und wusste selbst nicht, weshalb ich mich seinem Wunsch beugte. Ein Teil von mir wollte es. Ein anderer versuchte sich zu wehren, und versagte gnadenlos.

Ich besah mein Gedicht, strich mir über die rechte Braue, wie ich es oft tat, wenn ich den Sturm meiner Gedanken nicht bändigen konnte. Ein Seufzen kam mir über die Lippen.

Schließlich las ich es vor.

In blanker Finsternis
Da stand ein Mann
Mit einem Lächeln aus Silber im Gesicht

Nichts als klamme Bitternis,
Die dich schlägt in Bann,
Dem entkommen kannst du nicht

Spinnenfürst, so nannten sie ihn
Und doch war er mehr als das
Ein Mann des Wortes, wie es schien

Gibt acht, was dein Mund verliert
In seiner Gegenwart
Gibt acht, wer deine Seele nun regiert

Halt sie bei dir ganz
Schütze ihren gold'nen Glanz

Nachdem ich geendet hatte, traute ich mich kaum aufzusehen. Trotzdem wusste ich, dass ich es tun musste. Denn dies hier war mein Pfand. Ich brauchte seine Antwort, musste wissen, ob es ihm ausreichte.

»Bitternis, die eine goldene Seele betört?«

Da war unüberhörbare Erheiterung in seiner Stimme.
Vorsichtig nickte ich.
»Und ein silbernes Lächeln, das sie stiehlt.«
Stille zwischen uns. Stille, während ich ihn ansah. Erst das leise Tummeln der Spinnen über uns in den Bäumen holte wieder die Töne auf die Erde hinab. Der Mond lag über uns in seinem Wolkenmeer und wartete auf meine Erlösung. Oder meinen Untergang. Ich wusste nicht, was wahrscheinlicher sein mochte.

Das Gesicht des Gottes war ausdruckslos. Nur seine niemals blinzelnden Augen offenbarten gelbe Wirbel in ihren Iriden. Die einzige Ahnung von Leben. Erst jetzt fiel mir auf, dass sogar seine Nägel von einer dunklen Lilafärbung waren. *Leichenfinger.*

»Und?«, fragte ich in die dunkle Leere zwischen uns hinein. »Was sagst du?«

Er kam näher. Seine große, dunkle Gestalt schien das Licht der Nacht zu tilgen, einige jagten hektisch die Stämme hinab, eilten ihm nach. Der Silberteich neben uns schillerte hell wie nie zuvor. Der Stein hinter mir schien verschwunden, als ich einen Schritt rückwärts tat.

»Ein Mädchen am Silberteich«, murmelte der Gott, »schön wie die Nacht, schön wie der Frühling.«

Die Distanz zwischen uns schmolz dahin, obwohl ich immer weiter zurückwich.

»Mit Unschuld im Gesicht. Eine Poetin – so nennt sie sich. Eine Poetin – das wird sie sein.«

Jeder seiner Schritte ließ die Welt kälter werden.

»Mit Mut und Angst zugleich tritt sie vor die Nacht.«

Was machte seine Stimme mit diesem Wald? Mit den Kreaturen der Dunkelheit? Mit mir?

Ein hoher Ton der Verzweiflung floh über meine Lippen, als ich ein Hindernis in meinem Rücken spürte. Ein Baum, auf ihm Abertausende von Spinnen. Sie huschten über meine Schultern, streiften meinen Hals, rannen wie dunkler Regen meine Arme hinab.

Der Gott baute sich vor mir auf. »Malt mit Worten ein Gedicht. In der Tat, es ist vollbracht«, wisperte er, die Lider gesenkt. Seine

Finger berührten mein Schlüsselbein und selbst durch den dicken Stoff hindurch fühlte ich diese eisige Kälte.

Mein Puls schnellte ihm gegen die Finger, wieder und wieder. Sein Blick wanderte über mein Gesicht, ließ mich erschaudern, als würde er es tatsächlich berühren.

Etwas Verschlagenes stahl sich in seine Miene, während wir uns ansahen. »Das ist mein Gedicht für dich. Gefällt es dir?«

»Was ist mit dem meinen? Ist es dir genug, um mich in Frieden zu lassen?«, erhob ich unter allen Mühen die Stimme, erstaunt, wie fest und sicher sie klang. Dennoch schien ich zu flüstern.

»Willst du denn, dass es mir genug ist?«, fragte er zurück.

Mein Mund öffnete sich, ein lautes Ja! schien bereit, aus meinem Mund zu sprühen. Wie könnte ich das nicht wollen?

»Mir gefallen deine Worte, Saiza«, ließ mir der Spinnenfürst keine Möglichkeit, ihn von der Inbrunst meines Wunsches zu überzeugen. »Und wenn du es möchtest, dann lasse ich dich gehen.«

Erleichtert seufzte ich auf. Also akzeptierte er mein Pfand. Schwach nickte ich. Nur eine Sekunde später trat er zur Seite, das Licht des Mondes fiel zurück auf die Erde, die Spinnen entschwanden meinem Körper und die Kälte verflüchtigte sich.

Ich war frei, deshalb tat ich einen Schritt vor den anderen, schaute nicht zurück. Eilig lief ich vorbei an glühenden Blumen, glitzernden Netzen und Büschen, deren Blüten soeben von Spinnen gefressen worden waren. Das einzige Geräusch in meinen Ohren war mein eigener Herzschlag, der sich mit dem Drängen meines Atems vermischte.

Fern wie in einem Traum spürte ich die feuchte Wiese unter meinen Füßen. Ich näherte mich unserem Haus, wäre beinahe dabei gestolpert, so schnell lief ich. Der Regen prasselte auf das Dach, strömte mir über die Wangen, tränkte mein Haar.

Einige Zeit später lag ich in meinem Bett und massierte mir die eisigen Finger. Obwohl es nichts half, presste ich die Lippen zusammen. Noch immer hatte ich Angst, die Wahrheit würde aus mir herausplatzen und mich verdammen.

Denn ja, mir hatte sein Gedicht gefallen. Eine Poetin nannte ich mich. Und genau die sollte ich werden. Was meinte er damit? Konnte er etwas über die Zukunft wissen?

Du hast etwas vergessen, flüsterte meine innere Stimme, während ich mich zur Seite drehte, gegen die tiefe Schwärze anblinzelte, die die neuen Vorhänge über mein Zimmer gebracht hatten.

Was?, fragte ich zurück.

Er hat dich schön genannt.

Mein Herz flatterte. Ja. Es stimmte.

Eine schöne Poetin am Silberteich des Spinnengottes.

KAPITEL 10

Zwei Wochen vergingen in trübseliger Ereignislosigkeit. Mein Vater machte seine Arbeit offenbar gut, zu gut vermutlich, denn wann immer er spät abends nach Hause kam, schaffte er es lediglich, sich gähnend und stöhnend ins Bett zu schleppen und bis zum nächsten Morgengrauen durchzuschlafen. Wir unterhielten uns kaum noch. So hatte ich auch niemanden, dem ich die neuesten Ideen für meine Geschichte präsentieren konnte. Ich fühlte mich verloren, schrieb jedoch immer mehr. Eine seltsame Leere staute sich in mir auf. Drückte sich mit ihrem schwerfälligen Nichts gegen meine innere Leidenschaft, drängte sie weiter und weiter zurück.

Ich traf mich regelmäßig mit Eidala und Noahl. Auch heute. Doch oftmals war ich das fünfte Rad am Wagen. Eine Bewunderin ihrer Zweisamkeit, die sie hin und wieder mit kurzen Zeilen der Lyrik über eine verbotene Liebe beglücken durfte. Über ihr Begehren, das sie so schamlos vor der Welt zeigten, wenn die einmal nicht hinsah.

Summend saß ich unter einem Baum, genoss das warme Sonnenlicht auf meinen nackten Füßen, während Noahl versuchte, die Schnüre von Eidalas Rock zu fassen zu bekommen, um sie aufzuziehen und sie zu entblößen, wie er es bereits vor einigen Tagen einmal getan hatte. Aus den Augenwinkeln sah ich, wie er sie am Arm erwischte und herumwirbelte. Sie lachte, stemmte sich mit ihren Händen gegen seine Brust.

Dann küsste er sie. Innig und mit den Händen um ihr schönes Gesicht. Sie ließ die Schultern sinken und die Finger auf seinem Oberkörper vergruben sich in seinem hellen Hemd.

Mir wurde erst bewusst, wie sehr ich gestarrt hatte, als ein Stich in meinen Magen fuhr. Erst konnte ich nicht benennen, was er zu bedeuten hatte und woher er kam. Dann wurde es mir klar. Es war Sehnsucht. Scharf und brennend, tief in mir. Diese Blicke, die Noahl für Eidala übrighatte – genau das wollte ich auch. Sie waren voll von Faszination und Begehren.

Ich …

Seufzend schüttelte ich den Kopf. Ich musste aufhören, solchen Hirngespinsten hinterherzujagen. Die Geschehnisse der letzten Zeit hatten mich auf gefährliche Pfade geführt. Die einzige Sünde, die ich mir erlauben konnte, war die in meinen Händen: Worte, die von der Liebe sprachen. Aber nicht die körperhafte, allzu reale Liebe selbst. Die schien meiner Zukunft vorbehalten. Meiner fernen, fernen Zukunft.

Seit dem Götterfeuerfest hatte mich kein Mann mehr angesehen. Eidala erklärte es mit meinem Aussehen, das wieder jenes einer grauen Maus sei. Man könne keine Haut mehr an mir sehen, außer der an Händen und Gesicht, welches im Übrigen absolut freudlos erschien, wie sich Eidala ebenfalls beklagte. Sie und Noahl versuchten mich zum Lachen zu bringen, aber es war nur selten von Erfolg gekrönt.

»Sieh nur, da haben wir ja doch etwas gefunden, was ihr gefällt«, hörte ich eine erheiterte Stimme über mir, als ich mich gerade wieder meinen Zeilen widmete.

»Wann nimmst du dir endlich einen Mann, kleine Poetin? Das ist es, was dir fehlt, was dein Lachen so fortgetrieben hat!«, machte Eidala weiter, obwohl ich sie nicht beachtete. »Du sehnst dich nach all dem hier.«

Verunsichert schaute ich auf, sah, wie sie hinter Noahl stand und die Hände über seine Brust wandern ließ. Sie grinste. In jenem Moment, in welchem ihre Finger seinen Bauch erreichten, wandte ich mich wieder ab. »Wenn ihr eure Spielchen fortführen wollt, kann ich gehen«, sagte ich.

Ich weiß ohnehin nicht, was ich hier soll.
»Nicht doch«, meinte Noahl mit sanfter Stimme. »Wir haben dich gerne bei uns.«
»Vielleicht hättest du ja mehr Spaß, wenn du mitmachst«, kam es von Eidala.
Wieder hob ich das Kinn und blinzelte irritiert. Am liebsten wäre ich zurückgeschreckt. Noahl sank vor mir ins Gras, berührte meine Füße und streichelte sanft über die dünne Haut, die meine Knöchel umgab. Eidala drehte sich währenddessen gedankenverloren im Sonnenlicht, raffte in endlosen Wiederholungen ihre glänzenden schwarzen Haare. Sie summte irgendein Lied, das mir vage bekannt vorkam.
Noahls Finger wanderten weiter, erkundeten meine Unterschenkel. Etwas in mir zog sich zusammen. Ich atmete ein, aber nicht mehr aus. Er grinste.
»Sag, wann ich aufhören soll, Saiza«, flüsterte er und fuhr munter fort.
Seine Hand wanderte über mein Knie, mittlerweile schob sich mein Rock immer weiter über meine Beine, entblößte helle Haut, die so wunderbar hätte braun werden können, dürfte sie die Sonne öfter sehen.
Der Schweiß brach mir aus. Noahl streichelte meinen Oberschenkel, erfreute sich anscheinend an der Wehrlosigkeit, die ich gerade empfand. Endlich schaffte ich es, dem Treiben Einhalt zu gebieten. Ruckartig sprang ich auf, schüttelte steif den Kopf. Das Blatt in meiner Hand knickte, jedes Knistern schnitt mir ins Herz.
Meine Zeilen. Meine kostbaren Zeilen.
Ich rannte davon. So wollte ich nicht berührt werden. Nicht hier. Nicht heute. Die Kostbarkeit zu dieser Tat hatte sich noch niemand verdient. Ich wollte allein entscheiden, wem ich sie erlaubte.

»Ich kann den Tag kaum erwarten, an dem wir endlich von hier fortgehen«, hörte ich meine Mutter murmeln, während sie die Karotten in kleine Scheiben schnitt. Inzwischen widerstrebte es ihr selbst, vom örtlichen Markt einen Schwung Gemüse kaufen zu lassen. Sie wollte diesen Ketzern kein Geld in den Rachen schieben. Nicht, wenn es nicht unbedingt nötig war.

»Eineinhalb Monate noch«, gab ich abwesend zurück, kümmerte mich um den grünen Lauch.

Eineinhalb Monate, bis Vater sein Geld für die zweite Maschine bekommen würde und wir endlich in die Stadt umziehen könnten. Vielleicht wäre ich dann an einem Ort, an dem die Poesie ebenso verehrt wurde, wie ich es in meinem Kopf tagein, tagaus tat.

Wir arbeiteten eine Weile stillschweigend an dem Eintopf. Das Mittagessen ohne Vater verlief still und trist. Mutter schien weitaus in sich gekehrter als sonst. Er war der einzige Mensch auf der Welt, der ihr hin und wieder ein Lächeln ins Gesicht zaubern konnte. Vermutlich war er auch der einzige Mensch, der es jemals versuchen würde. Ich hatte es schon aufgegeben, das wusste sie. Manchmal fragte ich mich, ob ich sie damit verletzte. Ob alles leichter sein könnte zwischen uns, wenn ich ihr zeigen würde, dass ich sie liebte. Denn ja, das tat ich durchaus, wenngleich auf eine ferne, entfremdete Weise.

Nach dem Essen hatte ich pflichtbewusst das Geschirr abgewaschen und mir den Korb für das Feuerholz geschnappt. Ich folgte meiner Mutter nach draußen und lud ein paar Holzscheite ein, während sie einen duftenden Lavendelstrauß pflückte, diesen in eine flache Porzellanschale legte und noch ein paar Ringelblumenblüten und Sägespäne hinzufügte. Neugierig sah ich ihr hinterher, beobachtete, wie sie an den Waldrand trat und dort in die Knie ging. Sie platzierte die Schale auf einem ergrauten Baumstumpf und faltete die Hände.

Ich hielt inne. Sie betete?

Mir stockte der Atem, als sie sich irgendwann erhob und zwei dunkle Steine aus ihrer Rocktasche fischte. Geschickt schlug sie diese aneinander und entfachte einen kleinen Funkenschauer, der die Holzspäne in der Schale in Brand steckte. Alsbald hatten die Flammen die Blüten erobert, es duftete und knisterte.

»Was tust du da?«, rief ich aus und eilte zu ihr.

»Das ist eine Opfergabe für den Spinnengott«, erklärte sie mit unbewegter Miene. »Wenn diese Narren aus dem Dorf ihm schon nicht huldigen, dann sollten wir das tun. Ein Gott verdient die Ehre der Menschen.«

Für was?, wollte ich sie fragen. Aber ich beließ es bei einem nachdenklichen Gesicht. Meine Mutter starrte lange auf die Flammen, die die wunderschönen Pflanzen verschlangen. Erst als nur noch glimmende Asche übrig war, drehte sie sich um und stapfte zum Haus zurück. Rauchschwaden zogen in den Wald hinein. Der Abend näherte sich dem Land.

Und in mir erwachte eine Sehnsucht, die mich fast ins Wanken brachte.

Schön wie die Nacht. Schön wie der Frühling. Eine Poetin sie ist.

Beim Himmel, ja, das war ich.

Aber weshalb bist da nur du, den meine Zeilen berühren?, rief meine innere Stimme in den Wald hinein.

Ich bekam keine Antwort. Weder jetzt noch in der kommenden Nacht. Der Spinnengott blieb fern. Ich hatte es so gewollt.

Die Nacht brachte mich um den Verstand. Ich erwachte jammernd und seufzend in meinen kalten Laken. Meine Haut fühlte sich kühl und dennoch schwitzig an. Meine Träume konfus und quälend. Worte verdichteten sich zu dunklen Knoten, die meinen Kopf zum Schmerzen brachten, schließlich auch meine Kehle zuschnürten und mich nach Luft ringen ließen.

Albträume. Lange hatte ich sie nicht mehr gehabt. Normalerweise verfolgten sie mich in einer Endlosschleife, solange ich schlief.

Ermattet setzte ich mich auf. Die neuen Vorhänge waren ein Graus, ich mochte diese endlose Dunkelheit keineswegs. Schwankend erhob ich mich aus meinem Bett und zog sie zurück, ließ Sternenlicht und Mondschimmer hinein.

Schön wie die Nacht.

Warum verfolgten mich seine Worte so vehement? Was machten sie mit mir, dass mein Herz stets einen winzigen Sprung tat, wenn sie durch meine Gedanken wirbelten? Wie konnte ich meinen Verstand dazu bringen, damit aufzuhören, sie immer wieder in schwerfällige Momente wie diesen zu weben? Selbst wenn ihr zarter Klang für den Moment eine Erleichterung war …

Leise öffnete ich meine Kleidertruhe, wühlte darin, bis ich jenes Pergament in den Händen hielt, auf dem das Gedicht des Spinnenfürsten stand. Jenes, das ich für ihn verfasst hatte. Noch immer befand es sich in meinem Besitz, obgleich diese tintenschwarzen Worte ihm gehörten.

Flink hüllte ich mich in einen dunklen Umhang und schlich aus meinem Zimmer. Die Treppe knarzte und ächzte unter meinen Schritten und ich blieb an ihrem Ende für einige Sekunden stehen, um zu horchen, ob meine Eltern sich regten und mich ertappen könnten.

Aber nichts geschah.

Ich schnappte mir die Feuersteine und stahl mich durch die Hintertür aus dem Haus. Die Opferschale meiner Mutter stand unberührt auf dem Baumstumpf. Die Asche war inzwischen kalt, ein paar wenige Flocken lagen auf dem Boden verteilt. Fahrig leckte ich mir über die Lippen, als ich mein zusammengefaltetes Papier auf den weichen, verbrannten Staub bettete, zu dem die Pflanzen geworden waren. Es kribbelte in meiner Nase.

Ich nahm die Feuersteine in beide Hände und entfachte routiniert ein paar aufblitzende Funken. Flammen leckten am Papier, es brannte knisternd und lodernd. Reglos sah ich zu, wie meine Verse von den Flammen verschlungen wurden und im Nichts verrauchten. Hoffnungsvoll starrte ich in den Wald, suchte nach einer unscheinbaren Bewegung im Dickicht.

Doch es passierte nichts.

Da war nur ich. Ein Mädchen, das seine gewidmeten Zeilen verbrannte und die Fäuste ballte, bis sie schmerzten.

Weshalb kommst du nicht, um dir dein Pfand zu holen? Was braucht es, damit du vor mir stehst?

Mit zusammengebissenen Zähnen vergrub ich das Gesicht in den Händen. Wie konnte ich so etwas nur denken. Was geschah da mit mir?

»Jedes deiner Worte riecht köstlich.«

Ich spreizte die Finger, linste an ihnen vorbei. Mein Herz fiel in endlose Dunkelheit und erwachte zu neuem Leben. Da war er. Der Spinnenfürst. Sein grausiges Antlitz glich einer Erlösung für meinen stillen, nagenden Kummer.

»Hast du mich vermisst, liebste Saiza?«

Ja. Bei Himmel und Erde, ja.

»Dein Gedicht hängt in meinem Kopf wie ein Wolkenschleier über den Gipfeln«, sagte ich zu ihm. »Ich kann es nicht vergessen.«

Der Gott lächelte und ich tat das Gleiche.

»Wie geht es mit deiner Geschichte voran, Saiza?«

»Ophelia ist jetzt im Schloss des Prinzen«, erzählte ich ihm, ohne groß darüber nachzudenken. »Sie hat Angst und fühlt sich in der Einsamkeit verloren.«

»Ophelia.« Es wirkte, als würde er sich diesen Namen auf der Zunge zergehen lassen. »Willst du mir deine Geschichte irgendwann vorlesen? Ich will hören, was du über das Schloss aus Glas dichtest.« Der Spinnenfürst kam näher. »Ich wüsste gern, wie deine Worte die Magie beschreiben. Welche deiner Laute die Liebe umschreiben.«

Magie. Etwas, das nur den Göttern vorbehalten ist, erinnerte mich meine innere Stimme. Und ich hatte es gewagt, darüber zu schreiben. Laute der Liebe … Ich schluckte und musste an Noahl und Eidala denken, nickte jedoch.

»Besuchst du mich morgen in meinem Wald? Am Teich?«, fragte er mich mit leuchtenden Augen.

»Morgen Nacht?«, gab ich zurück.

Er schaute mich freundlich an. »Wann immer du möchtest. Doch bei Mondschein ist schon so manche Geschichte vollkommen aufgeblüht in ihrer Schönheit.«

Und so manche Dichterin, flüsterte eine Stimme im hintersten Winkel meines Verstandes. Mir war nicht klar, ob es meine eigene war oder ein fremdes Wispern.

Das Feuer schwächelte, die Flamme schwand dahin. Das Licht zwischen uns wurde getilgt.

»Ich bin geduldig, Saiza. Ich warte auf dich«, hörte ich die Stimme des Spinnenfürsten, ehe der letzte Flammenschein über sein bleiches Gesicht tanzte.

Dann war er verschwunden und ich erfüllt mit hoffnungsvoller Glückseligkeit.

KAPITEL 11

Als ich erwachte, entdeckte ich unmittelbar die kleine schwarze Spinne in der Zimmerecke. Sie hockte inmitten eines zarten Netzes, bewegte sich kein Stück. Die leichte Rotfärbung ihres Hinterleibes verriet mir, dass es sich um die *Kleine Nagi* handelte.

Ich hätte erschaudern müssen, vielleicht sogar aufschreien vor Angst, aber ich blieb gefasst, trotz des Anblicks dieser hochgiftigen Kreatur. Ein Teil von mir wusste, dass sie mir nichts tun würde. Womöglich handelte es sich bei ihr um ein Geschenk des Spinnengottes oder eine Erinnerung an seine Einladung. Doch die würde ich nicht vergessen, dessen konnte er sich sicher sein.

Mit einem steten Lächeln auf den Lippen verlebte ich den Tag. Traf sogar Eidala auf dem Markt und erstaunte sie mit meinem Strahlen. Weder hatte ich ihr von den Gedichten erzählt, die der Gott und ich ausgetauscht hatten, noch von meinem Vorhaben, ihn heute Nacht zu besuchen. Ich wusste, sie wäre darüber schockiert. Ich wusste, sie würde versuchen, es mir auszureden.

Aber das wollte ich nicht. Mein Herz sehnte sich nach dem Blick des Spinnengottes, nach seiner Stimme und seiner eisigen Nähe. Alles an ihm erschien so fremd und dennoch wärmte mich eine seltsame Vertrautheit zwischen uns. Womöglich war ja nicht er das Absonderliche, sondern wir es beide. Gemeinsam.

Dieser Gedanke ließ mich bis zum Abend nicht los. Ich hatte all meine Blätter in ein großes Buch gesteckt, das ich mir an den vor Aufregung zitternden Körper presste, als ich mich auf den Weg machte. Vater schlummerte bereits, Mutter lag neben ihm zur Brezel verdreht und ächzte unter ihren Kopfschmerzen. Es war ein eigenartig passender Zufall, dass ihre Anfälle schon heute wiederkehrten.

Die *Kleine Nagi* verfolgte mich. Immer wenn ich mich umdrehte, saß sie auf einem der Farnblätter oder zierte die silbergraue Rinde eines dunklen Baumes. Eine Bewegung bemerkte ich nie, aber ihre Anwesenheit kratzte stets am Rande meines Geistes. Selbst wenn ich sie nicht sah, spürte ich ihre Nähe.

Wäre es doch nur so mit diesem unheilvollen Gott gewesen, dem sie diente. Denn dieser stand urplötzlich vor mir, nachdem ich abermals nach der Spinne gespäht hatte.

Ein kalter Hauch streichelte mein Gesicht, während er mich begrüßte. »Willkommen zurück, Saiza.«

Meine Vernunft beschwor mich, bei diesen Worten innezuhalten und meine Taten zu überdenken. Aber ein starkes Gefühl in mir wischte sie hinfort, ließ mich Freude darüber empfinden, dass der Gott in einer fließenden Bewegung an meiner Seite war und mit mir zum Ufer des Silberteiches lief. Als wäre er ein Gastgeber, der mich leitete.

»Ich muss dich etwas fragen«, begann ich.

»Alles, was du willst, Saiza.«

»Versuchst du, mich zu betören, um meine Seele zu stehlen? Bin ich deshalb hier?«

Da schaute er mich beinahe liebevoll an. »Nein. Du bist hier, weil *du* es willst. Ich erfreue mich lediglich an deiner Gesellschaft und genieße, dass du sie mir schenkst.«

Verlegen sah ich auf meine Hände hinab, die aneinander herumnestelten. »Ich bin mir unsicher, ob ich dem hier vertrauen kann.«

»Warum?«

Ein bitteres Lachen blieb mir in der Kehle stecken. *Weil du ein seelenverschlingender Gott bist, der selbst den Himmel zu verdunkeln mag. Das stärkste Gift dieser Welt liegt dir zu Füßen und du wanderst im Nebel deiner vergangenen Opfer. Du webst dich in die Träume der Schwachen, entzündest Feuer in ihren Herzen und labst dich an ihren Versen. Bringst sie dazu, all das zu genießen. All das zu begehren.*

»Ich habe Angst, einen Fehler zu machen, wenn ich dir meine Geschichte anvertraue«, sagte ich.

»Wovor fürchtest du dich?«

»Davor, sie nicht beenden zu können, wenn du mir das Leben nimmst.«

Nun veränderte sich etwas in seiner Miene. Die gelben Wirbel in seinen Augen kamen zum Erliegen, waren nur mehr ein stiller Bach von strahlender Farbe. »Das ist es, was dich ängstigt, wenn du an den Tod denkst? Dass du deine Geschichten nicht vollenden könntest?«

Zaghaft nickte ich.

Auf einmal beugte er sich vor, sein Blick wanderte über mein Gesicht, traf sich mit meinem. »Andere Menschen fürchten sich vor dem Sterben, weil sie nicht ertragen können, von ihren Lieben zu scheiden. Weil all ihr Reichtum in den Schatten fallen würde. Oder aber weil sie noch nicht genug von dieser Welt und ihren endlosen Wundern gesehen haben. Aber du«, hauchte er, »du fürchtest dich davor, weil deine Kunst ihr abruptes Ende fände?«

Wieder nickte ich, wollte eigentlich vor seinem Gesicht zurückweichen, das meinem so nahe war, tat es jedoch nicht. Genoss das schnell schlagende Herz in meiner Brust, sog jede Faser der göttlichen Aura auf, die der Spinnenfürst verströmte. Jeden Funken seiner Magie.

»In der Tat ungewöhnlich«, murmelte er kaum hörbar. Er sah hinab zu meinen warmen Lippen. Ich fragte mich in diesem Moment, wie seine wohl schmecken würden.

Kalt? Süß oder salzig?

Kaum wurde mir dieser Gedanke bewusst, hielt ich abrupt den Atem an. Wie konnte ich nur so etwas denken? Das … das war nicht richtig.

Unsicher hob ich die Hände an die Brust und schüttelte den Kopf.

»Das habe ich schon öfter gehört«, entgegnete ich zögerlich, als mir bewusst wurde, wie er mich anstarrte. »Aber nie war es voll von Bewunderung.«

»Meine Bewunderung hast du, Saiza. In deiner Seele tanzt die Poesie Hand in Hand mit deinem Hunger nach Leben. Etwas so Schönes habe ich lange nicht gesehen. Du faszinierst mich.«

Ein vorsichtiges Lächeln erhellte mein Gesicht. Sengende Wärme erfüllte meinen Bauch, strömte durch meine Arme und Beine. »Hast du einen Namen?«, floh eine weitere Frage aus meinem Mund.

Die Brauen des Gottes zuckten. »Einen Namen?«

»Ich will wissen, wie ich mich bei dir bedanken kann.«

»Du musst mir keinen Dank entgegenbringen.« Auf einmal richtete er sich auf. Die verheißungsvolle Dunkelheit seiner Nähe schwand dahin. »Und falls du mich jemals rufen willst, dann nenn mich *Gott der Spinnen und der Welke, Herr von Dunkelheit und Silberlicht.*«

Auf einmal hatte er sich in Luft aufgelöst. Dafür spürte ich seine Gegenwart nun woanders. Ich wollte herumfahren, aber ein sanfter Hauch in meinem Nacken ließ mich innehalten.

»Nenn mich *Flüsterer des Nebels,* wenn du willst«, wisperte seine Stimme nah an meinem Ohr. Eine zarte Berührung an meiner Seite schenkte mir einen Schauer, der durch meinen Körper flutete.

Ich neigte den Kopf ein wenig, wartete ab, ob seine sanfte Kälte mich auch hier erreichen würde. Ein Kitzeln bewegte sich über meine Haut. Weich fühlte es sich an, unvorstellbar weich.

»Das sind all die Namen, die ich dir schenken kann, Saiza. All die Namen, die du rufen kannst. Ich werde zu dir kommen und deiner Stimme lauschen, wenn du das willst. Ich finde dich, egal, wo du auch bist.«

Erst jetzt, als er die Stimme erhob, begriff ich, dass es seine Lippen waren, die meinen Hals entlangwanderten. Ich seufzte ergeben, dann rief mich meine Vernunft ins Hier und Jetzt zurück. Es fühlte sich schrecklich an, von ihm zu weichen, doch würde ich seiner Anziehung nachgeben, dann wäre ich haltlos und unwiderruflich verloren.

Er leckte sich über die Lippen, als ich mich zu ihm herumwandte. »Ich kann deine Poesie auf meiner Zunge tanzen spüren.«

Ich lächelte unbeholfen.

»Warum versteckst du deine Geschichten in einem Buch, das nicht deines ist?«, fragte er mich daraufhin.

Da sah ich hinab zu meinen Armen. Noch immer hielt ich den dicken Wälzer in der Hand, der meine eigenen Seiten so vortrefflich verbarg. Ehrlich zuckte ich mit den Schultern, weil ich die Antwort darauf selbst nicht wusste. Tat ich es, um sie vor meiner Mutter zu verbergen? Vor den Blicken der anderen? Der Welt an sich? Natürlich war mir klar, dass mir um diese Uhrzeit wohl keine Menschenseele mehr über den Weg laufen würde. Hier schon gar nicht. Dennoch hatte ich instinktiv gehandelt, als ich mein bisheriges Werk mit mir genommen hatte. Einzelne Seiten waren etwas vollkommen anderes. Aber die gesamte Komposition meiner eigenen Gedanken, meiner innersten Gefühle – das war etwas sehr Wertvolles. Etwas sehr Verletzliches.

Ich musste es schützen.

»Ich glaube, ich bin noch nicht bereit, dir alles zu zeigen«, meinte ich.

»Das verstehe ich.«

Erstaunt schaute ich ihn an. »Wirklich?«

Das Strahlen in seinem Gesicht war schwach und dennoch merkwürdig warm. »Dann erzähl mir lediglich von Ophelia«, bat er mich. »Wer ist sie?«

Ich sah hinauf zum Sternenhimmel. »Eine mutige junge Frau. Sie würde alles für ihre Familie tun. Die Menschen in ihrem Heimatdorf sind von ihr irritiert, denn entgegen vieler anderer Mädchen zu jener Zeit ist sie wissbegierig. Sie liest gern und würde am liebsten an einer Universität studieren. Aber ihre Familie ist arm und Frauen haben kaum Chancen auf ein Studium, sind sie nicht mit Reichtum und einem ehrenvollen Namen gesegnet.«

Der Spinnenfürst hörte mir aufmerksam zu. Ich konnte nur schwerlich sagen, wann mich das letzte Mal jemand derart intensiv betrachtet hatte, während ich über meine Geschichte sprach. Die

Erinnerungen an jene Zeit, als mein Vater es getan hatte, waren bereits stark verblasst.

»Aber so mutig sie sich auch der Ungerechtigkeit der Welt und den Hürden des Lebens entgegenstellt, so klein und verloren fühlt sie sich in dem Schloss aus Glas. Alles scheint wie tot, nur Spinnen und Kellerasseln kreuzen ihren Weg durch die dunklen Flure. Sie beginnt, ihre Familie zu vermissen. Sie fängt an sich zu fragen, ob sie für all das stark genug ist. Sechs Monate sind eine endlos lange Zeit für einen so jungen Menschen«, erzählte ich weiter.

»Wie alt ist sie?«

»Siebzehn.«

Der Spinnengott sagte nichts, starrte lediglich auf den Silberteich. Für ihn war ich gewiss ein ebenso junges, vielleicht auch naives Ding. Ich wagte nicht, ihn danach zu fragen.

»Was gibt ihr Mut? Woraus schöpft sie Kraft?«, vernahm ich sein Murmeln. Seinen Zügen wohnte eine fast melancholische Nachdenklichkeit inne. Mir war schleierhaft, woran ich das festzumachen versuchte, doch ein Gefühl wollte mir genau dies weismachen.

»Die Gedanken an ihre Familie lassen sie vieles ertragen. Ihr Bruder nahm die blaue Rose an sich, um eine wunderschöne Frau aus dem Dorf zu umgarnen und ihr den Hof zu machen. Ophelia wünscht ihm alles Glück der Welt.«

»Also ist es die Liebe, die ihr Stärke verleiht«, entgegnete der Gott.

Zaghaft begann ich zu nicken. »Ja. Die Liebe lässt sie die Einsamkeit überstehen. Die Trostlosigkeit des Schlosses und auch die Angst, die sie in Gegenwart des kalten Prinzen empfindet.«

Der Gott wandte sich mir zu. »Liebe ist ein starkes Gefühl. Eine Kraft, die so vieles zu überwinden erst möglich macht. Sie hält die Menschen zusammen.«

»Können Götter lieben?«, platzte es aus mir heraus.

Sein Blick war mir ein einziges Rätsel. Handelte es sich um Faszination? Neugier? Amüsement? Womöglich. Doch viel mehr fesselte mich der dunkle Schatten zwischen alledem. Dieser war es, den ich einfach nicht in Worte zu fassen bekam.

»Kann es der Prinz in deiner Geschichte?«

Mir fiel auf, wie viele Gegenfragen er stellte. Offenbar gefiel ihm dieses Spiel. »Schwer zu sagen«, begann ich zunächst. »Sein Herz ist schließlich aus Glas. Es ist sein Fluch, kaum Gefühle zu besitzen und genau deshalb von niemandem geliebt zu werden. Jeder, den er berührt, erstarrt selbst zu Glas, sollte er nicht wieder loslassen. Er merkt, wenn er jemandem zu nahekommt, dann verletzt und vertreibt er ihn.«

»Also will er möglicherweise gar nicht lieben?«

Ich nickte, schmunzelte über seine Erkenntnis. »So ist es. Er fürchtet sich davor. Und so ist es nur Angst und Wut, die sein gläsernes Herz noch wahrhaftig erfüllen. All die anderen Gefühle schwinden dahin, mit jedem Tag mehr.«

»Was für ein tragisches Schicksal.«

Es hätte spöttisch klingen können, doch das tat es nicht. Nicht aus seinem Mund.

»Ich mag traurige Geschichten der Liebe«, gab ich leise zu. »Ihre Poesie ist oft zehrend und schwer, aber dieser Wirbel, wenn man sich in ihr verliert … Er ist unglaublich.«

»Das ist wahr«, stimmte der Spinnenfürst mir zu.

Daraufhin schwiegen wir. Lange. Ich schlang irgendwann die Arme um mich, starrte auf das sachte Glitzern des Teiches und fühlte eine innere Ruhe, die mich schon lange nicht mehr beseelt hatte. Trotzdem kehrte eine nicht allzu ferne Unsicherheit zurück.

»Kann ich dir etwas anvertrauen?« Ich flüsterte bloß.

Er stand auf einmal neben mir, schaute auf mich herab. Ruhig wartete er ab.

»Ich fühle mich gerade seltsam verloren. Nicht in diesem Moment, hier und jetzt, aber oft, wenn ich durch meinen Tag gehe. Ich weiß manchmal nicht, was ich denken soll. Was richtig und was falsch ist. Was ich tun sollte und was besser lassen.«

Bei den meisten anderen wäre ich zornig oder aber enttäuscht gewesen, hätten sie mich angeschwiegen. Bei ihm nicht. Denn ich merkte, wie er mir zuhörte. Nichts an mir blieb ihm verborgen.

»Ich komme aus einer Gegend, in welcher man die Götter verehrt und anbetet. Obgleich sie manchmal grausam sind, huldigt man ihnen mit Gaben und Gebeten. Hier ist es anders. Die Menschen stellen sich gegen die Götter, tanzen Hand in Hand um ein Feuer, das sie fernhalten soll«, erzählte ich ihm. »Ich weiß nicht, welcher Seite ich angehören will. Beide erscheinen sie mir zugleich falsch und in Teilen richtig. Ich bin hin- und hergerissen.«

»Ob du mich verehren oder fürchten sollst?« Seine Stimme klang samtig und brennend zugleich. Sie war wie ein Lauern in der Dunkelheit.

»Weder fürchte noch verehre ich dich.« Ich wagte es, seinen starken gelben Blick zu erwidern. »Du bist anders als alles, was ich bisher von den Göttern erlebt habe. Du bist seltsam und gleichsam anziehend.«

»Bin ich das für dich, Saiza? Anziehend?«

»Ja, ich glaube schon.« In mir regte sich das Bedürfnis, ihm näherzukommen, aber ein Teil von mir traute sich nicht. »Ich habe das Gefühl, meine Worte sind bei dir gut aufgehoben. Du siehst, wie viel sie mir bedeuten und du achtest das.«

»Ich *schätze* das«, korrigierte er mich behutsam.

Nun musste ich schmunzeln.

»Ach, Saiza ...«

»Ja?« Mein Mund vermochte nicht, sich wieder zu schließen. Hoffnungsvoll sah ich zu ihm auf.

»Der Morgen graut, fürchte ich. Du solltest heimkehren, bevor jemand merkt, dass du fort bist«, sprach er mit leiser Stimme.

Verwirrt zog ich die Brauen zusammen. Der Himmel war nachtschwarz wie zuvor. »Aber ...« Ich verstand nicht.

»Die Zeit ist lang und klingend in diesem Wald. Stunden werden zu flüchtigen Momenten«, erklärte er mir mit einer Miene, die blasse Züge von Wehmut enthielt.

»Ist es deine Magie, die diesen Zauber webt?«, wollte ich wissen.

»Nein. Es ist eine uralte Kraft, die von den Kronen dieser Bäume hier gefangen gehalten wird. Auch ich kann sie nicht immer bezwingen.« Urplötzlich spürte ich eine sachte Berührung an meiner Schulter. Es war die *Kleine Nagi*. »Geh jetzt«, murmelte der Gott. »Sie ist mein Geschenk an dich.«

Ein todbringendes Geschenk.

Mit einem warmen Gefühl im Bauch drückte ich mein Buch fester an mich. »Danke für diese Nacht.«

»Ich bin ein Gott, Saiza. Ich verstehe keinen Dank.«

Meine Lippen öffneten sich, doch ich wusste nicht, was ich sagen sollte. Also wandte ich mich ab und lief davon. Der Weg durch den Wald war seltsam kurz und als ich die ersten Gräser und unser Haus erblickte, fielen mir die nahenden Sonnenstrahlen auf, die am Horizont verheißungsvoll golden glitzerten.

Einen Moment zögerte ich, dann trat ich ins Haus.

KAPITEL 12

Die *Kleine Nagi* hatte meinem Vater einen höchst uneleganten Schreckenslaut entlockt. Ich hatte gekichert wie ein kleines Mädchen, als er sich theatralisch die Hand an die Brust gehoben und versucht hatte, seine Reaktion zu überspielen. Doch mir war noch nie entgangen, wie unwohl er sich in der Nähe von *Krabbelvieh* fühlte, wie er es immer nannte. Ich sagte ihm, die Spinne sei harmlos und ich fürchte mich nicht vor ihr. Sie würde die vielen Stechmücken von meinem Blut fernhalten, wenn die Hitze über das Land käme. Er glaubte es mir. Nachdem er gegangen war, lächelte ich wissend in mich hinein, beobachtete die kleine Spinne, die sich niemals bewegte, wenn ich sie in Augenschein nahm.

Der Tag begann so gut, mündete jedoch um die Mittagsstunde herum in einem Zusammenspiel aus Grau und Nass. Dennoch schickte mich Mutter los, um ein wenig Salbe zu kaufen. Vater lief sich bei seinen steten Märschen oft Blasen und sie wolle ihm etwas Gutes tun. Gleichzeitig wetterte sie, was für ein Narr er sei, sich kein Pferd vom Fürstentum stellen zu lassen. Andererseits besaßen wir weder einen Stall noch die ordnungsgemäße Ausrüstung, um so ein Tier zu verpflegen. Ebenso würde es große Summen an Geld kosten, die für ein schönes Haus in der Stadt ja gewiss tauglicher waren. Mit einem Brummen gab Mutter meiner Argumentation nach.

Auf offener Straße tapste ich in eine Pfütze nach der anderen. Ich seufzte und wischte mir das nasse Haar aus dem Gesicht. Überraschenderweise war es recht warm, wobei das meinen Weg nicht unbedingt leichter machte, denn wie immer steckte ich in meiner alles verhüllenden Kleidung. m Meine Wangen röteten sich bereits aufgrund der unnachgiebigen Hitze, die sich in meinem Körper ausbreitete.

»Kann ich der Dame behilflich sein?«

Erstaunt drehte ich mich um. Mein Blick fiel gegen ein paar dunkelbraune, stämmige Beine. Doch es waren nicht die eines Menschen, nein, sie gehörten einem Pferd. Ich musste den Kopf in den Nacken legen, um den Reiter zu erspähen, der so warm zu mir gesprochen hatte.

Es war Noahl. Ein freundliches Lächeln umspielte seine Lippen. Auch er war bereits durchnässt, aber das machte seinen Anblick umso ansprechender. Obwohl ich es nicht wollte, stierte ich ihm wieder einmal auf die Brust, die sich unter seinem nassen Hemd abzeichnete. Ein Teil von mir wollte sich selbst ohrfeigen, damit ich aufhörte, mich wie ein vernarrtes Mädchen aufzuführen.

»Komm, ich helfe dir hoch. Zu Pferd bist du schneller im Dorf«, sagte er zu mir und rutschte schon vom Sattel.

Ich wusste kaum, wie mir geschah, während er mich an den Hüften packte und einfach hochhob, als würde ich nicht viel mehr wiegen als ein Kind. Prompt saß ich auf dem hohen Pferderücken, sah staunend auf Noahl herab. Er grinste.

»Das ist Pape«, stellte er mir das Tier vor, zog sich in einer flüssigen Bewegung nach oben und kam dicht hinter mir zum Sitzen.

»Ein witziger Name für ein Pferd dieser Größe«, meinte ich amüsiert. Wir setzten uns in Bewegung und, Himmel, ich hatte nicht gewusst, dass Pferde derart weich schreiten konnten. Es gab mir ein Gefühl, als würde man auf einem Meer aus Watte laufen.

»Verurteile mich nicht. Ich bin ein elfjähriger Narr gewesen, der es nicht besser wusste«, gab Noahl zurück. Jedes seiner Worte vibrierte an meinem Rücken. Die Hitze seiner Haut drang zusehends durch die Stoffe, was die allgemeine Wärme für mich noch unerträglicher werden ließ.

»Es gehört dir?«, fragte ich, um mich von der Tatsache abzulenken, wie nah er mir war.

»Meiner Familie«, erklärte er. »Aber meine Mutter und meine Schwester können nicht reiten. So sind es meist nur mein Vater und ich, mit denen Pape sich rumärgern muss.«

»So.« Ich wusste, in seinen Worten verbarg sich die Chance auf einen neckischen Konter, doch ich ließ es bleiben. Noahl dermaßen nahe zu sein und ihm nicht entkommen zu können, machte mich nervös. Da musste ich ihn nicht noch ermutigen.

»Geht es dir gut?«, fragte er mich, als hätte er meine Gedanken gelesen.

»Sicher.«

»Weißt du, Saiza, bei dir werde ich nachdenklich. Einerseits bist du wie eine erwachende Frühlingsblume und andererseits wie ein frostiger Schneeschauer.« Ich hörte die Belustigung in seiner Stimme.

»Es ist nichts Falsches daran, Dinge zu genießen, die verboten sind.«

»Ah ja? Weshalb sind sie dann verboten?«

»Weil sie manchen Leuten fremd sind und sie nicht wollen, dass es jeder merkt.«

Ich stieß ein unschönes Schnauben aus, das zu einem hellen Lachen wurde, und steckte Noahl damit an. Ein heiseres Keuchen jagte meine Kehle entlang, als ich eine aufglimmende Hitze samt einer Berührung in meinem Nacken verspürte.

»Ich mag dich, Saiza«, hörte ich ihn murmeln. Seine Lippen lagen auf meinem Haar.

Wir erreichten das Dorf. Ich wusste nicht, ob das oder mein eisernes Schweigen der Grund war, der Noahl dazu veranlasst hatte, sich wieder aufzurichten und mir ein wenig Raum zu gönnen. Soweit das auf einem Pferderücken möglich schien.

Vor Eidalas Haus stieg ich ab und bedankte mich höflich bei ihm, wobei mir sein vielsagendes Grinsen nicht entging. Mit einem sachten Nicken verabschiedete er sich und ritt davon. Ich atmete tief durch, ehe ich an die massive Haustür klopfte. Im nächsten Moment schrak ich zusammen; ein Quietschen ertönte über mir und eine Stimme schallte auf den Platz. Es war Eidala.

»Es ist offen, komm rein!«, rief sie, ehe sie das Fenster wieder zuknallte.

Kopfschüttelnd trat ich ein und versuchte, nicht zu viele Tropfen auf dem knarzenden Fußboden zu hinterlassen, während ich durch das Haus huschte. Eidala empfing mich lächelnd in ihrem Zimmer. Leise schloss ich die Tür und gesellte mich zu ihr aufs Bett.

»Herrje, du bist ja vollkommen durchnässt. Da hat es wohl auch nichts gebracht, dass Noahl sich so eng an dich geschmiegt hat«, kicherte sie.

»Ja, dabei hatte er so edle Absichten. Gewiss ist er nun enttäuscht.«

Eidalas Brauen zuckten erheitert. »Sag mir nicht, dass du es nicht genossen hast.«

Ein Stöhnen kam mir über die Lippen. »Wie ist das eigentlich? Willst du etwa nie einen Mann finden? Willst du für immer mit Noahl und ein paar anderen vergnügt durch den Tag leben?«

Ihre sorglose Miene verrutschte. »Nun«, fing sie an, ehe sie die Stirn runzelte, »momentan habe ich meinen Spaß dabei, was ist also verkehrt daran?«

Viele Frauen in unserem Alter hatten bereits jemanden, der gewiss in den nächsten Monaten um ihre Hand anhalten würde. In ein paar Jahren würden sie ihr erstes Kind bekommen und ein eigenes Heim besitzen. Sie würden sich um die Kleinen kümmern, das Haus in Ordnung halten und sich damit zufriedengeben. So war nun mal der Lauf der Dinge. Ich fürchtete mich davor, dass Eidalas *Spaß* ein allzu bitteres Ende haben könnte, wenn ihr Vater genug von ihren Eskapaden hätte. Schließlich war sie die Tochter des Bürgermeisters, ewig würde er es ihr nicht durchgehen lassen. Oder?

»Noch bin ich nicht bereit, die Hoffnung bei dir aufzugeben«, holte sie mich aus meinen Gedanken. »Erst wenn du einen Mann geküsst hast und offen sagen kannst, es habe dir nicht gefallen, dann will ich dich für immer in Frieden lassen.«

»Ach Eidala, langsam werde ich dieses Spiels überdrüssig«, seufzte ich.

»Dann lass mich doch endlich gewinnen!«, flehte sie dramatisch.

Ermattet seufzte ich. Ab da begann ein neuer Kampf der Neugierde gegen die Unwilligkeit. Ja, ein Kuss mochte schön sein. Aufregend. Süß und bitter zugleich. Aber was nützte es, wenn er nicht von dem Mann kam, den man wahrlich begehrte? In meinem Fall gab es diesen nicht. Noahl war ... schön und charmant. Aber etwas fehlte.

Poesie, wisperte eine tonlose Stimme in mir.

Plötzlich griff Eidala nach meiner Hand. »Ein einziger Kuss. Von Noahl. Das ist alles.«

»Beim Herrn von Himmel und Sturm, ja doch!«, brauste ich auf, während sie einen Schmollmund zog. »Na gut.«

Sie warf die Hände in die Luft, lachte erfüllt von triumphierender Freude. »Oh, ich wusste, dass ich dich eines Tages kriege.«

»Noch ist gar nichts geschehen«, brummte ich.

»Eben, deswegen werde ich dir jetzt sagen, was du gleich mit ihm anstellst.«

»Was?« Ich riss die Augen auf. »Jetzt gleich?«

»Natürlich. Noch ist er hier. Wer weiß, am Ende reitet er bald wieder zu seinen Kutschpferden. Also, lausche meinen Worten, liebe Saiza.«

Ich ließ die wohl unerträglichsten Minuten meines Lebens über mich ergehen und ich hörte mir an, wie Eidala den perfekten Kuss beschrieb. Mich anwies, mir mit der Zunge über die Lippen zu fahren, damit sie auch ja glänzten. Sie sagte mir, wann ich die Lider zu senken hatte und wohin meine Hände wandern sollten, wenn es geschah. Auch verriet sie mir, wie ich ihn am besten um den Verstand brachte, wenn alles noch viel intensiver würde, sollte es mir gefallen, was mit unseren Lippen passierte.

»Ich werde ihm sicher nicht in den Schritt greifen!«, empörte ich mich.

»Du sollst ja auch nicht greifen, sondern ...«

»Nein!«, empörte ich mich. »Das ist doch ...« Ich beendete den Satz nicht, schüttelte mich bei dem bloßen Gedanken.

»Himmel, wie alt bist du? Zwölf?«, fuhr Eidala mich an. »Du solltest mir dankbarer sein, wenn ich dir verrate, wie man einen Mann verführen kann.«

Ich warf mir die Hände vors Gesicht. »Bitte, hör jetzt auf. Ich gehe zu ihm, genügt das nicht?«

»Na gut«, lenkte Eidala schließlich ein. »Dann geh. Noch regnet es und dein Gesicht wird nass. Das mögen Männer.«

Wieder zog ich nur eine Grimasse, erhob mich jedoch und ließ mich von Eidala aus dem Haus schieben. Sie winkte mir grinsend, als ich in den strömenden Regen trat. Mechanisch setzte ich einen Schritt vor den anderen und versuchte, mich an ihre Wegbeschreibung zu halten, die mich zu Noahls Haus führen würde.

Es dauerte nicht lange. Velkhain war klein und ein Haus mit einem sauber ausgearbeiteten Stall daneben eher ungewöhnlich. Tastsächlich handelte es sich um eine ausladende Scheune, deren Duft nach Stroh und Heu geradezu anziehend erschien. Mit vor Anspannung geballten Fäusten stapfte ich hinein, hörte das Schnauben von Pape, ehe sich meine Augen an die hier herrschende Düsternis gewöhnt hatten. Er hatte das Maul in einer Raufe vergraben und trug keinen Sattel mehr. Noahl stand neben ihm, rieb ihn offenbar trocken.

»Saiza?« Er schien überrascht. »Was machst du hier?«103

Nervös strich ich mir über eine Braue, knetete dann die Finger. »Nun ... Also ...«

Ich hasste es, wenn mir die Worte verloren gingen.

Noahl lächelte mich aufmunternd an. »Wolltest du zu mir?«

»Würdest du mir meinen ersten Kuss schenken?«, fragte ich ihn.

Zunächst runzelte er die Stirn, als könnte er nicht recht glauben, was ich da sagte. Dann warf er das Tuch einfach mitten ins Heu, kam auf mich zu. Seine Hände fanden an meine Wangen, die Daumen strichen über meine nasse Haut. Ein ganz anderer Zug breitete sich um seine Lippen aus, die meinen ganz nah waren. Ich öffnete meine für ihn, wartete gebannt darauf, was gleich passieren würde.

»Bist du dir sicher?«, wisperte er. Ein sanfter Hauch berührte meinen Mund, bescherte mir Schauer und ein rasendes Herz.

Nein.

»Ja«, flüsterte ich.

Vor Aufregung beinahe umkommend, schloss ich die Augen, erwartete, dass nun all das folgen würde, wovon Eidala bald täglich schwärmte. Glück. Zartheit. Geborgenheit. Aufregung. Verlangen. Aber es kam anders. Noahl knurrte und wich vor mir zurück. Entsetzt sah ich mit an, wie er heftig den Kopf schüttelte und sich durch das dunkle Haar fuhr. Seine Arme waren mit einer Gänsehaut übersät, doch es schien, als wäre sie kein Zeichen von Wonne.

»Was ist los?«, fragte ich ihn kleinlaut. Mein Mund wurde schlagartig staubtrocken.

»Ich dachte, da wäre etwas ...« Er besah seine Schultern, die Arme und Hände. Auf einmal merkte er, was sein seltsames Verhalten mit mir anrichtete. Sofort trat er wieder an mich heran, streichelte mir zart über die Wange. »Verzeih mir.«

Ein Kloß bildete sich in meiner Kehle, als er sich mir abermals näherte. Erwartungsvoll neigte ich den Kopf, spürte bereits seinen Atem, der sich mit meinem vermischte, und ...

Ein wildes Wiehern. Ich schrak zurück. Noahl machte ein erschrockenes Gesicht und fuhr herum. Pape stampfte aufgebracht mit den Hufen auf den Boden, tänzelte umher, als hätte ihn etwas furchtbar verängstigt. Er warf wild den Kopf herum, obwohl Noahl bereits versuchte, ihn zu beruhigen. Nur schwerlich gelang es ihm. Das große Tier schnaubte, trat sogar einmal nach hinten aus und zerschmetterte mühelos eine dort stehende Mistgabel.

»Schsch«, machte Noahl, hob die Hände an Papes Nüstern. »Sch.«

Tränen stiegen mir in die Augen, während ich mich abwandte und davonrannte. Trotz dessen wusste ich nicht genau, ob die Erleichterung die Enttäuschung überwog. Mit jedem Schritt fühlte es sich danach an. Verwirrt blieb ich an einer Kreuzung stehen und versuchte mich zu orientieren. Ich war wahllos durchs Dorf gehastet, hatte nicht geschaut, wohin ich eigentlich gehen musste. Schluchzend hob den Kopf und besah einen vom Wasser völlig aufgequollenen hölzernen Wegweiser. *Dunkelwald*, stand auf einem der Schilder. Und auf ihm thronte etwas Schwarzes.

Die *Kleine Nagi*.

KAPITEL 13

Bis zum Eintreffen der Nacht musste ich die Stube scheuern, weil ich es gewagt hatte, die Salbe zu vergessen. Meine Mutter kochte stattdessen einen Kräutersud, der mich benommen machte, je mehr ich von seinem Dampf einatmen musste. Sie stand draußen vor dem Haus und hackte Feuerholz. Jeder Schlag mit der Axt kam mir brachialer vor als der vorige. Ich fragte mich, ob Mutters Kraft ausreichen würde, um einen Schädel zu spalten.

Die Nacht brach herein und ich wartete darauf, das Schnarchen meines Vaters zu vernehmen. Danach zählte ich bis fünfhundert, um sicherzugehen, dass auch Mutter in einen Schlummer gesunken war. Immer wieder streiften meine Blicke die *Kleine Nagi* während der nervenzehrenden Zählerei. Doch anders hatte ich meine Aufgeregtheit nicht unter Kontrolle bringen können. Meine Vorfreude wuchs mit jeder Sekunde, bis ich mich schließlich aus dem Haus stahl und zum Wald hinüberlief.

Dieses Mal begab ich mich nicht direkt zum Silberteich. Denn heute wurde mir ein neuer Weg gewiesen: Unzählige blau schillernde Blumen beschrieben einen gewundenen Pfad, der mich in eine neue Umgebung hineinlotste. Zwar war ich immer noch im Dunkelwald, doch hier gab es vom Sonnenlicht berührte Lichtungen mit weiß schimmernden Ruinen aus glattem Stein. Sie erschienen mir völlig fremd; ich hatte keine Ahnung, was sie einst gewesen sein mochten. Aufmerksam schaute ich mich um, bestaunte die gebogenen Pfeiler, die über mir in die Höhe ragten. Hinter ihnen die blanke Nacht.

»Gefällt es dir hier?«

Der Schreck fuhr mir nicht wie sonst in alle Glieder, denn die Stimme flößte mir keine Angst mehr ein. Ich drehte bloß den Kopf und nahm den Spinnenfürsten in Augenschein. Er stand auf einem erhöhten Fragment, eine halb zerbrochene Treppe zu seinen Füßen. Lächelnd schaute er auf mich herab. Seine eigenartige Gestalt passte merkwürdig gut in diese vergangene Szenerie.

»Sehr«, gab ich zu. »Was sind das für Ruinen?«

»Einst war es eine Kathedrale.« Der Blick des Gottes schweifte an den zerbröckelten Mauern entlang. Ranken und Wurzeln hatten sie erobert und zerfressen, was der Schönheit dieses Bildes keinen Abbruch tat. Noch immer konnte ich die durchdringende Erhabenheit spüren, die dieser Ort einst besessen haben musste.

»Was ist geschehen?«, wollte ich wissen.

»Die Dunkelheit breitete sich über diesem Wald aus und die Menschen fürchteten sich davor, ihn zu durchwandern«, verriet er mir. »Selbst die Priester ergaben sich ihrer Angst und zogen fort.«

»Wie schade«, murmelte ich. »Welche Art Dunkelheit?«

»Das weiß ich nicht.« Der Gott schien seltsam nachdenklich. »Sie tauchte urplötzlich auf und verschlang jede Farbe, die sie finden konnte. Doch weiter als bis zum Rand des Dickichts trieb sie nie.«

»Aber du fürchtest sie nicht?« Meine Schuhe traten über das raschelnde Laub. Neben mir ragten die Überreste einer hohen Wand auf. Einst musste ein gewaltiges Fenster an dieser Fassung gelegt haben. Ich suchte nach Scherben auf dem Boden.

»Nein. Ich bin ein Gott. Die Dunkelheit kann mir nichts anhaben.«

Ich merkte, wie er näher kam. Zwar bewegte er sich meist lautlos, aber irgendetwas in mir konnte ihn gelegentlich spüren, wenn er sich in meiner Nähe befand.

»Außerdem gefällt mir dieser Ort«, sagte er. »Ich bin gern hier.«

Schmunzelnd sah ich auf. »Warum?«

»Die Schönheit des Vergangenen und Verfallenen fasziniert mich. Im Tod und in der Zerstörung liegt ein Reiz, eine Anmut, die auf den ersten Blick verängstigen mag, doch was könnte kostbarer sein als der letzte Hauch eines vergehenden Lebens? Flüchtig und sphärisch. Wie ein schwindender Sonnenstrahl«, sprach er mit leiser Stimme.

»So habe ich es noch nie betrachtet«, flüsterte ich.

Ein sanfter Ausdruck erschien auf seinem Gesicht. Er hob die Hand. Ein Licht fing sich zwischen seinen Fingern. Der Mond. Er bot es mir dar wie ein Geschenk und so legte ich meine Finger an seine, berührte vorsichtig das silberne Glitzern. Es fühlte sich kühl und wohltuend an auf meiner Haut. Ich wollte seufzen, als sich eine Art Herzschlag in meinen Händen fing – ein unglaubliches Gefühl.

Im nächsten Moment verdichtete sich das Licht und ein winziger Vogel entschwand unseren Händen. Kein echter jedoch, sondern einer aus purem Licht. Er flog dem Himmel entgegen, immer schneller, immer höher, bis er irgendwann mit dem Sternenhimmel verschmolz und zwischen den ewigen Nachtlichtern nicht mehr zu entdecken war.

»Weißt du«, meinte ich mit warmer Stimme, »ich habe noch nie einen anderen Gott gesehen. Nur dich.«

»Meine Brüder und Schwestern sind zumeist mit ihrer eigenen Herrlichkeit beschäftigt«, erwiderte der Spinnenfürst spöttisch. Ich glaubte, echte Abneigung in seinem Ausdruck zu erkennen. Er ließ die Hand sinken und so tat ich es auch.

»Sehen sie aus wie du?«, fragte ich. »Menschlich?«

Nun kehrte die dunkle Kälte auf sein Gesicht zurück, die er mir gegenüber länger nicht gezeigt hatte. »Du empfindest mein Aussehen als menschlich?«

»Teilweise«, antwortete ich ehrlich, wenn auch zaghaft.

Auf einmal griff er nach einer Strähne, die sich aus meinem Knoten gelöst hatte, und schob sie mir hinters Ohr. »Ich glaube, ich könnte ferner der Gestalt und dem Wesen eines Menschen nicht sein.«

Ich presste die Lippen zusammen. Seine Fingerspitzen streiften kaum merklich mein Gesicht. Sie waren kühl und dennoch war dieser Augenblick mehr als wundervoll. Ich merkte gar nicht, dass ich den Atem angehalten hatte, bis ich ihn hörbar über meine Lippen strömen ließ.

»Wieso das?«

Er ließ von mir ab. So viele Teile in mir bedauerten es. »Götter sind dazu gemacht, Dinge zu symbolisieren, die die Menschen in Staunen oder Angst versetzen. Sie sind zum Leben erwachte Erklärungen und Phänomene. Alles, was sie menschlich wirken lässt, ist eine Projektion der Sterblichen, mit der sie uns versehen, wenn sie es brauchen oder wollen.«

Mein Mund öffnete sich, ich schüttelte ungläubig den Kopf. »Aber du hast dir ein Gedicht für mich erdacht. Du findest Gefallen an Worten. Und eben sagtest du noch, du wärst gerne an diesem Ort hier.«

»Vor allen Dingen finde ich Gefallen an *deinen* Worten«, berichtigte er mich sanft. »Und dieser Ort ist das, was ich zu verkörpern gedacht bin. Darum fühle ich mich hier wohl. Er ist mir ähnlich.«

Aufmerksam schaute ich mich um. Gefallene Blätter, ein zerstörtes Bauwerk, Mondlicht inmitten von Dunkelheit. Spinnen, die an der Mauer entlanghuschten.

»Ich verstehe das nicht.« Meine Stimme war unsagbar leise, doch ich wusste, er konnte mich hören.

»Ich besitze keine Seele wie du als Mensch. Stattdessen ist da Magie, die mich erfüllt. Das ist es, was uns unterscheidet«, offenbarte er mir.

Dieses Wissen ließ mich traurig werden. Abgründe taten sich in mir auf. Eine jung gekeimte Hoffnung drohte zunichtegemacht zu werden. Es schmerzte und brannte.

Eine kalte Hand umgab mein Kinn, hob es an. »Das bekümmert dich.«

»Ich hatte mir gewünscht, dass …« Ich sog die Luft in meine Lunge, sprach nicht weiter.

»Was?«

Die Berührungen des Spinnengottes waren vollkommen anders als jene von Noahl. Sanft und voller Bedeutung. Sie waren wertvoll und ließen mich tiefer empfinden, als ich es für möglich gehalten hatte. Ich wollte nicht, dass es jemals aufhörte.

Er hielt meinen Blick fest, obwohl alles in mir wünschte, ich könnte die Augen schließen. »Ich hatte gehofft, dass du mich verstehen würdest. Nicht, weil deine Magie dich wissend macht, sondern weil du nachempfinden kannst, was ich fühle. Diese Fremdheit in Gegenwart der Menschen. Die Einsamkeit. Die Sehnsucht.«

»Das tue ich«, entgegnete er. »Deine Seele erzählt mir davon. Nein, sie singt. Ich höre nicht nur, was du sagst. Sondern auch, was du fühlst. Es gefällt mir. Denn alles, was du von dir gibst, will ich auch verstehen – und der Ursprung dessen liegt nicht in meiner Magie, sondern in einem eigenen Wunsch.«

Er trat näher, ließ mich noch immer nicht los. Stattdessen strich er an meiner Schläfe entlang, berührte den Ansatz meines Haares. Die kühlen Finger legten sich auf meine Wange. Mühevoll schluckte ich einen Seufzer herunter.

»Das ist neu für mich. Ich hatte noch nie einen eigenen Wunsch. Nicht um meiner selbst willen. Es ist eigenartig und schön zugleich.«

Er schmunzelte. »Ich glaube, in deiner Welt würde man es ›Interesse‹ und ›Neugier‹ nennen. Ich glaube, genau aus diesen Dingen wird Sehnsucht geboren, nicht wahr?«

Ich nickte vorsichtig. Im selben Moment fragte ich mich, ob ich ihn küssen könnte. Ich ihn. Zuerst. Was würde passieren? Würde er es erwidern? Würde er zurückweichen?

»Wir sind uns ähnlicher als du denkst, Saiza«, stellte er daraufhin fest. »Auch ich habe mich einsam gefühlt. Dieser Wald ist still und dunkel. Dann kamst du. Du und deine Worte.«

Jetzt musste ich kurz auflachen, ein Kribbeln erfüllte mich. »Vielleicht solltest du noch ein Gedicht kreieren, Menschen tun das oft, wenn sie etwas sehr berührt.«

»Ich bin also berührt?«

»Es klingt danach.«

Seine Hand glitt hinab zu meinem Hals, der Daumen fand sich in der zarten Kuhle über meinem Schlüsselbein. Ein leiser Laut kam über meine Lippen. Viel zu spät wurde ich mir dessen bewusst. Ihm schien es nichts auszumachen, noch immer prägte der Sanftmut seine Züge.

»Was, glaubst du, könnte mich noch berühren?«, fragte er.

»Tanzen vielleicht«, überlegte ich laut. »Du hast lange Beine.« Er lachte. Es war das erste Mal, dass ich es hörte. Ein Feuer loderte in mir auf, so warm und dennoch geheimnisvoll klang es. Als wäre es nur für mich bestimmt. »Magst du das Tanzen?«

»Ja, auch wenn ich nicht sonderlich gut darin bin, glaube ich.« Ich fragte mich, wie es sich anfühlen würde, mit einem Gott zu tanzen. Würde es anders sein als mit einem Menschen?

»Was gibt es noch für Dinge, die dir gefallen?«

Mir fiel es schwer, in mich zu gehen, während seine Hand immer noch kühlend auf meiner warmen Haut lag. Er schien es zu bemerken und hob sie auf einmal flach vor meine Brust. Eine Aufforderung. Ich legte meine Finger in seine und ließ mich von ihm durch die Ruine führen. Wie ein Edelmann geleitete er mich eine zerfurchte Treppe nach oben. »Ich mag das Geräusch von Regen. Den Geschmack von gezuckerten sauren Äpfeln. Oder das Gefühl, wenn ich frische Tinte auf einem Papier verteile.«

»Alles schöne Dinge«, meinte er schmunzelnd.

Wir wanderten einen steinernen Steg entlang. Spinnen huschten über unseren Weg, manche kleiner, manche größer. Nur eine nicht. Die *Kleine Nagi* saß unbewegt auf einem losen Bruchstück am Rand, wirkte erhaben unter all den eilenden Biestern.

»Sie bewegt sich nur, wenn niemand hinsieht, oder?«, sprach ich meine Erkenntnis nun aus.

Der Spinnengott schien zufrieden mit seiner Dienerin; ein stolzer Ausdruck prangte auf seinem Gesicht, doch die kleine Note von Dunkelheit darin war unverkennbar. »Sie ist eine stille, aufmerksame Jägerin und ihren Opfern immer ein Schritt voraus.«

»Ich bin ein Opfer?« Meine Stimme war dünner als beabsichtigt.

»Keineswegs«, raunte er. »Du bist ihr wertvollster Besitz. Sie wacht über dich.«

In mir kam die Frage auf, was ich eigentlich für ihn war. Auch ein Besitz? Ich vermochte es nicht eindeutig zu sagen.

»Wir sind am Ende angekommen«, stellte der Spinnenfürst für mich fest, nachdem wir den letzten Abschnitt des Steges erreicht hatten. Wie es schien, standen wir nun in der Mitte der ehemaligen Kathedrale. Über uns ein Gerippe aus Stein, vage Ahnungen einer Deckenmalerei hafteten ihm an. »Der Morgen graut.«

Seufzend lehnte ich mich an ihn, fast so als wäre er ein alter Vertrauter, von dem ich nicht Abschied nehmen wollte, und kein fremdes, göttliches Wesen, vor dem es sich zu hüten galt. Immer öfter kamen mir Zweifel an den Geschichten der Dörfler. Konnte ein Wesen wie er wirklich Seelen stehlen? Hinter seiner entsetzlichen Fassade steckte ein feinfühliges, ruhiges Wesen, das dem Tod eine einzigartige Poesie zuschrieb und keine erfüllende Grausamkeit.

Vielleicht irrten sie sich. Vielleicht gab es andere Gründe für die verschwundenen Mädchen.

Der Spinnenfürst begleitete mich durch den Wald. Wir schwiegen. Ich wagte nicht, ihn zu fragen, ob all die Gerüchte stimmten. Denn ein Teil von mir wollte es schlichtweg nicht glauben. Er wollte diese Illusion nicht zerstören, die sich mit jedem Tag mehr und mehr verdichtete.

Er verabschiedete mich mit einem zaghaften Strahlen. Ich erwiderte es und trat hinaus in das schwache Licht, das sich bereits am Himmel regte. Wunderschön, befand ich, und wünschte mir, ich hätte es mit meinem Gott teilen können, doch er war bereits verschwunden.

Erst das Hallen der Tür, die hinter mir zufiel, ließ mich aus meiner süßen Ruhe erwachen. Die *Kleine Nagi* saß auf dem rissigen Geländer unserer Treppe.

Mein Gott.

Ich blinzelte.

KAPITEL 14

Ich summte ein leises Lied, während ich ein paar Blumen und Gräser zu einem hübschen Strauß zusammenband. Die Wärme des Frühlings wurde immer intensiver, der sachte Wind kitzelte mein Gesicht. Alles roch nach Leben und Glück.

In der Ferne bemerkte ich eine Bewegung. Es war Vater, der endlich heimkehrte. Freudig lief ich ihm entgegen und fiel ihm in die Arme.

»Gute Neuigkeiten, Saiza«, sagte er und hob die Hände zu meinem Gesicht. »Meine Maschine wird früher fertig als gedacht. Vielleicht noch zwei Wochen. Dann können wir von hier fort.«

Diese Tatsache hätte mich freuen sollen, doch sie hinterließ einen schalen Geschmack auf meiner Zunge. Denn auch wenn meine Mutter diesen Ort hier hasste, ich tat es nicht.

»Sieh, was ich dir mitgebracht habe.«

Mein Vater zog etwas aus seiner Tasche. Es war groß, braun und eckig. Ich japste vor Freude, als ich begriff, dass es sich um ein Buch handelte, eingeschlagen in weiches Papier, umwickelt mit edler Schnur. Hektisch befreite ich das Werk aus seiner Hülle, betrachtete den rauen Einband und entzifferte die goldfarbene Prägung.

Yiarentina – Kämpferin der Sturmwelten

»Davon habe ich noch nie etwas gehört«, gab ich zu und schlug es auf.

»Es ist ganz neu.« Vater sah auf das Werk herab. »Der erste Druck meiner Maschine, den ich selbst überwacht habe. Man hat dieses

Exemplar für mich aufgehoben. Ich dachte, es könnte dir gefallen. Es soll wohl das Abenteuer einer jungen Frau beschreiben, die in eine ferne Welt geraten ist und dort gegen die Mächte des Ozeans zu kämpfen hat«, erzählte mir mein Vater, während wir langsam zu unserem Haus zurückkehrten.

Ich fand es höchst interessant, dass über Frauen zu schreiben oftmals als viel faszinierender für vielerlei Schriftsteller zu sein schien. Frauen mochten in unserer Gesellschaft als schwach und demütig gekennzeichnet werden, doch in Büchern waren sie das keineswegs. Ich verstand nicht, warum es so war. Durften Gedanken und Ansichten zwischen den Zeilen etwa niemals mit der Realität vermischt werden?

»Wenn wir umziehen«, sagte ich zaghaft, »wirst du mich dann ein paar Schriftstellern vorstellen? Ich verspreche auch, ich werde artig sein und sie nicht belästigen!«

»Gewiss«, entgegnete Vater vergnügt. »Ich bin gespannt, was sie zu dir sagen.«

»Wie meinst du das?«

»Ich habe bereits einigen Leuten von meiner wortgewandten Tochter erzählt. Sie sind neugierig auf dich.«

Ich hätte Vater dankbar sein sollen. Stattdessen machte sich in mir die Enttäuschung breit. *Wortgewandt.* Nur das. Nichts darüber, dass ich selbst Geschichten schrieb. Ich unterdrückte ein Seufzen.

»Ich freue mich, Vater. Ich freue mich sehr.«

Eidala fuhr sich durchs Haar. »Ach, es ist so langweilig, Saiza. Ich will einmal wieder auf einem Ball tanzen. Oder aber neue Kleider kaufen. Was ist es bloß, was die letzten Tage zur absoluten Ereignislosigkeit verdammt?«

Ich konnte ihre Laune nicht teilen. Mir ging es momentan wunderbar. Niederschläge wie jenen heute Morgen mit meinem Vater gab es nur selten und wenn, dann nahm ich sie mir nicht allzu sehr zu Herzen. Der Gram meiner Mutter ließ mich inzwischen kalt, die Erinnerungen an den vereitelten Kuss mit Noahl verblassten in der Bedeutungslosigkeit.

Wir schlenderten durch das Dorf und hielten Ausschau nach etwas, das unser Interesse wecken könnte. Eigentlich sollte ich für meine Mutter Zucker und Mehl kaufen, da sie einen großen Kuchen für unseren Vater backen wollte. Gestern erst hatten wir dafür Dutzende Erdbeeren gepflückt, die rot und reif am Waldrand wuchsen. Danach hatte meine Mutter dem Spinnengott ein paar getrocknete Kräuter als Opfergabe verbrannt. Während sie betete, murmelte ich beinahe lautlos seinen Namen und gestand mir ein, dass er mir fehlte. Drei Tage hatten wir uns nicht gesehen, denn die Erschöpfung hatte mich eingeholt. Die Nächte davor hatte ich seinetwegen kaum geschlafen und Mutter gönnte mir keine drei Stunden Ruhe, sobald die Sonne am Himmel stand. Nun hatte ich bereits am späten Abend mein Bett bezogen und war erst am Morgen durch ihr Rufen wieder erwacht.

Seine Antwort fand ich in der *Kleinen Nagi,* die jedes Mal auf meinem Nachtkasten saß, wenn ich die Augen aufschlug. Es glich einer Begrüßung in den Tag, fremdartig und bizarr, aber sie brachte mich stets zum Schmunzeln. Ich fürchtete mich keineswegs vor ihr, ganz gleich, wie nahe sie mir manchmal kam. Ich vertraute seinen Worten. Sie war hier, um über mich zu wachen, und nicht, um mich zu vergiften.

»Nanu? Was ist da los?«, wollte Eidala wissen, als wir den Marktplatz erreichten. Ich hielt auf den Bäcker zu, bei dem ich das Mehl erwerben wollte, da zog sie mich am Ärmel und deutete auf die große Schenke, die abends einen beliebten Treffpunkt der Dörfler darstellte. Hier hatten sich schon so manche Geschichten ereignet, sagte man.

Vor dem Gebäude herrschte großer Andrang. Ungewöhnlich, schließlich hatte die Mittagsstunde erst geschlagen. »Vielleicht ein neues Bier?«, riet ich. Zumindest war das vor zwei Wochen ein Ereignis gewesen, das ich auch heute noch gut im Gedächtnis hatte. So viele Betrunkene auf einmal hatte ich noch nicht gesehen.

»Nein. Dafür sind sie alle zu zivilisiert«, meinte Eidala und wir traten näher. Sie tippte einem der anstehenden Männer auf die Schulter. »Hey, was ist da drin los?«

Er guckte sie mit feierlicher Miene an. »Ihr habt es noch nicht gehört?«, entgegnete er. »Da drin ist ein Trupp voll Gottjäger!«

Während ich die Stirn runzelte, hellte sich Eidalas Miene schlagartig auf. »Tatsächlich? Na endlich. Das wurde aber auch Zeit.«

»Was bedeutet das?«, wollte ich wissen. Meine Stimme klang verunsichert.

»Etwas Großartiges ist im Begriff zu geschehen, Saiza«, richtete sich Eidala an mich. »Gottjäger sind fähige Männer, die einen Gott zur Strecke bringen können. Ein für alle Mal.«

Panik machte sich in mir breit. »Aber Götter sind unsterblich.«

»Nun, solange ihnen keiner einen Pflock in ihr dunkles Herz rammt, durchaus, ja. Aber diese Männer verstehen ihr Handwerk. Sie sind in der Lage, einem Gott eine Falle zu stellen und ihn zu überwältigen. Sie können ihn wahrhaft töten und in die Knie zwingen.«

Mein Mund stand offen. Die Gedanken rasten und drehten sich wirr im Kreis. Mir brach der Schweiß aus.

»Mein Vater sagte, er habe einen Aushang in Alvara machen lassen, dass Velkhain auf der Suche nach Gottjägern wäre. Ich hätte nicht gedacht, dass jemand zu uns kommen würde, jedenfalls nicht so bald. Es gibt nur wenige von ihnen, denn viele fürchten sich vor ihrem Handwerk. Meist sind sie auf Wanderschaft und ziehen durch alle Länder, oftmals dauert es lange Zeit, bis man sie wieder zu Gesicht bekommt.«

»Sind sie hier, um den Spinnengott zu töten?« Ich traute mich kaum, es auszusprechen.

»Das hoffe ich doch sehr.«

Mir brach es das Herz, als Eidala diese Worte über die Lippen kamen. Benommen ließ ich mich von ihr vorwärtsziehen.

»Achtung, aus dem Weg bitte, ich bin die Tochter des Bürgermeisters, ich habe Vorrang«, fing sie an zu rufen, während sie uns einen Weg durch die Menge bahnte. Tatsächlich machten die Leute

Platz, manche sandten uns grummelnde Sätze nach, aber ich verstand sie nicht.

Das Innere der Schenke war von erstickter Luft gepeinigt, die Leute schienen aufgeregt und verharrten dennoch in stiller Anspannung. Ihre Blicke waren auf ein paar dunkel gekleidete Männer gerichtet, die einen großen Tisch in der Ecke des Raumes eingenommen hatten. Einen von ihnen hatte das Alter bereits gezeichnet, die drei anderen wirkten allesamt jung. Lässig und unbekümmert saßen sie auf der Bank, hörten sich die Fragen an, die die Dörfler an sie richteten. Offenbar musste deren Neugierde sehr groß sein. Wie erlegte man einen Gott? Fürchteten sie sich davor? Hatten sie schon einmal etwas vom Spinnengott gehört? Welchen Gott hatten sie zuletzt getötet?

Nun, begann der Älteste, einen Gott zu vernichten sei nicht einfach. Man müsse seine Schwäche herausfinden – jeder Gott besäße eine. Mit dieser Schwäche gelte es, eine Ablenkung zu schaffen, die einen magischen Rauschzustand herbeiführe, wie es bei Göttern üblich sei, wenn sie dem Objekt ihrer Begierde ausgeliefert waren. In diesem Moment würde man zuschlagen und den Gott überwältigen. Drei würden ihn festhalten und einer ihm den gespitzten Pflock tief in die Brust hineinrammen. Götter besäßen keine Herzen wie Menschen, nur Knoten aus Magie. Dieser müsse vollkommen durchbrochen werden, erst dann würde der Spuk enden und der Gott zusammenbrechen.

Und nein, sie würden sich nicht fürchten, erklärte einer der Jüngeren. Sie hätten schon viele Götter getötet. Einer mehr würde sie da nicht aus der Ruhe bringen.

Ob sie schon etwas vom Spinnengott gehört hätten? Sicherlich! Die Geschichten würden bis nach Alvara hinauf- und von dort aus in den hohen Norden hineinreichen. Im Grunde so weit, wie der Dunkelwald sich über die Lande erstrecke. Überall dort wisse man von der unheilvollen Sage über den Seelen stehlenden Gott.

Es sei interessant zu erfahren, ob er sich genauso einfach töten ließe wie der Gott der Asche. Denn jener sei ihr letztes Opfer gewesen. Er habe die Menschen, die nahe seinem großen Vulkan lebten, des nachts an der giftigen Asche ersticken lassen. Langsam und qualvoll. Vor allem Kinder und Alte habe er im Visier gehabt. Abgelenkt haben sie ihn mit Juwelen, denn denen habe er nicht zu widerstehen vermocht. Sein sterbender Schrei sei noch Meilen weiter widergehallt. In den kommenden Tagen habe sich eine wohltuende Kälte und Klarheit über dem Ort ausgebreitet. Der Vulkan sei verstummt und erkaltet.

Es waren furchtbare Dinge, die diese Männer erzählten. Ein brennender Kloß schnürte mir die Kehle zu. Wie konnte es sein, dass Menschen solche Grausamkeiten verübten und dann auch noch damit prahlten, als wären es Orden, die sie mit jedem Tod einer dieser magischen Kreaturen errungen hätten?

»Der Linke mit dem dunklen Haar, der gefällt mir«, hörte ich Eidala murmeln. Auch sie hatte gebannt gelauscht, was diese schrecklichen Jäger zu erzählen hatten.

Ich schaute hinüber zu dem Kerl, dessen Blick in unsere Richtung schnellte, als hätte er Eidalas Worte gehört. Ansehnlich sah er aus, in der Tat, aber das kümmerte mich nicht. Er hätte auch so hässlich sein können wie die Nacht finster war, es spielte keine Rolle. Er und seine Kumpane hatten vor, meinen Gott zu töten.

Das konnte ich nicht zulassen.

»Liebreizende Jungfrauen sind seine Schwäche, hm?«, brummte der alte Jäger.

»Dann brauchen wir eine Freiwillige«, sagte der einzige Blonde der Truppe.

Die Männer schauten sich um. Sofort fingen einige Mädchen an zu gackern. Seltsam, dass sie offenbar gar keine Furcht verspürten, zum vermeintlichen Opferlamm gemacht zu werden. Diese Männer mussten einen unglaublichen Ruf besitzen. Durchaus verständlich, dass sie sich in unserer alten Heimat nie hatten blicken lassen. Wir hätten sie mit Fackeln und Mistgabeln aus der Stadt gejagt, hätten sie nur zum Gruß die Hand gehoben.

»Wie wäre es mit dir, werte Dame?«

Ein Stoß in die Seite ließ mich zusammenzucken. Meine Brust verkrampfte sich in dem Moment, in welchem mir bewusst wurde, dass mich jedes Augenpaar im Raum anstarrte. Der schöne Jäger war aufgestanden und schaute mich erwartungsvoll an.

»Nein«, hauchte ich und fing an, den Kopf zu schütteln.

»Du musst dich nicht fürchten. Wir haben einen Trank, der dich kaum mehr wahrnehmen lässt, was um dich herum geschieht. Du wirst nichts merken. Wenn du aus dem Nebel erwachst, ist das Scheusal bereits tot«, versuchte er mich zu locken.

Eher ramme ich mir Nadeln ins Gesicht, als dass ich dir helfen würde.

»Ich will nicht«, sagte ich tonlos.

Der schöne Jäger zögerte einen Moment, ehe er mit den Schultern zuckte und sich abwandte. Sofort fingen die Mädchen an zu rufen und um seine Aufmerksamkeit zu buhlen. Sie präsentierten sich bereits jetzt wie das Stück Fleisch, das sie zu werden wünschten.

Mit blutleerem Gesicht drehte ich mich um, zwängte mich an den Leuten vorbei. Ich brauchte Luft und das so dringend wie nie zuvor. All diese destruktive Freude der Leute machte mich krank, kroch in mich und breitete sich aus wie ein ätzendes Geschwür. Verstanden sie nicht, dass Götter Ankerpunkte des Lebens waren? Wenn sie sie zerstörten, so vernichteten sie auch die Schöpfung. Der Vulkan war gestorben und so würde es auch der Dunkelwald, würden sie den Spinnenfürsten ermorden. Nie hatte ich viel auf die Lektionen meiner Mutter gegeben, aber hier und heute glaubte ich sie ohne jeden Zweifel.

KAPITEL 15

Ich musste ihn warnen.
Dieser Gedanke dominierte mein Denken bis zu jenem Punkt, an dem ich durch die Tür unseres Heims trat und meiner Mutter gegenüberstand.
»Schon wieder nichts? Sag, Saiza, wirst du kopflos in Gegenwart dieser Ketzer? Ständig vergisst du, was ich dich zu holen beauftragte! Langsam nimmt es überhand und mir gefällt nicht, wie gedankenlos du durch die Welt gehst«, fauchte sie.
Wenn du nur wüsstest, Mutter.
»Es tut mir leid«, brachte ich erstickt hervor.
»Allmählich bin ich deiner ständigen Entschuldigungen überdrüssig.« Sie ballte die Hände zu Fäusten und ich machte mich bereit für einen Schrei. Doch er kam nicht. »Geh in dein Zimmer und tue Buße. Geh und bete, dass du noch nicht verloren bist, und hoffe, dass du erhört wirst. Denn das ist die letzte Chance, die ich noch für dich sehe, du nichtsnutzige Närrin.«
Ihre Stimme klang bedrohlich leise. Ich aber fühlte ein lautes Gellen in mir. Sie konnte mich jetzt nicht hier festhalten! Ich musste in den Wald des Gottes, musste ihn warnen!
Mutig öffnete ich den Mund, wollte ihr all dies sagen, doch sie schraubte ihren Griff um meinen Arm und zerrte mich durch die Stube. »Wage es nicht, noch einmal deine Stimme gegen mich zu erheben für den heutigen Tag. Tust du es doch, werde ich all deine Werke im Feuer verbrennen.«

Hörbar rang ich nach Atem.

»Ja, Saiza, glaube nicht, sie wären mir entgangen. Ich habe die Bücher durchgesehen, die du hortest. Ich ahnte schon, dass etwas nicht stimmt. Du hast wieder angefangen zu schreiben. Ich hatte dir doch gesagt, dass es eine Untat ist, schämst du dich nicht, dich mir ständig zu widersetzen?«

Unnachgiebig und schmerzvoll zerrte sie mich die Stufen hinauf.

»Ich hoffe nicht, dass sich die Götter schon endgültig von dir abgewandt haben. Andernfalls bleibt zu überlegen, was wir mit dir anstellen.«

Sie riss meine Zimmertür auf und schleuderte mich in den Raum hinein. Ich wollte abermals versuchen, einen Satz an sie zu richten, schließlich wären diese Jäger auch ihr ein Graus, doch sie knallte die Tür zu und ließ mich zurück.

»In einer halben Stunde werde ich kommen, um nach dir zu sehen!«, hörte ich sie sagen. Undeutlich nur, aber ich verstand es.

Mein Puls raste in den ersten Sekunden der Stille. Dann begann ich heftig an meiner Braue zu kratzen. Ich drehte mich herum, suchte die *Kleine Nagi,* konnte sie aber nicht finden. Warum? Spürte der Spinnenfürst das drohende Unheil?

Was sollte ich bloß tun? Wie konnte ich dieser schrecklichen Situation nur entkommen? Hastig eilte ich hinüber zu meinen Büchern und besah meine vollgeschriebenen Seiten. Sie waren mehr als achtlos wieder zurückgestopft worden, einige hatten sogar Knicke an den Ecken. Wut schäumte in mir hoch und ließ mich die Zähne zusammenbeißen.

Nein. Ich würde mich nicht hier festketten lassen. Meine Werke waren mein Herzblut, doch was nützte es, wenn es bald niemanden mehr gab, mit dem ich sie auf eine solch wundervolle Weise teilen konnte? Dieser Gedanke trieb mir wahrhaftig die Tränen in die Augen. Entschlossen schlang ich die Arme um mich und stand auf. Es war schwer und würde noch schwerer werden.

Kaum hatte ich einen Schritt in Richtung Tür getan, hielt ich inne. Ich traf die richtige Entscheidung, oder? In meinem Kopf zogen Bilder meiner Mutter auf. Ihre vor Zorn gerötete

Haut leuchtete hell und bedrohlich. Purer Hass würde auf mich niederfahren.

Zunächst.

Vielleicht würde ihr Zorn ja auch schlagartig verrauchen und ich könnte ihr meine edlen Motive darlegen, die mich zu der Tat verleitet hatten, die ich im Begriff war zu begehen? Möglicherweise. Ich konnte es nicht sagen, aber einen Versuch war es wert.

So öffnete ich die Tür und trat hinaus. Eilig lief ich die Treppe hinab, schickte mich an, mich zu beeilen, damit sie mich nicht in die Finger bekam. Hinter mir hörte ich ihre schnellen Schritte, die lauter und lauter wurden wie ein anrollendes Unwetter. Ich rannte und riss die Hintertür auf, die mich in die Freiheit entlassen würde.

»Saiza Evanoliné Manot!«, donnerte es hinter mir. Gewiss schossen gerade Blitze in meinen Rücken. Zumindest konnte ich welche spüren.

Ohne mich noch einmal umzudrehen, jagte ich mitten in den Wald hinein und sprintete, als ginge es um mein Leben. Nur dass es nicht meines war. Sondern das meines Gottes.

Mein Atem war lange Zeit das einzige Geräusch, das ich vernahm. Keuchend hetzte ich durch den Forst, hielt kein einziges Mal inne. Wellen der Erleichterung durchfluteten mich, als ich den Silberteich erreichte. Ich rief nach dem Spinnenfürst. Nach dem Gott der Welke. Dem Herrn von Dunkelheit und Silberlicht.

Er kam nicht.

Hilflos raufte ich mir das Haar und drehte mich suchend im Kreis. Wo steckte er nur? Ich eilte weiter, wohl wissend, dass jede Sekunde hier drin vermutlich mehrere Minuten in der Welt außerhalb des Waldes bedeutete. Würde ich mich nicht beeilen, wäre es Abend und die Jäger würden ihren Plan vollziehen. So zumindest hatte es der Alte in der Schenke gesagt, als ihn jemand gefragt hatte.

Keine einzige Spinne kreuzte meinen Weg. Auch die *Kleine Nagi* bekam ich nicht zu Gesicht. Die Angst eroberte mich Stück für

Stück wie eine Armee einen Burgfried. Bald würde meine Fahne fallen und ich würde anfangen zu weinen.

Mein innerer Kampf steigerte sich, je tiefer ich in den Wald drang. Versuchte mich daran zu erinnern, in welcher Richtung die Kathedrale gelegen hatte. Es fiel mir schwer ohne die Blumen. Mein Gedächtnis war ummantelt von der schweren Süße, die mich in dieser Nacht umgeben hatte. Ich verfluchte mich selbst. Eine Vernarrtheit war schön und gut, wenn sie nicht zu Fall brachte.

Mein Rock verfing sich in den knorrigen Ästen eines Hanges. Ich rutschte ihn jammernd und klagend herunter, fühlte harte Erde und Stein meine Beine entlangschaben. Wimmernd stolperte ich nach vorn, gewann nur langsam die Kontrolle zurück. Urplötzlich wurde mir bewusst, wo ich gerade hineingeraten war.

In ein Moor.

Mit größter Anstrengung zog ich meinen Fuß aus dem schmatzenden Schlamm und sah mich um. Gab es etwas, woran ich mich würde festhalten können? Noch steckte ich nicht bis zu den Knien im Morast, noch würde ich entkommen können. Während ich japste und kämpfte, merkte ich, wie die Luft allmählich abkühlte. Der Atem brannte in meiner geschundenen Lunge und der Geruch des Moores bescherte mir Übelkeit.

Ich versuchte, eines der Ufer zu erreichen. Mein Rock sog Nässe und kalten Dreck auf, meine Hände waren vollgeschmiert mit Schlamm. Gleichzeitig kroch ein feiner Nebel über meine Schulter, ließ mich bis in den letzten Winkel meines Inneren erschaudern.

Wieder rief ich nach dem Spinnenfürst. Lediglich der Nebel antwortete mit zartem Wispern. Tränen rannen mir über die Wangen, als ich begann, mich schwächer zu fühlen. Der Schlamm sog sich mit jeder Bewegung fester an meinen Körper, ließ ihn schwerer und schwerer werden. Meine Beine gaben allmählich nach, die Arme zitterten bereits. Panik schnürte mir die Luft ab. Würde ich es schaffen? Oder war dies hier das Ende? Der Gedanke ließ mich aufschreien.

Niemand antwortete. Ich war allein.

Ich wollte bereits den Kopf hängen lassen und aufgeben, aber dann ...

Dann sah ich sie. Die *Kleine Nagi*.

Sie saß auf einem Stamm am Ufer, zum Greifen nah und doch so weit entfernt. Ihr metallisch roter Körper glitzerte als einzige Farbe in dieser trostlosen Umgebung. Ich riss mein Bein nach oben und reckte mich nach einem Ast. Stück für Stück kam ich ihm entgegen. Meine Muskeln dehnten sich über die Maßen hinaus, es zog und stach. Ich stöhnte unter Schmerzen, aber ich würde nicht aufgeben.

Nicht hier. Nicht jetzt.

Endlich bekam ich den Ast zu greifen. Er war wunderbar rau und trocken, ich rutschte bloß ein einziges Mal ab, während ich mich nach und nach an Land zog. Der Nebel flutete über mich hinweg, streichelte kühl meine nackte, vom Schlamm bedeckte Schulter. Ich keuchte und wollte gar nicht wissen, wie viel Zeit mich dieses Intermezzo gekostet hatte.

Zu viel.

Mühevoll stemmte ich mich in die Höhe. Die *Kleine Nagi* wartete bereits auf mich. Voller Hoffnung lief ich in ihre Richtung, blinzelte einmal und merkte dann, dass sie sich einfach in Luft aufgelöst hatte. So ging dieses Spiel viele Male. Nicht immer fiel es mir leicht, sie zu entdecken, und ich verlor wertvolle Sekunden.

Irgendwann entdeckte ich sie in der Ferne zwischen all den grauen Stämmen.

Die Kathedrale – und in ihren Ruinen standen zwei Gestalten.

Eine davon war mein Gott.

Mein Atem überschlug sich, als ich hinab auf die Lichtung eilte. Hastig erklomm ich die zerbrochenen Stufen und lief über das raschelnde Laub. Fast rutschte ich auf den wenigen Partien des glatten Steins aus.

»Tu es nicht!«, rief ich, kam schlitternd zum Stehen.

Der Spinnenfürst stand einer jungen Frau gegenüber, die ich nicht kannte. Sie war wunderschön, doch ihr ebenmäßiges Gesicht glich einer Maske. Sie wirkte seltsam fern und still. Sie nahm mich nicht wahr und, wie es schien, den Spinnenfürsten ebenso wenig.

Der Trunk.

»Es ist eine Falle!«, zischte ich und bemerkte mit tiefdringendem Entsetzen, dass der Gott ebenfalls eigenartig gebannt war von diesem Moment. In seinen Augen tobten unzählige Wirbel jedweder Farbe. Wie ein Raubtier, das seine Beute im Visier hatte, so sah er aus. Kein Muskel bewegte sich, da war nur lauerndes Warten.

Ich trat nah an ihn heran. »Hör mich an«, flüsterte ich.

Er reagierte nicht.

Die Kälte um uns herum wurde gieriger. Der Himmel war ganz und gar von der Nacht erobert. Ich hatte es nicht einmal bemerkt. Als wäre es einfach von jetzt auf gleich geschehen. Magie. Überall um uns herum pure Magie.

Vorsichtig berührte ich seine Hand, legte meine Finger darum und drückte sie. Erst das schien den Bann zu brechen. Langsam drehte er den Kopf und schaute mich an. Es schien ihm schwerzufallen, mich zu erkennen.

»Saiza?« Seine Stimme klang schwach.

»Du musst fort von hier«, redete ich leise auf ihn ein. »Das ist eine Falle. Man macht Jagd auf dich.«

Klarheit eroberte seine Züge zurück. »Wer?«, grollte er.

»Jetzt!«, brüllte jemand hinter uns.

Vor Entsetzen schrie ich laut auf und wirbelte herum. Der alte Jäger kam hinter einem Torbogen zum Vorschein, hielt eine Armbrust in der Hand. Ich wollte die Arme hochreißen und ihn aufhalten. Aber es nützte nichts.

Er schoss. Direkt an mir vorbei.

Ich hörte, wie die Klinge des Bolzens auf einen Widerstand traf. Es war das entsetzlichste Geräusch, das mir je zu Ohren gekommen war. Mir entfuhr ein Wimmern.

Irgendwie schaffte ich es, mich umzudrehen. Bis ins Mark erschüttert hob ich mir die Hände vor den Mund.

Da stand der Spinnenfürst, dessen Hals von dem mächtigen Bolzen durchbohrt war. Falten lagen auf seiner Stirn, seine Lider hatten sich gesenkt, als wollte er sehen, was ihn da attackiert hatte. Hinter ihm stürmten die anderen Jäger heran. Jeder hielt einen hölzernen, mit Metall verstärkten Pflock in der Hand. Sie bewegten sich geschmeidig und schnell, versuchten uns einzukreisen. Einer riss an meinem Arm, ich wollte mich wehren, wurde aber von der schieren Muskelkraft zu Boden gerissen.

»Nein!«, schrie ich, während der Erste den Pflock erhob.

Der Jäger hielt inne. Alle hielten wie erstarrt inne. Einer begann zu röcheln – der Schönling. Er griff sich an den Hals, ließ die Waffe fallen und würgte. Ein anderer fing an sich zu winden, tat so, als wäre da etwas auf seiner Haut, das ihn quälte. Doch da war nichts. Der dritte junge Mann presste sich plötzlich beide Hände auf die Augen und schrie.

Von Furcht erfüllt stand ich da und sah zu, wie der Schönling davonstolperte, das Gesicht wurde zusehends blau. Er würgte abermals und auf einmal fielen Blätter aus seinem Mund. Gelbe, welke Herbstblätter.

Der sich windende Jäger rollte auf dem Boden hin und her, stöhnte und ächzte hinter zusammengebissenen Zähnen. Er kratzte sich die Haut auf, durchfurchte sein eigenes Gesicht. Der andere neben ihm brüllte noch immer, nahm für einen kurzen Moment die Hände vom Gesicht und offenbarte silbrige Augäpfel, die zu glühen schienen.

Spinnen eroberten die Ruine, liefen in endlosen Heerscharen über die Mauerfragmente. Manche besaßen die Größe eines Kaninchens, andere wirkten eher klein. Leises Rascheln verriet ihre Bewegungen. Der Mond am Himmel sandte stechendes Licht, scharf wie Schwertklingen. Alles war kalt. Ich konnte meinen eigenen Atem sehen.

Aber er kümmerte mich nicht. Denn ich hatte nur Augen für den Spinnenfürst, der in all dem Untergang stand und mit kalter Miene auf die drei jungen Jäger hinabblickte. Es mutete wie ein Wunder an, als sie offenbar wieder Herr ihrer Sinne wurden und stolpernd aus der Ruine entkamen. Der eine hörte auf zu würgen, der andere schien wieder sehen zu können und der letzte wurde einfach von ihnen mitgeschleift. Übrig blieb nur noch der alte Mann, der nun von Spinnen erobert und in die Knie gezwungen wurde.

Die Armbrust war ihm aus den Händen geglitten und sein Pflock ebenso. Hektisch suchte er im Gewühl der Spinnen danach, zog ihn hervor, nur um mit anzusehen, wie er in seinen Händen binnen Sekunden zu dunklem Staub verrottete.

»Lauf«, sagte der Gott zu ihm mit einer Stimme, die so glatt wie dunkel anmutete.

Die Spinnen krabbelten über das Gesicht des Alten, stachen mit ihren langen Beinen in seine Augen und seinen Mund. Dennoch schaffte er es, sich zu erheben und über sie hinwegzusteigen, wobei er allerdings einige von ihnen unter seinen Stiefeln zerquetschte. Ein wilder Haufen folgte ihm unmittelbar, versuchte ihn zu erreichen; immer wieder huschten sie seine Beine entlang, egal wie schnell er rannte. Er stolperte und keuchte. Trotz allem schaffte auch er es, zu entkommen.

Der Gott sah ihm nach. Kalt und ohne Emotion im Gesicht. Alles an ihm wirkte tot. Ich hielt den Atem an, als er den Bolzen umfasste und ihn langsam aus seinem Hals zog. Kein Blut haftete daran oder drang aus der klaffenden Wunde. Er ließ den dünnen Holzpflock einfach zu Boden fallen. Die Spinnen stürzten sich darauf wie auf eine kostbare Beute.

Langsam drehte der Spinnenfürst sich zu mir um. Die Wunde begann sich zu verschließen, zaghaft nur, doch ich erkannte es genau. Ein paar winzige Spinnen huschten aus dem Loch, ehe es sich vollkommen versiegelte. Dann war da nur noch glatte, bleiche Haut wie all die Zeit zuvor.

Ich zitterte am ganzen Leib. Die Spinnen hatten mich verschont, keine einzige hatte es gewagt, mich zu berühren. Auch jetzt noch bildeten sie einen perfekten Kreis um mich, als wäre ich diejenige, die ein tödliches Gift in sich trüge, und nicht sie.

»Du wolltest mich schützen.«

Unmerklich begann ich zu nicken. Meine Muskeln fühlten sich kalt und steif an.

Die gelben Augen blickten leblos auf mich herab und mir zerriss es fast das Herz. Was hatten sie mit ihm gemacht? Wo war der zarte Hauch, der sein Gesicht in den vergangenen Tagen erobert hatte? War er vernichtet worden?

»Steh auf.«

Mit schwachen Beinen kam ich seinem Befehl nach. Ich schlotterte, während die Kälte mir immer tiefer in die Knochen kroch. Voller Anspannung presste ich die Lippen zusammen, als der Gott zu der schönen Frau hinübersah, die immer noch unbewegt inmitten der Ruine stand. Ihr Gesicht erschien so leer, sie hätte auch tot sein können. Kaum sah der Gott auf sie hinab, verschwanden alle Spinnen zurück auf den Boden, keine einzige machte sich mehr an ihr zu schaffen.

Im nächsten Moment fiel sie einfach um.

Während ich von neuem Entsetzen durchflutet wurde, schien es den Spinnengott in keiner Weise zu kümmern. Er trat an mich heran, besah mein Gesicht mit einer Ausdruckslosigkeit, die mich verunsicherte. Erst die Berührung seiner kalten Hand ließ mich ferne Ruhe verspüren. Seine Finger strichen über meine Wange, vorsichtig und dennoch unendlich tröstlich. Ich suchte in seinem Gesicht nach der sanften Wärme, die ich in ihm kennengelernt hatte. Fast meinte ich sie zu sehen, fast ...

Jemand keuchte.

Mein Kopf flog herum, zuerst dachte ich, das Mädchen sei erwacht, doch es war meine Mutter, die unvermittelt am anderen Ende der Ruine aufgetaucht war. Ihre Brust hob und senkte sich schnell, als wäre sie gerade ein gutes Stück gerannt. Ihr Blick wanderte über die ohnmächtige Frau hinweg, weiter zum Spinnengott und schließlich direkt zu meinem Gesicht. Ich erkannte blanke Fassungslosigkeit in ihrer erstarrten Miene. Abscheu und Furcht.

Ich wollte etwas zu ihr sagen, aber jeglicher Laut blieb mir in der Kehle stecken. Sie ließ mir keine Zeit, mich zu ordnen, sondern drehte sich um und eilte davon.

Bodenlose Angst ummantelte mich, kalt und grausam. Der Spinnenfürst ließ von mir ab und ich kam frei.

Dann rannte ich selbst.

KAPITEL 16

Ich hatte meine Mutter nicht einholen können.
Als ich aus dem Wald gelangte, war es bereits finsterste Nacht. So schnell mich meine Beine tragen konnten, lief ich zu unserem Haus und zog an der Klinke der Hintertür, doch sie öffnete sich nicht. Verzweifelt rüttelte ich ein weiteres Mal, aber nichts geschah. Also umrundete ich das Haus und probierte die vordere Tür. Ebenfalls kein Einlass.

Schließlich klopfte ich.

»Verschwinde!«, dröhnte es aus dem Inneren des Hauses. Die Stimme meiner Mutter klang verängstigt.

»Lass mich rein!«, bat ich. »Bitte, ich kann dir alles erklären!«

»Ich will nie wieder ein Wort aus deinem Mund hören!«, schallte es zurück.

Meine Lippen zitterten und ich legte eine Hand an das Holz. »Mutter, ich rettete den Gott, ich habe ihn vor den Jägern beschützt!«

»Dieses Scheusal ist kein Gott! Es ist ein Dämon, geboren aus den Untiefen der Schande! *Deiner* Schande!«

Es war wie ein Schlag mitten in mein Gesicht. Ich taumelte einen Schritt rückwärts. »Mutter!«

»Ich sagte, du sollst verschwinden! Scher dich fort! Du bist nicht mehr meine Tochter! Du bist die Untertanin eines Dämons! Die Strafe ist auf dich niedergefahren, wie ich es gesagt hatte, und nun bist du in den Schatten gefallen! Tritt ab von unserer Schwelle, du ungläubige Kreatur!«

Ich fing an zu schluchzen. Diese Worte schnitten tiefer als jede scharf gewetzte Klinge.

»Bitte, beruhige dich, meine Liebe«, hörte ich eine andere Stimme hinter der Tür.

»Vater!«, schrie ich, das Blut wallte brennend durch meine Adern. »Vater, bitte lass mich rein!«

»Wage dich nicht!«, zischte Mutter.

»Vater!« Meine Stimme wurde allmählich heiser. Meine Kehle fühlte sich geschunden an. »Bitte!«

Aber auf einmal existierte nur noch Stille. Schweigen. Einsamkeit. Eine Weile wartete ich und hoffte, doch nichts regte sich mehr. Ich hörte mein eigenes Keuchen, als ich langsam an dem Holz nach unten rutschte. Meine Hand berührte es noch immer. Irgendwann kratzte ich mit den Nägeln darüber, ballte eine Faust.

Tränen strömten mir über die Wangen, so lange, bis der Schlaf mich fortholte.

Der Morgen kam hart und unnachgiebig in Form von strömendem Regen. Tropfen rannen über mein Gesicht, ließen mich blinzeln und zusammenzucken. Noch immer saß ich an unsere Haustür gelehnt. Nichts hatte sich getan. Gemessen am Tageslicht war es schon spät genug, um meinen Vater zu einem Aufbruch bewegt zu haben. Diese Erkenntnis traf mich so schwer und brutal ins Herz wie Mutters vergangene Worte.

Er musste einfach an mir vorbeigelaufen sein.

Ein scharfer Schmerz, geformt aus endloser Enttäuschung und Leid, stach mir in den Bauch. Ich krümmte mich und fühlte so viel Hilflosigkeit wie nie zuvor. Was nun? Was sollte ich tun? Wohin sollte ich gehen?

Was würde aus mir werden?

Ich wusste es nicht, spürte nur diesen letzten Impuls in mir: vorwärtsgehen. Weg von hier.

Unendlich langsam richtete ich mich auf und schwankte davon. Mir war nicht klar, wie ich es schaffte, einen Schritt vor den anderen zu setzen. Die Straße fühlte sich glitschig an, das Dorf in der Ferne erschien unheilvoll dunkel.

Der Regen wusch einen Teil des Schlamms auf meiner Haut fort, auch so mancher Brocken löste sich von meinem Rock, dennoch sah ich aus wie eine dem Moor entstiegene Leiche. Ich erhaschte einen kurzen Blick auf mein Gesicht in der Reflexion einer Pfütze und erschauderte. In meinem wirren Haar steckte ein gelbes Blatt, die Lippe war aufgeplatzt, als ich gestern vor Schreck darauf gebissen hatte. Schatten lagen unter meinen Augen, verborgen wie dunkle Täler.

Irritiert starrten mich die Dorfbewohner an, bei einigen regte sich sogar Abscheu. Trotz allem richtete keiner ein Wort an mich. In unangenehm stechendem Stillschweigen schaffte ich es bis zum Marktplatz, wo heute nur gähnende Leere herrschte. Irgendwo knallte eine Tür, weit entfernt muhte eine Kuh.

»Das ist sie!«, brüllte jemand.

Ich blieb stehen und drehte mich um. Hinter mir entdeckte ich die Schenke und fünf Männer, die aus ihr herausgekommen waren. Zwei von ihnen gehörten zu den Jägern. Mein Gesicht fühlte sich starr an, doch ihre waren erfüllt von Hass und Zorn. Eine Kompanie an Bürgern kam hinter ihnen aus dem Gasthaus getreten.

»Das ist die Gespielin des Gottes! Sie war bei ihm, als wir ihm die Falle stellten! Sie hat alles zunichtegemacht!«, klagte der Schönling mich mit erboster Stimme an.

Die Bürger begannen zu tuscheln, manche ballten bereits die Fäuste. »Verräterin!«, zischte jemand.

Voller Angst wich ich zurück. Ein paar Männer kamen näher. »In diesem Dorf ist kein Platz für eine Gotthure«, fauchte eine Frau.

»Ergreift sie, bevor sie ihn herbeirufen kann!«

Der Lärm trieb andere Dorfbewohner aus den Häusern. Immer mehr fanden sich auf dem Platz, hielten inne und beobachteten, wie mich die bulligen Männer langsam zurückdrängten. Meine Gedanken begannen zu rasen. Wohin sollte ich gehen? Konnte ich ihnen davonlaufen? Würde ich schnell genug sein? Welches war der beste Weg? Hektisch wandte ich mich ab und wählte einen Pfad, der mich an zwei Bürgern vorbeisprinten ließ. Hinter ihnen stürzten weitere auf die Straße. Ein paar derer, an denen ich vorbeilief, wollten mich aufhalten, aber keiner bekam mich zu fassen.

Dann prallte ich mit jemandem zusammen. Er war urplötzlich hinter einer Hausecke aufgetaucht, ein Schrank aus Muskeln. Seine Hände schlossen sich um meine Schultern, die Brauen zogen sich bedrohlich zusammen. Ich nahm kaum wahr, was ich tat, als ich mich mit solcher Kraft von ihm stieß, dass die Ärmel meines Kleides zerrissen. In allerletzter Sekunde kam ich frei und jagte davon.

Mein Körper war so erschöpft von all der Anstrengung, ich glaubte jeden Moment zu stolpern, zu fallen und einfach liegen zu bleiben. Ich wollte schreien, aber es schien, als gäbe es nichts mehr in mir, um all mein Leid in die Welt zu tragen. Es änderte sich auch nichts, als ich Eidala und Noahl in der Menge erkannte. Wie zwei flüchtige Fremde wirkten sie auf mich, während ihre Gesichter an mir vorbeizogen. Keiner erhob das Wort, keiner versuchte mich zu schützen.

Alle taten sie nichts. Sie ließen mich im Stich.

Es tat so unglaublich weh. Neuer Schmerz mischte sich zu dem alten hinzu und nahm mir beinahe die Luft zum Atmen. Ich eilte über die Hügel, keuchte und schnaufte. Jeder meiner Knochen tat weh, doch ich konnte nicht anhalten. Ich durfte nicht …

Würden sie mich töten, wenn sie mich in die Finger bekämen? Zuerst mich und dann den Gott?

Irgendwer warf einen Stein nach mir. Doch bei diesem einen blieb es nicht – alsbald wurde ich von den ersten getroffen. Vor Schmerz ächzend taumelte ich, hielt aber nicht an. Allerdings begann ich irgendwann zu glauben, dass ich es nicht viel weiter schaffen würde. Aber dann tauchte er vor mir auf. Der Wald.

Ich gab meine letzte Kraft, rannte so schnell ich konnte. Meine Lunge fühlte sich an, als wäre sie in Brand gesteckt, die Angst peitschte meinen Puls bis hoch in den Himmel.

Dieser letzte rasante Sprint hängte die meisten Dörfler letztendlich ab. Nur wenige folgten mir bis an den Rand des dunklen Waldes. Zwischen den ersten Bäumen aber blieben auch die letzten von ihnen stehen. Sie zischten Flüche und Verwünschungen in die Dunkelheit, die mich nun mit sich holte.

Ich wusste nicht, wie lange ich lief. Irgendwann setzte ich nur noch einen Fuß vor den anderen und schwankte willenlos. Ein leiser Gedanke drückte mich schlussendlich nieder.

Meine Geschichten. Mutter würde sie alle vernichten. Sie würde alles nehmen, was ich war, und es einfach zerstören. Und Vater würde es zulassen.

Eidala und Noahl würden sich in Stillschweigen hüllen. Vielleicht kein einziges Mal mehr meinen Namen in den Mund nehmen. Womöglich würde ich in ihren Erinnerungen zu einer gestaltlosen Poetin verblassen, deren Worte nur gut genug waren, um sie zu preisen.

Nichts von dem, was ich getan hatte, schien richtig.

Das hier war das Ende für mich. So schien es jedenfalls.

»Saiza.«

Mir fiel es schlichtweg zu schwer, den Kopf zu heben.

»Sieh mich an.«

Eine Hand umfasste mein Kinn. Erst jetzt konnte ich in die warmen gelben Augen meines Gottes schauen. »Was haben sie dir angetan?«, flüsterte er.

Ich schüttelte bloß den Kopf. Brennendes Nass trübte meine Sicht. Der Spinnenfürst zog mich zu sich, mein Kopf fand an seine Brust, während ich spürte, wie er seinen weiten schwarzen Umhang um mich legte. Um uns beide. Während ich bitterlich weinte, fühlte ich, dass er genau wusste, was mir widerfahren war. Meine Tränen verrieten es ihm.

»Saiza«, murmelte der Gott meinen Namen abermals in mein Haar. »Was kann ich tun, um dir deinen Schmerz zu nehmen?«

»Gar nichts«, wisperte ich gebrochen. »Es ist alles vorbei.«
Seine kalten Finger streichelten sachte über meine Wange. »Lass mich dir helfen.« Seine Berührungen vermochten meinen rastlosen Geist zu erreichen. »Lass mich dir einen Wunsch erfüllen.«
»Einen Wunsch?«, hauchte ich. Zaghaft hob ich den Kopf und sah ihn an.
Er ließ mich nicht gehen, ganz nah hielt er mich bei sich, schaute sanft auf mich herab. »Jeden, den du willst.«
»Das kannst du?« Wieder zitterte ich, war so unendlich müde.
»Für dich vollbringe ich es.«
Ich hätte mir alles wünschen können. Dass mein Vater und ich frei von meiner grausamen Mutter wären. Dass er der reichste Mann in diesen Landen werden sollte. Dass Noahl mich zur Gemahlin nehmen würde und mir seine Liebe widmete, jeden Tag aufs Neue. Dass Eidala und ich ewig jung und schön blieben.
Aber ich wählte nichts von alledem.
Die Enttäuschung hatte sich so tief in mein Herz gefressen, dass sich jeder Gedanke an all diese Menschen wie ein weiterer Dolchstoß in meinem Inneren anfühlte. Warum sollte ich Leuten, die mich derart im Stich gelassen hatten, eine solche Barmherzigkeit zuteilwerden lassen? Barmherzigkeit, die sie mir versagt hatten?
»Kannst du mich eine gefeierte Schriftstellerin werden lassen? Die erste Frau, die ein Buch veröffentlicht? Die eine Geschichte niederschrieb, die in allen Ländereien gelesen und geliebt werden wird?«, sprach ich, ohne ein einziges Mal den Blick zu senken. »Kannst du das?«
»Wenn es das ist, was du dir wünschst, dann werde ich es dir erfüllen«, sagte der Gott mit seiner Samtstimme, die die scharfen Wogen in mir zu glätten vermochte.
Ich schluchzte auf.
»Doch für diesen Wunsch brauche ich ein Pfand, einen Einsatz, den du bereit zu geben bist.«
Hoffnung drohte auseinanderzufallen wie eine Sandburg. »Was willst du?«, brachte ich schwach über die Lippen.

»Sei meine Geliebte, Saiza. Sei meine wunderschöne Poetin, die mir im Mondschein Gedichte schreibt und nicht vor dem zurückweicht, was sie in mir erkennt«, murmelte er.

Meine Schultern sackten herab. Das war es, was er begehrte? Mich? Meine Seele fühlte sich an, als würden ihr Flügel wachsen. Ihre weichen Daunen legten sich um mein Herz.

»Das will ich. Ich werde all das für dich sein. Mit Freuden.«

»Tatsächlich?« Er strich die unbändigen Strähnen aus meinem Gesicht.

Ich nickte. Und da lächelte er, schmolz sich in mein Herz, ließ mich berauschende Schwerelosigkeit empfinden.

»Dann sei es so«, meinte er eigenartig liebevoll. »Dein Wunsch ist ab heute unsere Wahrheit.«

Die Zeit schien für einen Moment stillzustehen. Sein Blick senkte sich auf meinen Mund, während er eine Hand in meinen Nacken legte. Ein letzter Schauer tanzte durch mich hindurch, ehe mein Atem seine Lippen berührte.

Er küsste mich und es fühlte sich an, als würde ich in eisigen Flammen vergehen. Ich wusste nicht, ob meine Lippen die seinen wärmten oder seine die meinen mit Kälte erfüllten. Die Schönheit des Moments konnte mit keinem der Worte beschrieben werden, die in chaotischem Durcheinander durch meinen Kopf wirbelten.

Ich verschmolz mit seiner Dunkelheit, als hätte ich das schon immer gewollt und nun würde es endlich zur Wirklichkeit werden.

Sein Mund bewegte sich zart über meinen, fast so, als hätte er Angst, mich fallen zu lassen, wo ich doch eben erst gebrochen worden war. Aber es kam anders. Er setzte mich wieder zusammen. Er hielt und schützte mich vor der Welt und allem, was sie auf mich werfen könnte. Er war mein Gott und ich seine Kostbarkeit, die er zu hüten wusste.

Es kam mir vor, als wäre die Ewigkeit an uns vorbeigezogen, als er von mir abließ. Ich bedauerte es, doch im nächsten Moment hielt ich den Atem an. Denn auf einmal veränderte sich etwas in seinem Gesicht. Die scharfen Schatten seiner hervorstehenden Wangenknochen verblassten, die Züge glätteten sich. Die Haut gewann

an Farbe, wurde rosig und leuchtend. Die Lippen röteten sich, ihr Schwung wurde sanfter und ein feines Lächeln lag auf ihnen. Die gelben Augen verwandelten sich in eine Komposition aus Haselnuss und Kupfer. Nur das schwarze Haar blieb so dunkel wie zuvor.
Er sah aus wie ein Mensch.
Erschrocken tat ich einen Schritt zurück. Wie konnte das möglich sein? Er grinste mich an – und wirkte wie ein ganz normaler junger Mann, der mir auch auf der Straße hätte begegnen können. Auf dem Marktplatz. In einer Schenke.
»Aber ...« Ich wusste nicht, was ich sagen sollte.
»Nun, mein Plan sieht vor, dass wir uns nach Alvara begeben«, offenbarte er mir mit derselben Stimme, die mich seit jeher in ihren Bann gezogen hatte. »Ich glaube, die Menschen könnte meine eigentliche Gestalt verängstigen. Das wäre unserer Sache nicht dienlich. Zumindest nicht gänzlich.«
Himmel. Er sah tatsächlich aus wie ein Mann, ein äußerst schöner noch dazu. Und ... er scherzte auch wie ein junger Mann!
»Gefalle ich dir, Saiza?«, fragte er mich mit sichtbarem Amüsement in den Zügen. Ein gelbes Blitzen drang aus seinen Augen.
»Durchaus«, erwiderte ich stockend.
Wieder ein verschlagenes Gesicht. Nun sah er nur allzu auffällig an mir herab, lenkte meine Aufmerksamkeit auf meinen eigenen Körper, der plötzlich in einem vollkommen anderen Gewand steckte. Einem weißen Kleid mit gerafftem Rock und goldenen Verzierungen am Saum. Der Stoff schmiegte sich an meine Haut, als wäre er mir regelrecht auf den Leib geschneidert worden. Was er offenbar auch war. Nachdem ich den Kopf wieder gehoben hatte, steckte er in edlen dunklen Hosen und sauberen Stiefeln. Ein weißes Hemd spitzte unter einem schwarzen Jackett hervor. Darüber ein Tuch, ordentlich um seinen Hals drapiert. Er sah in der Tat aus wie ein Edelmann.
»Wollen wir?« Er hielt mir die Hand entgegen. Vollkommen normale Fingernägel. Makellose sogar.
»Wir gehen nach Alvara?«, fragte ich und legte meine Hand in die seine.

»Nein, meine Liebste, wir gehen nicht. Wir fahren.«

Neugierig ließ ich mich von ihm durch den Wald führen, bedachte ihn immer wieder mit unsicheren Seitenblicken. Handelte es sich wirklich um meinen Gott? Dieser Gedanke ließ mich eine Weile nicht los. Wir traten auf einen echten Kiesweg, erst da musste ich mein Augenmerk auf etwas anderes richten.

Eine große Kutsche stand auf der schmalen Straße. Sie war silbern und schwarz. Vier große dunkle Pferde warteten ruhig und ohne jede ungestüme Regung auf einen Befehl. Doch niemand saß auf dem Kutschbock. Ich staunte, als die Tür aufsprang und ein luxuriös ausgestattetes Inneres preisgab, das verlockend bequem aussah. Der Spinnenfürst half mir die Stufen hinauf. Mit einem Seufzen fiel ich auf die weiche, dick gepolsterte Bank.

Auf einmal flog die Tür zu. Schreck suchte mich heim, doch der Gott steckte seinen Kopf durch das Fenster. »Sei unbesorgt, ich werde zu dir stoßen, wenn ich alles erledigt habe.« Unbekümmertheit lag in seiner Stimme.

»Was erledigt?«, wollte ich von ihm wissen.

»Deine Werke – wir brauchen sie. Ich werde sie holen.«

Erst jetzt wurde mir das Ausmaß meines Wunsches bewusst. Ich war gerade dabei, mich von allem zu entfernen, was ich kannte. Ich war dabei, mein Zuhause zurückzulassen. Doch besaß ich überhaupt noch eines, nach allem, was geschehen war?

»Sie liegen in meinem alten Zimmer«, sagte ich zu ihm. »Wie willst du …?«

Er wirkte zuversichtlich. »Ich bin immer noch ein Gott, vergiss das nie.«

Darauf reagierte ich mit einem unbeholfenen Schmunzeln. »Wann wirst du zurück sein?«

»So schnell ich kann.« Sein Gesicht wurde weicher. »Komm zu mir.«

Ich beugte mich zu ihm hinüber, ließ zu, dass er mir einen weiteren Kuss von den Lippen stahl, einen leidlich kurzen nur. Dann löste er sich und entfernte sich von der Kutsche. Diese setzte sich prompt in Bewegung, ich meinte sogar, das Schnalzen einer menschlichen

Zunge zu hören. Ein Pferd schnaubte, schwere Hufe schabten über den Kies, die Räder kamen ins Rollen. Ich sah aus dem Fenster und hob vorsichtig die Hand zum Abschied. Der Spinnenfürst sah mir nach, doch nach einem einzigen Blinzeln war er verschwunden.

Und ich blieb zurück auf einer Reise, die in ein neues Leben führte.

KAPITEL 17

Der Wald lichtete sich.
Lange starrte ich auf die immer gleichen Silberstämme. Irgendwann wurden meine Lider schwer, doch einschlafen konnte und wollte ich nicht. Sorgen suchten mich heim. Was würde auf mich zukommen? Hatte ich vielleicht einen Fehler begangen?

Aber nein. Ich schüttelte entschieden den Kopf. Mutters Gesicht tauchte vor mir auf und ließ mich singende Wut empfinden. Sie dröhnte in meiner Brust. Mir wurde heiß. Nein, ich hatte die richtige Entscheidung getroffen, mir meinen Egoismus verdient. Jetzt sollte ich auch zu ihm stehen. Es gab ohnehin kein Zurück mehr.

Unvermittelt hielt die Kutsche an. Ich riss die Augen auf, die mir zuvor noch beinahe zugefallen wären, und sah aus dem Fenster. Plötzlich schwang die Tür auf und das Gesicht des Spinnenfürsten erschien vor mir. Erleichterung durchflutete mich wie ein Lichtschauer eine Schlucht.

Er setzte sich dicht neben mich und reichte mir einen Lederband, den ich nie zuvor gesehen hatte. Er war schwarz und mit unauffälligen Prägungen verziert. Die Textur der ineinander verschlungenen Muster fühlte sich samtig unter meinen Fingerspitzen an.

Ich schlug ihn auf und holte hörbar Luft.

Es waren meine Werke. Alle davon. Jedes einzelne Gedicht, jede Seite meines Romans. Keine besaß mehr einen Knick, keine schien am Rand gerissen oder zerfasert. Beinahe weinte ich vor Glück.

»Danke«, hauchte ich. »Danke.«

Er lächelte mich lediglich an und betrachtete mein Gesicht, strich eine Strähne hinter mein Ohr. »Du bist müde«, stellte er fest. »Willst du ein wenig schlafen, bis wir Alvara erreichen? Der Weg durch den Wald ist weitaus langwieriger als jener über die gewöhnlichen Handelsstraßen. Außerdem schwindet der Zauber der Zeit, je weiter wir uns vom Herzen des Waldes entfernen.«

Ich nickte und so legte er einen Arm um mich. Eine feine Bewegung seiner Finger führte dazu, dass ich einen kalten Punkt auf meinem Schlüsselbein verspürte. Ich sah an mir hinab. Auf einmal hing da eine goldene Kette um meinen Hals, ein winziger Anhänger in Form einer Spinne zierte meine Haut.

»So bin ich immer bei dir«, murmelte er in mein Ohr, während ich das Schmuckstück zwischen den Fingern betrachtete.

Ein Lächeln breitete sich auf meinen Lippen aus, doch es drang so viel tiefer. Es prägte mein Gesicht, bis ich in einen erholsamen, wenn auch dunklen Schlaf verfiel.

Als ich erwachte, erspähte ich bereits das Abendrot am fernen Horizont. Der Spinnenfürst schaute zum Fenster hinaus und wirkte ruhig und zufrieden. Ich bettete meine Wange an seine Schulter, was er mit einem vergnügten Lächeln zur Kenntnis nahm.

Dann sah ich sie. Die große Stadt Alvara. Häuser säumten einen gewaltigen Hang, überall war Grün zu sehen. Prächtige Bauten reihten sich lose aneinander, manche besaßen zwei oder drei Schornsteine, andere rühmten sich mit Balkonen zu jeder Flügelseite. Dunkle Schindeln hielten goldene kunstvolle Muster in sich eingeschlossen, die im letzten Sonnenschein dieses Tages wie ein Sprenkel aus flüssiger Flamme wirkten.

Eine mächtige Mauer lag wie ein schützender Ring um all den Prunk. Weit im Norden erahnte man die Turmspitzen der großen Burg, in welcher der Fürst womöglich seine Residenz bezog, wenn er sich hier aufhielt und nicht auf Wanderschaft durch die Lande ging. Er sei ein sehr reisefreudiger Mann, hatte mein Vater erzählt.

Ein kurzer Schmerz durchfuhr mich, als ich sein Gesicht vor mir sah. Energisch schüttelte ich den Kopf, um das Bild zu verscheuchen.

Purpurne Fahnen wehten auf den Wachtürmen, Männer in Rüstungen standen daneben, wachten über die weite Ebene, die sich vor der Stadt erstreckte. Ohne große Inspektion ließen sie uns das Tor passieren. Von da an konnte ich mich an dieser Stadt nicht mehr sattsehen.

Glattes Kopfsteinpflaster beschrieb unseren Weg, elegant gewundene Laternen erhellten die Straße. Büsche und Blumen in allen erdenklichen Farben zierten den Bordstein, kein einziges Haus trug Makel an seiner Fassade. Hübsch gestaltete Brunnen und mit Efeu umrankte Bäume zogen die Aufmerksamkeit auf sich. Lachende Kinder in bunten Gewändern tobten spielend über einen Platz, Damen in edlen Stoffen flanierten durch die Gassen.

Ein Zauber schien über diesen Häusern zu liegen. Einer, der es sich zur Aufgabe gemacht hatte, all die Schönheit und Unbekümmertheit dieser Welt an einem Ort zu vereinen.

»Beim Himmel«, stammelte ich immer wieder, je weiter wir fuhren.

Der Spinnenfürst beobachtete mich fasziniert und griff nach meiner Hand, als die Kutsche zum Stehen kam. Er öffnete mir die Tür und geleitete mich hinaus auf die Straße. Nun war die Nacht unwiderruflich über das Land hereingebrochen und die ersten Sterne glitzerten am Firmament.

»Für heute ist es zu spät, um an etwas anderes als die Rast zu denken«, sagte er. Ich nickte. Trotz meines Schlummers fühlte ich mich noch immer müde. Eine Nacht voll Schlaf würde mir guttun.

Der Gott bot mir seinen Arm und führte mich die Stufen zur Kutschentür hinauf. Kurze Zeit später fanden wir uns inmitten eines Gasthofes, der mit jenem in Velkhain rein gar nichts gemein hatte. Er mutete weitaus edler an, wenn nicht gar opulent. An ausnahmslos jedem Tisch im riesigen Schankraum saßen fein gekleidete Herren und Damen. Es duftete nach würzigem Bier und mundigen Speisen.

»Hast du Hunger?«, fragte mich der Spinnenfürst.

Ich bejahte.

Er geleitete mich durch die Menge, wählte einen Tisch, der noch zur Hälfte unbesetzt war, und erkundigte sich nach dessen Verfügbarkeit bei jenen Gästen, die daran speisten. Freundlich nickten sie uns zu. Kurz darauf saß ich ihm gegenüber und besah erst die rote flackernde Kerze zwischen uns, dann ihn. Er grinste, wirkte dabei eigenartig verschmitzt.

»Was ist?«, fragte ich.

»Du bist schön.«

Ich errötete und wollte etwas auf dieses wundervolle Kompliment erwidern, doch dann stand eine kräftige Frau neben uns. »Was darf es sein, die werten Herrschaften? Bier oder doch lieber einen süßen Wein? Wir haben edelste Tropfen aus Nord und Süd, alles, was das Herz begehrt«, flötete sie.

Der Spinnenfürst sah mich erwartungsvoll an. Mir war nicht klar, was mich dazu veranlasste, einen dunklen Rotwein aus meiner alten Heimat zu bestellen. Er verlangte dasselbe. Danach zählte sie uns die Speisen auf, die man uns noch zubereiten könnte. Jede einzelne davon klang wunderbar und ich hätte am liebsten von allem einen Bissen probiert, aber ich entschied mich für eine Forelle im Kräuterbett.

Ein Seufzer nach dem anderen entwich mir, während ich aß. Dem Spinnenfürsten entging es nicht, er freute sich augenscheinlich über jede Regung meines Gesichtes, hielt sogar beim Essen inne, nur um mir ein oder zwei weitere Blicke zu schenken. Es schien, als wäre der Himmel auf Erden zu mir gekommen.

Ich leerte den Teller bis auf den letzten Krümel. Der Wein ließ meine Wangen glühen und wärmte meinen Bauch. Die Gespräche um uns herum schienen ausgelassen und amüsant. Zudem entging mir nicht, wie man uns hin und wieder neugierig musterte. Selbst hier, unter all diesen Leuten, die ebenso anmutig gekleidet waren wie wir, wirkten wir wie zwei einzigartige Elemente. Doch ich empfand diese Andersartigkeit nicht als etwas Schlechtes. Im Gegenteil. Ich fühlte mich meinem Gott so verbunden wie nie zuvor.

Er fragte, ob noch ein Zimmer frei wäre. Nur das teuerste, sagte man ihm. Egal. Er nehme es. Mit großen Augen sah ich zu, wie er zahllose Darzen aus einem Lederbeutel entnahm und über den Tresen schob. Wo er es wohl herhatte? Konnte er sich Geld erzaubern? Als ich ihn darauf ansprach, während wir eine breite Treppe erklommen, lächelte er geheimnisvoll, sagte aber nichts.

Das Zimmer lag am Ende des Ganges. Mir verschlug es den Atem, nachdem er mir die Tür geöffnet hatte und dahinter ein Raum zum Vorschein kam, den man vermutlich einem Palast gestohlen hatte.

Die Wände waren mit aufwendig gestalteter Tapete verziert, pompöse kleine Kronleuchter hingen an den Decken, Kerzenhalter in selbiger Farbe säumten die Wände. Eine Chaiselongue stand neben einem kleinen Tischchen, das einen Obstkorb präsentierte, der selbst albern edel aussah. Auf dem Boden lag ein ausladender Brokatteppich aus Gold und Blau. Er führte geradewegs zu dem gewaltigen Himmelbett, das über und über mit schimmernden Kissen bedeckt war. Feiner Stoff hing von einem ebenfalls blau eingefärbten Baldachin herab. Ich strich mit den Fingern daran entlang. Er fühlte sich weich und seidig an.

Der Spinnengott entzündete ein paar Kerzen und zog die Vorhänge zu. Ich legte meinen Lederband auf den Nachttisch. All die Zeit über hatte ich ihn so nah bei mir gehalten, wie ich konnte. Mein größter Schatz lag darin verborgen und ich ertrug es nicht, je wieder allzu fern von ihm zu sein. Ich setzte mich aufs Bett und strich über den kostbaren Einband. Dann bemerkte ich die Stille, die sich über den Raum gelegt hatte.

Vorsichtig hob ich den Kopf. Der Spinnenfürst ergriff meine freie Hand und drückte ihr einen langen, zärtlichen Kuss auf die Haut. Das Kerzenlicht tanzte warm über sein schönes Gesicht, die Augen leuchteten auf einmal wieder in schwachem Gelb. Ich empfand nichts Beängstigendes bei seinem Anblick, nein, er gefiel mir. Trotzdem spürte ich Verunsicherung. Ich erinnerte mich daran, was Eidala mir über Geliebte erzählt hatte. Dass es ihnen vor allem darum ging, den Körper des anderen zu erkunden, sich an diesem auszuleben und gleichsam Freude bereitet zu bekommen.

»Ich verabschiede mich von dir für diesen Abend«, sagte er jedoch, bevor ich mir vorstellen konnte, wie er wohl unter diesem strahlenden Hemd aussehen mochte.

Überrascht hob ich den Blick von seiner Brust. »Warum?«

»Es gibt andere Dinge, die ich tun muss. Zudem empfinde ich den Schlaf der Menschen als äußerst reizlos und stumpf. Ich werde zu dir zurückkehren, wenn der Morgen graut und du wieder die Kraft besitzt, mich mit deiner Art zu erfreuen.«

Diese Worte lösten weitreichende Verwirrung in mir aus. Zwar waren seine Mundwinkel nach oben verzogen, doch etwas an ihm wirkte kalt. Ich wusste nicht, ob ich mich verletzt fühlen sollte, schließlich hatte er mich gerade als langweilig bezeichnet. Oder zumindest die Tatsache, dass ich mich im Gegensatz zu ihm ausruhen musste. Dennoch zwang ich mich zu einem Nicken. Was machte schon ein unhöflicher Satz, wenn morgen ein weiteres Mal das Glück der Welt auf mich wartete?

»Träum von aufregenden Dingen, meine liebste Saiza«, raunte er, ehe er sich zur mir herunterbeugte und seine Lippen auf meine legte. Dieses Mal war ich diejenige, die ihn festhielt. Ich seufzte in seinen Mund, als seine Zunge die meine berührte. Vielleicht ein wenig zu laut, denn er grinste anzüglich, als wir uns voneinander trennten. Kurz darauf war er bereits verschwunden.

Ich ließ mich nach hinten fallen. Es schien schwer zu glauben, dass all das, was gerade geschah, die Wirklichkeit sein musste. Meine Gedanken kreisten unaufhörlich um den Gott und mein Buch. Ich schielte hinüber zum Nachttisch.

Vielleicht könnte ich zum allerersten Mal ein paar Zeilen schreiben, ohne fürchten zu müssen, dass ich verspottet oder dafür gescholten würde?

Mit einem Mal war ich hellwach. Ich konnte schreiben. Jetzt. In einer Stunde. Morgen früh. Wann immer ich wollte. Nichts würde mich davon abhalten.

Mit angehaltenem Atem griff ich nach dem Lederband.

O ihr Götter. Was für einen Traum erlebte ich da gerade?

KAPITEL 18

Noch nie war ich so sanft aus dem Schlaf geholt worden wie heute. Zarte Sonnenstrahlen hießen mich im friedvollen und leisen Morgen willkommen. Noch nie hatte ich in einem derart weichen Bett genächtigt; ich fühlte mich so ausgeschlafen wie lange nicht mehr. Genüsslich streckte ich mich und öffnete die Lider. Über mir konnte ich das Muster des Baldachins zu erkennen, seine filigrane Schönheit zauberte mir unmittelbar ein Lächeln ins Gesicht.

»Ein wundervoller Morgen, nicht wahr?«

Ich richtete mich auf. Mein Gott saß in einem großen grünen Ohrensessel und schmunzelte. Wieder wirkte es neckisch und jung. Noch irritierte es mich ein wenig, aber als ich mich anschickte, aus dem Bett zu steigen, wurden seine Züge weicher und er war wieder der ruhige, aufmerksame Spinnenfürst, den ich kannte.

»Sag mir, meine Liebe, darf ich deine Geschichte lesen? Das erste Kapitel?«, fragte er mich, während ich mir das zerzauste Haar glatt strich. Die Vorhänge waren bereits geöffnet und so stand ich in einer Lichtflut, die alles an mir schimmern und leuchten ließ. Das weiße Unterkleid erstrahlte sauber wie kein anderes Kleidungsstück, das ich je besessen hatte.

Im ersten Moment reagierte ich verdutzt. Dann nickte ich zögerlich. Vorsichtig griff ich nach dem Lederband, lief durch den Raum und reichte ihm das Schmuckstück.

»Setz dich doch«, sagte er zu mir und deutete auf die Chaiselongue. Ich tat, wie mir geheißen und sah zu, wie er den Band aufschlug und sachte mit dem Finger über die erste Seite fuhr.

Die ganze Zeit beobachtete ich ihn. Jede einzelne Sekunde sog ich alles in mir auf, was sich in seinem Gesicht abspielte. Erst zauberte sich ein feines Lächeln auf seine Lippen, dann legte er die Stirn sorgenvoll in Falten. Er schien innezuhalten, der Mund öffnete sich.

Es dauerte, bis er etwas sagte. »Ophelia ist in der Tat mutig. Und dieser Prinz ... Er ist so kalt im Herzen. Was für ein Kontrast.« Wieder besah er die Seiten. »Das ist keine Geschichte, Saiza. Das ist der Anfang eines Gedichtes. Über ein Abenteuer, über Leid und Liebe. Ich weiß nicht wieso, doch zwischen all diesen ersten Zeilen erzählst du bereits so viel.«

Ich konnte nicht anders, als zu strahlen.

»Verrate mir, weißt du bereits das Ende?«

Mit geheimnisvoller Miene nickte ich.

»Hm.« Er lächelte in sich hinein. »Nun richte ich einen Wunsch an dich. Schreib es fertig und dann lass mich jedes einzelne Wort davon lesen.«

»Sicher«, sagte ich zu ihm, fühlte zügellose Freude, als er meine Hand in seine nahm.

Sanft schaute er mich an. »Wobei sie bestimmt noch besser aus deinem Mund klingen würde. Diese Geschichte.«

»Ich soll sie dir vorlesen?«, schloss ich daraus.

»Nur zu gern. Deine Stimme ist schön. Ich lausche gern, wenn du etwas zu erzählen hast.«

Hitze stieg mir in die Wangen. »Du schmeichelst mir zu sehr.«

Er führte meine Hand an seine Lippen. »Nur, weil es die Wahrheit ist.« Es fiel mir schwer, seinem Blick zu widerstehen. Noch immer sah ich ein feines Schillern von Gelb hinter dem atemberaubenden Kupfer. »Ich habe einen Verleger ausfindig gemacht«, vertraute er mir in jenem Moment an, in welchem ich mich abwenden musste, um nicht wie ein glühendes Eisen vor ihm zu erstrahlen.

»Was?« Ich stockte.

»Wir werden ihm heute die Ehre eines Besuches erweisen und deine Geschichte vorstellen.«

Mit einem Mal sprang ich auf, ballte die Hände zu Fäusten und sah auf meinen Gott hinab. »Ist das die Wahrheit?«

Er grinste. Voller Ergriffenheit legte ich mir die Hände aufs Gesicht, hielt den Atem an – konnte es kaum glauben. Ein Traum war dabei, in Erfüllung zu gehen. *Mein* Traum. Lachend warf ich mich in die Arme meines Spinnenfürsten. Er erwiderte es, hielt mich fest umschlungen und teilte mit mir diesen unvergesslichen Moment inmitten eines sonnenerhellten Morgens.

Es war eigenartig gewesen, sich anzuziehen. Der Spinnenfürst hatte höflich den Raum verlassen und mich zurückgelassen. Noch nie hatte ich mich allein in ein solches Kleid gezwängt. Wer würde mir beim Schnüren des Mieders helfen? Oder dabei, dieses Gewicht an Stoff in die Höhe zu heben und zu halten? Doch all meine Fragen lösten sich in Luft auf, als sich das Kleid von selbst in die Höhe erhob. Neugierig und verunsichert zugleich näherte ich mich ihm, erstarrte jedoch, während es sich plötzlich über meinen Kopf streifte und an mir hinabglitt. Ich wusste gar nicht, wie mir geschah, als es sich auch noch wie von Geisterhand schnürte. Es hätte nicht besser sein können. Es engte mich nicht ein, saß nicht zu locker, die Röcke waren kunstvoll um meine Beine drapiert und der Stoff besaß nicht einen Makel.

Magie.

Im Anschluss war mein Haar an der Reihe. Ich konnte in einem kleinen Spiegel dabei zusehen, wie meine Strähnen angehoben und glatt gestrichen wurden. Als würde jemand sie mit echter Hingabe bürsten und pflegen. Geschwind steckten sie sich zu einem Knoten zusammen. Ich erschrak aufgrund der kleinen goldenen Blume, die sich von einem der Kerzenleuchter löste und zu mir hinüberschwebte. Sie setzte sich auf mein Haar, hielt den Knoten unter Kontrolle und verzierte meine Gestalt wie bereits die vielen anderen Goldelemente an mir.

Hocherhobenen Hauptes trat ich aus dem Zimmer, ergriff den Arm meines Gottes und ließ mich von ihm aus dem Gasthaus führen. Gemeinsam stiegen wir in die Kutsche. Ein paar Bürger blieben stehen, um zu sehen, was für Neuankömmlinge da ihre Stadt beehrten. Manche tuschelten, zwei jüngere Mädchen kicherten, als der Spinnenfürst sie einen winzigen Moment lang anschaute. Langsam begann ich zu glauben, dass er womöglich der schönste Mann sein musste, den ich in meinem Leben gesehen hatte.

Die Kutsche bewegte sich durch die Stadt. Ich guckte und guckte – wie ein kleines Kind – und wurde nicht satt davon. Wir fuhren an Bäckereien vorbei, deren Duft sich schmeichelnd in meiner Nase fing, später waren es Parfümerien, mit Noten so köstlich, dass ich träumerisch die Lider schloss. Ich entdeckte Geschäfte mit Schaufenstern und edlen Stoffen dahinter. Aber auch Vitrinen mit Schmuckstücken und edel ausgearbeiteten Waffen fanden sich darunter. Die Fassaden begannen in zarten Tönen zu leuchten, fast so, als wären sie vom Frühling berührt worden.

Ein Reiter tauchte für einen Moment neben unserer Kutsche auf. Ein bunt gekleideter junger Mann saß auf dem pechschwarzen Tier, lächelte mir zu, als er meinen Blick durch das Kutschfenster erhaschte. Ich verbarg ein kleines Schmunzeln hinter meiner Hand, nachdem ich ihn irgendwann an einer Kreuzung aus den Augen verloren hatte. Dafür erlebte ich nun lebendigen Trubel. Offenbar befanden wir uns nun in der Nähe eines Marktplatzes, denn im Hintergrund hörte ich das mir vertraute Rufen der Händler.

Salatköpfe, so grün wie die Sommerwiesen des Südens!
Honig, süß wie der Kuss einer Jungfrau!
Marmelade aus erlesenen Feuerkirschen!
Seidigstes Fell kalanischer Winterkaninchen!

Wir zogen an der Menge vorbei und ich staunte, als ich die Anzahl von Leuten sah, die sich auf dem gewaltigen Platz tummelten. Er war beinahe so groß wie ein halbes Dorf und besaß so viele Stände, dass ich sie nicht zu zählen vermochte.

Die Kutsche fuhr einen Hang hinauf, immer wieder folgten enge Kurven, die mich gegen den Spinnenfürsten fallen ließen. Serpentinen, rief ich mir dann das Wort ins Gedächtnis. Mein Vater hatte gesagt, Alvara sei voll davon. Kutschen und Pferde könnten schließlich nicht über Treppen laufen. Also würde man endlos scheinende

Straßen über den Hang spannen, die sich schlängelten wie weiße Vipern. Denn ja, so sah das Pflaster hier aus – strahlend weiß und sorgfältig gesetzt. Nicht die kleinste Lücke verunzierte das Bild.

»Verzeih«, sagte ich, als ich den Gott zum wiederholten Mal an der Schulter rempelte.

»Aber nicht doch.«

Ich zog eine Braue nach oben. Er genoss das offensichtlich. Voll Erheiterung fing ich an zu feixen, was er prompt erwiderte. Wer hätte gedacht, wie menschlich ein Gott sein konnte? Noch dazu der gefürchtete Spinnenfürst?

Es dauerte eine Weile, bis die Kutsche zum Stehen kam. Während all der Zeit hatte ich die dichten Wälder betrachtet, die sich auf den gegenüberliegenden Hügeln erstreckten. In der Mitte der grünen Erhebungen lag ein schmales Tal. Verfolgte man es nach Süden, gelangte man wieder zurück nach Velkhain. Überwand man es und stapfte weiter gen Westen, würde man früher oder später auf die großen Winterberge treffen, deren Gipfel zu jedem Tag im Jahr mit Schnee und Eis bedeckt waren. Dahinter lagen weitere Fürstentümer – Relmavia, Kalanien oder auch Nule. Doch zuvor galt es, den Dunkelwald zu überwinden, der sich ewige Meilen von Nord nach Süd wand wie ein finsteres Band. Von hier aus konnte man ihn kaum noch sehen, vereinzelt waren da düstere Schatten im Süden. Ich fragte mich, ob man das Haus meiner Familie sehen könnte, würde man genau hinsehen. Vermutlich nicht. Selbst Velkhain glich nur noch einem diffusen kleinen Fleck in der Ferne. Ich war mir nicht einmal sicher, ob ich richtiglag, als ich versuchte, es zu erspähen.

Nachdem ich wenig später aus der Kutsche gestiegen war, raubte mir der Anblick eines hoheitlich anmutenden Gebäudes den Atem. Es besaß eine Stuckfassade, so glanzvoll, dass sie gewiss ein Vermögen gekostet haben musste. Ein gusseiserner Zaun mit goldenen Zaunspitzen und eine zurechtgeschnittene Hecke am Rande der Straße vollendeten das prunkvolle Bild. Ich sah zu, wie mein Gott einen schweren Türklopfer in die Hand nahm. Nur wenige Augenblicke später stand ein junger Mann vor uns, der vermutlich ein

Dienstbote war und doch trug er aufwendigere Tracht als mancher Bürger.

»Kann ich Euch behilflich sein?«, fragte er den Spinnenfürsten.

»Wir haben eine Audienz bei Kurd von Meveln vereinbart«, sprach dieser mit samtener Stimme, die den hochnäsigen Blick des Mannes weicher werden ließ.

»Ah. Der Graf. Ich erinnere mich. Bitte folgt mir.«

Graf? Ich runzelte die Stirn, als der Gott mir abermals seinen Arm bot und mich ins Haus hineinführte. Wieder hatte er nur ein fast schelmisches Schmunzeln für mich übrig.

Das Innere des Hauses stand seinem äußeren Erscheinungsbild in nichts nach. Der getäfelte Flur führte in einen großen Raum, der eine massive Fensterfront offenbarte, welche hinab auf die gesamte Stadt blicken ließ. Hätte es in diesem Zimmer nicht noch so viel mehr zu bestaunen gegeben, wäre ich vermutlich vor Ehrfurcht erstarrt. Denn da gab es noch die edlen weinroten Sofas, die zur Perfektion ausgearbeiteten Gemälde in diesen Rahmen, die vermutlich teurer waren als eine neue Kutsche. Dunkelstes Holz hatte man in ihnen verarbeitet, ebenso kleine Edelsteine, die im Licht der gleißenden Sonne blitzten und funkelten. Die Krönung von allem stellten die marmornen Büsten berühmter Autoren dar, die in feierlicher Runde an einem Ende des Saales standen. Und inmitten all dem Pomp spielte eine Frau auf einem riesigen Flügel ein berauschendes Lied.

»Elalia, ich danke Euch«, sprach eine Stimme. Sie ertönte direkt über unseren Köpfen!

Erschrocken sah ich auf und entdeckte eine kleine Galerie, die mithilfe einer steinernen Wendeltreppe zu erreichen war. Ein älterer Herr stand am Geländer und trug einen feierlichen Ausdruck im Gesicht. Die Musik verstummte.

»Werter Graf, ich bin froh, Euch zu sehen! Mein Name ist Kurd von Meveln. Willkommen in meinem Kontor für Literatur und schöne Worte!«, rief er zu uns hinab. Dann begab er sich die Treppe hinunter. Ein anderer Mann folgte ihm. Beide sahen aus wie Adelige. Ich verspürte unmittelbar einen Kloß im Hals, als ich vor ihnen knickste. Freundlich lächelten sie mich an und erwiderten den Gruß.

So etwas war mir noch nie passiert. Achtung vom Adel? Der Fürst von Alvara hatte damals nur kurz den Blick über mich schweifen lassen und mich anschließend nicht weiter beachtet. Auch sein Gefolge hatte kein Interesse an mir gezeigt. Dies hier war das erste Mal, dass ich in Gegenwart edler Männer nicht das Gefühl hatte, aus Glas zu sein.

»Wer ist dieses wundervolle Geschöpf?«, fragte Kurd von Meveln.

»Das ist meine Braut Evanoliné«, stellte der Spinnenfürst mich vor.

Braut?

»Sehr erfreut, werte Gräfin«, entgegnete Kurd von Meveln. »Ich bin einer der Verleger dieses wunderschönen Fürstentums.«

»Es ist eine Ehre«, sagte ich mit wackeliger Stimme. Alles drehte sich, fühlte sich unwirklich an. Zu schön, um wahr zu sein.

»Dies ist meine rechte Hand, Kurd Wallhelling. Jede Geschichte muss nicht nur meinen Geist umfangen, sondern auch den seinen. Ich vertraue ihm blind. Er und ich waren begeistert, nachdem wir hörten, dass ein echter Graf uns beehren wird«, erzählte der Verleger weiter. Es erstaunte mich, wie offen und freundlich er erschien. Diesem Mann wollte ich meine Geschichte in die Hand drücken, zweifellos.

»Wohl gesprochen«, meinte nun auch Kurd Wallhelling. Er schien um einiges jünger als sein Partner und strahlte eine beeindruckende Ruhe aus. Wo Kurd von Meveln sprühte, schien er die Situation klar im Blick zu haben. Er begrüßte uns dennoch ebenso höflich. Danach boten sie uns einen Sitzplatz. Mir fiel auf, dass die junge Frau verschwunden war, die eben noch Klavier gespielt hatte.

»Darf es ein Tee sein?«, fragte uns der Diener.

»Gern«, antwortete der Spinnenfürst für uns beide.

Der Diener nickte anmutig und verschwand. Kurd von Meveln schaute uns erwartungsvoll an, eine Hand auf das Bein gestützt. Es war seltsam, er musste gewiss ein wenig älter als mein Vater sein und doch hatte sein Ausdruck etwas von einem begeisterten Kind.

»Ihr sagtet, Ihr hättet ein Manuskript für uns, das alle anderen übertreffen wird«, begann Kurd Wallhelling.

»So ist es«, meinte der Spinnenfürst. Er bedachte mich mit einem liebevollen Blick, ehe er die Hand hob. Ich verstand und reichte ihm meinen Lederband. Mir stockte der Atem, als er ihn an den Verleger weiterreichte, dessen Augen aufleuchteten, als hätte er ein wahrliches Geschenk erhalten. Mit starrer Miene sah ich zu, wie er den Deckel aufklappte und die erste Seite begutachtete.

Und die nächste. Und die nächste. Und die nächste.

Der Tee wurde in lachhaft kleinen Porzellantassen auf ein kleines Tischchen vor uns gestellt. Sofort duftete es im gesamten Raum nach fruchtiger Süße. Meine Anspannung ließ allerdings nicht zu, dass ich herausfand, um was für einen Geschmack es sich handelte. Ich konnte nur starren und bangen, wusste nicht, was ich davon halten sollte, als Kurd von Meveln den Band an seinen Partner übergab. Angespannt versuchte ich dem Verleger aus dem Gesicht zu lesen, aber es gelang mir nicht. Er hatte die Hände vor dem Mund gefaltet und wirkte seltsam nachdenklich. Keine Spur mehr von Freude und Ausgelassenheit.

Kurd Wallhellings Gesicht glich einer beherrschten Maske. Er blätterte ausdruckslos die Seiten um, verriet keinen einzigen Gedanken, kein einziges Gefühl, das in ihm herrschte. Das brachte mich schier um den Verstand. Der Spinnenfürst schien es zu bemerken und griff nach meiner Hand. Er drückte sie kurz, aber es half nur wenig.

»Holt mir bitte Festra her«, sagte Kurd von Meveln auf einmal, als sein Partner den Band zuklappte und ihn gedankenvoll ansah. Der Diener eilte abermals los. Ich wäre am liebsten aufgesprungen und hätte angefangen zu schreien.

Es dauerte eine schiere Ewigkeit, bis ein anderes Geräusch als das meines schnellen Atems erklang. Ich hörte die Schritte einer hochgewachsenen Frau. Sie wirkte grimmig und zuweilen berührte Kälte mein Gesicht, während sie durch den Raum glitt. Ohne Worte nahm sie den Lederband entgegen, beachtete die beiden Männer kein einziges Mal.

Ich wusste nicht, was für nervenzehrende Spiele in der Welt der Adeligen gespielt wurden – bis heute. Was war es, was sie so eisern schweigen ließ? Warum guckten sie alle, als wären sie diejenigen, deren Gesichter aus Marmor gefertigt und mit dem Meißel verziert worden wären, und nicht diese streng starrenden Büsten im Hintergrund? Es machte mir Angst und beim Himmel, ich wusste nicht, ob ich dazu gemacht war, so etwas auszusitzen.

Die Frau hob den Kopf. Sie starrte den Spinnenfürsten an.

»Beruht es auf einer wahren Begebenheit?«, erhob schließlich Kurd von Meveln die Stimme.

»Nein«, entgegnete der Gott. »Es entsprang einem leidenschaftlichen, das Leben in Kunst verwandelnden Geist.«

»Das ist, als würde mir diese Poesie das Herz zerschneiden und es anschließend neu zusammensetzen.« Der Verleger rieb sich über das Kinn, seine Miene war ein Spiel aus Traurigkeit und Faszination. Eine magische Kombination, wie ich fand. Sie trug so viel Poesie in sich, obgleich sie so düster erschien.

»Ein Gedicht, das zu einer Geschichte wurde«, erhob nun Kurd Wallhelling die Stimme, »dies ist etwas, was nur selten gelingt. Viele scheiterten daran.«

Und ich?

Stumm saß ich auf meinem Platz und wusste die Worte nicht zu deuten.

»Es ist wundervoll.«

Ich starrte der großen Frau ins Gesicht. Ihre Miene – kalt wie pures Eis, doch in ihren Augen konnte ich eine Aufrichtigkeit erkennen, die mich beeindruckte.

»Ich habe seit langer Zeit kein Buch mehr wie dieses gelesen«, stimmte Kurd Wallhelling zu.

»Und ich noch nie«, meinte Kurd von Meveln. »Ich will diese Gesichte. Mit allem, was dazugehört. Bringt mir den Autor und lasst mich ihm danken. Dies ist es, worauf ein Mann wie ich sein Leben lang wartet.«

»Nun, ich kann Euch Euren Wunsch nur allzu bald erfüllen«, erwiderte der Spinnenfürst. Dann griff er nach meiner Hand und zog mich mit sich in die Höhe.

Die Augen der drei Personen wurden größer und größer. Kurd von Meveln sah aus wie ein erschrockener Fisch, als er das Offensichtliche zu begreifen schien.

»Ihr habt dieses Werk verfasst?«, brachte er dünn hervor.

Ich nickte stumm. Meine Zunge fühlte sich an wie aus Blei gegossen. Schwer und drückend lag sie in meinem Mund.

Es folgte Schweigen. Verunsichert runzelte ich die Stirn, wollte mich am liebsten wieder hinsetzen und ganz klein werden, aber der feste Griff des Spinnenfürsten ließ das nicht zu.

»Warum diese getrübte Stille?«, fragte er plötzlich. »Ihr wolltet das Buch und da ist es in den Händen Eurer Vertrauten. Ihr wolltet die Schriftstellerin und da ist sie in den Händen von mir. Ihr wolltet es mit allem, was dazugehört, und hier ist es.« Er schaute mir daraufhin tief in die Augen. Sein Strahlen wirkte entwaffnend und so konnte ich nicht anders, als die Schultern sinken zu lassen.

»Niktor«, murmelte die Frau an Kurd von Meveln gewandt. »Vielleicht ...«

»Sie ist eine Gräfin.« Kurd Wallhelling schien zu verstehen, worauf sie hinauswollte.

Kurd von Meveln hatte die Hände vor seinem Kinn gefaltet und überlegte. »Werte Gräfin, sagt, stammt dieses Werk tatsächlich aus Eurer Feder?«

»Jedes einzelne Wort«, erwiderte ich leise.

»Dann ist es Eure Poesie zwischen den Zeilen?«

»Ja.«

»Weshalb ein Herz aus Glas?«

Er schaute mich an. Und ich wagte es, diesen durchdringenden Blick zu erwidern. »Weil so zu sehen ist, was darin vorgeht. Dennoch kann man diese Gefühle niemals berühren, egal, wie sehr man es möchte.«

»Wird Eure Protagonistin es dennoch schaffen? Und wenn ja – wie?«

»Sie hinterlässt Kratzer auf dem Glas und schließlich bricht es.«

Kurd von Meveln senkte die Lider. Er nickte stumm und seine Mundwinkel zogen sich nach oben. Er stand auf. »Gräfin. Lasst mich Euer Buch verlegen.«

Das war der Moment, in welchem mein Herz sich entschied stillzustehen. Schwärze trübte meinen Geist. Ich hörte auf zu atmen.

KAPITEL 19

Es war nicht real. Es war ein Traum. Ein Hirngespinst. Eine weitere Reise in eine Welt der Fantasie und der eigens kreierten Herrlichkeit.

Und doch verneinte mein Spinnenfürst, nachdem mir diese Gedanken über die Lippen gekommen waren. Es sei alles wahr. Der Verleger, unser feierlicher Händedruck, das Lächeln der großen Frau, Festra, und auch die Tatsache, dass ich mir heißen Tee über die Hand geschüttet habe, weil diese nicht hatte aufhören wollen zu zittern.

Ich wäre die erste Frau, die ein Buch veröffentlichen würde, welches von einem Verleger unterzeichnet worden war. Bis zum Anbruch des Sommers hätte ich Zeit, das Manuskript fertigzustellen. Bis dahin wolle man einen regen Kontakt mit mir pflegen. Man fragte nach meiner Unterkunft. Gerade als ich darauf antworten wollte, kam mir jedoch der Spinnenfürst zuvor. Er sagte, uns gehöre jetzt das Herrenhaus am Hang. Offenbar schienen alle zu verstehen, was damit gemeint war. Sie wirkten tief ergriffen.

»Ein Herrenhaus?«, fragte ich. Mittlerweile hatte die Kutsche bereits die Hälfte der ewig scheinenden Serpentine überwunden und ich bestaunte wieder die wundervollen Bauten der Stadt von Nahem.

»Ein Haus, das meiner Geliebten würdig ist«, antwortete er nur mit vielsagender Miene.

Erschöpft sank ich zusammen und grinste. »Du bist in der Tat ein Magier.«

»Deine Geschichte musste ich nicht verzaubern, falls du das denkst«, entgegnete er.
»Nein. Das habe ich auch nicht geglaubt.«
Er beugte sich vor und griff nach meinen Händen. »Denn wieso sollte ich etwas verzaubern, was schon längst Magie besitzt? Noch dazu eine, die ich niemals beherrschen werde.«
Ich genoss die Zartheit seiner Berührung. »Ich werde jedes einzelne Wort mit dir teilen«, versprach ich ihm.
»Das ist mehr, als ich mir erhofft habe, meine liebe Saiza.«
Wir durchquerten die Stadt. Erneut überwanden wir einen steilen Hang. Doch im Gegensatz zu jener Gegend, in der Kurd von Mevelns Literaturkontor lag, war diese hier über und über mit grünenden Bäumen bewachsen. Da gab es keine Häuser, die ich durch das Fenster der Kutsche erspähen könnte, nur auflebender Wald. Die Stadtmauern verschmolzen bereits mit dem Hang, doch wir reisten noch höher.

Letztlich durchquerten wir einen steinernen Torbogen und fuhren auf einen mit schimmernden Pflastersteinen ausgelegten Platz ein. Außer dem Klappern der Hufe herrschte eine bedächtige Stille.

Ein runder, ausladender Brunnen bildete den Mittelpunkt. Er besaß eine hohe Säule in der Mitte, welche wohl einst das Wasser hatte hervorsprudeln lassen. Nun war alles ausgetrocknet. Nur altes Laub fand sich in dem Becken. Ein kleiner Vogel saß am Rand und blickte mit seinen schwarzen Augen hinüber auf das mächtige Gebäude, das die gesamte Lichtung beanspruchte.

Es hatte mindestens drei Stockwerke und zwei Flügel, Nord und Süd. Eine Fassade aus grauem Stein, Bogenfenster mit bunt verziertem Glas, Erker neben einem weit gespannten Balkon. Vier Schornsteine auf dem Dach. Eine Flügeltür zwischen zwei flachen Treppen, daneben schmiedeeiserner Zaun, der einst ein Beet gehütet haben musste, das jetzt nur noch dunkle Erde und Gestrüpp war.

»Gefällt es dir?«, fragte mich der Spinnenfürst, während wir aus der Kutsche stiegen.

»Ich habe noch nie ein so großes Haus gesehen«, verriet ich ihm.

»Die Farbe fehlt, aber dessen werde ich mich annehmen, keine Sorge.« Er führte mich hinüber zu den Treppen. »Möchtest du das Innere bestaunen?«

»Was für eine Frage.« Ich lächelte ihn an.

Die Eingangshalle mutete derart gigantisch an, hier drin hätte man auch ein Pferd halten können oder gar zwei. Eine massive, gewundene Treppe führte hinauf in den nächsten Stock. Zu den Seiten gelangte man in die anderen Flügel. Geradeaus lag eine andere Flügeltür. Kronleuchter aus Kristall, so groß wie kleine Kutschen, hingen über unseren Köpfen. Ich fragte mich, welche Kraft dieser Welt sie an der Decke zu halten vermochte. Wie es wohl aussah, wenn sie anfingen zu leuchten?

»Hier entlang«, entschied ich und zog ihn mit mir. Wir öffneten die Flügeltür und ich staunte, denn vor mir sah ich einen Speisesaal, der eine lange, mit einem weißen Tuch bedeckte Tafel besaß. Selbiges galt für die Stühle und Kommoden im Raum – alles war verhüllt. Ich löste mich von meinem Gott und lief durch den Saal, zog ein Tuch nach dem anderen an mich und offenbarte eine beinahe als historisch zu bezeichnende Schönheit. Das dunkle Holz war mit aufwendigen Mustern eines vergangenen Jahrhunderts verziert und die rote Farbe zwar verblasst, dennoch edel. Silberne Beschläge schützten die Tischbeine und eine gleichfarbige Blume war in die Mitte der Tafel gemalt. Drei Leuchter hingen im Raum verteilt, hingen von der Decke wie schwebende Boote aus Glas. Fades Licht fiel in den Saal, schimmerte durch staubige Fenster, die die gesamte Außenwand säumten und einen Blick auf den Wald freigaben, der dahinter lag.

Ich drehte mich im Kreis, um die konservierte Eleganz dieses Raumes zu begreifen, vergaß dabei aber die vielen Tücher, die ich noch in der Hand hielt. In einem hellen Wirbel waren sie um mich herum auf dem Boden verteilt und wirkten wie eine Schleppe meiner schmächtigen Gestalt. Der Spinnenfürst hatte keine Augen für den Saal, nur für mich. Ich lachte, nachdem ein dickes Staubgeflecht auf seinem Haar gelandet war. Eine einzige Handbewegung seinerseits und es flog davon. Dennoch lächelte er mich schief an.

Er zeigte mir die Küche, einen Raum, in dem gewiss tagein, tagaus ein wärmendes Feuer geprasselt haben musste. Auch hier hatte der Zahn der Zeit Spuren hinterlassen. Überall Staub und Spinnennetze. Neugierig kamen die dunklen Tiere näher, als der Gott in der Mitte des Raumes stehen blieb und mir dabei zusah, wie ich mit meinem Finger einen blattlosen Baum in die Staubdecke zeichnete. Danach klatschte ich in die Hände, fing an zu laufen und zog ihn mit mir. Wir rannten durch die breite Schwingtür zurück in die Eingangshalle und eilten in den Südflügel. Ich warf mich gegen die knarzende, auf dem Boden schabende Tür und stolperte in den Saal, als sie urplötzlich nachgab. Der Spinnengott fing mich rechtzeitig und hielt mich aufrecht. Sogleich verging mir allerdings das Lachen. Ich hob das Kinn und ließ den Blick schweifen.

Wir standen in einem Ballsaal. Eine Halle von einem Raum. Wie viele Leute mochten hier Platz haben? Hundert? Zweihundert? Ich ging in die Knie, wischte eine Staubschicht beiseite, welche die marmornen Fliesen verdeckte, und erblasste im Glanz der Farben, die darunter zum Vorschein kamen. Dennoch war all das nicht das Beeindruckendste, denn das befand sich unmittelbar über meinem Kopf: eine Kuppel aus gewölbtem Glas. Metallene Streben hielten sie in Form, direkt dahinter erstrahlte ein blauer Himmel ohne eine einzige Wolke.

»Dieses Haus wurde vor über dreihundert Jahren errichtet«, erzählte der Spinnengott mit leiser Stimme hinter meinem Rücken. »Nie wurde etwas an ihm verändert. Bis ein neuer Hausherr die Decke einreißen ließ, um seiner kranken Gemahlin einen letzten Blick auf den Himmel zu verschaffen, wenn sie im Kreis ihrer Lieben alsbald dahinscheiden sollte.«

»Und so baute er ihr ein Fenster zum Himmel inmitten seines Ballsaales?« Ich drehte mich zu ihm um.

»Diesen Raum soll sie am liebsten gemocht haben. Sie war eine Dame, die Tanz und die Gemeinschaft ihrer Freunde mehr liebte als alles andere. Die Feiern dieses Hauses waren legendär«, sprach er weiter.

»Woher weißt du das?«, fragte ich ihn.
Er gab mir keine Antwort, guckte mich stattdessen freundlich an.
»Es ist, als wäre dieses Haus meinen Träumen entsprungen«, murmelte ich.
»Im oberen Stockwerk gibt es eine Bibliothek. Ich werde sie für dich herrichten lassen, damit du all die vielen Bücher beheimaten kannst, die du schon immer lesen wolltest.«
Ein Lächeln zupfte an meinen Mundwinkeln. Dann kamen die Tränen.
Der Spinnenfürst zog mich an sich, strich mir über mein Haar. »Was ist mit dir? Warum weinst du?«
»Es ist das Glück. Es quillt aus mir raus, ich kann nicht anders.«
Nun strahlte er ebenfalls. Ein Bild, das sich in mein Herz einbrannte.

Es hatte Stunden gedauert, das gesamte Haus zu besichtigen. Ich konnte mich gar nicht sattsehen an diesem ergrauten Prunk. In jedem Saal versprach mir der Spinnenfürst, ihn nach meinen Wünschen einrichten zu lassen. Ideen entstanden in meinem Kopf, ich wurde ihnen irgendwann kaum noch Herr. Sichtbar angetan beobachtete er, wie ich anfing, Gedichte über Farben zu formulieren oder mir einen kleinen Vers über das matte Glas eines angelaufenen Spiegels erdachte.
Nun standen wir auf einem Balkon und blickten über das Anwesen hinweg. Der Spinnenfürst stand hinter mir und vergrub das Gesicht an meinem Nacken. »Wonach wäre dir jetzt, meine Liebe?«, wollte er von mir wissen, als ich allmählich zur Ruhe kam. All diese Begeisterung in den letzten Stunden hatte mich ausgelaugt, allerdings auf eine schöne Weise.
»Wir könnten uns ausruhen«, schlug ich vor.
»Ich bin ein Gott, ich ruhe nie«, murmelte er auf meine Haut, die unter den sanften Berührungen seiner Lippen zu prickeln begann.
»Ein unsterbliches Leben und keine einzige Minute Schlaf?«

»Wofür denn? Meine Beine tragen mich an jeden Ort, an dem ich begehre zu sein. Meine Magie begleitet mich zu jedem Augenblick des Tages und mein Verstand wird niemals müde«, raunte er.
»Was ist mit Träumen?«, fragte ich leise.
»Die habe ich nicht.«
Ich drehte mich ein Stück und schaute ihm ins Gesicht. Seine Lippen leuchteten in einem verführerischen Rot, aber ich konnte meinen Blick von ihnen lösen. »Bedauerst du dies?«
»Ich habe deine Träume, Saiza. Ich sehe zu, wie du nach ihnen greifst und ihnen jeden Tag ein Stück näher kommst.« Seine Fingerspitzen strichen an meinem Gesicht entlang. »Und ich genieße jeden Moment davon.«
Diese Worte stimmten mich zunächst traurig, aber als ich sah, wie zufrieden er schien, während er eine meiner hellbraunen Strähnen in die Hand nahm, hellte sich meine Miene auf. »Lass uns feiern«, schlug ich vor. »Heute Abend.«
Er wirkte amüsiert. »Feiern? Nur zu gern. Wie sähe der perfekte Abend für dich aus?«
»Ich will mit anderen auf den Tischen tanzen und mir die Seele aus dem Leib singen. Ich will die ganze Nacht durchleben und erst nach Hause kommen, wenn der Morgen graut. Und ich will, dass du dabei bist und mit mir tanzt. Inmitten all der Menschen.«
Unsere Finger verflochten sich miteinander.
»Nichts täte ich lieber. Es ist mir eine Ehre, mit einer wahrlich unerreichten Poetin wie dir zu tanzen.«
Seine Worte schmeichelten mir. Röte breitete sich auf meinen Wangen aus. Darauf schien er gehofft zu haben. Sein triumphierendes Lächeln zwang mich in die Knie. Es blendete mich, als wir in das dunkle Haus zurückkehrten und er mich zu jenem Raum führte, den er zu unserem Schlafgemach auserkoren hatte. Noch herrschte darin gähnende Leere, bis auf das riesige Bett zwischen den deckenhohen Fenstern, welches nach einer fließenden Handbewegung des Gottes gleich um einiges einladender erschien. Der Staub war verschwunden, die Löcher in den Decken und Kissen schlossen sich urplötzlich.

Ich legte mich hinein und seufzte ermattet. Der Spinnengott schnipste mit den Fingern und prompt steckte ich in einem lockeren dünnen Kleid, das sich vortrefflich zum Schlafen eignete. Er ging neben dem Bett in die Knie, zog eine Decke über mich und strich sanft über meine Stirn. »Wenn du erwachst, wird sich bereits einiges verändert haben«, versprach er mir. »Aber jetzt ruh dich aus. Ich warte auf dich.«

KAPITEL 20

Das Erwachen war rasch und mir siedend heiß. Ich fuhr hoch und riss die Augen auf. Bunte Farben umgaben mich, mild erhellt vom schwindenden Sonnenlicht. Der Abend nahte. Ich fasste mir an den Kopf und schob die seidige Decke von meinem Körper. Ich stellte fest, dass ich in einem gänzlich neuen Gewand steckte, und runzelte die Stirn. Es war dunkelgrün mit kupferfarbenen Verzierungen auf dem Mieder. Auch der Saum erstrahlte in jener herbstlichen Farbe. An meinem Finger prangte ein Ring. Als ich ihn mir genauer ansehen wollte, verschwand er jedoch. Erst als ich die Hand wieder sinken ließ, erschien er erneut.

Ich stieg aus dem Bett, das der Spinnenfürst liebevoll hergerichtet hatte. Das alte Holz wirkte gänzlich neu, die Farbmalereien aufgefrischt und die Matratze hatte sich verlockend weich angefühlt. Inzwischen war auch der Rest des Raumes mit neuen Möbeln bestückt worden. Beispielsweise einem dickbauchigen Kleiderschrank und einem großen, gewundenen Schreibtisch aus Eichenholz, der vor einem der vielen Fenster ein neues Zuhause gefunden hatte. Das saubere Parkett war mit ansprechenden Teppichen ausgelegt.

Ich trat hinaus in den Flur. Hier schien der Boden noch unvollständig und grau. Neugierig bahnte ich mir einen Weg zur breiten Treppe. Mein Mund öffnete sich voller Unglauben, als ich die Kronleuchter der Eingangshalle erspähte. Noch nie hatte ich ein solches Leuchten gesehen. Es war eine Lichtflut, die ihresgleichen suchte;

atemberaubend schön tanzte sie in jedem Winkel des Raumes, nichts blieb ihr verborgen.

Ich schritt über die polierten Fliesen und drehte den Kopf, als ich ein leises Geräusch vernahm. Die Flügeltür des Speisesaales stand ein Stück weit offen. Langsam näherte ich mich, linste in den Raum hinein. Mein Herz machte einen Sprung.

Der Spinnenfürst stand neben einer reich gedeckten Tafel. Sowohl Stühle als auch der Tisch hatten eine neue Lackierung bekommen, die alten Stoffe erstrahlten in tiefem Rot. Licht fiel auf die blank geputzten Dielen herab, weinfarbene Vorhänge umgaben die Fenster. Einer von ihnen bauschte sich unter dem frischen Wind, der von irgendwo in den Saal gelangte. Draußen raschelten die Baumkronen.

»Wie hast du das gemacht?«, fragte ich atemlos.

Wie so oft erhielt ich statt einer Antwort nur ein vages Lächeln. »Setz dich doch«, bot er mir an und wies auf das eine Ende der Tafel. Gespannt kam ich seinem Wunsch nach, ließ mir sogar von ihm dem Stuhl zurechtrücken. Anschließend sah ich zu, wie er sich mir gegenübersetzte und mich erwartungsvoll anschaute. Erst jetzt wurde mir die tatsächliche Größe des Tisches bewusst.

Wir saßen viel zu weit voneinander entfernt.

Zunächst wollte ich nach einer der Karaffen greifen, doch kaum hatte ich die Hand ausgestreckt, erhob sie sich von selbst und goss ihr klares Wasser in meinen Kelch. Fasziniert versuchte ich dasselbe noch mal mit der Schüssel voll duftender Kartoffeln. Auch hier wurde mir durch die Magie alles gewährt, was ich auf meinem Teller zu haben wünschte. Ich grinste.

Trotz der lustigen Zauberspielchen entging mir nicht, dass der Spinnenfürst kaum einen Bissen zu sich nahm. Vermutlich war er ebenso wenig auf das Essen angewiesen wie auf den Schlaf. Trotzdem schien es ihm nichts auszumachen, hier bei mir zu sitzen und mich zu beobachten. Im Gegenteil, er genoss es sichtlich. Mich aber fing es an zu stören, dass etliche Meter zwischen uns lagen. Ich wollte in seine kupferfarbenen Augen sehen und von seinen sanften Händen berührt werden, wie immer, wenn ich ihm nahe war.

Entschieden stand ich auf, griff mir meinen Teller und meinen Kelch. Zielstrebig lief ich die Tafel entlang und ließ mich schlussendlich direkt auf dem Stuhl neben ihm nieder. Mit entschlossener Miene musterte ich ihn. Nun war er derjenige, der verwegen schmunzelte.

»So wie du jetzt aussiehst, könnte man glatt meinen, du wärst ein echter Prinz«, sagte ich.

»Ach ja?«

»Mir gefällt deine menschliche Gestalt«, offenbarte ich.

»Ist dem so?« Das klang neckend.

Ich schenkte ihm einen kurzen Seitenblick. »Du bist ganz ansehnlich.«

Endlich lachte er wieder einmal. »Soll heißen, ich genüge deinen Ansprüchen allenfalls im ausreichenden Maße?«

»Vielleicht.« Daraufhin steckte ich mir ein kleines Stück Kartoffel in den Mund und tat so, als wäre ich mit meinem Teller beschäftigt.

»Nun, ich hoffe, ich kann dich vielleicht mit noch anderen Dingen als nur mit meinem Aussehen überzeugen.«

»Das hast du bereits«, entgegnete ich.

»Dabei hast du noch gar nicht das Beste an mir entdeckt.«

Es fiel mir schwer, nicht die Gabel auf dem Teller klappern zu lassen. Für einen Moment brachte mich seine Antwort aus dem Takt. »Und das wäre?«, traute ich mich zu meiner eigenen Überraschung zu fragen.

Seine Antwort bestand wieder einmal aus einem geheimnisvollen Lächeln.

Die Kutsche fuhr uns zurück in die Stadt. Wir hielten vor einer Schenke, deren Lärm die gesamte Straße entlanghallte. Wieder führte mich mein Spinnenfürst in das Gebäude hinein, wieder behandelte er mich wie einen kostbaren Schatz. Einmal zog er mich schnell und dennoch sanft zur Seite, als ein volltrunkener Bürger neben uns zu Boden fiel. Zwar konnte man dies hier nicht mit dem edlen Gasthaus vergleichen, in welchem wir genächtigt hatten, doch selbst hier entdeckte ich noch deutliche Zeichen von gehobenem Stand und einer vollen Börse.

Eine Bühne lag der langen Theke gegenüber, an der Bierkrüge am laufenden Band über das aufgequollene Holz geschoben wurden. Ein junger Mann spielte ein fröhliches Stück auf seiner Laute, das die Leute zum Jubeln brachte. Einige tanzten sogar. Zu meiner Enttäuschung endete es innerhalb kürzester Zeit und es verblieben nur lautes Gelächter und Gespräche, bei denen mehr gebrüllt als zivilisiert geredet wurde.

»Was für eine hübsche Dame Ihr da an Eurer Seite wisst, Herr.«

Überrascht drehte ich den Kopf und betrachtete einen jungen Mann, dessen rote Wangen verrieten, wie viel er schon getrunken haben musste. Er lächelte unbeholfen.

»In der Tat«, entgegnete der Spinnenfürst mit einer feinen Note von Frost.

»Würde sie mir vielleicht die Ehre eines nächsten Tanzes erweisen?«, fuhr der Fremde ungehemmt fort. Passend zu diesem Moment trat ein anderer Musiker zu dem ersten auf die Bühne. Er hielt eine Flöte in der Hand.

Ich sah meinen Gott gespannt an. Er bemerkte es, schien aber nicht sonderlich angetan davon, mich gehen zu lassen. Dennoch übergab er meine Hand an den jungen Kerl und entließ uns mit einem Nicken.

Wir liefen hinüber zur Bühne und mischten uns unter die Menge. Kaum wurde der erste Ton gespielt, ging ein fröhliches Raunen durch den Saal. Irgendjemand pfiff lautstark durch die Zähne. Ich kicherte angesichts der unbeholfenen Verbeugung meines Partners. Er konnte kaum älter als ich sein. Blaue Augen lagen unter seinem blonden, wirren Haar. Trotz dessen schaffte er es, mich zu beeindrucken, als wir die ersten Schritte taten. Während ich dank seines kräftigen Schwungs ein wenig schwankte, stand er sicher auf beiden Beinen. Er wirbelte mich herum, tat dann einen Schritt auf mich zu und ich wiederum einen zurück.

Es war einfacher Tanz, doch er machte mir Spaß. Schnell hatte ich mich der Geschwindigkeit der Musik angepasst, löste sogar im richtigen Moment meine Hände aus den Fingern meines Partners und klatschte, wie das Stück es verlangte. Nur ein Augenblick später wehte der weite Rock um meine Beine und ich schenkte dem jungen Mann ein weiteres kurzes Lächeln.

Auf einmal fingen ein paar Leute an, die Stimme zu heben. Sie sangen einen Text, der mir nur entfernt bekannt vorkam, all die anderen schienen ihn jedoch zu kennen. Die Stimmung wurde sogleich ausgelassener. Irgendwelche Männer schepperten mit Absicht die Krüge auf den Tisch, als die Menge erneut klatschte. Ab diesem Moment ging alles rasend schnell.

Immer mehr Menschen sprangen von ihren Bänken auf, gesellten sich zu den Tanzenden und stimmten mit ein. Es war nur eine Frage der Zeit, bis der Erste auf einen der Tische kletterte und anfing zu grölen. Zuerst reagierte ich irritiert, dann sah ich den Spinnenfürsten mit verschränkten Armen an einer dunkleren Wand lehnen. Er beobachtete das Ganze mit unverhohlener Erheiterung, nichts schien ihn aus der Ruhe zu bringen. Selbst als plötzlich ein Betrunkener aus dem Takt geriet und neben ihm an die Wand krachte, regte er keinen Muskel.

War es seine Magie, die die Leute so ausgelassen und wild werden ließ? Immer mehr von ihnen verloren die Beherrschung, lachte und tanzten, als gäbe es keinen Morgen mehr. Irgendjemand schüttete sein halbes Bier über den Boden, während er in die Höhe schwankte, ein anderer merkte gar nicht, dass er bei einem überraschenden Partnerwechsel in die falsche Richtung gesprungen war und nun einem Mann in den Armen lag. Verdutzt starrten sie sich an und taumelten auseinander. Ich kicherte und hatte prompt eine neue Hand vor der Nase.

Im nächsten Moment legte ich den Kopf in den Nacken und betrachtete den großen, geradezu riesenhaften Mann, der mich nun um einen Tanz bat. Voll Freude willigte ich ein und übergab meinen alten Partner an eine junge Frau, deren Lippen im dämmrigen Licht eine scharlachrote Färbung besaßen.

Eine bunt gekleidete Sängerin erschien auf der Bühne und ihre prägnante weibliche Stimme mischte sich in den Gesang. Sie hörte sich heiser an, fast so, als hätte sie zuvor schon viel gesungen, aber das hielt sie nicht davon ab, sich zu verausgaben.

Der Tanz dauerte an. Irgendwann kam ich an einen Punkt, an dem mir die Kontrolle entglitt und mein Gespür für die Zeit dahinschwand. Lachend wirbelte ich durch den Raum, tanzte mit einem Mann nach dem anderen und endete schließlich selbst auf einem der Tische. Die Hände hoch erhoben, den Kopf in den Nacken gelegt sang ich mit den Leuten neben mir um die Wette, als wären wir Wölfe, die nach dem Mond riefen. Mir fiel kaum auf, wie ich irgendwann tiefe Schlucke aus einem Bierkrug nahm und ihn anschließend in die Höhe stemmte wie ein Zepter. Alle jubelten mir zu.

Ich wollte nicht, dass diese Nacht je endete. Unser Rausch wirkte derart betörend auf mich, dass er mir die Sicht verschleierte, als ich von meinem Tisch zurück auf den Boden sprang und zwischen den Bänken hinüber zur Theke tanzte. Ich summte vor mich hin und erfreute mich an dem sanften Kribbeln meiner Arme, während ich sie unbekümmert umherschwang. Plötzlich packte mich jemand und ich fand mich innerhalb der nächsten Sekunde an der Brust meines Spinnenfürsten wieder.

»Gefällt dir dieser Abend, meine Liebe?«

Ich lachte. Auf einmal merkte ich, wie warm mir war. Stunden hatte ich schon getanzt und wurde einfach nicht müde. »Sehr! Ich habe mich schon gefragt, wann du endlich zu mir kommst.«

»Ich habe es viel zu sehr genossen, dich zu beobachten, verzeih mir.«

»Dann genieß es jetzt, mit mir zu tanzen«, befahl ich ihm mit gelöster Zunge.

Er grinste und führte mich zurück auf die Tanzfläche. Widerstandslos machte man uns Platz. Ein letztes Mal atmete ich ein, ehe wir uns in Bewegung setzten.

Bis der Morgen nahte, hielt ich den Atem an. Zumindest kam es mir so vor. Alles fühlte sich an wie in einem Traum; die fröhlichen Gesichter, die schneller werdende Musik, die Stimme des Spinnengottes, der mir süße Worte ins Ohr flüsterte, an die ich mich jedoch nicht mehr erinnern konnte, nachdem er sich wieder von mir löste.

Es fühlte sich eigenartig an, als wir in die Nacht hinaustraten und die Kutsche vor uns auf die Straße fuhr. Irgendwo in der Ferne wurde das Dunkel von einem zaghaften Orange berührt. Ich ließ mich auf die Sitzbank fallen und schlüpfte aus meinen Schuhen, um meine Füße auf dem Schoß meines Gottes zu betten, der dies augenscheinlich amüsiert zur Kenntnis nahm. Prompt fing ich an zu lachen. Daraufhin strich er neckisch mit den Daumen über meine Sohlen. Es kitzelte, doch er dachte nicht daran aufzuhören. Ein kleines Gerangel entstand, in welchem ich mich von einer Seite auf die andere warf, schlussendlich aber in seinen Armen landete.

In dieser Nacht küssten wir uns das erste Mal. Ich war diejenige, die die Lippen auf seine presste. Er zögerte keine Sekunde und erwiderte es mit einem Verlangen, das mich mehr als überraschte. Trotzdem ließ es mich weder nervös noch ängstlich werden. Eine eigenartige Zuversicht verleitete mich dazu, mit den Fingern unter seinen Kragen zu fahren und die warme Haut zu spüren, die sich darunter verbarg. Er seufzte. War dies der Moment, auf den ich gewartet hatte?

Er hatte sich alles verdient, was ich ihm nun geben könnte.

Die Zeit erschien seltsam verzerrt. Ich hatte kein Stück des Weges zu unserem Herrenhaus mitbekommen, seine Küsse hatten jeden meiner Sinne für sich beansprucht. Mein Kopf drehte sich, als ich aus der Kutsche gehoben wurde und auf unserem frisch ergrünten Hofplatz stand. Ich staunte. Der Brunnen war gesäubert worden und plätscherte nun friedlich vor sich hin. An der Fassade wuchsen hübsche Rosenranken entlang. Farbe erfüllte die Szenerie. Etliche Laternen erhellten die Mauern.

»Wie machst du das?«, fragte ich, während ich mich mit rückwärtsgewandten Schritten dem Haus näherte und ihn wie selbstverständlich mit mir zog. »Ist das alles deine Magie gewesen?«

»Manche Geheimnisse sind aufregender, wenn ihre wahre Gestalt im Verborgenen bleibt«, entgegnete er.

Mit aller Kraft drückte ich mich gegen die Eingangstür. Folgsam ging sie auf und ließ uns eintreten. »Aber ich dachte, du seist nur der Gott der Spinnen und der Welke. Wie kann es sein, dass du all das kannst? Schwebende Karaffen und magische Zauberlöffel? Musiker, die spielen, ohne eine Pause, ohne einen Widerspruch, als wären sie besessen von einer fremden Macht?«

»Dies sind nur geringfügige Gottkräfte, die jeder von uns besitzt. Doch wahrlich große Macht habe ich nur in den Dingen, die ausschließlich mir anvertraut wurden.«

Nachvollziehbar – und gleichsam faszinierend. Im Folgenden fragte ich mich, was man mit solcherlei Kräften alles anstellen konnte.

Der Spinnengott griff nach meiner Hand und führte mich zielsicher durch die Dunkelheit. Ein schwaches Licht wogte über seiner geöffneten Hand, geleitete uns sicher in den nächsten Stock. Ich erkannte vage Umrisse von Bilderrahmen, während wir durch einen Flur schritten. Wir hielten nicht an. Keiner von uns sagte ein Wort, als wir das Schlafgemach erreichten. Die Vorhänge waren nicht zugezogen und so ergoss sich bläulich schimmerndes Mondlicht in den Raum.

Kaum war ich in die Mitte des Zimmers getreten, fühlte ich mich schlagartig wieder nüchtern. Als wäre der Zauber der Nacht plötzlich von mir abgefallen. Ich schlang einen Arm um mich, weil die Kälte mich heimsuchte. Zaghaft kroch sie meine Haut entlang, ließ mich frösteln. Es endete, als sich zwei Hände auf meine Hüften legten. Darauf folgte ein Kuss auf meinen Nacken.

Ich blinzelte bloß, wusste nicht, was es nun zu tun galt. Zweifel kamen in mir auf. Eine Sehnsucht nach meinem alten Zuhause wollte mich unvermittelt in Besitz nehmen und lähmen. Da war Angst.

Hier stand ich nun. Einem Gott ausgeliefert.

»Kannst du mir … Zeit geben?«, flüsterte ich, während seine Lippen über meinen Hals wanderten.

»Nein«, erwiderte er murmelnd.
Mein Herz stolperte gegen meine Brust. »Warum nicht?«
»Weil du dich nicht zu fürchten brauchst, Saiza. Ich bin hier. Ich bin für dich da. Das ist genug.«
Langsam drehte er mich um. Hier im Schatten der vergehenden Nacht leuchteten seine Augen wieder gelb. Sie strahlten so ungewöhnlich hell, eroberten mich. Ich senkte die Lider, als er mich erneut küsste.
Es schien, als könnte ich den Herbst auf seinen Lippen schmecken. Kühl, vergänglich, ungewiss. Es fühlte sich aufregend an, von ihm auf diese Weise berührt zu werden. Seine Finger glitten über meine Schultern, mein Schlüsselbein und meine Hüften. Ich merkte kaum, wie sich etwas an den Schnüren meines Kleides zu schaffen machte, es wurde zusehends lockerer, bis es mir gänzlich vom Körper rutschte. Mir war schleierhaft, wie das enge Mieder hatte nachgeben können, doch als meine Haut unter seinen Fingerspitzen zu kribbeln begann, kümmerte es mich nicht länger.
Zögerlich legte ich die Hände auf seine Brust und machte mich an seinem Hemd zu schaffen, was mich deutliche Überwindung kostete. Das Jackett hatte er bereits von den Schultern gestreift und achtlos zu Boden fallen lassen. Rasch zog er sich den letzten Stoff vom Oberkörper und versetzte mich in Staunen. Seine Haut war hell, doch irgendetwas an ihr irritierte mich. Es schien, als trüge sie kleine dunkle Flecke darunter, die eigentlich an der Oberfläche hätten sein müssen, aber irgendetwas versuchte sie zu verbergen. Ich wollte mich näher damit beschäftigen, stattdessen hob er jedoch mein Kinn und drückte seine Lippen abermals auf meine.
Mir war unklar, wie er mich in einem der folgenden Momente aufs Bett niedergelegt hatte. Ich japste überrascht und blinzelte mehrere Male. Es fiel mir schwer zu sagen, ob der Zauber mich nicht gerade neu eroberte. Der Gedanke daran und die Furcht darum schmolzen dahin, als eine Hand mein Bein entlangwanderte und den Rock meines Unterkleides dabei immer weiter heraufschob.
Wieder kämpfte ich gegen unwohles Herzklopfen. Ein Teil von mir wollte all dies hier genießen. Wollte frohlocken, dass ich hier

mit einem Gott lag, der mein Innerstes zu berühren vermochte, und das auf solch schmerzlich schöne Weise, dass ich mir nicht mehr vorstellen konnte, wie ich je ohne diese Erfahrung hatte leben können. Nicht nur meine Poesie wünschte ich mit ihm zu teilen. Auch mein Herz. Ich sehnte mich danach, mutiger zu sein und zeigen zu können, dass ich das Hier und Jetzt durchaus genoss.

Mehr als das.

Der Spinnenfürst hob den Kopf, seine Zunge hörte auf, die meine zu umspielen, und er sah mich mit einer gehobenen Braue an. »Was tust du da?«

Meine Wangen röteten sich wie glimmende Kohlen. »Nun ... Mir wurde einmal gesagt, dass ...« Ich konnte nicht weitersprechen.

Der Gott schien auf eine Antwort zu bestehen; erwartungsvoll hob er eine Braue in die Höhe.

»Ich dachte, es würde einem Mann gefallen«, gab ich kleinlaut zu.

»Soll ich dir zeigen, was mir gefällt?«

Unsicher schüttelte ich den Kopf.

»Soll ich dir stattdessen zeigen, was dir gefallen könnte?«

Ich schluckte. Er wartete meine Antwort nicht ab. Zuerst rechnete ich mit dem Schlimmsten, doch urplötzlich ließ er sich zur Seite fallen und zog mich einfach an sich. Unsere Körper verschlangen sich auf eigenartige Weise. Hilflos drückte ich mein Gesicht an seine Brust, während er mich einfach nur hielt.

»Hab keine Angst, Saiza. Ich gebe auf dich acht.«

Seufzend gab ich mich der Wärme seiner Umarmung hin. Tröstlich, so fühlte es sich an, auf eine solch liebevolle Art und Weise gehalten zu werden. Ich glaubte ihm. Es musste die Wahrheit sein, denn ich wusste, der Zauber war nun ferner denn je. Da gab es nur uns beide, so verletzlich wie nie zuvor.

Er roch nach Regen und Laub. Das war einer der wenigen Gedanken, der noch in meinen Verstand drang, als ich den Kopf hob und ihn küsste. Die Berührungen, als er mir das Unterkleid vom Körper schob, waren wie auf nackte Erde fallende Schneeflocken.

Das Seufzen eines Gottes hörte sich an wie Wasser, das durch das tauende Eis eines Baches rinnt.

Das Gefühl seines Körpers auf mir war wie die ersten Tropfen eines Sommergewitters, die sich auf den Blättern fingen.

Das kurze Glimmen seines Blickes war der Funke eines Feuers bei Nacht.

Und am Ende von all dem stand ein Morgengrauen, das nicht mehr als eine flüchtige Erinnerung war.

KAPITEL 21

Am nächsten Morgen erwachte ich mit einem immensen Ekelgefühl. Beinahe panisch schlug ich die Decke von meinen Beinen. Ich wimmerte, als ich das Blut auf meiner Haut sah. Es kostete mich Überwindung, nicht durch den Raum zu jagen. Mit schnellen Schritten begab ich mich in das Bad, welches nur vom Schlafgemach her betreten werden konnte, und seufzte erleichtert. Dort standen bereits drei große Bottiche mit dampfendem Wasser neben der kupferfarbenen Wanne. Sie selbst wirkte wie ein Altar inmitten des Zimmers, war ihr doch eine gesamte Hälfte des Raumes zugeschrieben; nichts anderes hatte dort zu stehen. Die Vorhänge waren helle Schleier, die noch genug Sonnenlicht durchließen, um mich begreifen zu lassen, dass es schon Mittag sein musste.

Wie so vieles in diesem Haus erhoben sich die Kübel wie von Zauberhand und gossen das heiße Wasser in die Wanne. Ich fügte eigenständig ein paar der bereitgestellten Öle hinzu. Es roch nach Pfirsich und wilden Beeren.

Mit schwachen Beinen stieg ich hinein und versank bis zum Kinn in dem duftenden Wasser. Schlagartig fühlte ich mich besser. Dennoch fingen meine Gedanken an zu kreisen. Warum hatte der Spinnengott mich nach dieser Nacht zurückgelassen? Wieso erinnerte ich mich nicht daran, wie ich eingeschlafen war? Entsprachen die Bilder, die mir durch den Kopf zogen, der Wahrheit? Falls es so wäre, wusste ich nicht, ob ich mich dessen schämen oder darüber freuen sollte.

Ich hatte dem Spinnengott meine tiefsten Geheimnisse anvertraut. Schwere drückte meine Schultern nach unten. Zögerlich sah ich mich um. Es überraschte mich nicht, als ich die *Kleine Nagi* an der Decke entdeckte. Wie gewöhnlich saß sie nur da, beanspruchte ihre Ecke für sich und schien lediglich vor sich hin zu existieren.

In diesem Moment fiel mir auf, dass ich noch immer die goldene Kette trug. Ich hob sie aus dem Wasser und betrachtete den Anhänger. Die metallene Spinne war klein und schmal, doch sie gefiel mir erstaunlich gut. Ihre vielen Augen wurden symbolisiert durch eingekerbte Punkte, der Körper wirkte, als wäre er aus einem einzigen Block gefertigt. Dennoch waren die einzelnen Glieder wunderbar gut zu erkennen. Sie war ein Kunstwerk, wie ich es noch nie gesehen hatte. Im nächsten Moment schloss ich eine Faust darum und tauchte gänzlich unter. Entschlossen hielt ich die Luft an, solange ich konnte.

Der erste Atemzug, den ich danach tat, fühlte sich an wie ein bittersüßes Erwachen.

Suchend lief ich durchs Haus. Wo war der Spinnengott? Im Speisesaal türmten sich zwar die Köstlichkeiten auf der Tafel, aber von ihm selbst keine Spur. Also wanderte ich von einem Flügel in den nächsten und endete schließlich im Ballsaal, dem einzigen Raum, den er noch nicht wieder hergerichtet hatte. Ich fragte mich, warum. Doch diese Frage rückte schnell in den Hintergrund, als ich eine große gläserne Tür entdeckte, die kaum einen Spaltbreit geöffnet war und mich trotz allem in den Bann zog. Neugierig zog ich sie auf, schritt durch sie hindurch und entdeckte einen verschlungenen kleinen Kiespfad, der weiter den großen Hang hinaufführte. Überall wuchsen Bäume, einer schöner als der andere. Die Kronen hatten sich vollständig entfaltet, überall schillerte lebendiges Grün. Hier und da duftete es nach jungen Blumen, ein paar Vögel zwitscherten in der Ferne.

Der Weg führte mich zu einem weißen Pavillon. Einzelne Äste schmiegten sich an das dunkelgraue Dach, als wären die Bäume mit aller Sorgfalt um das kleine Konstrukt herum gesetzt worden. Meine Finger glitten an der Balustrade entlang, mein Blick lag jedoch auf der großen Stadt, die in einiger Entfernung unter mir lag. Man konnte sie beinahe gänzlich betrachten. Die Mittagssonne schluckte die Schatten, entfernter Lärm drang in meine Ohren. Weiter im Osten waren die Berge zu sehen, ebenso der Dunkelwald. Man hätte ein Gemälde fertigen können, so malerisch schön wirkte die Szenerie. Ich stützte meine Arme auf das Geländer und fing an zu lächeln. Hier hätte ich meine Zeit ewig verbringen können.

»Ein wunderbarer Ort, nicht wahr?«

Ich drehte den Kopf. Die Augen des Gottes leuchteten gelb, das Lächeln auf seinen Lippen wirkte schief und ein wenig verwegen. Meines dagegen musste unbeholfen wirken, während er auf mich zukam. Die erste Berührung ließ mich mit nur allzu lebendigen Erinnerungen an die letzte Nacht zurück.

»Ich glaube, hier will ich anfangen zu schreiben«, murmelte ich.

Im nächsten Moment erschien auf einer Bank neben uns ein Stapel wunderschönes Pergament, welches am Rand mit kleinen Prägungen verziert worden war, sowie ein kleines Tintenfässchen mit einer langen weißen Feder. Zu lange schon hatte ich nicht mehr mit Tinte geschrieben, allein die Vorstellung bereitete mir wärmende Glücksgefühle.

»Darf ich bei dir bleiben?«

»Sicher«, sagte ich zu ihm. »Aber starr mich nicht wieder so an.«

»Warum nicht?« Er grinste.

Ich wandte mich von ihm ab und setzte mich. Ein feiner Windzug wirbelte mir das Haar aus dem Gesicht. »Das macht mich nervös.«

Der Spinnenfürst betrachtete mich. Für heute hatte ich ein schlichteres zartblaues Kleid bekommen, das meine Figur weitaus sanfter zur Geltung brachte als jenes, das ich in der gestrigen Nacht getragen hatte. Ich strich mir eine Strähne hinters Ohr und lächelte ihn zaghaft an.

»Lass das«, befahl ich ihm.
»Ach Saiza, ich gucke dich an, wann ich will und solange ich will.«
Dieser Satz überraschte mich. Gerade noch hatte ich das Pergament in die Hand genommen und die Feder aus dem Glas gezogen, nun hielt ich inne.
»Gestern Nacht hast du dich noch vor Freude gewunden, wenn ich es getan habe«, sprach er einfach weiter.
Ich biss mir auf die Zunge. »Weshalb bist du nicht geblieben?«, fragte ich leise.
»Das sagte ich dir doch schon. Der Schlaf der Menschen langweilt mich.«
»Selbst wenn du neben mir liegst?«
»Es spielt keine Rolle für mich.«
Das verletzte mich. Ein Stich fuhr mir in die Brust, ein Kloß bildete sich in meiner Kehle. »Ich habe mich ein wenig allein gefühlt«, vertraute ich ihm dennoch an.
»Damit wirst du lernen müssen umzugehen. Wir sind Geliebte und keine Angetrauten.«
Wieder Worte, die mir ins Herz schnitten. Er sprach die Wahrheit und doch wünschte sich ein Teil von mir, es wäre anders. Ich hatte gedacht, er hätte vielleicht Gefühle für mich, die über ein simples Begehren hinausgingen. Zumindest meinte ich, solche Gefühle in seinem Gesicht gesehen zu haben, als wir lediglich zwei einsame Seelen in einem dunklen Wald gewesen waren.
»Warum hast du im Haus des Verlegers etwas anderes behauptet?«, wagte ich mich nach dem ersten Buchstaben zu fragen, den ich mit der weichen Tinte auf das Pergament gemalt hatte.
Ich erhielt keine Antwort. Er sah lediglich schwach erheitert auf mich herab.
Mich erfüllte genau dies zum ersten Mal mit Wut.
»Antworte«, forderte ich.
»Weil es ein vergnügliches Spiel war. Wir können sein, was wir wollen, während wir zusehen, wie sich die Menschen unseren Wünschen beugen«, erklärte er.

Ich zog die Brauen zusammen. »Sie beugen sich unseren Wünschen?«

»Du und ich sind ein wundervolles Paar. Deine sterbliche Kunst und meine göttliche Magie – wir brauchen nichts anderes, um zu bekommen, was auch immer wir wollen.«

»Aber ... ich begehre nur wenig auf dieser Welt«, entgegnete ich zaghaft.

Der Blick des Gottes wurde schmal und durchdringend, dennoch wirkte es, als amüsierte er sich gerade. Er erschien mir wie ein höchst widersprüchliches Wesen, je mehr er von sich gab. »Ist dem so?«, fragte er. »Auch in deinem Herzen tanzt das Verlangen. Du hast mir gestern so viele Dinge ins Ohr geflüstert, die du zu haben wünschst, und es waren nicht nur meine Hände, die du auf deinem Körper hast wandern lassen mit diesen Worten.«

Hitze kroch meinen Hals hinauf. »Ich bin kein egoistischer Mensch. Das war ich nie.«

»Und doch hast du meinen Wunsch damals vollkommen für dich allein beansprucht«, erinnerte er mich.

Ich schwieg und starrte ihm lediglich ins Gesicht, welches mir nun wie eine kühle Maske erschien.

»Aber das ist in Ordnung. Dem Menschen liegt es in der Natur, selbstsüchtig und unüberlegt zu sein. Das macht sie ja so unterhaltsam. Ihre Gefühle sind wild und unbeherrscht. Ihre Leidenschaft steckt sie in Brand, wenn es sie überkommt. Trotz allem bleiben sie schwach und beherrschbar. Es ist ein faszinierendes Widerspiel, dessen ich nicht müde werde«, sprach er mit einer Leichtfertigkeit, die mich erschütterte. Er trat an die Balustrade heran und schaute auf die Stadt hinab. »Jede einzelne Seele ist wie eine Schachfigur, die über das Spielfeld gleitet, und ich bin hier oben und sehe zu. Ich erfreue mich an ihrer Zerstörung und ihrem Gewinn, es ist mir gleich, was von beidem sie erfahren, doch ich werde immer über ihnen schweben und mich an ihrem Geplänkel amüsieren.«

Ein Stoß ließ mich zusammenzucken. Mein Herz fing an zu rasen, als Angst wie eine kalte Flut über mich hereinbrach. Weshalb sagte der Spinnenfürst so etwas? Was war in ihn gefahren? Was ...

»Das sind wir für dich?«, hauchte ich fassungslos, als ich es schaffte, den Mund zu öffnen. »Plänkelnde Spielfiguren?«

»Ihr wart nie mehr als das.« Der Gott schaute über seine Schulter hinweg. Seine Miene strotzte vor Selbstgefälligkeit.

Seine Worte dröhnten in meinen Ohren. »Ist das dein Ernst?«

»Warum sollte ich dich belügen, Saiza?«

»Hast du das schon einmal? In deinem Wald? Hast du mich da belogen und verzaubert?«

»Das musste ich gar nicht. Deine Einsamkeit hat dich in meine Arme getrieben und du warst mehr als willig zu bleiben.«

Ich biss die Zähne zusammen. Schmerz jagte durch meine Wangen, aber es kümmerte mich nicht. Schwarze Flecken tanzten durch meine Sicht, dann stieß ich die Luft aus. »Du hast mich ausgetrickst.«

»In keiner Weise«, entgegnete er und drehte sich gänzlich zu mir um. »Ich habe dich gefragt, ob du mir gehören möchtest, und du sagtest, das wolltest du, sogar mit Freuden.«

Ja, ich erinnerte mich an meine Worte und doch wollte ich sie nicht wahrhaben. »Aber ich habe dir nicht alles versprochen«, erwiderte ich kleinlaut.

»Deine Poesie ist mein, ebenso dein Körper. Dein Geist ist allerdings erfrischend und unterhaltsam, daher wollte ich dir einige Freuden bereiten, die deine Seele zum Leuchten bringen. Ich liebe es, dieses Licht zu verzehren. Es schmeckt ganz wunderbar auf meiner Zunge.« Er senkte die Lider und machte ein genussseliges Gesicht.

Angewidert wandte ich mich ab. Von ihm. Von seinen Worten. Von diesem Augenblick.

Also entsprach alles der Wahrheit. Die Geschichten, die man sich über ihn erzählte. Er war ein seelenstehlender Gott und ich war in seine Hände gefallen. Ein weiteres Opfer, welches sich jedoch aus freien Stücken in seine Klauen begeben hatte.

Auf einmal kam ich mir vor wie ein törichtes junges Mädchen.

Tränen kullerten mir die Wangen hinab.

»Selbst deine Tränen sind einzigartig schön«, hörte ich den Spinnenfürsten neben mir murmeln. »Ich hätte nicht gedacht, dass das

Leiden eines Menschen so anmutig sein könnte. Bis du kamst, Saiza. Du fasziniert mich und ich genieße es.«

»Sei still!« Meine Stimme klang gebrochen.

Ich wollte aufschreien, als er plötzlich vor mir auftauchte und seine Hände an mein Gesicht hob. Er strich mir die Tränen von den Wangen. Wieder murmelte er meinen Namen. Plötzlich hasste ich es, ihn aus seinem Mund zu hören. Er brannte in meinen Ohren, doch noch viel schlimmer ätzte er sich in mein Herz.

»Warum sagst du mir all das?«, flüsterte ich. »Glaubst du etwa, ich würde dir noch eine Zeile schenken oder einen aufrichtigen Blick? Denkst du nicht, ich würde dich jetzt verabscheuen?« Ich hatte Mühe, die Worte durch meine zusammengebissenen Zähne zu pressen.

»Weil du mein bist, Saiza. Vielleicht habe ich nicht deine Hand, aber deine Seele gehört mir, mit jedem Tag, mit jedem Atemzug, den du in meiner Nähe tust, und mit jedem Gedanken, der mir gilt, gehörst du mir mehr. Es gibt niemanden, dem du dich jemals so sehr öffnen könntest, denn deine Seele ist bereits gebunden. Niemand wird dein Herz je so berühren, wie ich es tat. Ich bin dein Alles, Saiza. Dein Anders, das du so begehrst.«

Seine Lippen legten sich auf meine Wange. Er küsste eine Träne von meiner Haut.

»Ich bin dein Gott. Ich werde immer bei dir sein.«

Ich schluchzte.

»Das verspreche ich dir.«

KAPITEL 22

Ermattet lag ich auf dem blanken Dielenboden. Über mir die dunkle Platte des Schreibtisches, in meinen Armen ein dickes Kissen. Ein Meer aus verstreutem Papier hatte den Raum vor mir geflutet.

Ich war allein. Der Spinnengott hatte mich mit meinen Tränen zurückgelassen. Ein leichtes Lächeln hatte noch auf seinen Lippen geprangt, bevor er sich von mir abgewandt hatte. Meine waren dagegen blutig gebissen – vor Hass, vor Zorn, vor Trauer. Irgendwann hatte ich das Tintenfass auf die weiße Balustrade des Pavillons geschmettert. Wie dunkles Blut, so hatten die Spritzer ausgesehen.

Herzblut. Tintenblut. Mein Blut.

Denn genau so fühlte es sich an – als wäre es mein Blut, das ich gerade vergossen hätte. Dann bin ich ins Haus zurückgelaufen.

Meine Gedanken umkreisten einander, schnappten und schrien. Da waren die Gesichter von Eidala, Noahl, meinem Vater, ja, sogar das von meiner Mutter tauchte vor meinem inneren Auge auf. Und hinter ihnen stand Schuld als gesichtsloses, dunkles Wesen, das mich zu verschlingen drohte.

Ich wusste nicht, wie lange ich in meinem Versteck kauerte und weinte. Ich wusste nicht, was für ein Tag oder welche Stunde es war, als meine Tränen versiegten. Irgendwann verlor ich meine Stimme.

Dann wurde mein Blick leer und meine Gedanken verstummten.

Vorsichtig begann ich zu blinzeln und fühlte kurz darauf ein leidiges Brennen. Staub wirbelte durch die Luft, als ich mich das erste Mal regte.

Wie lange hatte ich unter dem Tisch gelegen? Meine Gelenke knackten, während ich mich langsam aus dem jämmerlichen Versteck begab. Stehen kostete zu viel Kraft. Das Licht, das mich trüb durch die Stoffe der Vorhänge erreichte, stach mir schon jetzt in den Augen. Mein Gesicht war verkrustet von getrocknetem Tränensalz.

Jeder Schritt über das auf dem am Boden liegende Papier knisterte und raschelte. Jeder Schritt ließ mich mehr und mehr begreifen, was mit mir geschehen war.

Ich ging ins Bad, stutzte kein bisschen, als dort bereits eine dampfende, duftende Wanne auf mich wartete. Das Kleid rutschte mir mühelos von den Schultern, die mir nun so dürr erschienen wie früher. Einer der Vorhänge bauschte sich unter einem Luftzug und gab das lebendige Grün frei, das hinter dem Hof erstrahlte.

Baldiger Sommer.

Dennoch hatte ich das Gefühl, Monate verloren zu haben. Vermutlich ein Zauber, sagte ich mir, während ich in das Wasser stieg. Der Spinnenfürst krümmte die Zeit in seinem eigenen Reich. Inzwischen glaubte ich fest daran, dass jene Dunkelheit, die den Dunkelwald überfallen haben soll, die seine gewesen ist.

Lügen. Täuschungen. Schmerzen.

Er war ein Blender, der sich an meinem Leid ergötzte. Ein hämisch lachender Abgrund, über den ich balanciert war. Nur hatte ich nicht die endlose, unheilvolle Tiefe gesehen.

Wut flammte in mir auf, durchbrach die dunkle, gläserne Decke der Resignation. Meine Hand krampfte sich um einen Schwamm, der auf einem kleinen Tischchen neben der Wanne erschien. Ich schrubbte meine Haut. Jeder Gedanke an den Spinngott ließ mich fester über meine Beine schaben. Irgendwann wurde es ein brennendes Kratzen.

Was hatte ich bloß getan? Wie hatte ich mich darauf einlassen können? Wieso hatte ich meinen Vater im Stich gelassen? Mein

Egoismus hatte mich zu Fall gebracht. Meine Mutter hatte mich mein Leben lang davor gewarnt.

Saiza, hüte dich vor den selbstsüchtigen Wünschen in dir. Die Götter ahnen diese Torheit und werden nicht zögern, sie zu deiner verhängnisvollen Bürde werden zu lassen.

Sie hatte recht behalten.

Ich schluckte hörbar, als ich meine gerötete Haut besah. Der Schwamm fiel mir aus den Händen, kleine Tropfen spritzten über den Wannenrand. Keiner davon berührte die dunkle, rot schimmernde Spinne, die still auf dem warmen Metall verharrte.

»Verschwinde«, hauchte ich.

Die *Kleine Nagi* rührte sich nicht. Ich holte aus und schmetterte meine flache Hand auf das kleine Tier. Doch ich erwischte nichts außer blank poliertem Kupfer. Die Spinne schien wie durch Geisterhand verschwunden. Natürlich. Wie könnte es auch anders sein?

Mit einer einzigen Bewegung erhob ich mich aus dem Wasser. Zielstrebig lief ich durch den Raum, riss das große Handtuch an mich, das sich gerade von seinem Haken gelöst und in die Luft erhoben hatte. Zurück im Schlafgemach musste ich die Augen zusammenkneifen, da ich aufgrund der immensen Helligkeit des Sonnenlichts zu erblinden drohte. Die Vorhänge waren zurückgezogen worden. Nur langsam passten sich meine Sinne an die Bedingungen an, dann konnte ich das Kleid erspähen, das auf dem Bett lag.

Rot war es. Tiefrot wie Blut.

Ich widmete mich dem Kleiderschrank, öffnete ihn und wurde sogleich von herausquellendem Stoff empfangen. Achtlos riss ich ein Teil nach dem anderen heraus, bis ich etwas fand, das mich zufriedenstellte – brauner, unauffälliger Stoff, der zu einem schlichten, formlosen Kleid geschneidert worden war. Dazu ein grüner Unterrock und eine beige Jacke.

Keine Zauberkraft half mir beim Anziehen, was mich nicht wunderte. Es kümmerte mich nicht, denn das Gefühl des Widerstands, der allmählich in mir aufkam, erfüllte mich mit stärkender Wärme. Ein Plan reifte in mir heran. So hoffnungsvoll, dass mein

Herz stolperte, um mit mir Schritt zu halten. Ich eilte durch den Flur, jagte die Treppe hinab. Zunächst spähte ich in den Speisesaal, dessen Tafel vor Essen nur so überquoll. Von dem Spinnengott jedoch keine Spur.

Entschlossen durchquerte ich den Ballsaal. Mit groben, ruckartigen Bewegungen riss ich die Glastür auf, welche mich in die Freiheit entließ. Schnell überwand ich den steilen Kiesweg, der hinauf zum Pavillon führte. Auch hier blieb ich allein, weder der Spinnengott noch die *Kleine Nagi* schienen mich zu verfolgen. Dennoch pochte mir das Blut in den Schläfen, die Aufregung schnürte mir bald die Kehle zu, was mich letztendlich nur noch keuchen ließ, als ich mich in den dichten Wald hineinkämpfte, der hinter dem Pavillon lag. Ich hastete Richtung Süden. Zwar gab es hier keine Mauer mehr, aber gewiss würden dort einige Patrouillen sein. Sowie ich bei ihnen und auf offener Straße war, wäre ich sicher. Oder?

Mein Verstand erschien wie erschlagen. Je weiter ich lief, desto hektischer wurde ich. Ein Teil von mir wusste, dass es blanker Irrsinn war, dem ich mich hingab. Gegen einen Gott konnte ich nicht gewinnen, konnte ihm nicht davonlaufen wie ein Hund. Ich war langsam, schwach und menschlich.

Ich war leichte Beute.

Und doch waren unter den Tränen, die mir nun über die Wangen strömten, auch jene der Erleichterung dabei. In der Ferne wand sich eine helle Straße durch den Wald. Fünf Männer schritten sie entlang. Soldaten!

Gerade wollte ich die Stimme erheben und nach ihnen rufen, da legte sich eine Hand über meinen Mund und ein Arm schlang sich um meinen Körper.

Panik fiel über mich her wie ein blutrünstiger Wolf. Trieb die Fänge so tief in mich hinein, dass ich glaubte zu zerbersten. Ich strampelte und warf mich hin und her, aber der Griff war unnachgiebig. Jemand zog mich zurück und schleifte mich über den holprigen Waldboden.

Schmerz suchte mich heim, als meine Muskeln unter meiner Angst vollends nachgaben. Aus einem Affekt heraus biss ich plötzlich die Zähne zusammen, schmeckte aber nicht wie erwartet salziges Blut, sondern bitteren Schleim. Dennoch kam ich frei, stolperte nach vorn und versuchte, wieder davonzuhasten. Abermals wurde ich gepackt, dieses Mal jedoch herumgewirbelt, sodass ich gegen einen dunklen, großen Körper prallte und schrie, als meine Nase halb zerdrückt wurde.

Wimmernd hob ich den Kopf und erschauderte. Blutrote Augen sahen mir entgegen, eingebettet in ein gräuliches Gesicht, das eher einer Maske denn einer menschlichen Miene glich. Pechschwarzes Haar fiel über eine glatte Stirn, dünne Lippen waren zu einem harten Strich verzogen.

Es war ein Mann. Und doch schien es, als wäre er kein Mensch.

»Lass mich los!«, fauchte ich tränenüberströmt und zog kraftlos an meinem rechten Arm, den er inzwischen fest umklammert hielt.

Der Mann antwortete nicht, setzte sich stattdessen wieder in Bewegung und zog mich hinter sich her. Wieder wand ich mich herum wie ein gefangenes Wildtier, brüllte aus Leibeskräften um Hilfe. Ich drehte mich um, versuchte die Soldaten zu erspähen. Allmählich verschwanden sie hinter den Stämmen, doch noch konnte ich sie sehen.

Keiner von ihnen wandte den Kopf. Keiner schien mich zu hören.

Ich weinte, schluchzte und ächzte. Ein letztes Mal wollte ich schreien, aber mir blieb jeglicher kraftvolle Ton versagt. Ich zitterte, wäre einmal fast zu Boden gegangen. Doch der Mann zerrte mich mit einem Ruck wieder zu sich.

Er führte mich zurück zum Herrenhaus. Als wir den Ballsaal betraten, hatte ich den Widerstand längst aufgegeben. Meine rechte Hand fühlte sich taub an, der Griff meines Peinigers war zu fest. Einmal stürzte ich sogar über eine der Treppenstufen, da er mich viel zu schnell in das nächste Stockwerk schleifen wollte.

Es kümmerte ihn kaum.

Ein heftiger Stich fuhr in meinen Arm, grub sich in meine Schulter.

»Lass sie los«, sprach eine wohlklingende Stimme hinter uns, während wir den Flur durchquerten.

Sofort kam ich frei. Der Mann mit der grauen Haut drehte sich um und starrte finster an mir vorbei.

Ich wandte mich langsam um, wohl wissend, was mich dort erwartete.

Der Spinnenfürst stand vor mir, schaute sanft auf mich herab. Das braune Kupfer in seinen Augen erschien mir nur mehr wie eine Farce. Eine Farbe so kalt wie echtes Metall. So kalt wie er, der herzlose Gott.

»Verschwinde«, sagte er zu seinem seltsamen Gehilfen. Ein leichtes Rauschen drang mir in die Ohren und als ich hinter mich sah, war die Gestalt verschwunden.

»Niemand hat dir wehzutun«, hörte ich erneut die melodische Stimme des Gottes.

»Ach ja?«, erwiderte ich, ohne ihn anzusehen. »Was ist mit dir?«

»Ich verehre dich, Saiza. Wie oft soll ich es dir noch ins Ohr flüstern?« Er glitt näher an mich heran.

Ich konnte seine Worte auf meiner Wange fühlen.

»Und du quälst mich mit jeder Sekunde, die du das tust«, entgegnete ich und drehte meinen Kopf. Wieder leuchtete dieses giftige Gelb in seinen Iriden.

»Ist dem so?«, murmelte er. Unsere Gesichter waren einander ganz nah. »Ich sah, wie du es genossen hast.«

»Nicht mehr«, verriet ich ihm. »Nun nicht mehr.«

Er lächelte, ehe er sich aufrichtete. Der Flur schien dunkler zu werden. »Vielleicht wird sich das ja bald wieder ändern.«

»Niemals«, sagte ich und biss die Zähne aufeinander. Meine Hände ballten sich zu Fäusten.

Sein Lächeln verwandelte sich in ein freudloses Grinsen. »Ich akzeptiere kein ›Niemals‹.«

Nach diesen Worten verschwand er. Schluchzend blieb ich zurück in der dunklen Leere des Flurs, spürte auf einmal ein brennendes Gefühl nahe meinem Schlüsselbein. Ich sah an mir hinab und entdeckte die goldene Kette. Als ich sie berührte, sandte sie mir eisige Schauer durch die Finger. Erst nach und nach zog sich die bittere Kälte zurück.

Hasserfüllt zerrte ich an dem Anhänger, wollte mir die Kette einfach über den Kopf reißen, aber sowie ich es versuchte, drückte sie sich in die weiche Haut meines Kinns, wurde enger. Einfach so.

Ein verzweifelter Laut entfuhr mir, ich krallte in meiner Verzweiflung die Finger in die Haare. Die Kette hing wieder weit und elegant in meinem Ausschnitt. Magie. Über und über.

Mit einem Mal begann ich mich zu fragen, was von alledem überhaupt real war und was eine bittere Illusion.

KAPITEL 23

Ich hatte wieder begonnen zu schreiben. Doch es waren nicht die letzten fehlenden Kapitel meiner Geschichte über den Prinzen mit dem Herzen aus Glas, die ich in hektischer, unordentlicher Manier zu Papier brachte. Es waren kurze Gedichte voller Dunkelheit und Wut.

Immer wieder dachte ich an meinen Vater. Was glaubte er wohl, was mit mir geschehen war? Redete ihm meine Mutter vielleicht ein, ich wäre unwiderruflich verloren? War er schon dabei, mich zu vergessen?

Sicherlich kam mir der Gedanke, ihn hier in Alvara zu suchen. Ich könnte einfach in die Druckerei stapfen und um eine Audienz bitten. Aber was würde es bringen? Der Gott hielt mich hier fest und ich vermochte mir nicht auszudenken, was er meiner Familie antun könnte, würde ich mich Hilfe suchend an sie wenden. Sofern sie mir denn zuhörten ...

Ich hob den Kopf, als einer der Sonnenstrahlen direkt auf mein Blatt fiel. Mittagsstunde. Wieder einmal. Mein Bauch gab einen klagenden Ton sich und erinnerte mich daran, dass ich seit einem Tag keinen Bissen zu mir genommen hatte. Ein Teil von mir frohlockte unter meiner immer quälender werdenden Schwäche. Es war einer der wenigen Wege der Rebellion, die mir noch offenstanden.

Eine letzte Ahnung von Macht. Über mich selbst. Über mein Leben.

Während ich nachdenklich über meine Braue fuhr, wieder und wieder, klopfte es auf einmal an der Tür.

»Verschwinde«, sagte ich tonlos und rührte mich nicht.

Seit drei Tagen hatte ich den Spinnenfürsten nicht gesehen und ich wünschte mir, ich müsste niemals wieder sein Gesicht sehen. Der Wunsch blieb mir verwehrt.

Er öffnete die Tür und stand plötzlich im Raum. Anders als sonst, schienen die Sonnenstrahlen mit seinem Erscheinen nicht zu schwinden. Freundlich, wenn nicht gar zurückhaltend schaute er auf mich herab.

»Ich sagte, du sollst verschwinden«, meinte ich mit zusammengezogenen Brauen. Ich wollte wütend klingen, doch all mein Zorn lag in der dunklen Tinte verborgen, die das Pergament in meinen Händen verunzierte. Noch nie hatte meine Schrift so unansehnlich gewirkt. Es war ein Graus.

»Was schreibst du da?«, fragte mich der Gott, ohne näher zu kommen.

»Verschwinde«, sagte ich wieder. Meine Stimme brach.

»Gedichte?«, versuchte er es dennoch weiter.

Wie konnte ein Wesen wie er nur mit einem so schönen, sanftmütigen Gesicht gesegnet sein? Erkannte die Natur nicht, was für eine Bosheit ihm innewohnte? Wie konnte sie diese auch noch mit betörender Perfektion preisen?

Tränen sammelten sich in meinen Augenwinkeln.

Vorsichtig betrachtete er mein Gesicht und ich hasste es, dass etwas in mir dabei Trost empfand. Es fühlte sich so falsch und dunkel an. Meine Kehle schmerzte unter der Anstrengung, ein Schluchzen zurückzuhalten.

Auf einmal stand der Gott vor mir. Noch immer saß ich auf dem Boden und eine Papierflut bedeckte die Dielen. Er legte den Kopf schief. Langsam hob ich ihm das Blatt entgegen, das ich in meinen Händen hielt, und meinte ein Leuchten in seinem Gesicht zu sehen. Es erfüllte mich mit Freude.

Finsterer Freude.

Denn mit einem Mal riss ich das Blatt entzwei. Wieder und wieder. Kleine Fetzen rieselten auf den Boden. Ich ritzte ein totes Lächeln in mein Gesicht.

Der Gott reagierte erstaunt. Kurz nur, dann zogen sich seine Brauen zusammen. Ahnungen von Gelb blitzten hinter dem Kupfer hervor. Er sah mir dabei zu, wie ich ein Gedicht nach dem anderen zerriss.

Schlussendlich nahm ich das Tintenfass und kippte es aus. Eine kleine tiefschwarze Lache breitete sich zwischen uns aus. Das Gesicht des Spinnenfürsten spiegelte sich darin. Kalter Zorn lag in seinen Zügen. Doch urplötzlich wich dieser einem Lächeln, das meines an Dunkelheit noch übertraf.

»Vielleicht ein andermal also«, sagte er mit glatter Stimme und verschwand aus dem Raum.

Zwei Tage und eine Nacht hatte es gebraucht, bis der Hunger mich halb um den Verstand brachte. Der Mond stand hell am klaren Nachthimmel, die Sterne wie sehnsuchtsvolle Begleiter, die sich nach der unerreichten Helligkeit sehnten, die sie niemals besitzen würden. Denn Sterne schienen dazu verdammt, ein immer gleiches Schicksal zu durchleiden.

Und das lautete Stillstand.

Es war ein grässliches Gefühl, auf einer Stelle verharren zu müssen. Mir kam es vor wie eine Niederlage, als ich mit fünf Bissen ein ganzes Brötchen verschlang und mir noch zwei weitere nach und nach in den Mund stopfte, während ich durch die polierten Fensterscheiben zum Himmel hinaufstarrte.

Kurze Zeit später übergab ich mich.

Letztendlich saß ich stundenlang auf dem kalten Fliesenboden und betrachtete die blitzenden Sterne. Ich aß ein paar Früchte, weitaus langsamer dieses Mal. Allmählich kam mein Körper wieder zu Kräften. Angestrengt versuchte ich mich an all die Lehren zu erinnern, die ich in meiner alten Heimat vernommen hatte. Über die Götter und ihre Kraft. Aber auch an Eidalas Geschichte erinnerte ich mich – jene von Parinux, der ersten Sterblichen, die einen Gott dazu gebracht hatte, von ihr abzulassen. Fragen zermarterten mir den Kopf. Wie konnte man ein Feuer mit seinem Herzen entzünden? Hell und lodernd?

Auf welche Art vermochte man einen Gott zu besiegen? Worauf beruhten ihre Kräfte?

Gab es einen anderen Weg, sie zu vernichten, als ihnen einen Pflock ins magische Herz zu rammen?

Am nächsten Morgen zog ich an, was der Spinnengott für mich ausgewählt hatte. Noch immer lag jeden Tag ein Kleid für mich bereit. Bis jetzt hatte ich kein einziges davon akzeptiert. Heute aber war es ein unauffälliges schwarzes Gewand mit schlichten Silberverzierungen am Saum. Mein Haar wurde zu einem lockeren Knoten gesteckt, ein Pinsel verteilte feinen Puder über meinem Gesicht. Ich nieste, ließ aber alles mit mir machen, was die Magie mit mir anstellen wollte.

Zum ersten Mal seit Langem sah ich wieder wie ein Mensch aus. Dennoch konnte ich den Anblick im Spiegel nicht sonderlich lange ertragen und so führte mich mein Weg in den Speisesaal, wo zu meiner Überraschung eine dunkle Gestalt auf mich wartete.

Der Spinnengott ließ mit einer simplen Handbewegung den Stuhl nach hinten rücken, sodass ich Platz nehmen konnte.

Ich sagte kein Wort, als ich nach unten sank.

»Was möchtest du essen, meine Liebe?«, fragte er mich.

»Was würdest du mir empfehlen?«, gab ich zurück.

Er zögerte einen Moment, ehe er sein Schmunzeln weicher werden ließ. Geschmeidig stand er auf und schritt an der Tafel entlang. »Wie wäre es mit gerösteten Nüssen und einer Marmelade aus sonnengewärmten Aprikosen? Dazu der allerbeste Schinken aus Kalanien und Brot aus dem feinsten Mehl bester Mühlen des Landes?«

Ich nickte nur. Einen Wimpernschlag später schwebten all die Köstlichkeiten auf meinen Teller. Die Marmelade verstrich sich von selbst, der Schinken rollte sich kunstvoll ein, Nussstreusel verteilten sich auf dem Brot. Mit ausdrucksloser Miene probierte ich einen Bissen.

»Sehr gut«, meinte ich schließlich.

Der Gott stand nur unweit von mir entfernt, eine Hand berührte den Tisch. Er lächelte seltsam schüchtern. Doch auch sein warmer Blick konnte kein Mitleid in mir erregen. Keine Sympathien.

»Ich würde gern in die Stadt gehen«, offenbarte ich ihm, nachdem das Brötchen bereits zu Hälfte gegessen war. »Ich möchte mir ein Buch kaufen.«

»Du kannst dir auch Hunderte kaufen«, entgegnete er leise.

»Mal sehen.«

»Darf ich dich ...«

»Ich gehe allein«, fiel ich ihm ins Wort. Danach probierte ich den Schinken. Zum Schluss knusperten die letzten Nüsse in meinem Mund. Ohne ein weiteres Wort stand ich auf und verließ den Raum. Lange noch fühlte ich die Blicke des Spinnengottes in meinem Rücken.

Die Stadt glich einem Ameisenhaufen. Inmitten des Chaos ließen sich dennoch Strukturen der Ordnung erkennen, die so eingespielt anmuteten, dass sie leicht zu übersehen gewesen wären. Bedachtsam lief ich vorbei an bunten Ständen und geöffneten Geschäften, aus welchen betörende Gerüche und angenehme Geräusche drangen, die zu locken versuchten. Doch keines von ihnen konnte mich erreichen und zu sich ziehen.

Ich kannte mich in dieser Stadt nicht aus und so trieb ich umher wie ein Blatt im Wind. Irgendwann erreichte ich eine sich krümmende Gasse mit schmalen Läden, deren Fassaden kunstvoller anmuteten als so manch halber Kaufpalast am Marktplatz. In ihnen fanden sich meist Kollektionen neuester Mode auf über zwei Stockwerken. In einem gab es ganze Hallen voll mit Schmuck. Er glitzerte und funkelte, die Augen der Leute waren riesig, die Wangen rot, wenn sie sich eines der edlen Stücke aus der Vitrine holen ließen.

Manch einer wusste nicht, wohin mit der neuesten Errungenschaft, war doch der Hals bereits übersät von Prunk und die Hände über und über bedeckt mit Glanz.

Ich ging, ohne etwas zu kaufen.

Nun stand ich vor einem Laden, dessen große Fenster den Blick auf eine riesige Auslage an Büchern in allen Farben und Formen freigaben. Fein geschnittenes Papier zwischen sauberen, gepflegten Buchdeckeln. Ein Himmel auf Erden.

Langsam trat ich ein und staunte über die kleine Klingel an der Tür, die wohl stets das Eintreten eines Kunden verriet. Zögerlich lief ich zwischen den Tischen entlang, die mit Samtdecken und hübschen Blüten verziert waren. Die Werke wurden angepriesen wie kostbare Schätze. Ein Stich fuhr in mein Herz. Ich wollte lächeln, aber es gelang mir nicht recht. Meine Finger berührten einen rauen Einband und für einen Moment fühlte es sich an, als würde ich nach Hause kommen.

Mit einem warmen Gefühl in der Brust hob ich den Blick und ließ ihn über die vielen Regale wandern. Erst jetzt fiel mir die Galerie auf, die über einer edel verzierten Theke angebracht war. Die unscheinbare Treppe, nein, eigentlich alles hier schien aus dunklem Holz gefertigt.

»Guten Tag«, riss mich eine Stimme aus dem Staunen.

Eine junge Frau stand hinter der Theke. Dunkelbraunes Haar fiel ihr glatt und lang über die Schultern. Ein schwacher Zug der Erheiterung lag auf ihren geschwungenen, dunkelrosa bemalten Lippen. Ihr Kleid war in einem elegant anmutenden Schwarz gefärbt, das ihre helle Haut hervorhob. Sie mochte wohl ein paar Jahre älter sein als ich.

»Kann ich Euch behilflich sein, werte Lina?«, fragte sie.

»Nein danke. Ich sehe mich nur um«, erwiderte ich leise.

Die Frau nickte und so widmete ich mich wieder dem Meer an Büchern, das vor mir lag. Ich schlug jedes einzelne von ihnen auf, fuhr mit dem Finger über die perfekt gesetzten Seiten und fragte mich, ob sie vielleicht von Vaters Maschine kreiert worden waren. Der Gedanke ließ mich mit einem wehmütigen Gefühl in der Magengegend zurück.

Irgendwann hielt ich einen Gedichtband in den Händen. Manche Zeilen sprachen von erblühender Liebe, andere von schmerzendem Verlust. Ein Gedicht befasste sich sogar mit der Ästhetik einer reifen Tomate.
Es war Balsam für meine gereizte Seele.
Letztlich hatte ich einen kunstvollen Bildband vor Augen. Bücher wie dieses waren ungeheuer selten und sehr kostbar, jede der Zeichnungen war handgefertigt. Sie behandelten die gemeine Fauna in diesen Gefilden. Da gab es Amseln, Dachse, Rehe oder auch Füchse. Sogar eine Spinne fand sich auf einer der Seiten. Tiefschwarz, mit langen, gewinkelten Beinen. Dennoch erkannte ich sie als ein gewöhnliches, harmloses Tier, nicht zu vergleichen mit denen, die dem Ruf des Spinnenfürsten folgten.
Ich entschied mich für *Eine Geschichte aus Silberzeiten*. Einem Werk, das sich mit dem Sog des Vergangenen beschäftigte. Eine Frau versucht den Stamm ihrer Ahnen zu komplettieren und stößt dabei auf ein tragisches Geheimnis, das sie mehr und mehr erschüttert, aber trotz dessen kann sie nicht davon ablassen.
In dem Moment, in welchem ich das Werk auf die Theke legte und mir von der jungen Frau den Preis nennen ließ, hielt ich inne. Wie gewöhnlich war meine Hand zu jener Stelle geglitten, an welcher ich stets meine Geldbörse getragen hatte in all den Jahren. Es überraschte mich, dass ich auch jetzt einen weichen Stoff zwischen den Fingern fühlen konnte – dennoch handelte es sich um eine andere Börse –, über und über gefüllt mit schimmernden Darzen.
»Seid Ihr in Ordnung, werte Lina?«, fragte die Frau, als sie mein irritiertes Gesicht bemerkte.
»Ja«, entgegnete ich zögerlich. Dann reichte ich ihr den Betrag und sah zu, wie sie das Buch in dickes braunes Papier einschlug.
»Vielen Dank.«
»Habt einen schönen Tag«, verabschiedete sie mich, wobei mir keineswegs entging, welch schmalen Blick sie mir zuwarf, als ich mich bereits abwenden wollte. Beim zweiten Hinsehen lächelte sie dünn, aber nicht im Geringsten unhöflich.

Ich trat aus dem Laden hinaus auf die Straße. Zwei junge Männer guckten mich interessiert an, als sie an mir vorbeizogen. Meine Aufmerksamkeit richtete sich auf die gegenüberliegende Scheibe des großen Schaufensters eines anderen Ladens. Ich erstarrte, regte mich erst nach einer ganzen Weile. Genauso wie mein Spiegelbild.

Das Buch fiel mir aus der Hand.

Das konnte nicht sein.

»Oh, werte Lina, seht, das ist Euch gerade aus den Fingern gerutscht«, sprach mich ein älterer Herr an. Er reichte mir mein Buch. Am Papier klebte Schmutz.

Ich blinzelte. »Danke«, stammelte ich.

Der Mann sagte noch einen oder zwei Sätze zu mir, die nicht bis in meinen Kopf vordrangen. Denn all meine Aufmerksamkeit lag auf dem zarten Wesen in der Scheibe, das vorgab, mein Spiegelbild zu sein.

Es war blond, elegant sowie schlank, aber nicht dürr. Das Gesicht dagegen viel runder und zarter als meines, die Augen beinahe mandelförmig. Die Lippen formten den perfekten Kussmund, die Wimpern waren dunkle Kränze aus feinem Schwarz. Wunderschöne, schmale Finger hielten das eingepackte Buch. Und an ihnen ein Ring – einen, wie ich ihn schon mal gesehen hatte. Ein silbernes Stück, das vor meinen Augen verschwand, wenn ich es mir nur allzu genau ansehen wollte. So auch jetzt. Langsam ließ ich die Hand wieder sinken.

Nun war ich also selbst zur Illusion geworden.

KAPITEL 24

Ich schmetterte das Buch auf die Matratze.
»Wie ich sehe, bist du schon wieder zurück.«
Ich wirbelte herum und nahm den Spinnenfürsten in Augenschein. »Was hast du mit mir gemacht?«, zischte ich.
Er gab keine Antwort, schaute mich bloß fragend an.
»Mein Spiegelbild – ich bin … Ich bin nicht ich!« Meine Hektik raubte mir jegliche Eloquenz. »Ist das schon immer so? Seit Beginn unseres Paktes?«, wollte ich von ihm wissen.
»Du bist immer noch die, die du bist. Nur andere sehen dich in einer neuen Gestalt«, antwortete er mit einer überraschenden Offenheit.
»Warum?«, fragte ich ihn.
Seine Miene war mir ein einziges Rätsel, ich konnte keinerlei Emotionen daraus ablesen, als er antwortete: »Deine Seele gehört nicht länger zu den anderen. Sie gehört mir. Deine weltliche Gestalt ist nicht länger.«
Wieder fühlte es sich an, als würde ein Teil meines Inneren einfach abbrechen, wie ein spröder Fels von einer brüchigen Kante. »Du hast mir meine Gestalt genommen? Mein Aussehen?« Ich konnte es nicht glauben.
Auf einmal erschien ein durch und durch berechnendes Lächeln in seinem Gesicht. »Ach Saiza, spielt es denn noch eine Rolle für dich, wie du aussiehst?«
Niemand wird mich mehr erkennen. Vater …

Eine Ohnmacht drohte mich niederzureißen. »Du Monster!«, schrie ich und vertrieb die schwarzen Flecken vor meiner Sicht durch ein Aufbäumen meines Körpers. »Warum tust du mir all das an? Lass mich gehen! Lass mich frei! Ich will fort von hier! Fort von dir!« Ich schrie, bis mich meine Stimme im Stich ließ. Aber auch das hielt mich nicht davon ab, mit geballten Fäusten auf den Spinnengott einzuschlagen. Doch es war, als würde eine Mücke gegen einen Berg kämpfen. Meine Hände pochten vor Schmerz, brannten. Der Spinnenfürst jedoch stand noch immer unbewegt da und ließ all das über sich ergehen.

Schlussendlich stand ich schwer atmend und verschwitzt vor ihm; das Haar fiel mir in wilden Strähnen über das Gesicht. Etwas in mir wollte den Gott beißen wie ein Tier, während er mir ein paar Strähnen aus dem Gesicht schob. Er öffnete den Mund, als wollte er etwas sagen, schloss ihn jedoch wieder und blieb stumm. Er ließ ab von mir und ging zur Tür. Dort drehte er sich ein letztes Mal um.

»Morgen wird uns jemand besuchen. Ich bin mir sicher, du wirst dich freuen.«

Kurd von Meveln und sein Assistent, Kurd Wallhelling, stiegen soeben aus einer vergoldeten Kutsche und bestaunten unseren Hof. Ich beobachtete sie durch eines der gewaltigen Fenster des Schlafgemachs. Kurd von Meveln trug ein fröhliches Lächeln auf den Lippen, Kurd Wallhelling wirkte dagegen nachdenklich. Er hob den Kopf und sein Blick traf geradewegs den meinen. Das glaubte ich zumindest. Ich wusste nicht, ob er mich aufgrund der mittäglichen Reflexionen überhaupt sehen könnte. Schlussendlich wandte ich mich ab.

Als ich die Treppe hinabstieg und die beiden Männer in der Eingangshalle entdeckte, wurden sie bereits vom Spinnengott in Empfang genommen. Er wirkte wie ein gewöhnlicher Hausherr, dazu warm und freundlich. Neben ihm stand jener seltsame Mann, der mich im Wald zu fassen bekommen und meine Flucht vereitelt hatte. Seine Haut erschien heute nicht mehr gar so grau und seine Iriden schillerten rotbraun und nicht in der Farbe frischen Blutes. Sein durchdringendes Starren und seine eiserne Maske blieben allerdings unverändert.

»Ah, die werte Gräfin«, begrüßte mich von Kurd von Meveln. Ich verneigte mein Haupt.

»Gräfin.« Kurd Wallhelling neigte den Kopf.

In seinem Ausdruck lag etwas, das mich zögern ließ, ehe ich ihn ebenfalls angemessen begrüßte.

»Was für ein wundervoll hergerichtetes Haus!«, lobte der Verleger und bestaunte die riesigen Kronleuchter.

»Noch ist es nicht fertig«, entgegnete der Spinnenfürst. »Aber bald.« Mit vielsagender Miene schaute er mich an.

»Ja. Bald.« Meine Stimme klang frostig.

»Bitte hier entlang«, meinte der Gott und führte die beiden zur Treppe.

»Ein Salon im ersten Stock, wie modern«, murmelte Kurd von Meveln fasziniert.

Salons. Aber natürlich. Der Adel traf sich ja nicht in einer Stube, nein, hierfür gab es einen pompösen Raum, der den Reichtum des Hauses repräsentieren sollte. Je mehr unnötige, kostspielige Kuriositäten sich dort befanden, die man bewundern konnte, desto besser. Vater hatte mir einst erzählt, dass ein reicher Edelmann, dessen Kronleuchterverankerungen er hatte austauschen müssen, sich echte Tierschädel und sogar knöcherne Menschenhände in den Salon gehängt hätte. Die Hände wären die seiner Ahnen gewesen, hatte er gesagt, kein Grund zur Sorge also!

Der Adel war eigenartig. Immer schon.

Kaum kamen wir im ersten Stock an, nannte der Spinnenfürst die richtige Tür und sah zu, wie unsere Gäste hinter ihr verschwanden. Dann schnippte er mit den Fingern und der seltsam stille Mann, sein Diener, hob die Hand. Ein silbernes Tablett erschien über seinen Fingerspitzen. Der Spinnengott wischte durch die Luft und im nächsten Moment standen vier dampfende Teetassen darauf. Ein Geruch nach Himbeeren stahl sich in meine Nase, es gefiel mir. Der

Spinnengott aber schien unzufrieden, bewegte erneut die Hand und Sekunden später erfüllte das Aroma von Vanille den Flur. Auch die Verzierung der Tassen hatte sich geändert.

»Wer ist das überhaupt?«, fragte ich den Gott, als er ein drittes Mal die Auswahl des Tees veränderte. Diesmal mit einer Kräuternote.

»Du kannst ihn nennen, wie du willst. Er hat keinen Namen«, lautete die Antwort. Danach streichelte ein Hauch von Erdbeere meine Sinne.

»Was ist er? Kein Mensch offensichtlich.« Ich beäugte den namenlosen Diener, welcher die gesamte Zeit über geradeaus gestarrt hatte. Jetzt schoss sein Blick zu mir, schien mich zu durchbohren.

Der Spinnengott antwortete mir nicht, zog nur gereizt eine Braue nach oben, während er weiter an den Tassen herumspielte.

»Schluss jetzt«, ging ich dazwischen. »Nimm die Himbeere.«

Ein Grinsen unter gelben Augen. »Sehr wohl, meine liebste Poetin.«

Der Salon wusste mit riesigen Bücherregalen zu beeindrucken. Die beiden Männer des Literaturkontors hatten jedoch nur Augen für die Decke, welche mit aufwendigen Malereien verziert worden war. Zeichnungen von Bergen und Flüssen sowie ein goldenes Kornfeld zwischen ihnen. Es wirkte erschreckend real, fast meinte ich, das Getreide sich im Wind wiegen zu sehen.

»Donnerwetter, Graf, Ihr umgebt Euch tatsächlich mit den richtigen Künstlern«, kommentierte Kurd von Meveln das Kunstwerk.

Der Spinnenfürst lächelte unverbindlich und wir setzten uns den beiden Männern gegenüber. Der namenlose Diener servierte den Tee, der einen Moment später von Kurd von Meveln in höchsten Tönen gelobt wurde. Ich fragte mich, ob es etwas in der Welt gab, das ihn nicht begeisterte. Außer schlechter Literatur.

»Wie geht es mit Eurem Buch voran, edle Gräfin?«, fragte Kurd Wallhelling mit sanfter Stimme.

Überrascht sah ich ihn an. »Gut.« Ich hatte seit einer kleinen Ewigkeit nicht mehr daran gearbeitet.

»Wie lange werdet Ihr noch brauchen?«, erkundigte sich Kurd von Meveln.

»Das kann ich nicht sagen«, antwortete ich ehrlich.

»Ihr könntet uns Euren bisherigen Fortschritt mitgeben, wir lassen ihn bereits setzen und drucken später all jene Seiten nach, die fehlen«, schlug der Verleger vor.

Ich nickte zaghaft.

»Es sei denn, Ihr benötigt Eure Texte zur Weiterarbeit?«, erkundigte sich Wallhelling vorsichtig.

»Nein. Ich merke mir alles, was ich schreibe.«

Wallhelling schaute mich freundlich an. Etwas in mir regte sich, doch ich konnte nicht bestimmen, was. Es verflog alsbald und so saß ich mit steinerner Miene da und hielt mir die Teetasse an die Lippen.

»Wunderbar. Ich kann es kaum erwarten, dieses Werk unter die Leute zu bringen.«

Mir entging nicht, wie Kurd von Meveln von seiner drauffolgenden Lobrede bildlich in Brand gesteckt wurde, so begeistert waren seine Worte, mit welchen er meine Geschichte bedachte. Aber nichts davon berührte mich. Das wiederum stimmte mich traurig. Ich lächelte, doch meine Augen verrieten mit Sicherheit, was tatsächlich in mir vorging. Widerstandslos ließ ich zu, dass der Spinnenfürst meine Hand ergriff und sie mit stolzer Miene drückte. Aber auch er spielte hier nur ein Spiel.

Ich schluckte.

Das Gespräch dauerte an. Ich antwortete, wenn ich dazu aufgefordert wurde, versuchte mich daran, tiefe Emotion zu heucheln, während ich darüber sprach, auf welche Weise ich meine Geschichten erdachte. Kurd von Mevelns Augen glänzten mit jeder Sekunde mehr, Kurd Wallhelling nickte dagegen stets stumm und interessiert. Irgendwann erschien der namenlose Diener und servierte neuen Tee. Dieses Mal handelte es sich um die aromatischen Kräuter. Es schmeckte scheußlich.

Die Schatten waren einen weiten Weg gewandert, als der Spinnenfürst und der Verleger sich erhoben. Letzterer wollte die großartige Bibliothek sehen, die der Spinnenfürst erst zum Schluss hatte herrichten lassen. Selbst ich hatte sie noch nicht gesehen, aber das behielt ich für mich. Wortlos blieb ich mit Wallhelling im Salon zurück, als dieser abwinkte. Ich hörte ihm bei seiner Entschuldigung nicht recht zu, aber es hatte irgendetwas mit seinem Knie zu tun. Auf einmal waren wir allein.

»Seid Ihr wohlauf, werte Gräfin?«, fragte er mich nach einigen Momenten der Stille.

»Sicher«, erwiderte ich unmittelbar mit ausdruckslosen Zügen. Er versuchte sich an einem aufmunternden Lächeln. »Ihr wirkt sehr erschöpft.«

»Ich schlafe schlecht.«

»Baldrian oder Lavendel können dagegen helfen«, entgegnete er. Ich nickte. »Danke, davon hörte ich bereits.«

Wieder legte sich eine träge Stille zwischen uns.

»Könntet Ihr mir etwas versprechen?«, fragte ich, während er die Hand nach seinem Tee ausstreckte.

Er hielt inne. »Das kommt darauf an.«

»Würdet Ihr mein Buch mithilfe der neuen Maschine drucken lassen, die der Fürst nach Alvara gebracht hat?«

Wallhellings blaue Augen schauten mich überrascht an. »Sicher«, meinte er jedoch. »Wenn Ihr das wünscht.«

Kaum merklich neigte ich den Kopf. »Nur dies. Sonst nichts.«

Wallhellings Gesicht hellte sich auf. Es erstaunte mich, war er doch eher ein nachdenklicher, sich bedeckt haltender Mensch. »Kurd von Meveln legt großen Wert darauf, dass seine Literaten zufrieden sind.«

»Wie viele dieser Literaten konnten ihr Werk in Eurem Kontor veröffentlichen?«, erkundigte ich mich nun.

»Mit Euch sind es nun zweihundertelf.«

Meine Augen wurden groß. »Was für eine unsagbar große Zahl.«

Wallhelling wirkte stolz. »Der Verleger ist ein vielbeschäftigter, stets bemühter Mann.«

Ich war beeindruckt, kam gar nicht mehr dazu, den widerwärtigen Tee endlich in einem letzten Schluck hinunterzuspülen. »Kennt Ihr einander schon lang?«

»Das könnte man durchaus sagen. Kurd von Meveln ist mein Patenonkel.«

»Oh.« Nun entkam auch mir ein kleines Lächeln. Wie alt Wallhelling wohl sein mochte? Das Gesicht unter diesem dunkelblonden Haar wirkte, als wäre es noch keine dreißig Jahre gealtert. Sehr wahrscheinlich weniger.

»Darf ich Euch sagen, dass ich es erfrischend finde, dass Ihr unsere erste Autorin seid?«

Ich sah von meiner Tasse auf. »Natürlich dürft Ihr das.«

Er nickte mir dankend zu. »Es erfüllt mich mit Stolz, dass unser Kontor das erste ist, welches eine Frau verlegt. Es ist ein wunderbares Gefühl. Endlich ist die Zeit dafür gekommen.«

Verlegen strich ich mir über meine Braue. »Ach ja? Hattet Ihr schon seit Längerem darauf gehofft?«

»Das habe ich«, bestätigte er. »Ich kenne in der Tat einige Frauen, die Poesie verfassen, und ich bin über die Maßen angetan von einer Handvoll davon. Immer wieder versuchte ich Kurd von Meveln zu überreden, aber irgendetwas hat ihn stets zurückgehalten. Erst Ihr konntet diese letzte Hürde überwinden, von der ich bis heute nicht weiß, was sie war. Es mutet an wie ein Wunder.«

Nun fiel meine aufgekommene, leuchtende Laune wieder in sich zusammen. Ja. Ein Wunder. Oder eher ein selbstsüchtiger Wunsch, der niemals hätte sein sollen.

»Wenn Ihr möchtet, dürft Ihr uns gern jederzeit im Kontor besuchen«, bot Wallhelling an. Er beugte sich vor. »Ich könnte Euch an den einzelnen Schritten des Prozesses einer Buchveröffentlichung teilhaben lassen. Wir wählen gemeinsam einen Einband für Euch aus. Ihr könnt das erste Buch signieren, wenn Ihr das wünscht.«

Nun verschlug es mir die Sprache. Ich erstarrte. »Wie bitte?«

Wallhelling selbst schien zu stocken.

Es wirkte, als wollte er revidieren, was er zuvor gesagt hatte, und blinzelte. »Verzeiht mir, ich wollte Euch nicht überfallen.« Er lachte unsicher. »Ich bin nur ein wenig aufgeregt.«

»Ah.« Ich presste die Lippen zusammen. »Verständlich, gemäß dem, was Ihr zuvor sagtet.«

Er tat eine zustimmende Geste. Doch etwas sagte mir, dass es nicht nur darum ging. Mir fiel auf, wie sich die Teetasse in seinen Händen drehte. Ich wandte mich ab.

Die Tür öffnete sich. »Unfassbar, sage ich dir, unfassbar!«, schwärmte Kurd von Meveln.

Der Spinnenfürst bot mir die Hand und ich stand auf. Er beäugte mich mit besonnener Miene. Irgendwo im Hintergrund redete sich der Verleger um Kopf und Kragen.

»Geschätzter Graf, geschätzte Gräfin, ich würde Euch gern zu einer Festivität einladen, die am Ende dieser Woche stattfinden wird«, richtete sich der vor Begeisterung sprühende Mann an uns. Selten hatte ich ein derart freudig erhelltes Gesicht gesehen. »Es handelt sich um den berühmten Maskenball unseres Fürsten. Nur ausgewählte Gäste sind eingeladen, im Ballsaal des Schlosses zu tanzen. Wenn Ihr es wünscht, lasse ich Euch ankündigen.«

»Sehr gern«, antwortete der Spinnenfürst für uns beide, ohne den Blick von mir abzuwenden.

KAPITEL 25

Ich gehe nicht auf diesen sinnlosen Ball«, sagte ich mit zusammengezogenen Brauen, als der Spinnenfürst des Abends in meinem Zimmer erschien. Der letzte Tag der Woche neigte sich dem Ende zu, was bedeutete, dass der große Maskenball des Fürsten bald beginnen würde.

»Aber warum denn nicht?« Der Spinnengott klang beschwingt. »So viel gute Konversation. Ein Haus voller Poeten. Du wärst unter deinesgleichen.«

»Ich will niemanden sehen. Dich eingeschlossen.«

»Vielleicht wird dein Vater dort sein. Wer weiß.«

Ich setzte mich auf. Erst ein einziges Mal hatte ich mich heute aus dem Bett erhoben – des Frühstücks wegen. Nun aber schaffte es der Spinnengott, dass ich ein zweites Mal meine Füße auf den Boden setzte.

»Was?«, hauchte ich, während ich in seine gelben Augen sah.

Ein verschlagenes Lächeln erschien auf seinem Gesicht. »Er wird sicherlich ein Ehrengast des Fürsten sein.«

Meine Gedanken begannen zu rasen. Könnte ich vielleicht ein paar Worte mit ihm wechseln, wenn wir uns dort träfen? Würde er mich überhaupt noch erkennen ohne meine wahre Gestalt? Würde er mir glauben, wenn ich ihm alles erzählte? Würde der Spinnengott ihm etwas antun, wüsste Vater über sein Spiel Bescheid? Würde er vor mir davonlaufen und mich verfluchen? Würde der Spinnengott ihn benutzen, um mich weiter zu quälen?

Es war ungewiss. Alles davon. Aber meine Sehnsucht, meine Hoffnung, Vater wiederzusehen, war zu groß. Ich brauchte diesen Trost. Selbst wenn es nur ein einziger Blick war, den ich erhaschen könnte – ich würde es riskieren.

Aus den Augenwinkeln sah ich den zufriedenen Ausdruck auf dem Gesicht des Spinnengottes, während ich an ihm vorbeischritt und zuguckte, wie sich mein Kleiderschrank öffnete und die Stoffe sich in die Luft erhoben.

Beinahe die gesamte Kutschfahrt über hatte ich geschwiegen. Der Spinnengott hatte mir mehrere Fragen gestellt, aber auch Komplimente gemacht. All das ließ ich an mir abprallen, schenkte ihm nicht mehr als ein durchdringendes Starren hier und da.

Inzwischen hatte ich begriffen, wer unsere Kutsche lenkte: der namenlose Diener. Wortlos hatte er auf dem Bock gesessen und in die Leere gestarrt. Ich hatte überlegt, ihn anzusprechen, aber vermutlich würde er mich anschweigen, wie er es immer tat. Hin und wieder sah ich ihn im Haus, an so manchem Morgen brachte er mir ein Tablett mit einer Tasse Tee, wenn ich keine Lust hatte, vor der goldenen Mittagsstunde aufzustehen. Ich hatte ihn nach seinem Namen gefragt, ob er ein Mensch war und auch, ob der Spinnengott ihm die Seele gestohlen hätte. Antworten hatte ich keine erhalten. Am vierten Tag hatte ich ihn dann beleidigt. Selbst das konnte ihn nicht irritieren oder dazu bewegen, den grauen Mund aufzumachen. Es überraschte mich nicht sonderlich, dass seine Gestalt inzwischen wieder furchteinflößender anmutete, wo sich niemand außer mir und dem gelegentlich erscheinenden Spinnengott im Haus befand.

Nun tauchte er in seiner etwas menschlicheren Version neben der Kutsche auf, nachdem diese zum Stillstand gekommen war, und öffnete uns die Tür. Hinter ihm herrschte Trubel, ein paar Menschen liefen eine breite Steintreppe hinauf, die ins Innere eines gewaltigen Gebäudes führte. In das Schloss.

»Einen Moment noch, meine Liebe«, meinte der Spinnenfürst, bevor ich mich erheben und aussteigen konnte. Er hielt mir eine schwarze Maske entgegen, die im rechten Licht einen türkisfarbenen Schimmer in sich barg. Gleichfarbige Federn zierten die eine Seite, während die andere mit fünf metallenen Nieten versehen war. Ich zögerte, nahm sie dann jedoch an mich.

Der Spinnengott legte sich in einer fließenden Bewegung die Hand übers Gesicht, erschuf sich ebenfalls eine schwarze Maske, die Augen, Nase und Stirn bedeckte. Seine gelben Iriden wandelten sich allmählich in kupferfarbene Monde, die mich erwartungsvoll ansahen. Er lächelte sanft.

»Vielleicht solltest du das immer tragen«, sagte ich zu ihm.

»Ach ja?« Er reichte mir die Hand.

Ich legte meine Finger hinein. »Ja. Dann kann ich mir vorstellen, du wärst jemand anderes.«

Das dunkelblaue Kleid bauschte sich um meine Beine, während ich über das Pflaster lief. Ich hörte noch, wie unsere Kutsche davonfuhr, dann erklommen wir bereits die steinernen Stufen. Im Inneren kämpften wir uns durch einen weiten, edel verzierten Korridor, in welchem es vor festlich gekleideten Menschen nur so wimmelte. Jeder von ihnen trug eine Maske. Manche aufwendig gestaltet und verziert, andere eher schlicht und einfarbig. Aber ein jeder strahlte – sei es vor Stolz oder purer Freude.

Nur ich nicht.

Das änderte sich, als wir in eine riesenhafte Halle gelangten, die dem Wort Luxus eine völlig neue Bedeutung verlieh. Hier und da zierten goldene Elemente das leuchtende Rot des Saales. Mein Mund stand offen. Die Kristalle der zahllosen Kronleuchter, die von der Decke hingen, blitzten mir entgegen. In der Mitte fanden sich unzählige tanzende Paare, auf der rechten Seite spielte ein Orchester und auf der linken Seite stapelten sich die ausgefallensten Speisen auf polierten Serviertürmen. Die Menschen am Rande des Saales lachten und unterhielten sich auf angeregte, losgelöste Weise.

Es dauerte eine Weile, ehe wir von einer uns bekannten Stimme begrüßt wurden. Es handelte sich um Kurd von Meveln.

»Ah, der Graf und seine Gräfin! Willkommen! Herzlich willkommen!«

Während der Spinnenfürst den heftigen Händedruck mit einem ruhigen Lächeln erwiderte, begnügte ich mich mit einem einfachen Nicken.

»Entschuldigt mich bitte, ich würde mich nun an den Speisen gütlich tun, mein Hunger rafft mich noch dahin«, fiel ich dem Verleger irgendwann ins Wort, nachdem er zu einer ausschweifenden Erzählung übergegangen war, die die Entstehung dieses beeindruckenden Bauwerkes umriss.

Oder eher in allen Einzelheiten darlegte.

»Aber gewiss, werte Gräfin«, meinte der schwatzfreudige Mann zu mir.

Dankbar löste ich meine Hand vom Arm des Spinnengottes und mischte mich unter die Menge. Mit jedem Schritt zog ich die Blicke auf mich. Es dauerte nicht lang, bis sich vor lauter Nervosität ein steinharter Klumpen in meinem Bauch bildete. Ich begann mich zu fragen, wer diese Gestalt war, die alle zu sehen bekamen, wenn sie mich anguckten – diese blonde junge Frau. Handelte es sich bei ihr möglicherweise um eine der vielen Seelen, die der Spinnenfürst geraubt hatte? Vielleicht sogar meine Vorgängerin, eine ehemalige Geliebte, welche ebenfalls im dunklen Netz des Gottes verloren gegangen war? Gewiss würde er mir nicht auch nur ein einziges Wort über ihre wahre Identität verraten.

Am Büfett hatte ich die Qual der Wahl. Alles erschien mir unsagbar köstlich, einige Dinge konnte ich nicht einmal benennen. Ich entschied mich schlussendlich für eine kleine Schale mit exotisch bunten Früchten, die sauer und süß zugleich auf der Zunge schmeckten.

»Gräfin? Seid Ihr es?«

Ich drehte mich um, hatte noch den Löffel im Mund. Vor mir stand ein hochgewachsener Mann. Erst das dunkelblonde Haar ließ mich begreifen, um wen es sich handelte. »Kurd Wallhelling«, murmelte ich, zog den Löffel zwischen den Zähnen hervor und fragte mich, ob Gräfinnen sich eine solche Unziemlichkeit erlauben durften.

Wallhelling wirkte amüsiert. »Darf ich Euch jemanden vorstellen?«, fragte er und wies auf den älteren Mann zu seiner Rechten. »Fürst Tagel von Alvara.«

»Sehr erfreut«, sprach ebenjener Mann mit tiefer Stimme.

Ich erinnerte mich an den Fürsten. Dieses grau melierte Haar, der gut gepflegte Bart und die warme Stimme, die echte Freundlichkeit hinter einem eigentlich harten Blick offenbarte. Auch jetzt durchbohrten mich die eisblauen Augen hinter der roten Maske regelrecht.

»Gleichfalls«, erwiderte ich. Mir wurde klar, dass ich keinerlei Ahnung von angemessenen Umgangsformen, gerade in Gegenwart Adeliger, hatte.

»Wie gefällt es Euch hier in Alvara?«, wollte der Fürst von mir wissen.

»Es ist eine wunderschöne Stadt«, antwortete ich wahrheitsgemäß.

Nur dass ich von dieser Schönheit nichts mehr spüren kann.

»Man sagte mir, Ihr und Euer Gatte stammen aus den südlicheren Gefilden«, sprach er weiter.

Ich runzelte die Stirn. Was hatte der Spinnengott wohl über uns erzählt? Ich wusste es nicht und konnte nur stumm nicken.

»Da fällt mir eine Frage ein«, begann ich, um von mir abzulenken. »Man erzählte sich, dass heute Abend ein Mann zugegen wäre, der eine revolutionäre Buchdruckmaschine erfunden haben soll. Stimmt das?«

Der Gesichtsausdruck des Fürsten von Alvara hellte sich auf. »Ah, Kurd Manot. Ja, ein tüchtiger Mann.« Er presste die Lippen zusammen. »Leider ist er am heutigen Abend nicht unter den Gästen. Ein tragisches Unglück ereignete sich in seiner Familie.«

Ich schluckte. Fühlte einen Stoß mitten ins Herz. »Ein tragisches Unglück?«

»Seine Tochter ist spurlos verschwunden«, berichtete er mit gedämpfter Stimme.

Es kostete mich unendliche Mühe, die kleine Schüssel nicht aus den Fingern gleiten zu lassen. »Wie tragisch.«

»Sorgt Euch nicht. Ich habe dem guten Mann umgehend einen Trupp bester Soldaten bereitgestellt, der nach seinen Anweisungen die Gegend durchkämmt. Gewiss wird sie bald gefunden werden.«
Oder auch nicht. Niemals.
Ich zwang mich zu einem Nicken.
»Besucht doch die Tage die fürstliche Druckerei, vielleicht werdet Ihr ihn ja dort antreffen«, schlug Kurd Wallhelling urplötzlich vor.
»Gern«, entgegnete ich, während meine Beine allmählich schwach wurden. Was hatte ich nur angerichtet? »Würdet Ihr mich entschuldigen?«, hörte ich mich sagen, ehe ich einfach davonhastete.
Ich wusste nicht recht, wie ich mich im Folgenden auf einem kleineren Flur wiederfand. Überraschenderweise war ich allein und so sah niemand mit an, wie ich mich gebrochen mit der Schulter gegen eine Wand lehnte und zu weinen begann. Die Tränen sickerten in den weichen Stoff der Maske, irgendetwas in meiner Brust zog sich so schmerzhaft zusammen, dass ich verzweifelt nach Luft ringen musste.
»Gräfin?«
Ich riss hastig die Hände vors Gesicht. »Geht weg. Bitte.«
»Aber Ihr seid betrübt.«
»Es geht gleich wieder.«
Schritte hinter mir verrieten, dass Kurd Wallhelling näher kam. Es dauerte einige Zeit, ehe ich den Kopf heben und ihn ansehen konnte. Er stand neben mir und bedachte mich mit einem mitfühlenden Blick. »Was bedrückt Euch?«
Ich zögerte, wusste nicht, was ich ihm sagen sollte. Doch je länger ich darüber nachdachte, umso klarer wurde es mir.
Ich war nun jemand anderes und nicht länger Saiza, die Tochter von Brista Manot, dem Mann, dessen Tochter verschwunden war.
»Meine kleine Schwester ... auch sie verschwand vor langer Zeit«, sagte ich.
»Ist sie wiedergekehrt?«, wollte Wallhelling wissen.
Unmerklich schüttelte ich den Kopf. »Nein. Sie kam niemals wieder nach Hause.«
»Wisst Ihr, was ihr widerfahren ist?«

Langsam drehte ich den Rücken zur Wand, atmete leise durch.
»Es gab einen Mann in unserer Heimat. Er galt als seltsam und eigenbrötlerisch und so mieden ihn alle Menschen, die ihn kannten. Nur meine Schwester nicht. Er und sie fühlten sich auf eigenartige Weise verbunden, es schien, als könnte er direkt in ihr Herz blicken, und sie wiederum sah, wer er wirklich war – ein einfacher Mann, dessen Geist sich nach dem Leben sehnte.«

»Lief sie mit ihm fort?«

Zaghaft nickte ich. »Er nahm sie mit sich. Kein Mensch weiß, was aus ihnen geworden ist. Ich wünsche mir, sie führt nun ein glücklicheres Leben als jenes mit unserer Familie. Oft kam sie mir schrecklich unverstanden vor, doch keiner von uns konnte ihr geben, was sie brauchte. Dennoch hat sie in unseren Herzen eine klaffende Lücke hinterlassen. An manchen Tagen bin ich ihr sogar böse, wenn ich daran denke, wie viel Schmerz wir durchstehen mussten und immer noch müssen.«

»Haltet Ihr sie für egoistisch?«, fragte Wallhelling.

»Ja«, gestand ich flüsternd. »Ich denke, das war sie.«

Wallhelling senkte mit ermatteter Miene den Kopf. »Das tut mir leid.« Eine kurze Stille entstand. »Vielleicht meinte sie es nicht so.«

Stirnrunzelnd hob ich das Kinn.

»Manchmal tun Menschen einander weh, wenn sie versuchen, glücklich zu sein.«

»Habt Ihr so etwas schon einmal getan?«, wollte ich von ihm wissen.

»Ich denke, jeder von uns hat so etwas schon einmal getan.«

Ich schenkte ihm ein bitteres Lächeln. »Ja, da mögt Ihr recht haben.«

Wallhelling erwiderte es, wobei seines tröstlich warm erschien. »Egoismus ist nicht immer eine schlechte Sache. Manchmal sogar eine Notwendigkeit.«

Wir schwiegen. Im Hintergrund ertönte noch immer die berauschende, lebendige Musik hinter der geschlossenen Tür am Ende des Flurs. Stickige Hitze kroch unter dem Spalt hindurch, zog zwischen uns den Korridor entlang.

»Mein Name ist übrigens Titus.«

Plötzlich musste ich lachen. Laut und heiser klang es. Er blinzelte irritiert und so hob ich die Hand vor den Mund, konnte aber einfach nicht aufhören.

»Verzeiht mir«, brachte ich zwischen zwei Atemzügen hervor, »aber das ist ein schrecklich alberner Name.«

Wallhelling lachte nun ebenfalls. »Ach, findet Ihr?«

Mir kamen tatsächlich die Tränen. Dieses Mal immerhin anderer Art. »Ja«, brachte ich geradeso hervor. »Um Himmels willen, ja, das ist er.«

»Nun, da seid Ihr nicht die Erste, die das sagt. An manchen Tagen verfluche ich meinen Großvater dafür, dass er ihn mir vermachte«, verriet er mir.

Nur schwerlich kam ich wieder zur Ruhe, zwang mich zum Durchatmen. »Nennt mich Evanoliné«, sagte ich dann zu ihm.

»Ein schöner Name.«

»Danke«, erwiderte ich leise.

Auf einmal öffnete sich die Tür. Der Spinnengott erschien auf dem Flur. Er sah zwischen uns hin und her, wartete aber in Ruhe ab, bis sich Wallhelling von mir verabschiedet hatte. »Genießt Euren Abend, verehrte Gräfin«, sagte Titus in aller Förmlichkeit zu mir, ehe er wieder in den Ballsaal zurückkehrte.

»Ein freundlicher Mann«, meinte der Spinnengott.

»Er hat nichts getan«, gab ich jäh zurück.

»Das habe ich auch nicht behauptet.«

Ich wandte mich ihm zu. »Warum guckst du mich so an?«

Er legte den Kopf schief. »Was meinst du damit?«

»Du siehst aus wie ein Welpe, der um den Schoß bettelt. Liebenswürdig und unschuldig.« Mit grimmiger Miene kam ich näher. »Es ist niemand hier. Spar dir die Scheinheiligkeiten und lächle, als wenn du etwas gewonnen hättest, wie immer, wenn du dich über mich amüsierst.«

»Du amüsierst nicht, Saiza. Du faszinierst«, erwiderte er.

»Hör auf, das ständig zu sagen.«

Seine braunen Augen wirkten zum ersten Mal, seit wir einander kannten, wie von Traurigkeit erfüllt. Ein schwermütiger Ausdruck stahl sich auf sein Gesicht. »Ich kann nicht.«

Das überraschte mich. »Warum?«

Wieder einmal schwieg er. Ich dagegen gab ein erschöpftes Stöhnen von mir, ehe ich mich von der Wand abstieß und an ihm vorbeilaufen wollte.

»Bitte warte«, bat er kaum hörbar.

Ich blieb stehen.

»Gehst du ein Stück mit mir?«

KAPITEL 26

Der Spinnengott führte mich aus dem Gebäude hinaus auf eine weitläufige Terrasse, nahe der Klippe einer Schlucht. Nur ein Geländer schützte vor dem Fall in die Tiefe. Hinter diesem lag ein Tal verborgen, umgeben von endlos weiten Feldern. Jetzt, während der Nacht, erschienen sie im Licht des Mondes wie silbrige Seen. Ein lauer Wind zog raschelnd durch die Blätter. Die Geräusche des Balls waren nahezu verstummt.

»Wie geht es dir?«, fragte der Gott. Inzwischen hatte er die Maske abgenommen und saß auf einer der vielen Bänke. Hätte ich es nicht besser gewusst, hätte ich ihn für einen harmlosen jungen Mann gehalten.

»Interessiert dich das überhaupt?«, gab ich zurück und legte meine Hände auf das glatte Geländer.

»Würde ich sonst fragen?«, entgegnete er sanft.

»Keine Ahnung. Ich bin mir unsicher, ob ich hinter all deinen Taten eine dunkle Absicht vermuten sollte. Schließlich geht es dir ja nur um dein eigenes Wohl, deine Belustigung. Also, worauf willst du hinaus? Soll ich weinend vor dir zusammenbrechen? Oder dich anschreien? Bereitet dir auch das eine dunkle Freude?«

»Ich weiß nicht, was du von mir erwartest, Saiza.«

Mit geballten Fäusten wirbelte ich herum. »Ja, das weiß ich auch nicht mehr!«

Sein Anblick ließ mich unvermittelt schlucken. Für einen Moment sah er schmerzvoll verletzlich aus, seine braunen Augen dunkel und unschuldig. Ich fragte mich, was für ein Spiel er spielte. Waren seine weichen, einfühlsamen Blicke womöglich nur eine Falle?

»Warst du schon immer so? So grausam? Und mitleidlos?« Mit jedem Wort schien er zusammenzuzucken. »So selbstsüchtig?«

»Nein«, entgegnete er zu meiner Überraschung.

»Ach ja?« Meine Stimme glich einem schwachen Flüstern. »Was hat dich verändert?«

Er senkte langsam die Lider. »Die immer stärker werdende Göttlichkeit.«

Unsicher runzelte ich die Stirn. »Was meinst du damit?«

»In jungen Seelen der Magie gibt es ein Brennen, das unstillbar scheint. Es martert Tag für Tag. Nur die Seelenkraft Sterblicher scheint es lindern zu können. Doch es hält nicht lange an.«

»Darum stiehlst du all diese Seelen?« Meine Stimme wurde immer leiser, aber ich wusste, dass er mich verstand.

Er nickte, während er die dunkle Maske in seinen Händen betrachtete. »Jede von ihnen lässt mich stärker werden. Doch mit der wachsenden Gottkraft kommt auch die Fremde.«

»Die Fremde?«

»Der Verlust der Menschlichkeit.«

Nun wollte ich näher kommen, aber ein Teil von mir fühlte sich wie blockiert. »Menschlichkeit würde bedeuten, dass du einmal ein Mensch warst.«

»Ich bin ein junger Gott. Vor einiger Zeit war ich den Menschen noch recht nahe«, erklärte er. Etwas in mir zog sich bei dieser Antwort zusammen.

»Und was würde passieren, wenn du aufhörst, Seelen zu stehlen?«, wollte ich wissen.

Endlich hob er wieder den Kopf, sah jedoch an mir vorbei. »Schlimme Dinge. Schlimmere, als einer Poetin das Herz zu stehlen.«

Hitze stieg mir ins Gesicht. Wut. Scham. Der Wunsch nach Nähe. Alles vermischte sich. »Du hast mir nicht das Herz gestohlen.«

»Warum klingst du dann so, als würdest du dir das nicht glauben?«

Ich ignorierte die Frage. »Gibst du zu, dass du mir etwas Schlimmes angetan hast?«, fragte ich stattdessen.

»Ich habe schon viele schlimme Dinge getan.« Er erhob sich. »Und ich glaube nicht, dass es aufhören wird.«

»Würdest du das denn wollen?«

Er schaute mich an. Ein freudloses Lächeln versiegelte seine Lippen.

»Dieses Schweigen, ich hasse es«, gab ich zu.

»Du bist eine Poetin, Saiza, deine Fantasie kennt all diese Antworten bereits, die du zu haben wünschst.«

Unsicher schlang ich die Arme um mich. Ein weiterer Windhauch strich über meine Haut. Der Spinnenfürst trat zu mir ans Geländer und ließ den Blick über die vielen Felder schweifen.

»Deine Gedichte sind wundervoll«, murmelte er. »Jede einzelne Zeile ist ein Segen.«

»Ein Segen für dein Brennen? Für dein Leid?« Verbittert sah ich ihn an. »Was ist mit meinem Leid?«

»Habe ich dir bisher nicht alles gewährt, was du dir gewünscht hast? Habe ich nicht immer dafür gesorgt, dass es dir gut ging?« Was er sagte, klang nicht wie eine Anklage. Eher wie eine Sorge.

»Es wurde alles bedeutungslos ab dem Zeitpunkt, wo du mir sagtest, dass ich nicht mehr als eine Schachfigur in deinem düsteren Spiel bin.«

»Ich habe dich verletzt«, stellte er fest.

Darauf antwortete ich nicht.

»Hattest du gehofft, ich würde dir sagen, wie viel du mir bedeutest?«

Ja. Nein. Doch.

Er beugte sich vor und küsste mich. Küsste all die Stille weg, mit der ich meine Lippen belegt hatte. Gleichzeitig setzte er einen Funken in mir frei, der alles entzündete – mein Herz, meinen Geist, meine Wangen. Mit aller Macht sträubte ich mich dagegen, das zu erwidern, was er mir schenkte, aber ich konnte nicht anders. Es fühlte sich an, als würde eine Sonne in mir über einen Horizont steigen; warm und lichterfüllt.

»Hör auf«, wisperte ich zwischen zwei Küssen.
»Ich will nicht«, flüsterte er.
Wir ließen nicht voneinander ab.
»Hör du auf«, murmelte er und legte die Hände an mein Gesicht.
»Ich kann nicht.«
Es war ein schrecklicher Widerspruch, dennoch sehnte sich alles in mir nach dieser Nähe. Nach etwas, woran man sich festhalten konnte. Etwas, das mich für einen Moment vergessen ließ.

Er drängte mich gegen die Balustrade. Wo eben noch die seichte Kälte der Nacht zwischen uns geherrscht hatte, erwachte nun die Hitze auf unserer Haut. Meine Maske löste sich auf und jene Stellen, die er mit seinen Fingerspitzen berührte, fingen an zu kribbeln.

Trotz allem erschrak ich, nachdem ich mich irgendwann von ihm gelöst hatte. Goldener Nebel perlte von meinen Armen. Kleine goldene Lichter schwebten zwischen uns in der Luft und ein winziger Funke berührte die Lippen des Spinnengottes, ehe er verblasste.

»Was ist das?«, fragte ich atemlos.
»Das ist deine Seele«, antwortete er.

Ein leises Wispern drang in meine Ohren. Ich erinnerte mich zurück an jene Nächte, die ich im Dunkelwald verbracht hatte. Gerade an die ersten von ihnen. Auch da war stets ein feiner, flüsternder Nebel um uns gewesen. Mal nah, mal fern. Alles vergangene Seelen. Und dies hier schien der Anfang von *meinem* Schwinden zu sein.

Unsere Blicke trafen sich. Seiner war suchend. Hoffend. Meiner dagegen unentschlossen. Schließlich aber siegte die Wut.

»Fass mich nicht an«, sagte ich zu ihm und wandte mich ab. Dennoch merkte ich, wie er die Hand nach mir ausstreckte.

Aus Kupfer wurde wieder Gelb.
Aus Sanftheit lauernde Kälte.

KAPITEL 27

Ich beendete meine Geschichte in einer einzigen Nacht. Nun stand ich an einem der großen Fenster des Literaturkontors und vernahm die ständigen Seufzer und Japser des Verlegers hinter mir. Wallhelling saß ihm gegenüber und beschäftigte sich mit dem ersten der drei Kapitel, die ich noch verfasst hatte, während Kurd von Meveln bereits mit dem Epilog zu kämpfen hatte.

»Grandios«, sagte der Verleger nach einer weiteren Minute. »Mir fehlen die Worte ... ich meine, es ist so ... so ...« Er stockte.

»Revolutionär?«, schlug Wallhelling vor, während er nach noch einer Seite griff. Ich schenkte ihm über die Schulter hinweg einen Blick.

»Das wird durchaus eine kontroverse Diskussion auslösen«, meinte von Meveln und rieb sich das Kinn. Seine Begeisterung rang mit der Nachdenklichkeit um die Vorherrschaft.

Ich hatte ein anderes Ende geschrieben. Eines, das ich all die Zeit nicht geplant hatte. Es war ganz plötzlich vor mir erschienen, die einzelnen Bilder hatten sich regelrecht greifbar vor mir abgezeichnet, und ich hatte nichts anderes getan, als sie einfach nur in aneinandergereihte Worte zu verwandeln.

Es schien düsterer und schwerfälliger im Gegensatz zu dem, was ich mir für Ophelia und ihren Prinzen mit dem Herz aus Glas zu Beginn erdacht hatte. Dennoch erschien es mir gerade jetzt so passend.

»Dann ist es das, nicht wahr?«, fragte Kurd von Meveln ein letztes Mal.

Ich nickte.

»Wunderbar. Ich werde die Druckerei benachrichtigen.« Er faltete die Hände. »Wunderbar!«

Da war ja die sprühende Begeisterung, mit der ich schon weit früher gerechnet hatte.

»Wirklich großartig«, stimmte Wallhelling zu.

Ich wollte es erwidern. Das Lächeln und diese vorsichtige, fast zarte Freundlichkeit, die er mir gegenüber zeigte. Tief in mir wusste ich, was das zu bedeuten hatte, aber ich konnte mich nicht so darüber freuen, wie ich es mir wünschte. Etwas in mir schien blockiert. Ich bekam die Gefühle nicht zu fassen.

Während Kurd von Meveln mit den restlichen Kapiteln wie eine aufgescheuchte Henne aus dem Raum lief und vor Freude summte, verschränkte Wallhelling in aller Ruhe die Hände.

»Euer Buch wird vom Erfinder der neuen Buchdruckmaschine persönlich in Augenschein genommen werden. Er wird den Druck überwachen«, verriet er mir auf einmal.

Ein Wirbel zog durch meinen Bauch. »Tatsächlich?«

Wallhelling nickte. »Ich habe ausdrücklich darum gebeten.«

Mein Herz hüpfte freudig. »Ach ja?«

»Es schien Euch sehr wichtig zu sein. Gibt es in Eurer Heimat etwa keine solchen Maschinen?«

Natürlich verstand er es nicht. Also zwang ich mich zu einem Nicken. »Ja. Das ist es. Ich bin überaus angetan von dieser fortschrittlichen Technik.« Ich zögerte. »Ich würde sie gerne einmal mit eigenen Augen betrachten. Wäre das möglich?«

Wallhelling erhob sich. »Ich werde mich erkundigen, was sich tun lässt.«

»Danke.« Unsicher knetete ich die Hände. »Danke vielmals.«

Wieder ein kleines Schmunzeln. »Gern.«

Das kurze Aufleuchten in seinen Augen genügte, um mich mit Wärme zu erfüllen. Schwacher nur, doch sie stärkte mich.

Und dafür war ich dankbar.

Wieder begleitete die hell tönende Klingel mein Eintreten in den kleinen Buchladen. Ich reckte den Hals und erspähte die junge Verkäuferin von damals hinter der Theke. Sie selbst blätterte konzentriert in einem dünnen Buch.

»Einen guten Tag«, grüßte ich, bevor ich an die Theke herantrat. Sie sah überrascht auf. »Ah. Ihr seid es wieder.«

»Ich bin auf der Suche nach ganz bestimmter Literatur«, fuhr ich fort.

»Sind das nicht alle, die mit einem solchen Schritt in den Laden treten, wie Ihr es tut?«

Ich runzelte die Stirn.

Sie schnaubte. »Ein kleiner Spaß. Was für ein Buch sucht ihr denn?«

»Eines über die Götter. Über ihre Geschichten.«

Nachdenklich hielt sie inne. »Nun, da gibt es viele.«

»Es geht mir vor allem um die Götter dieser Lande. Mich interessiert ihre Vergangenheit«, konkretisierte ich.

Die Frau kam langsam hinter der Theke hervor. »Es gäbe hierzu Verschiedenes; Erlebnisberichte von Opfern, Sagen, Lieder, Gedichte. Oder aber irgendwelchen erdachten Humbug über ihre Entstehung.«

»Letzteres deckt sich wohl am ehesten mit meinen Anforderungen.«

Die Frau zog die Braue nach oben, während sie mich zu der schmalen Treppe brachte, die hinauf in die Galerie führte. »Wie gesagt, es sind alles nur Mutmaßungen. Die Götter sind zu alt, als dass man verlässlich sagen könnte, wie sie entstanden sind. Sie haben es uns nie verraten.«

»Ich würde trotzdem gerne sehen, was dazu geschrieben wurde.«

»Gibt es irgendeinen triftigen Grund?«, erkundigte sich die Frau. Ich antwortete ihr nicht.

Nur kurze Zeit später sah ich ihr zu, wie sie sich durch einen schier endlosen Bestand an dünnen Büchern arbeitete, die in zahlreichen verwinkelten Regalen direkt unter dem Dach des Hauses untergebracht waren. Irgendwann gab sie ein verstimmtes Brummen von sich und zog die Brauen zusammen.

»Suchst du nach altem Schund?«, sprach eine Stimme, tief und gleichzeitig schnarrend.

Ich drehte mich um und entdeckte eine ergraute Frau, die mit verschränkten Armen und verkniffenem Mund auf der letzten Stufe der Treppe stand und uns finster anschaute.

»Diese Lina hier wünscht ein Buch über die Entstehung der Götter zu lesen«, antwortete die jüngere Frau.

»So, und weshalb wünscht sie das?«

Himmel noch mal, warum stand diese Frage noch immer so vehement im Raum? Ich verschränkte ebenfalls die Arme und verengte die Augen.

»Ich habe diese Bücher alle aus meinem Laden verbannt, Mädchen, da ist nichts mehr, was dir faule Lügen erzählen könnte«, sagte die Alte zu mir.

Mädchen. Nicht Lina. Meine Brauen zuckten.

»Die Geschichte der Götter ist dunkel umwölkt, aber das ist ohnehin ihre Absicht gewesen«, fuhr sie fort.

»Wessen Absicht?«, wollte ich wissen.

»Die der Götter.« Langsam kam sie näher. Das Holz der Galerie knarzte unter ihren schweren Schritten.

»Und wieso wollen die Götter nicht, dass man etwas über ihre Vergangenheit erfährt? Rühmen sie sich nicht im Glanz ihrer ehemaligen Taten?«, fragte ich weiter.

Die runzelige Frau lachte boshaft auf. »Ihre Vergangenheit ist das, was sie verletzlich macht.«

Irritiert schwieg ich, wartete einfach ab.

»Was wäre, wenn ich dir sage, dass die Götter dir gar nicht so unähnlich sind? Oder mir? Oder meiner vorlauten Enkelin?« Die Alte bedachte die jüngere Frau mit einem schneidenden Blick.

»Bis jetzt kann ich diese Annahme nicht recht bestätigen«, murmelte ich, jedoch mehr zu mir selbst.

»Ach ja? Hast du etwa schon einmal in das Gesicht eines Gottes gesehen? Mit ihm gesprochen?«

Ich zuckte zusammen »Natürlich nicht«, erwiderte ich schnell.

»Besser ist es, Mädchen.« Sie trottete an den Regalen vorbei. »Ein Gott wird stets versuchen, dich vor ihm niederknien zu lassen. Sie mögen es nicht, wenn man ihnen aufrecht in die Augen sieht.«

Nur mit großer Mühe unterdrückte ich ein Schlucken. Meine Kehle fühlte sich seltsam an. So rau. »Es hört sich an, als wüsstet Ihr genau, wovon Ihr sprecht.«

»Das tue ich auch«, schallte es unvermittelt zurück.

»Also habt Ihr einmal mit einem Gott gesprochen?«, folgerte ich.

»Oh, nicht nur mit einem.«

Ich erstarrte. Wer war diese Frau? Und warum lachte sie so gehässig, als die jüngere ihr missbilligend ins Gesicht schaute, während sie an dieser vorbeilief?

»Wie kam das?«

»Das braucht dich nicht zu interessieren«, murrte das Weib und baute sich langsam vor mir auf.

Und wie es das tat. »Ich bin hergekommen, um ein Buch zu lesen, und nun stehe ich vor einer garstigen Frau, die mir alles verschweigt, was ich zu wissen wünsche. Hätte ich das vorher gewusst, hätte ich mich auch durch die Stadtbibliothek arbeiten können«, schleuderte ich ihr entgegen. Sollte sie bloß fortbleiben von mir, ihre Nähe machte mich nervös.

»Du wünscht es wirklich zu wissen, ja?« Sie kam einen Schritt auf mich zu. »Dann hör zu, Mädchen. Ja, hör gut zu.« Ein zweiter Schritt. »Denn das Wissen um die alte Zeit ist ein gefährliches Gut – und dein Wimmern wird mich nicht erweichen, es dir preiszugeben. Aber deine Wut tut es. Wer unbeherrscht nach einem eigenen Untergang schreit, der soll ihn auch bekommen, da wäre ich die Letzte, die dies verwehrt.«

Zwei weitere Schritte. Ich wich widerwillig zurück.

»Ein Gott war einst ein Wesen wie du und ich. Klein, schwach und sterblich. Er hatte weltliche Gefühle, hat geliebt, gehasst und gelacht. Doch dann hat ihn etwas verändert, etwas, das ihm die Seele nahm und sie durch einen Knoten aus purer Macht ersetzte.«

»Magie«, hauchte ich.

»Diese Magie macht sie unantastbar – genau wie sie es sich wünschten. Sie würden alles tun, um zu vergessen, wer sie einst waren. Welch kümmerlichen, bemitleidenswerten Kreaturen sie angehörten.«

Mit einem Mal verstand ich, was sie sagte.

»Sie sind Menschen gewesen«, brachte ich über die Lippen, merkte kaum noch, wie ich am Rande der Treppe stand, die steilen Stufen hinter mir wie ein dunkler Abgrund.

»Oh, das waren sie. Jede ihrer Geschichten ist anders, aber sie alle enden gleich – mit ihnen als schwebenden Falken über uns kleinen Mäusen. Und so werden sie uns immer sehen; wie Spielzeug, das zu ihrem Belieben über den Tisch des Lebens geschoben werden kann. All das nur, damit sie ja nie das Mitleid ergreift, das Bedauern, die Reue. Sie degradieren uns zu niederen Kreaturen, die ihnen unterwürfig zu sein hatten, die sie unterhalten sollen. Sie entfernen sich so weit von ihren menschlichen Abgründen, wie sie nur können, denn sie ängstigen sie. Nach Abertausenden von Jahren sind ebendiese nämlich unendlich tiefe Schatten, vor denen sie sich fürchten. Und an ihrem Ende wartet das Schlimmste von allem – ein Boden, so hart und unnachgiebig wie die Erde, auf der wir tagtäglich umherwandern.«

Nun kam die Alte ganz nah. Ihre Augen blitzten eisig, ihre Miene schien wie blanker Stahl zu einer Klinge geschliffen. Niemand konnte diese Frau bezwingen. Auch kein Gott. Das glaubte ich jedenfalls.

»Frohlockt dein Herz nun im Angesicht der Gefahr, die dich ab jetzt belauern wird?«, raunte sie in mein Gesicht.

»Mir sind schon schlimmere Dinge widerfahren«, gab ich zurück, obgleich mir der Puls im Schädel dröhnte.

Die Frau lachte und rückte endlich von mir ab. »Ich mag dich. Nenn mir deinen Namen.«

»Evanoliné«, sagte ich.

»Nicht von hier«, schloss die Alte. »Ich bin Jula. Das dort ist Ember.«

Ember, die junge Frau, hob kurz die Hand, ehe sie sich wieder ihrem Desinteresse widmete, in dem sie offenbar nur zu gern zu versumpfen schien.

Ich nickte ihr zu. Diese beiden Namen würde ich so schnell nicht wieder vergessen.

KAPITEL 28

Als ich heimkehrte, lag weitreichende Stille über dem Herrenhaus. Seit dem Ballabend hatte ich den Spinnengott nicht mehr gesehen. Zwei Tage war das her. Ich wollte es nicht, aber ich merkte, wie ich mich nach ihm sehnte. Der Kuss, die Offenheit, das unschuldige Gesicht mit den kupferbraunen Augen – all das wirbelte meine Gedanken durcheinander. Nun wusste ich, warum.

Der Spinnengott war einst ein Mensch gewesen. Ein junger Mann mit einem sanften Gesicht. Denn ja, ich nahm an, dass es sich bei jener Güte, die von Zeit zu Zeit in seinen Zügen schimmerte, um ein vages Überbleibsel aus menschlichen Tagen handelte. Alles, was er in dieser Nacht zu mir gesagt hatte, ergab Sinn.

Seine Menschlichkeit schwand. Mit jeder Seele mehr, die er raubte.

Doch im Umkehrschluss bedeutete dies, dass noch nicht alles davon verloren war. Vielleicht gab es einen Weg, ebendiese Menschlichkeit wieder stärker werden zu lassen?

Kälte umfing mich, nun, da ich in der schwächlich beleuchteten Eingangshalle stand. Die großen Kronleuchter spendeten kein Licht, lediglich fade Sonnenstrahlen stahlen sich hin und wieder an den grauen Wolken vorbei durch die Fenster.

»Bist du hier?«, fragte ich in die Stille hinein.

»Wenn du mich rufst, immer.«

Ich drehte den Kopf. Er stand vor der Tür des Ballsaales und sah mich abwartend an. Das Kupfer schien dunkel in diesem Moment.

Ich wusste zunächst nichts zu sagen und so umfasste ich einen meiner Arme, drückte auf der weichen Haut herum. Er beobachtete es mit einer Eindringlichkeit, die mir Gänsehaut bereitete. Genau dieser Moment offenbarte ihn als ein Wesen, dem weltliche, sterbliche Gefühle abhandenkamen.

»Komm mit«, sagte ich zu ihm und stieg die Treppe hinauf. Wortlos lief er mir nach.

Ich brachte ihn in unser Schlafgemach, hob eines der vielen Blätter auf, die dort herumlagen. Es handelte sich um eines der zahlreichen Gedichte, die ich nun verfasste, nachdem ich mein Buch beendet hatte.

»Ich habe etwas geschrieben, von dem ich nicht weiß, ob es mir gefällt. Ob es gut genug ist«, murmelte ich.

Der Spinnengott stand in gebührendem Abstand von mir nahe der Tür und schaute mich stumm an.

»Kann ich es dir vorlesen?«, fragte ich ihn.

Er lächelte vorsichtig. »Sicher. Jederzeit.«

Nervös setzte ich einen Fuß vor den anderen, während ich das Pergament in meinen Händen betrachtete und versuchte, alles andere auszublenden. Nun gab es nur noch mich und meine Worte.

>Das Glitzern von weißen Flocken in der Nacht
Wer sind wir, wenn wir uns im Schnee verlieren?
Im Dunkel
von Kalt und Weiß?

Das Schillern blauer Rosen im Sternenlicht
Wer sind wir, wenn wir uns in der Schönheit verlieren?
Im Funkeln
von Mond und Mitternacht?

Was bleibt, wenn ein Kuss die Wahrheit stiehlt?
Was bleibt, wenn Dunkelheit dein Herz umgibt?
Was kommt, wenn sich der Winter in die Nacht verliebt?

Lange noch, nachdem ich die letzte Zeile aus meinem Mund gehört hatte, starrte ich auf das Blatt. Ich wagte es nicht, den Blick zu heben.

Und trotzdem tat ich es, in dem Moment, in welchem das Licht durch die Wolken brach und das Schwarz der Tinte von meinem Papier stahl. »Ich habe es *Die Geheimnisse von Nacht und Winter* getauft«, verriet ich flüsternd.

Es tat weh, den Spinnengott anzusehen. Tat weh, dieses sanfte Lächeln in mein Herz zu lassen und zu merken, was es dort anrichtete.

»Lies es mir noch mal vor«, bat er mich.

Und so las ich es noch mal. Für ihn.

Er schloss die Augen und tat nichts anderes, als dem Klang meiner Stimme, meinen Worten und meinen Zeilen zu lauschen und sich die helle Haut vom Licht der Sonne wärmen zu lassen. Dieses Bild prägte ich mir ein, so gut ich konnte. Irgendwann sprach ich die Zeilen frei und ohne Papier, schaute ihn an, während er um eine vierte, fünfte und auch sechste Wiederholung bat. Jedes Mal ein klein wenig leiser.

Dann trug ich ihm andere Gedichte vor. Manchmal nur drei kurze Zeilen, manchmal Verse, die über zahllose Seiten tanzten. Irgendwann lag ich auf dem Bett, rezitierte, bis mir die Zunge wund wurde, während der Gott auf dem Boden saß, an die Wand gelehnt mit einem aufgestellten Bein, das er hielt, als wäre es der letzte Anker zum Hier und Jetzt.

Gemeinsam gingen wir in den Worten verloren.

Ich wusste nicht recht, wie viele Tage ins Land gingen. Es spielte keine Rolle. Mein Spinnengott und ich taten nichts anderes, als neue Verse zu verfassen und sie einander vorzutragen. Ich erinnerte mich, wie ich lachte, nachdem er mit einer einzigen Handbewegung drei Federn erzeugt hatte, die meine Gedanken auf dem blanken Papier verewigten, das er beinahe stündlich in neuen Stapeln erschuf. Ich vergrub die Hände in meinen Haaren, drehte mich im Zimmer wie eine Tänzerin, während ich einen Satz nach dem anderen über die Lippen schickte.

Schlussendlich wählte ich zehn Gedichte aus, die der Gott in einen Band verwandelte. Danach entschied ich mich für weitere zehn. Und immer so fort. Er führte mich in unsere Bibliothek, deren Regale vom Boden bis zur Decke reichten. Damit nicht genug, bestand der Boden aus Glas, hinter welchem sich weitere Werke versteckten; es brauchte nur einen kleinen Haken, um die durchsichtigen Platten aufzuklappen wie Truhendeckel, und schon umfing der Duft alter Bücher die Sinne. Ich fragte nicht, wie er das geschafft hatte. Der Spinnenfürst schien zu so vielen Dingen in der Lage, die ich nicht verstand. Denn sie waren allesamt magisch.

In all diesen Tagen war er stets der junge, freundliche Mann, niemals aber der kalte, lauernde Gott. Dennoch wagte ich lediglich eine bloße Berührung. Ich wollte mehr als das, aber ich traute mich nicht. Weniger weil ich Angst hatte, mich zu blamieren, eher weil ich fürchtete, einen Fehler zu machen, wenn ich mich ihm hingab.

In diesem Moment kamen mir Zweifel. Ob dieser sanfte Mann die Schuld verdiente, die ich noch immer nicht von ihm genommen hatte. Ich wusste nicht, ob ich mich trauen konnte, ihn und den Gott voneinander zu trennen. Sie waren ein und derselbe und doch etwas gänzlich anderes.

Der Spinnengott kam mir niemals zu nah. Er wahrte den Abstand, bis ich das Gegenteil forderte. Er hörte mir aufmerksam zu und sah mich an, wenn ich mit ihm sprach. Er schickte sogar den namenlosen Diener fort, wenn der meine Züge kälter werden ließ. Selbst jetzt traute ich Letzterem nicht über den Weg. Seine roten Augen taxierten mich ein ums andere Mal, wenn er mich entdeckte. Als wollte er mich am liebsten massakrieren.

Auch hier wagte ich es nicht, den Mund zu öffnen und den Spinnengott zu fragen, was es mit dieser Gestalt auf sich hatte. Unsere Zeit war zu kostbar. Zudem nagte die Angst an mir, nachbohren würde die dunkle, die göttliche Seite in ihm wieder zum Vorschein bringen. Also mied ich alles, was ich für gefährlich hielt.

So kam es auch, dass wir Seite an Seite neben dem Pavillon saßen, eher schwiegen denn redeten, während ich das zweite Tintenfass dieses Tages leerte. Die Sonne ging allmählich unter und verwandelte die erhabene Stadt in ein Gemälde aus Rot und Gold mit zarten Schimmern von Rosé und Orange dazwischen. Die Luft wurde wärmer und wärmer, streichelte mir sanft über die nackten Arme, während ich mir immer wieder eine meiner Strähnen aus dem Gesicht streichen musste, die der Wind hinter meinen Ohren hervorlockte.

»Kannst du malen?«, fragte ich den Spinnengott nach einer Weile.

»Nein.« Er guckte mich an.

»Ich wünschte, ich könnte es. Manchmal würde ich einen Augenblick gerne für immer festhalten. Mit etwas anderem als meinen Worten.«

»Ich kann die begabtesten Maler dieser Stadt holen lassen, damit sie dir malen, was immer du dir wünschst«, sagte er.

»Nicht nötig.« Ich schrieb drei weitere Worte. »Ich genieße es gerade sehr, wenn wir unter uns sind.«

»Ach ja?« Das klang zaghaft. Fast schüchtern.

»Ich mag es, wenn du … so ruhig bist. Ich konnte noch nie in Gegenwart von jemand anderen so mühelos schreiben. Ich habe das Gefühl, mein Kopf kann gar nicht mehr aufhören, sich immer neue Worte auszudenken«, verriet ich ihm ebenfalls zögernd.

»Vielleicht kannst du überhaupt das erste Mal seit ewiger Zeit mühelos schreiben«, meinte er.

Gewiss sprach er von meiner Familie. Von meiner Mutter. Seit Tagen hatte ich nicht an sie gedacht. An sie oder meinen Vater. Ich unterdrückte ein Seufzen. Wann immer sie vor meinem inneren Auge erschienen, überkam mich die Wehmut. Was dachten sie wohl von mir? Waren sie wütend? Traurig? Enttäuscht?

Der Gedanke, Vater könnte von mir enttäuscht sein, ließ mich nach Luft ringen. Mein Herz krampfte sich schmerzhaft zusammen.

Plötzlich spürte ich eine Berührung an meinem Bein. Die Hand des Gottes lag daneben im Gras, ein einzelner Finger strich an dem dünnen Stoff entlang, der meine Haut eher dürftig bedeckte.

Zuerst verkrampfte ich mich, dann aber kam die tiefe Entspannung. Ich fühlte Trost, Nähe, eine erfüllte Sehnsucht. Kurz nur, aber sie wärmte mich von innen heraus wie ein knisternder Ast im Feuer.

»Du atmest nicht«, stellte ich fest, während der Wind zum Erliegen kam und eine heimelige Stille über uns hereinbrach.

»Das tue ich nie«, entgegnete er.

Ich drehte den Kopf und lehnte ihn an die Balustrade des Pavillons hinter mir. »Warum?«

»Ich muss es nicht.«

»Und was würde passieren, wenn du es doch tust?«

Da warf er einen Arm über sein Knie. Er holte Luft. Seufzte. Blinzelte. Wind zerzauste ihm das dunkle Haar, während ein kurzes Lächeln durch seine Züge huschte. Ich sah zu, wie sich seine Brust hob und senkte, wieder und wieder. Alles an ihm wurde auf erschreckende Weise menschlich.

Vollkommen. Ganz und gar.

Ich strahlte ihn an und er schmunzelte zurück. Danach bettete ich meinen Kopf auf seine Schulter. Es könnte ein Fehler sein, aber einer, den ich zu begehen bereit war. Ich spürte die Wärme von Haut durch mein Haar. Vorsichtig rückte ich näher an ihn heran. Seine Hand legte sich auf mein Bein. Sie war warm. So warm. Wie alles an ihm.

Auf einmal ertönte ein gurgelndes Geräusch, ließ mich zusammenzucken.

»Du hast Hunger?« Der Gott klang ein wenig amüsiert.

Noch ehe ich antworten konnte, war er aufgestanden und zog mich auf die Beine. Lachend und eiligen Schrittes ließ ich mich zurück zum Haus führen. Stolperte ich einmal und fiel gegen ihn, nahm er das nur mit einem leuchtenden Strahlen zur Kenntnis.

Im Speisesaal angekommen sah ich mit an, wie sich Blumenvasen und bunte Sträuße auf den Tisch zauberten. Ein Stuhl schob sich für mich zurück und ich nahm Platz. Der Spinnengott tauchte neben mir auf, lenkte mit fließenden Handbewegungen den Flug der Karaffen und des Bechers, welcher wohl für mich bestimmt war. Ich kicherte, während einer der Krüge immer höher stieg und das glitzernde Wasser schließlich mit einem deutlichen Geplätscher in meinen Becher floss.

»Was wünscht du dir?«, fragte er, während eine einzige Bewegung seiner schlanken Finger den Zauber beendete und alle Gefäße ordentlich auf dem Tisch zum Stehen kamen.

»Bei uns im Süden gab es eine Speise, die so süß ist, dass sich der gesamte Mund gekräuselt hat«, erklärte ich. »Ihr Inneres ist kalt und cremig und umgeben von einer Schicht aus gebranntem braunem Zucker.«

Der Spinnengott dachte offenbar nach, doch schnell hatte er eine Idee und ließ wieder die Finger durch die Luft tanzen. Im nächsten Augenblick stand eine weiße Schüssel auf einem herbeigezauberten Teller. Ein süßer Duft breitete sich im Raum aus, ließ meinen Magen ein weiteres Mal wütend nach Nahrung verlangen.

Ich lachte und probierte einen Löffel. »Das ist es!«

Er schien sich zu freuen. Plötzlich stand er aber am Ende der Tafel und nahm selbst Platz. Auch er probierte die süße Speise, verzog jedoch das Gesicht.

»Um Himmels willen, das ist es also, was die Sterblichen heutzutage begehren?«, hörte ich ihn sagen. Dennoch nahm er einen weiteren Löffel in den Mund.

Ich grinste und ließ mir die Creme auf der Zunge zergehen. »Nicht nur das.«

»Was noch?«, fragte er.

»Es gibt kleine rote Schoten, die eine geradezu verbotene Schärfe auf der Zunge verteilen«, erinnerte ich mich. »Meine Mutter mochte sie sehr gern, aber mein Vater und ich haben sie gehasst. Sie brennen dir ein Loch in den Bauch, wenn du sie herunterschluckst.«

Ein herausforderndes Funkeln erschien in den Augen des Gottes. »Ich werde eine essen, wenn du es tust.«

Ich schnaubte. »Niemals.«

»Was willst du stattdessen?«

Ich überlegte kurz. »Ich will ein Geheimnis von dir.«

»Hm«, machte er. »In Ordnung.«

Das überraschte mich. Ich versuchte in seinem Gesicht zu lesen, aber ein erheitertes Feixen wischte jegliche Nachdenklichkeit hinfort. Dann erschien eine kleine rote Schote auf meinem Teller und ebenso eine auf seinem. Ich seufzte, als ich sie am Stiel ergriff und vorsichtig den ersten Bissen nahm.

Ich keuchte auf. Tränen schossen mir in die Augen, sofort brannte mein Gesicht vor Hitze. Dem Spinnengott schien es nicht anders zu ergehen, er wandte den Kopf ab, stieß die Luft durch den geöffneten Mund, so als würde er hoffen, das unangenehme Brennen dadurch vertreiben zu können.

»Bereust du es schon?«, scherzte ich mit erstickter Stimme.

»Ein wenig.« *Sehr, über die Maßen,* schien sein Gesicht sagen zu wollen.

»Was ist nun mit deinem Geheimnis?«, fragte ich und kaute auf dem nächsten Stück herum. Die Tränen rannen in Strömen über meine Wangen.

»In meinem nächsten Leben«, begann er zaghaft, »da wäre ich gern etwas anderes.«

Ich runzelte die Stirn, musste dann eine Grimasse ziehen, denn meine Zunge schien sich aufzulösen. »In deinem nächsten Leben? Ich dachte, Götter könnten nicht sterben.«

»Vielleicht ja irgendwann doch.« Er sprach leise.

Ich beschloss, nicht darauf einzugehen. Es war zu riskant. »Was wärst du dann?«, wollte ich also wissen.

»Ein Baum. Ein Grashalm. Eine Blume. Irgendetwas, das ohne Feindseligkeit in der Welt existiert. Irgendetwas, das keinen Schmerz bereiten kann.«

»Bäume können umfallen und Menschen unter sich begraben. Und es gibt Blumen, die die Haut aufschlitzen. Rosen beispielsweise.«

Der Spinnengott lachte. Er lachte wahrhaftig mit Tränen in den Augen. »Daran habe ich nicht gedacht.« Er aß den letzten Rest der Schote in einem Stück. Dieser Mistkerl.

»Was wärst du gerne in deinem nächsten Leben?«, fragte er mit rauer Stimme.

Ich wischte mir über die nassen Wangen und dachte nach. Die Schärfe bahnte sich ihren Weg in meinen Bauch. In ebendiesem Moment flutete abendliches Sonnenlicht den Saal. Ich guckte durch die Fensterscheibe, hinauf in den Himmel, wo gerade ein Schwarm Vögel unter den rosafarbenen Wolken entlangzog.

»Ein Vogel«, meinte ich dann.

»Wieso?«

»Sie können sein, wo immer sie wollen.« Das Brennen in mir wurde dumpfer. »Sie können fliegen.«

»Vielleicht keine schlechte Wahl.« Die Stimme des Gottes wurde nachdenklicher.

Auf einmal stahl sich ein verschmitzter Ausdruck in meine Miene. Daraufhin legte ich die Schote beiseite und stieg zuerst auf meinen Stuhl, danach auf den Tisch. Der Spinnenfürst beobachtete mich, anfangs mit Belustigung in den Zügen, dann – mit jedem Schritt, den ich tat – ernster. Ich bewegte mich auf nackten Zehenspitzen über den Tisch, breitete die Arme aus. Glitt an den vielen Vasen vorbei, ohne auch nur eine ihrer Blumen zu streifen.

Das Sonnenlicht tanzte golden auf meinen Beinen, malte wogende Flecken auf das dunkle Holz des Tisches. Aber auf einmal war da noch etwas anderes – etwas noch viel Zarteres, Kunstvolleres.

Eine schimmernde weiße Feder, die durch die Luft schwebte. Staunend legte ich den Kopf in den Nacken, verfolgte ihren langsamen Flug. Ich streckte die Hand aus und sah zu, wie sie meine Haut streifte. Sie war so unsagbar weich. Wie ein letzter Atemhauch vor dem tiefen, tiefen Schlaf, den man sich zu haben wünschte.

Mehr Federn fielen wie Regen von der Decke herab. Weiße, goldene, silberne. Immer mehr von ihnen bedeckten die Dielen, überzogen sie mit sanftem Glanz. Als sie mir über die Arme strichen, lachte ich. Ich tat einen weiteren Schritt, spürte ein Kitzeln an meinen Füßen, doch während ich mich weiterbewegte, wurde klar, dass ich sie nicht zertrat. Nein, sie blieben wunderschön wie zuvor.

Schließlich stand ich vor dem Spinnengott, der zu mir hinaufschaute. Eine kleine Feder fand sich auf seinem dunklen Haar. Hinter ihm ein schillernder Ozean aus Federn.

Der Spinnengott hatte die Arme auf den Lehnen seines Stuhls, ein Bein von sich gestreckt, während er sich langsam umsah.
»Du nimmst mich gerade gefangen, Saiza.«
Ich legte den Kopf schief. »Ach ja?« Ein zartes Streichen an meiner Wange bescherte mir einen kribbelnden Schauer.
Lange betrachtete er mich, lächelte mich dann schüchtern an.
»Spinnen können nicht über Federn laufen.«
Mit einem Schmunzeln sah ich in sein sanftes Gesicht. In diese kupferbraunen Augen, die mir seit den letzten Tagen immer seltener aus dem Kopf gingen.
Doch ich wusste nicht einmal mehr, ob ich das überhaupt noch wollte.

Ein Albtraum ließ mich schreiend in die echte Welt zurückfinden. Mein Herz hämmerte schmerzhaft gegen meine Brust, der Schweiß ließ den Stoff des Nachthemdes an meinem Rücken kleben. Ich wischte mir mit kalten Fingern über die feuchte Stirn und blinzelte mehrere Male, ehe ich begriff, dass es Tränen waren, die meine Augen brennen ließen.
Nur vage erinnerte ich mich an die dunklen Gestalten, die versucht hatten, mir einen Pflock ins Herz zu treiben. Ich war verfolgt worden, über Wiesen hinweg, durch Wälder hindurch, bis an einen dunklen See, wo es schließlich keinen Ausweg mehr gegeben hatte.
An das Danach erinnerte ich mich nicht.
Nun aber verspürte ich grenzenlose Furcht und wimmerte.
»Ich brauche dich«, wisperte ich gebrochen in die Dunkelheit hinein. »Bitte.«
Stille. Da gab es nur das Schweigen der Nacht.
»Bitte«, flehte ich abermals.
Ein kaum wahrnehmbarer Hauch streifte meine Wange. Dann lag eine kühle Hand auf meiner Haut. »Was ist passiert?«, fragte er mich leise.

Unfähig zu jedweder Antwort, zog ich ihn an mich heran und vergrub das Gesicht an seiner Brust. Er umfasste meine Schultern, strich über mein Haar und hielt mich fest.

»Bleib«, hörte ich mich sagen.

Er blieb. Wir lagen im Bett. Er hielt mich noch immer in den Armen, während ich die Finger im Stoff seiner Weste vergrub.

»Die Albträume haben mich überrannt, als ich das letzte Mal in den Schlaf fand«, sagte er irgendwann, während ich allmählich zur Ruhe kam.

»Wann war das?«

»Das ist lange her. Sehr lange.«

Mein Körper regte sich nicht und ich versuchte, mich auf die Wärme seiner Hand auf meinem Arm zu konzentrieren. »Verrat es mir.«

»Über zweihundert Jahre.«

Zweihundert. Ich unterdrückte ein Keuchen.

»Ich kann nicht bleiben, Saiza.« Seine Stimme glich einem Flüstern.

»Du wirst keinen Albtraum haben, wenn du bei mir bist.« Zuversicht lenkte meine Lippen. Was sagte ich da? Noch war das Salz der Tränen nicht getrocknet.

»Ich kann es nicht riskieren. Ich ... Ich verliere, wenn es passiert.«

»Was verlierst du?«

»Nicht was. Gegen wen.«

Mein Herz fing wieder an zu stolpern. »Gegen wen?«

»Erinnere dich an dein Gedicht«, murmelte er. »*Was bleibt, wenn die Dunkelheit dein Herz umgibt?*«

Daraufhin drückte ich mich noch enger an ihn heran. »Gib nicht auf.«

Als er nichts erwiderte, stützte ich mich auf und versuchte, ihn zu küssen.

Er hielt mich davon ab. »Nicht. Das fordert viel zu viel ein.«

Das verstand ich nicht. Kurz verharrte ich über seinen Lippen.

»Deine Seele«, erklärte er mit leiser Stimme. Ich konnte jedes Wort förmlich schmecken. »Gib sie mir nicht allzu schnell, Saiza. Tu es nicht. Bewahre sie.«

Geschlagen sackte ich zusammen und versteckte mein Gesicht im weichen Kissen. »Aber sie verkümmert, wenn ...«
»Das tut sie nicht. Ich bin bei dir. Ich lausche dir. Ich komme zu dir, wann immer ich kann. Ich teile dein Lächeln. Deine Seele wird nicht einsam sein. *Du* wirst es nicht sein.«
Und diese Worte waren alles, was er mir gab, ehe er von einem Augenblick auf den anderen verschwand und mich schwermütig und erschöpft zurückließ.

KAPITEL 29

Ich saß an meinem Schreibtisch, während der Spinnengott sich gerade mein jüngstes Werk zur Brust nahm. Im selben Moment ertönte ein stoisches Klopfen an der Tür.
»Herein«, rief ich, ohne den Kopf zu heben.
Die Tür öffnete sich, doch darauf folgte Stille. Also wandte ich mich um, nur um den namenlosen Diener vor mir stehen zu sehen. In der Hand hielt er ein kleines Tablett und auf diesem lag ein cremefarbener Brief.
»Für mich?«, fragte ich.
Der namenlose Diener nickte schwach. Wieder wirkte es, als hätte Eis ihm die Miene erstarren lassen.
Neugierig öffnete ich das Kuvert und staunte, was für eine filigrane Schrift mir in die Augen sprang, nachdem ich ein kleines Papierchen aufgefaltet hatte, das sich darin befand.

Liebe Gräfin,
ich schreibe Euch, um Euch wissen zu lassen, dass wir zum morgigen Tage um Schlag neun die Druckerei besuchen können, die sich Eurer Geschichte annimmt. Die ersten Exemplare sind bereits fertiggestellt und es würde mich mit größter Freude erfüllen, sie gemeinsam mit Euch in Augenschein zu nehmen.

Euer ergebener
T. Wallhelling

Mir wurde klar, was das bedeutete: Ich würde meinen Vater wiedersehen.

»Was gibt es?«, holte mich die Stimme des Spinnengottes wieder in den Raum zurück.

»Es ist eine Einladung. Meine ersten Bücher sind gedruckt.« Dies auszusprechen mutete an wie ein Traum. Niemals hätte ich gedacht, so etwas sagen zu können.

»Dann hoffe ich, dass sie zu deiner Zufriedenheit sind«, meinte er seltsam unverbindlich. Erst ein Blick zu ihm verriet, dass er auf Wallhellings Schrieb gelinst hatte.

Ich nickte schweigsam.

Der nächste Morgen kam schnell. Der Spinnengott verabschiedete mich mit einem kaum merklichen Kuss auf die Wange. Sein Verhalten in den letzten Stunden verwunderte mich. Er war immer stiller geworden, hatte mich am Abend sogar früher verlassen als sonst. Ich wusste nicht recht, was das zu bedeuten hatte. Ob ich mir Sorgen machen sollte.

Während der Fahrt in die Stadt überlegte ich, Jula ein weiteres Mal aufzusuchen. Vielleicht würde sie mir ja noch mehr Dinge über die Götter verraten. Vielleicht ja sogar, ob es eine Möglichkeit gab, sie wieder in Menschen zurückzuverwandeln. Ein Teil von mir hatte diese naive Hoffnung – die Hoffnung, dass ich meinen Gott retten könnte.

Oder eher den jungen Mann, der er einst gewesen war.

Für den Moment musste ich allerdings von diesem Gedanken ablassen, denn die Kutsche hielt. Durch das Fenster erkannte ich ein für alvaranische Verhältnisse eher schlichtes Gebäude aus stahlgrauem Stein. Das Dach lag tief. Offenbar gab es nur ein einziges Stockwerk und dieses besaß kaum ein Fenster in den Wänden.

Neugierig stieg ich aus und ignorierte das finstere Starren des namenlosen Dieners, der jeden meiner Schritte verfolgte. Jähes Hufgetrappel ließ mich jedoch meinen Kopf zur Seite drehen. Ein dunkles Pferd trabte die Straße entlang, die im Gegensatz zu den anderen Bereichen der Stadt recht leer erschien.

»Pünktlich wie eine Katze zur Dämmerung, Gräfin.« Wallhelling lächelte mich an, als er das große, schlanke Pferd neben mir zum Stehen brachte und abstieg.

»Keine Kutsche?«, entgegnete ich überrascht.

»Das ist mehr etwas für meinen Patenonkel. Ich bin gern ein wenig schneller unterwegs.« Er führte das Tier an eine der beiden Tränken heran und band es fest.

Hinter mir ertönte ein Scharren. Ich drehte mich zu dem namenlosen Diener um und nickte ihm halbherzig zu. »Jaja, Ihr seid entlassen«, sagte ich zu ihm. Ich musste ihm keine Zeit nennen, zu welcher er wieder hier sein müsste. Er wusste es. Er wusste es immer. Inzwischen war ich der Überzeugung, dass es sich bei ihm um ein magisch erschaffenes Wesen handelte. Vielleicht konnte er auch deswegen nicht sprechen.

Die Kutsche fuhr davon. »Ein eigenartiger Zeitgenosse«, meinte Wallhelling, während er ihr hinterhersah.

»In der Tat«, stimmte ich zu.

»Wie geht es Eurem Gatten?«, erkundigte sich Wallhelling und bat mich mit einer sanften Geste zur Tür des Gebäudes.

Mit dieser Frage hatte ich nicht gerechnet. »Gut«, erwiderte ich.

»Er begleitet Euch nur mehr selten.«

Das Innere des Gebäudes war heller ausgeleuchtet als erwartet. Es roch seltsam. Nach warmem Metall und frischem Pergament, dunkler Tinte und arbeitenden Menschen.

»Er hat viel zu tun«, entgegnete ich.

»Zum Beispiel?«

Ich bedachte Wallhelling mit einem forschenden Seitenblick. »Er verwaltet unsere Ländereien.« *Eher seinen dunklen Wald.*

»Ich vergesse immer wieder, dass Eure Heimat ja eine andere ist. Verzeiht. Ihr passt einfach so wunderbar in diese Stadt.« Seine Stimme klang gedämpft.

»Ich mag diese Stadt auch sehr«, gestand ich ihm mit zurückhaltender Miene. Er aber deutete es anders, plötzlich fühlte ich eine sachte Berührung an meiner Hand. Dann eine neue Stimme, die uns begrüßte.

»Wallhelling. Schön, Euch zu sehen.«

Ein bulliger, stiernackiger Mann stand vor uns. Sein gerötetes Gesicht glänzte, so als hätte er Stunden am Feuer gestanden.

»Unser Zeitfenster ist klein. Unser großer Meister scheint in Eile. Die dritte Maschine ist gestern in Betrieb gegangen und er überwacht alles mit Argusaugen. Anstrengend, sage ich Euch.« Der Mann öffnete eine neue Pforte. Ratternde Geräusche drangen in meine Ohren. »Seht Euch vor, seine Laune ist nicht die beste.«

Mir war klar, von wem er sprach. Mein Herz wurde schwer, als ich nur kurze Zeit später an recht antiken Maschinen vorbeigeführt wurde, welche mit Sicherheit nicht von meinem Vater entworfen worden waren. Es handelte sich um alte, langsame Modelle, die schon fast unerträglichen Lärm erzeugten, stand man unmittelbar neben ihnen.

»Keine Sorge, Eure Bücher werden von unseren neuen Wundermaschinen gedruckt«, rief der bullige Mann.

Unauffällig nickte ich und merkte kaum, wie ich immer näher an Wallhelling heranrückte. Jeder Schritt ließ die Angst in mir größer werden.

Ich wusste, dass mein Vater mich nicht erkennen würde. Nicht so. Nicht in der Gestalt dieser blonden Fee, die ich für alle anderen Menschen darstellte. Auch kannte er keine einzige Zeile des Buches, das er drucken ließ. Ich hatte sie ihm nie gezeigt. Es war das erste Werk gewesen, das ich nur für mich behalten hatte.

Bis ich den Spinnengott traf.

Und dann entdeckte ich sie. Diese drei Konstrukte, die mir schmerzlich vertraut erschienen. Polierte Metalle, perfekt gefertigte Zahnräder und eine munter rotierende Walze. Makellos bedruckte Seiten von feinster Arbeit. Seiten, die nur kurze Zeit später an einer der vielen Leinen hingen, die sich über unseren Köpfen an der gesamten Decke entlang spannten. Heiße Luft kam uns von dort entgegen. Irgendetwas musste in dieser Tinte sein, weshalb sie nicht verlief. Bemerkenswert.

Wirklich bemerkenswert.

Ein weiterer Arbeiter der Druckerei wurde angewiesen, eine der bereits getrockneten Seiten des Stapels, welchen er eben noch hatte abtransportieren wollen, uns zu überlassen. Der mächtige Mann nahm sie entgegen und reichte sie sogleich an mich weiter, sodass ich sie genauer betrachten konnte.

Da waren meine Worte. Seitenzahlen. Filigrane Schnörkel an den Rändern. Kunst. Perfektionierte, wunderbare, mich zu Tränen rührende Kunst.

»Ist sie ergriffen oder über die Maßen abgestoßen?«, wollte der kräftige Kerl wissen. »Sie sieht aus, als hätte sie Schmerzen.«

»So sehe ich eben aus, wenn ich mich freue«, zischte ich. Er fuhr zurück. Dann musste ich lachen. »Verzeiht. Es ist einfach so wunderbar.«

»Das zu hören, erfüllt mich mit Freude.«

Diese Stimme. Ich fuhr herum. Mir verschlug es die Sprache bei seinem Anblick.

Hager sah er aus. Abgekämpft und verbittert. Dunkle Schatten hatten sich unter seine Augen gegraben, die Lippen wirkten fahl und ungesunde Röte hatte sich auf einem seiner Handrücken ausgebreitet. Wie immer, wenn er am Grübeln war. Er kratzte sich immerzu, ohne es zu merken.

Mein Vater schien den Toten näher denn den Lebenden. Ich wollte in Tränen ausbrechen, aber etwas in mir versagte meinem Körper jede Regung der Trauer.

»Ihr müsst die legendäre Gräfin sein, von der man so viel hört.« In einer ungelenken Bewegung streckte er mir seine Hand entgegen. Zögernd legte ich die Finger in seine. Drückte sie.

So kalt.

»Und Ihr der große Maschinenbauer, der Bücher zum Leben erweckt«, entgegnete ich mit einem Lächeln, das mir aus den Zügen zu brechen drohte, so sehr mussten meine Mundwinkel gerade zittern.

Er bemerkte es nicht, denn er schaute mir nicht einmal recht ins Gesicht. Dennoch huschte auch über seine Lippen ein kurzes Schmunzeln, doch es war ein falsches, farbloses.

Vater!, wollte ich schreien. *Ich bin hier! Bitte! Sieh mich an!* Doch das tat er nicht.

»Ich bin hocherfreut, dass ich eine Berühmtheit in diesen Hallen empfangen darf.« Jedes seiner Worte klang wie ein Teil eines auswendig gelernten Satzes.

»Die Freude ist ganz meinerseits.« Ich tat einen Schritt auf ihn zu, hoffte, er würde endlich den Kopf heben und nicht nur diese Seite betrachten, die er in den Händen hielt. Eine der meinen.

»Ich habe gehört, Eure Tochter sei verschwunden«, sagte ich, ohne nachzudenken, was ich da gerade von mir gab.

Endlich schaute er mich an. Seine geröteten Augen wurden groß.

»Wisst Ihr, was geschehen ist?«, fragte ich ihn.

Er presste die Lippen zusammen. Schluckte. »Nun ...«

Der bullige Kerl hinter ihm schnaubte ermattet. Ich ignorierte es. Er spielte keine Rolle. Genau wie Wallhelling, der kaum merklich die Hand auf meinen Rücken legte. Offenbar erinnerte er sich an die Lügengeschichte, die ich ihm auf dem Ball erzählt hatte.

Meine verschwundene Schwester.

»Ich verstehe, wie Ihr Euch gerade fühlt«, platzte es aus mir heraus. »Auch ich habe jemanden verloren, der mir sehr nahestand.«

»So?« Mein Vater schaute mich wieder an.

Ich nickte. »Gebt die Hoffnung nicht auf«, bat ich ihn mit leiser Stimme.

»Es ist schwer.« Das klang erstickt ... schwach.

»Auch wenn Ihr nicht wisst, wo sie ist, seid Euch gewiss, dass sie an Euch denkt«, sagte ich zu ihm.

»Woher wollt Ihr das wissen?« So nahe dem Abgrund hatte ich ihn noch nie erlebt. Es brach mir das Herz.

»Weil ich selbst eine Tochter bin. Wann immer ich mich gefürchtet habe oder aber nicht wusste, wohin ich meinen nächsten Schritt zu setzen hatte, habe ich oft an meinen Vater gedacht. Mich gefragt, was er tun würde.«

Das Glitzern in seinen Augen wurde schwächer. Dafür ballte er nun die Fäuste. »Dann habt Ihr offenbar einen wunderbaren Vater.«

»Den habe ich. Er hat mir im Übrigen alles über Poesie beigebracht, was ich heute weiß.« Ich wusste nicht, ob ich allmählich zu weit ging, doch ich wollte mit allem, was mir zur Verfügung stand, erreichen, dass mein Vater sich besser fühlte, wenn auch nur für einen Moment, und gerade hatte ich nichts außer meinen Worten. Wie so oft.

»Was für ein guter Mann«, hörte ich Wallhelling neben mir sagen. Er stand geradezu ungebührlich nahe bei mir. Aber jetzt zählte nur noch mein Vater.

Der nickte. »Ein guter Mann. Dann hat er sich Euch wohl als seine Tochter redlich verdient.«

Ich runzelte die Stirn. »Aber das habt Ihr doch gewiss auch. Ich bin mir sicher, Eure Tochter liebt Euch.«

»Das dachte ich. Aber ich glaube, ich habe ihre Liebe verspielt. Je länger ich mich in meiner Werkstatt eingrub und an dieser Maschine bastelte, desto weniger bekam ich sie zu Gesicht. An manchen Tagen konnte ich in ihren Blicken erkennen, wie fremd ich ihr geworden war. Immer seltener kam sie zu mir und zeigte mir ihre Werke. Sie war auch eine Poetin, wisst Ihr? Eine wundervolle.«

Mein Vater vergrub das Gesicht in den Händen. Ein Ton folgte, der durch und durch von Leid erfüllt zu sein schien, dass ich am liebsten zu Boden gegangen wäre.

»Ich habe ihr das viel zu selten gesagt«, schluchzte er.

Ich wollte zu ihm, ihn in den Arm nehmen und die gesamte Wahrheit preisgeben. Dass ich ihn liebte, für immer und ewig, auch wenn meine Seele in einem schillernden Nebel vergehen und ein Gott mich tilgen würde wie die Nacht die letzten Sonnenstrahlen eines Tages. Bis zum allerletzten Moment würde ich ihn lieben.

Wenn es mir möglich wäre, noch darüber hinaus.

Aber ich durfte es nicht. Mein Körper erstarrte zu Eis, als ich auch nur einen Fuß heben wollte. Meine ausgestreckte Hand sank zurück an meine Seite und mein Herz hämmerte mir seine Verzweiflung regelrecht in den Verstand.

Ich war gezwungen, einfach nur zuzusehen, wie er in sich zusammenstürzte.

KAPITEL 30

Vater war von einem Arbeiter gestützt aus dem Gebäude gebracht worden. Ich hatte ihm hinterherstarren müssen wie jeder andere in diesem Raum. Keiner sagte ein Wort. Keiner hörte, wie mein Inneres in tausend Teile zersplitterte. Keiner sah, wie sie alle zu Boden fielen.

Wallhelling redete auf mich ein, während er mich wieder nach draußen begleitete. Er sagte, es täte ihm leid und er hoffe inständig, dass meine Schwester eines Tages wiederauftauchen würde. Ebenso Kurd Manots arme Tochter. Es kursierten Gerüchte, sie wäre von einem dunklen Gott geholt worden, doch niemand wusste etwas Konkretes, denn mein Vater schwieg. Schwieg immerzu, wenn ihn jemand fragte.

»Soll ich Euch nach Hause begleiten?«, fragte Wallhelling, als wir wieder auf der gepflasterten Straße standen.

»Nein«, sagte ich tonlos. Keine einzige Träne hatte meine Wangen benetzt.

»Ihr seid aufgewühlt. Ich würde Euch gerne ein wenig Trost spenden, aber ich weiß nicht, wie.«

Ich drehte den Kopf und schaute ihn an. Oh, er wusste, wie. Ich sah in seinen Augen, wie sehr er sich wünschte, ich würde etwas zu ihm sagen. Diese Hoffnung wuchs mit jedem Mal mehr, wenn wir uns sahen. In einem anderen Leben hätte ich mich an ihn gedrückt und dem Himmel gedankt, dass er mich halten würde, bis der Abend käme. Und selbst dann noch.

In einem anderen Leben hätte ich vielleicht die sein können, die er sich erhoffte, haben zu können. Mit Freuden sogar. Er war ein guter Mann.

Einer, in den ich mich hätte verlieben können, wäre meine Seele nicht bereits einem anderen zugesprochen.

Die dunkle Kutsche bog um die Kurve und ich wandte mich ab. Der namenlose Diener betrachtete mich mit starrer Miene, ehe er vom Bock stieg und mir die Tür öffnete.

»Ich danke Euch für diese Möglichkeit«, sagte ich zu Wallhelling und erklomm die erste Stufe. »Es war aufregend, diese Maschinen zu sehen.«

»Ich wünschte, es wären anderen Umstände gewesen, die unseren Besuch begleiteten«, meinte er mit mitfühlender Stimme.

Mit stoischer Miene nickte ich. »Bis bald.«

Wallhelling wirkte irritiert, hob dennoch zum Abschied die Hand. Dann fuhr die Kutsche an.

Als wir das Herrenhaus erreichten, schlug ich dem namenlosen Diener die Kutschtür mitten ins Gesicht. Er gab ein Ächzen von sich, ließ seine roten Augen blitzen, doch das war alles, was geschah. Wortlos lief ich an ihm vorbei und trat ins Haus.

Das helle Funkeln der Kronleuchter erschien mir mit einem Mal zuwider.

»Komm her«, forderte ich mit kalter Stimme.

Der Spinnengott erschien wie so oft nahe dem Ballsaal. Stets wartete er ab, welche Worte ich an ihn richtete, was ich wünschte, gemeinsam mit ihm zu tun. So auch jetzt.

»Ich will einen Ball«, kam es aus meinem Mund.

Mein Tonfall schien den Gott zu überraschen. »Einen Ball?«

»Wenn mein Buch erscheint, am Ende der Woche. Dann will ich einen Ball. So rauschend und laut, dass er den des Fürsten sogar übertrifft und noch zwei Tage später im Kopf klingelt.« Je weiter ich sprach, umso kälter wurden meine Hände. Meine Brust. Mein Herz.

Ein seltsames Funkeln ging durch die Augen des Spinnenfürsten. Ein Hauch von Gelb.
»Aber so lange will ich nicht warten.«
Er legte den Kopf schief. »Nein?«
Nein. Mein Schmerz ist viel zu groß, als dass ich ihm noch länger standhalten könnte.
Ich hob das Kinn, es wirkte stark, doch in Wahrheit fühlte ich mich unsagbar klein und zerbrochen. »Krümm die Zeit. Keiner der folgenden Tage ist von Bedeutung. Lass sie darum zu einer einzigen Stunde für uns schmelzen. Und dann lass uns feiern, als gäbe es keinen Morgen mehr.«
Auf einmal erschien der Gott in all seiner Dunkelheit. Seine gelben Iriden blitzten mich an. Er grinste. Ein Punkt aus Hitze bildete sich zwischen uns. Einer, der sowohl mich als auch ihn in Brand steckte.
Wahrscheinlich wusste keiner von uns mehr, wie er dem Feuer entkommen konnte, das uns zu verschlingen drohte.

Der Spinnengott war meinem Wunsch nachgekommen. Ich hatte mich gerade umgezogen, da hörte ich bereits die ersten Stimmen, die durch das Haus drangen. Unzählige Kutschen fuhren auf den Hof, Menschen fluteten den weiten Platz. Sie lachten und strahlten. So viel Prunk an ihren Körpern. So viel Luxus, der in unser Haus dringen würde.
Mein Haus.
Ich schwebte wie eine Feder die Treppe hinab. Alle Augen richteten sich auf mich. Auch die meines Gottes, der am Fuße der Stufen auf mich wartete. Er trug ein schwarzes Gewand, das mit silbrigen Knöpfen und Nähten verziert war. Ich lächelte, als mir auffiel, dass sein Haar noch immer vollkommen zerzaust erschien. So auch jetzt. Es lockte mich, die Finger darin zu vergraben.
»Da ist sie, unsere großartige Poetin!«, rief jemand.
Ich hob den Kopf und erspähte Kurd von Meveln in der Menge.

Anschließend verbeugte ich mich. Die Menge begann zu jubeln.

»Bitte hier entlang«, sagte der Spinnengott mit seiner samtenen Singstimme. Er wies zur gewaltigen Tür, hinter welcher sich der Ballsaal verbarg. Was wohl aus dem einzigen Raum geworden war, den er aus mir unerfindlichen Gründen in all der Zeit nie hergerichtet hatte?

»Möge diese Feier unvergessen bleiben!«

Die Leute applaudierten. Dann bewegten sie sich in einem einzigen gewaltigen Zug zum Südflügel.

»Wie eine Herde zum Futtertrog.« Ein lauernder Ausdruck erschien auf dem Gesicht des Spinnengottes.

»Sie haben keine Ahnung, was sie erwartet«, murmelte ich und ließ den Blick über die vielen erfrischten Gesichter schweifen.

Der Gott schaute mich verwegen an. »So? Was erwartet sie denn?«

»Die Nacht ihres Lebens«, entgegnete ich.

»Nun, dann will ich sehen, was für wundervolle Dinge dir einfallen.«

Schlanke Finger schlossen sich um meinen goldenen Spinnenanhänger, welcher nur knapp unterhalb der Kuhle meines Schlüsselbeins geruht hatte. Wann war er so nah an meinen Hals gewandert?

Ich sah mit an, wie mein Gott den Anhänger küsste und ihn zurück auf meine Haut gleiten ließ. Eisige Kälte drohte, mir stechende Schmerzen zu bereiten. Doch sie erzeugte nur ein dumpfes, unangenehmes Gefühl.

Magie.

»Lass mich sehen, was eine Sterbliche mit den Kräften eines Gottes anfängt.«

Ich hob die Hände. Ein seltsames Kribbeln verbarg sich in ihnen.

»Du hast mir deine Kräfte verliehen?«

»Nur für diesen Abend.« Er bot mir die Hand. »Es könnte uns beiden eine vergnügliche Zeit schaffen. Oder was denkst du, liebste Saiza?«

Und dann führte er mich in den Ballsaal hinein. Der Glanz, der Prunk, der Pomp, der mich dort empfing, glich dem Gipfel der Dekadenz. Ich hatte nie gedacht, dass mir einmal die Worte fehlen würden, um ein Irrspiel wie dieses zu beschreiben. Doch genau dies geschah nun.

Glitzernde Diamanten zierten die Wände, waren diese einmal nicht von meterhohen Spiegeln besetzt, in denen sich das Licht in den Abertausenden Variationen dieser Welt brechen ließ. Ein Bankett wartete am anderen Ende des Saals darauf, verschlungen zu werden. Alle Farben des Regenbogens hatte man dort in aufwendigsten Speisen verarbeitet. Edle durchscheinende Tücher bedeckten die riesigen Fensterscheiben. Die Musik schmeichelte den Sinnen. Sie klang derart intensiv und lebendig, dass ich glaubte, sie zwischen meinen Fingerspitzen spüren und festhalten zu können.

Als hätte sie eine greifbare Gestalt angenommen.

Alles gipfelte in der mächtigen Kuppel über unseren Köpfen, hinter welcher der Mond zum Vorschein kam, der nur für uns die Wolken von seinem Himmel vertrieb.

Eine Szene wie aus einem Traum.

»Gefällt es dir?«, fragte mich der Spinnengott.

»Es ist annehmbar«, entgegnete ich erstickt.

»Es hat dir den Atem verschlagen.« Ich erahnte das Grinsen in seiner Stimme. Er beugte sich zu mir hinüber. »Oh, es klingt so schön, wenn dein Herz einen Schlag aussetzt.«

»Etwas fehlt«, meinte ich, während seine Lippen anfingen, auf meinem Hals zu wandern. Niemand schien es zu bemerken. Niemand störte sich daran.

»Was könnte das sein?«

»Ich will den Duft von Lavendel in jeder Ecke. Ich will, dass jeder eine Maske trägt wie auf dem Ball des Fürsten – und ich will, dass sie alle im Gleichschritt tanzen.« Ich atmete ein.

»Und zwar jetzt.«

Es geschah. Ein bekannter Duft stieg in meine Nase, während ich mit ansah, wie sich Masken in allen Farben und Formen über die Gesichter der Gäste legten. Einfach so, als entstünden sie gerade aus dem Nichts. Niemand wunderte sich darüber. Alle machten sie einfach weiter mit ihrem Tanz, der urplötzlich eine Struktur bekam, die einer Parade alle Ehre erwies.

Sie tanzten im Gleichschritt. Genau wie ich es befohlen hatte.

Kalte Freude stieg in mir auf, während ich zuguckte, wie sich alles in diesem Saal meinem Willen beugte. Selbst als ich durch die Menge schritt und eine wegwerfende Bewegung nach der anderen tat, befolgten die Menschen meine Wünsche, ohne dass sie etwas davon mitbekamen. So traten sie zur Seite, wenn ich in ihre Nähe gelangte, machten mir Platz, einfach nur, weil ich es so wollte.

Der Spinnenfürst folgte mir, schien fasziniert von meinem Tun. Einmal hielt ich sogar inne und befahl einem der tanzenden Männer, wie ein sterbender Schwan zu Boden zu sinken und sich dann wie ein Phönix aus der Asche zu erheben. Danach hatte er sich vor mir zu verbeugen, als wäre ich seine wahrhaftige Herrin.

Er tat all dies mit einem tief zufriedenen Ausdruck.

Am Ende des Saales angekommen, wirbelte ich herum. Mein Blick schnellte von links nach rechts. Ein Zug der Überlegenheit breitete sich in meinem Gesicht aus. Ich ballte die Fäuste vor Aufregung, meine Hände zitterten.

»Es ist ein unglaubliches Gefühl, nicht wahr?«, raunte der Gott in mein Ohr.

Seine gelben Augen nahmen mich gefangen, und ich ließ es nur allzu gern geschehen. Ich begriff erst nach einigen Momenten, dass ich meine Lippen auf seine gedrückt hatte.

Dieser Kuss fühlte sich so unsagbar kalt und fordernd an. Etwas zog und zerrte an mir. Ich ließ es geschehen. Nichts spielte eine Rolle, solange ich bekam, was ich wollte.

»Ein Podest«, forderte ich mit rauer Stimme, nachdem wir uns voneinander gelöst hatten. Schon erschienen drei kleine Stufen vor meinen Füßen. Langsam stieg ich sie hinauf und hob die Arme, verlangte nach absoluter Stille.

Die Musik erstarb, die Leute blieben stehen, das Gelächter und Gerede verstummte. Alle schauten erwartungsvoll zu mir auf. Ich gönnte mir einen Augenblick, um diesen Moment für immer in meinen Verstand zu brennen. Was für ein Gefühl.

»Lass sie niederknien«, forderte der Spinnenfürst mit amüsierter Miene.

Kurz dachte ich darüber nach. Dennoch schwelte da ein leichtes, wenn auch schwindend geringes Unbehagen in mir, wenn ich daran dachte, all diese Menschen vor mir buckeln zu lassen wie vor einer Königin.

Doch nichts wäre ich lieber. Zumindest für einen Abend. Also ließ ich sie alle niederknien. Dann wünschte ich mir einen meiner Gedichtbände herbei. Schließlich ließ ich einen jungen Mann vortreten, dem ich das dünne Buch in die Hand drückte.

»Lies«, befahl ich ihm. »Lies es mit jedem Gefühl, das in dir steckt.«

Er trug all meine Gedichte vor mit einer Tragik, die mich erst erschaudern und dann frohlocken ließ. Irgendwann senkte ich die Lider und gab mich dem wundervollen Klang seiner Stimme hin. Meine Worte aus dem Mund eines anderen Menschen zu hören – unbeschreiblich.

Genau diese Macht, diese Kontrolle waren es, die mein aufgewühltes Inneres wieder zur Ruhe brachten. Doch nicht auf eine sanfte Art und Weise; sie froren es ein, machten es hart und kalt wie einen Gletscher. Eine dichte Decke aus Eis, die sich über meinen Schmerz legte und die Gedanken an meinen Vater in schwarze Schneeflocken verwandelte, die einfach hinfortgewirbelt wurden.

Schließlich verfiel ich dem Wahnsinn vollends. Ich ließ mir mein erstes gedrucktes Buch reichen wie einen Kelch mit kostbarem Wein und kürte Darsteller eines Schauspiels, das nur dazu diente, mich zu unterhalten.

Ich ließ die Menschen des Saals Szenen aus meiner Geschichte nachstellen. Eine nach der anderen. Jeder kam zum Zug. Dann wählte ich mir die besten und ließ die schlechten einfach zu Boden sinken wie totes Laub. Ließ sie in Stille und Regungslosigkeit verharren, bis ich etwas anderes befahl.

Ich ließ meinen selbst gewählten Prinzen die Worte sprechen, die ich ihm in den Mund geschrieben hatte, ließ meine Ophelia vor Furcht erstarren, als sie den kalten Prinzen zum ersten Mal sah.

Ich ließ sie lachen.

Weinen.

Tanzen. Erst wie einen Menschen. Dann wie eine Puppe. Alle wurden sie Spielzeuge meines Willens.

Wir tanzten, bis der Morgen nahte. Einige waren bereits zu Boden gegangen, doch ich befahl ihnen, wieder aufzustehen und fortzufahren mit ihren wirbelnden Bewegungen. Sie taten es widerspruchslos.

Irgendwann erschuf ich mir einen Sessel und beobachtete das rege Treiben, während ich immer wieder an dem süßen Wein nippte, den der Spinnengott mir empfohlen hatte. Mittlerweile saß er neben mir, hatte beide Beine über die Armlehnen seines eigenen Sessels geschwungen und dirigierte halbherzig den Verlauf der Musik, die gerade in einem trägen Crescendo den Raum eroberte.

»Wo willst du hin?«, fragte ich eine junge Frau, die sich durch die Menge schob. Sie wirkte erschöpft; sogar ihre Maske hatte sie abgenommen.

»Ich muss nach Hause und schlafen. Ich muss doch noch Brezeln backen, bevor die Sonne endlich aufgeht«, verriet sie mit schwankender Stimme.

»Du wirst morgen wieder Brezeln backen. Jetzt wirst du tanzen«, entgegnete ich mit schwerer Zunge. Der Wein machte mir allmählich zu schaffen. Ich wusste nicht mehr, das wievielte Glas ich inzwischen in den Händen hielt.

»Hast du nicht gehört, was sie gesagt hat?«, fragte der Spinnengott mit belustigter Stimme, als die Frau noch immer vor uns stand und das Gesicht verzog. Offenbar wehrte sie sich gegen den Zwang.

»Dreh dich um«, befahl er ihr, betonte jedes Wort.

Sie tat es, wurde wieder Teil der wogenden Menge.

»Bist du müde, meine Liebe?«, erkundigte sich der Spinnengott. Sein gelber Blick wanderte forschend über mein Gesicht, dann weiter über den Rest meines Körpers.

»Ein wenig vielleicht«, murmelte ich und leerte das Glas. Anschließend warf ich es in die Höhe, klatschte zweimal hastig in die Hände und so löste es sich wie schon all die Kelche zuvor in Luft auf. Mir gefiel dieses Spiel.

»Mir fallen noch andere Dinge ein, die dich amüsieren könnten«, kam es zurück.

Ich schaute den Gott wieder an. Ein Leuchten stahl sich in seine Züge. Eines, das mir inzwischen vertraut war. Sofort fühlte ich mich wieder wacher, stärker. Er fing an zu grinsen, während ich mich aus meinem Sessel erhob und mit den Fingern schnipste.

»Geht. Jetzt«, forderte ich von meinen Gästen. Ohne Umschweife beendeten sie ihre anspruchsvollen Tänze und marschierten in Reih und Glied aus dem Ballsaal.

Ich entdeckte Kurd von Meveln mit schweißüberströmten Gesicht; er keuchte. Irgendwann entdeckte ich sogar Wallhelling in der Menge. Den Blick zu Boden gerichtet, das dunkelblonde Haar nass und zerzaust. Ein Stich fuhr in mein Inneres, als ich ihn betrachtete.

Was hatte ich getan?

»Ich will nicht, dass die Musik schon aufhört«, murmelte plötzlich eine Stimme nahe meinem Ohr. »Schenkst du mir ein Seufzen? Ein Lachen?« Warme Lippen legten sich auf meinen Hals. »Flüsterst du meinen Namen im Morgengrauen?«

»Du hast keinen Namen«, entgegnete ich leise.

Wir waren allein. Es gab nur noch seine Hände auf meinen Hüften und diese verführerischen Küsse auf meiner Haut.

»Aber du hast einen. Und ich will ihn dir ins Ohr raunen, wenn du dich unter mir windest.«

Ich drehte den Kopf und schaute ihn an. Kälte breitete sich in meiner Brust aus und ich wusste nicht, ob es an der Kette lag, die wieder einmal eisig erschien, oder an dem verhängnisvollen Lächeln des Gottes.

Ich küsste ihn. Küsste ihn, als hinge die Welt davon ab. Als wäre er ein rettender Anker.

Oder aber ein Stein, der mich nur noch weiter in die Tiefe ziehen konnte.

Ein leises Lachen war das Letzte, was ich hörte, während die Dunkelheit uns umfing und ich mit einem Mal vergaß, wer ich war.

KAPITEL 31

Ich wusste nicht, wie viel Zeit ins Land ging. Es kümmerte mich nicht länger. Meine Tage erschienen mir wie fließende Strömungen, die mich von einem Sonnenaufgang zum anderen trieben. Ich verbrachte die Zeit mit dem Schreiben von Gedichten, dem Herumlümmeln im Bett, während ich mit der geliehenen Magie Bilder in die Luft malte oder ahnungslose Menschen verhexte, die zu jeder Tageszeit zu meinen Marionetten werden konnten, ohne es zu bemerken.

Es begann mir Spaß zu machen. Ich konnte sie sagen und tun lassen, was immer ich wollte.

Der Spinnengott wohnte mir hin und wieder bei, ergötzte sich an dem Schauspiel, das ich erschuf. Meist war er es, der mich zu diesen Taten anstachelte. Immer wieder versuchte er, den Wahnsinn auf die Spitze zu treiben, indem er mir zusehends absurdere oder grausamere Dinge einflüsterte, die ich befehlen sollte. Nicht immer ging ich darauf ein. Doch auch ich wurde mit der Zeit eine Marionette, eine Puppe, die an seinen seidenen Spinnenfäden hing und für ihn tanzte, wenn er es wünschte.

Jede Nacht und jeden Morgen lag er in meinem Bett. Ich vergaß die Zeit, wenn er seine Hände über meinen Körper wandern ließ. Ich vergaß den weltlichen Raum, in dem ich mich befand, wenn er über mich herfiel wie ein dunkler Wolf, der im Schatten gelauert hatte.

Schlussendlich vergaß ich sogar meinen Namen, manchmal nur für Stunden, selten einmal sogar für einen ganzen Tag. Anfangs hatte ich mir Sorgen gemacht, doch mit der Zeit verging auch dies. Ich kümmerte mich nicht mehr. Nicht um mich, nicht um andere – um gar nichts.

Jedes Mal, wenn ich von einem Ausflug nach Hause kam, erwartete mich der Spinnenfürst bereits am Fuße der großen Treppe unserer Eingangshalle. Stets mit einem Blick aus kupferbraunen Augen, der so sanft anmutete, dass ich mich abwenden musste, um mich nicht zu übergeben. Ich wollte das nicht sehen, wollte *ihn* so nicht sehen.

Auf die liebenswürdige Seite, die er mir zeigte, wollte ich nicht mehr reagieren. Denn diese war es, die irgendetwas von mir erwartete, und ich wusste beim Himmel nicht mehr, was das war. Ich hatte Angst davor, es herauszufinden, indem ich in meinen Erinnerungen zu graben begann. Die Gefahr, dunkle, schmerzvolle Dinge auf dem Weg dorthin zu finden, schien einfach zu groß.

Deshalb ließ ich seine Hoffnung ein ums andere Mal an der eisigen Wand zerschellen, die ich um mich herum errichtete. Lieber lockte ich den dunklen, gelbäugigen Gott in ihm hervor, um meinem unbeschwerten, düsteren Genuss zu frönen, der anscheinend das Einzige zu sein schien, was mich überhaupt noch antrieb.

Ein Ball jagte den nächsten. Die leeren Weinflaschen schlugen klirrend aneinander, wenn ich des Morgens aus dem Bett stieg. Die Tinte floss in Strömen, wenn ich einmal anfing zu schreiben. Ich lud Männer und Frauen mit Stimmen aus Gold und Zungen aus Silber in unser Haus, nur um aus ihren Mündern zu hören, was ich Stunden zuvor verfasst hatte. Erst dann konnte ich sagen, ob mir gefiel, was ich erschaffen hatte. Wusste ich es einmal nicht, fragte ich den Spinnengott um Hilfe, er sagte mir, was ich zu denken hatte.

Immer.

Es kam sogar der Tag, an welchem ich den namenlosen Diener aus meinem Fenster springen ließ, weil sein Schweigen selbst durch meinen Wunsch nicht zu brechen war. Er tat es mit steifer Miene und geballten Fäusten. Nur kurze Zeit später stand er wieder in meinem Zimmer und brachte mir einen Tee. In seinen Augen funkelte der Hass. In meinen dagegen das müde Amüsement.

Der Sommer kam. Ich merkte es erst, als der Spinnengott mich danach fragte, ob dieser meine liebste Jahreszeit sei. Ich verneinte. Es sei der Herbst.

Seine sanfte Seite wurde immer verzweifelter, doch sie richtete nie ein Wort an mich, wenn ich durch die Haustür schritt. Sie glich lediglich einem stummen Flehen, das er an mich richtete. Ich musste ihm nicht einmal mehr in die Augen sehen, um es zu wissen. Mit jeder Faser meines Seins spürte ich sein Leid, wenn ich mich ihm entzog und stattdessen seiner dunklen Seite hingab, die immer mehr frohlockte. Je öfter ich das tat, desto willenloser wurde ich. Ich sah das Schimmern meiner Seele von meiner Haut perlen wie strömender Regen, der sich in hauchzarten Nebel verwandelte, wenn ich mich von meinem Gott entfernte.

Gleichzeitig lernte ich das Brennen kennen, von dem er einst gesprochen hatte. Jenes, das die Magie verursachte, wenn man sie nicht nährte. Zwar musste ich keine Seelen stehlen wie er, doch verzichtete ich allzu lange Zeit auf einen kleinen Zauberspruch, wurde das ätzende Gefühl in mir unerträglich. Die Kette auf meiner Haut wurde heißer und heißer, bis ich schließlich japsend auf die Beine sprang und mir irgendwelchen Unsinn wünschte, nur damit sie wieder beruhigend kühl mein Schlüsselbein verzierte.

Aber es hielt nicht lange an. Im Gegenteil. Die leidfreien Intervalle wurden immer kürzer, der Drang, die Magie zu rufen, immer stärker. Weiter und weiter zog es mich in diesen Strudel und es gab anscheinend keine Möglichkeit, ihm zu entkommen.

Neben all dem begannen meine Träume zu schwinden. Immer seltener erlebte ich bunte Farbenspiele und Fantasiegestalten, die mich durch ihre einzigartigen Welten führten, die doch oftmals zur Inspiration für meine Geschichten diente. Inzwischen umfing mich nur noch ein grauer, zäher Wirbel, wenn ich für eine Weile die Lider schloss. Hin und wieder wurde er von einer Stimme begleitet, die ich nicht recht zuordnen konnte. Dabei klang sie so sanft und vertraut.

An einem der vielen wunderbaren Sommertage lud Kurd Wallhelling mich ein, ihn bei einem Ausritt zu begleiten. Ich sagte ihm, ich könne nicht reiten und gewiss würde es ihn langweilen, eine verängstigte Gräfin hinter sich herschleppen zu müssen, die sich nicht recht auf ihrem Pferd zu halten wusste, doch er wischte all diese Einwände mit einer simplen Handbewegung beiseite.

Er war geduldig und das Pferd, das er mir ausgesucht hatte, freundlich und folgsam. Niemals wurde es störrisch, wenn ich mich mit den Fingern in seine Mähne krallte oder aber die Schenkel so eng zusammenpresste, dass es gewiss schon schmerzen musste.

Der Ritt führte uns durch die umliegenden Wälder, vorbei an kleinen Bächen, die durch Felsspalten rannen, und Wasserfällen, deren sanftes Plätschern sich mit dem Zirpen der Sommergrillen und dem Zwitschern der Vögel vermischte. Irgendwann durchquerten wir leuchtende Blumenfelder und eine duftende Auenlandschaft, deren Schönheit mich mit einem staunenden Gesicht zurückließ. Während all dem redeten wir nicht viel. Wallhelling schien die Landschaft ebenso sehr zu genießen wie ich und wir begnügten uns mit dem, was wir zu sehen bekamen.

Ich wusste nicht, ob ich es bedauern sollte, dass wir irgendwann wieder zum Stall zurückkehrten. Wallhelling bedankte sich in aller Höflichkeit bei mir und half, das schöne schneeweiße Tier, auf dem ich all die Stunden hatte sitzen dürfen, wieder zurück in die Box zu bringen. Er fragte mich nach meinen neuesten Werken, doch ich antwortete eher halbherzig.

»Solltet Ihr einmal wieder ein Werk haben, das Ihr veröffentlicht sehen wollt, dann seid Ihr jederzeit dazu eingeladen, unser Kontor zu besuchen«, meinte er mit freundlicher Miene, als er mir das Zaumzeug aus den Händen nahm.

»Ich danke Euch«, entgegnete ich. »Das werde ich.«

Ich wusste nicht, ob dies der Wahrheit entsprach.

Wallhelling verabschiedete sich schließlich bei mir, er und Kurd von Meveln würden noch einen neuen Autor in Augenschein nehmen. Ich hob nur die Hand zum Gruß, obwohl ich sah, dass er sich mehr wünschte. Danach drehte ich mich wieder um und ließ den Blick über die vielen Pferde schweifen, die sich in diesem riesigen Stall tummelten. Alles Tiere des Adels, hatte Wallhelling gesagt. Es fiel mir angesichts der verzierten Decken und funkelnden Sättel nicht schwer zu glauben.

Ich war gerade dabei, einen Rappen mit einer Möhre zu füttern, als ich Schritte hinter mir vernahm.

»Guten Tag, Lina«, begrüßte man mich.

Diese Stimme …

Ich entdeckte ein junges Gesicht, das mich zurückhaltend anlächelte. Grüne Augen unter braunem Haar. Ein schlanker und doch muskulöser Körper unter einem leichten Hemd.

Noahl.

»Guten Tag«, brachte ich gebrochen über die Lippen. Er lief an mir vorbei, stellte einen schwer aussehenden Sack, wohl mit Hafer gefüllt, neben die vielen anderen, die schon an der Wand lehnten.

Natürlich erkannte er mich nicht. Auch für ihn sah ich aus wie eine blonde, edel dekorierte Frau. Eine unter vielen in dieser Stadt.

»Seid Ihr hier, um ein Pferd zu besichtigen?«, fragte er, während er sich wieder aufrichtete.

»Nein, ich … ich habe eben erst einen Ausritt gemacht.«

»Hat es Euch gefallen?«

Ich blinzelte. »Ja.« Es klang mehr wie eine Frage.

Noahl guckte mich sanft an. Ich erinnerte mich noch viel zu gut daran und mir wurde sofort warm. »Kann ich noch irgendetwas für Euch tun?«

»Seid Ihr der Stallbursche?«, stellte ich ihm ebenfalls eine Frage.

Er nickte.

»Seit Kurzem erst?«

»Seit etwa einem Monat«, verriet er mir.

»Lebt Ihr auch hier?«

Nun stemmte er grinsend eine Hand in die Hüfte. »Ihr seid aber neugierig.«

»Verzeiht«, entgegnete ich hastig. »Ihr kommt mir nur so bekannt vor.«

»Ich lebe auch hier«, antwortete er. »Ein Edelmann hat mich beauftragt, all seine Pferde zu umsorgen. Er ist ein Rosszüchter. Ich darf in einer Hütte auf seinem Hof leben.«

»Schön«, sagte ich und legte mir kurz darauf eine Hand vor den Mund. Ich sollte damit aufhören. Es würde ihn nur verwirren.

Noahl aber legte den Kopf schief, seine Augen wurden schmal. »Kennen wir uns von irgendwoher?«

Merkte er etwas? »Ich weiß nicht ...«

Er kratzte sich am Hinterkopf, sein Gesicht wurde nachdenklich. Dann erst verstand ich – er war ein begehrter Mann für eine aufregende Nacht. Natürlich könnte es sein, dass es sich bei mir um eine der vielen Frauen handelte, die sich mit ihm zwischen den Laken vergnügt hatte. Gewiss hatte er sich nicht großartig verändert, seit er hier wohnte. Vermutlich brachte er den Adel mit seinem Lächeln um den Verstand.

»Nun, mein Name ist Noahl und ich bin sehr erfreut, Eure Bekanntschaft zu machen«, meinte er und verbeugte sich galant.

Ein Lächeln huschte über mein Gesicht.

»Ich bin ... Evanoliné.« Für einen Moment hatte ich nachgedacht, ob ich ihm je meinen zweiten Namen gesagt hatte.

»Ein schöner Klang«, murmelte er, während seine Miene weicher wurde.

Mit klopfendem Herzen wandte ich mich ab, lief an den Boxen entlang und streichelte einem der Pferde über den fuchsroten Hals, danach widmete ich mich einem kleineren, gescheckten Tier. Noahl folgte mir mit Blicken.

»Kann es sein, dass Ihr die große Poetin seid, die momentan in aller Munde ist? Die erste Autorin unserer Länder?«, wollte er auf einmal wissen.

»Vielleicht.« Schnell wandte ich mich einem stämmigeren Pferd zu, das mich mühelos überragte. Sein Schädel wirkte gigantisch, seine Hufe geradezu massiv.

»Was für eine Ehre, eine Berühmtheit wie Euch in diesem Stall zu sehen.« Er strahlte mich an.

Verlegen vergrub ich meine Hand in der hellen Mähne des großen Pferdes. »Ach, sagt das nicht.«

Noahl kam näher. »Warum denn nicht?«

Ich tauchte unter dem massigen Hals des Tieres hindurch. »Möglicherweise macht es mich ja verlegen.«

»Ach ja? Jemand wie Ihr muss doch vor Selbstbewusstsein strotzen.« Weitere Schritte. »Oder etwa nicht?«

Nun gelangte ich in den hinteren Teil des Stalls. Hier wurde es allmählich dunkler. Ich glitt in eine große Box hinein, in welcher gleich mehrere Pferde standen, lief an ihnen vorbei und versteckte mich hinter ihren kräftigen Körpern, während ich lauschte, ob Noahl mir folgte.

Langsam nur, aber er war nie weit entfernt.

»Ich finde es beeindruckend, wenn jemand es vermag, ganze Welten nur mit Worten zu kreieren«, hörte ich ihn leise und doch durchdringend sagen.

»*Nur* mit Worten?«, wiederholte ich.

»Verzeiht. So meinte ich das nicht.«

Hastig schob ich mich an einer hellen Stute vorbei, neugierig schaute sie mir hinterher. »Habt Ihr denn überhaupt Ahnung von der Poesie?«

»Leider nicht allzu viel. Vielleicht könnt Ihr mir ja das ein oder andere beibringen.«

Ich trat aus der Box heraus, wollte wieder zurück zum Licht, als ich plötzlich am Arm gepackt und aufgehalten wurde. Sanft zog jemand mich zurück und als ich mich umdrehte, stand ich unmittelbar vor Noahl.

»Ich weiß nicht …«, druckste ich hilflos angesichts dieser geradezu tückischen Nähe. Unsicher hob ich eine Hand zum Gesicht, strich mir eine Strähne aus der Stirn und streifte meine Braue Hilfe suchend, wie immer, wenn ich nicht weiterwusste.

Noahl, der eben noch auf mich herabgegrinst hatte, hielt nun inne. Ich ließ meine Hand langsam sinken und sah zu, wie sich etwas in seinem Gesicht veränderte. Er ließ mich nicht los, im Gegenteil, der Druck seiner Hand verstärkte sich auf einmal und ich zuckte zusammen.

»Da bist du ja.«

Ich brauchte mich nicht umzudrehen, um zu wissen, dass der Spinnengott hinter uns stand.

Noahl ließ von mir ab. Kurz darauf verschränkten sich kühle Finger mit meinen.

»Ich habe dich schon überall gesucht, meine Blume.«

Blume. Nichts könnte mich schlechter beschreiben. Ich war keine Blume, sondern ein welkendes, immer trister werdendes Blatt, dessen Farbe er aufsaugte und gierig in sich aufnahm, als wäre es die Luft, die ein Mensch zum Atmen brauchte.

Ich war nur ein weiteres Leben, das der Gott der Welke dahinraffen würde.

KAPITEL 32

Der Sommer schritt voran. Als Nächstes forderte die Magie und die immer größer werdende Dunkelheit in mir meine Erinnerungen. Es gab Tage, da wusste ich nicht einmal mehr, wie man eine Feder hielt. Die Worte glitten in traurigen Strömen aus meinem Verstand und ich konnte nichts tun, um sie bei mir zu halten.

So kam es, dass mich mein Weg in einen Buchladen führte, in der Hoffnung, ich könnte wieder ein paar geschnörkelte Sätze in meinen Kopf zurückzwängen. Ich blätterte in einem der vielen Schmöker und suchte nach Stellen, die mein Herz berührten. Ein Teil von mir behauptete, es sei längst zu spät für einen solchen Unsinn, aber ein anderer sehnte sich mit aller Macht danach.

Nach Poesie. Leidenschaft. Farbe in Form von Worten.

Nach Leben.

»Sieh an, sieh an«, riss mich eine kratzige Stimme aus dem trägen Moment.

Langsam hob ich den Kopf und entdeckte eine alte Frau, die so grimmig aussah, dass sie einem hungrigen Wolf hätte Konkurrenz machen können. Je länger ich sie ansah, umso mehr bekam ich das Gefühl, sie bereits zu kennen.

»Mädchen, was ist aus dir geworden?«, fragte sie mich.

Ich ächzte unter dem heißen Brennen der Kette an meinem Hals, das mich nun bald stündlich heimsuchte. Allmählich fielen mir keine Wünsche mehr ein, die ich von der Magie verlangen könnte, mein Kopf war leer gebrannt, die Gedanken flüchtig und mein Ideenreichtum ein toter, ausgeschöpfter Kessel.

»Himmel, sie sieht aus wie eine wandelnde Tote«, murmelte jemand anderes. Eine junge Frau. Sie stand hinter dem Tresen und guckte mich müde an.

Die Alte kam auf mich zu und schnipste mit den Fingern. Schlagartig richtete ich mich auf und rang nach Luft. Irgendetwas walzte durch meinen Verstand und rang die alles verschleiernde Dunkelheit nieder.

Dann erst erkannte ich, wer da vor mir stand. Jula und Ember. Dies hier war ihr Buchladen.

»Bist du wieder zurück?«, fragte Jula.

Verwirrt fuhr ich mir übers Gesicht. »Was habt Ihr gerade mit mir angestellt?«

»Nur ein kurzes Wachrütteln.« Sie verschränkte die Arme. »Viel wichtiger ist doch die Frage, was *du* mit *dir* angestellt hast.«

»In letzter Zeit geht es mir nicht besonders gut«, erwiderte ich mich belegter Zunge. Sie fühlte sich pelzig und schwer an.

Ember wechselte die Hand, mit der sie ihr hübsches Gesicht stützte. Wie immer wirkte sie ein wenig gelangweilt. »Du warst lange nicht mehr hier.«

Ich nickte.

»Suchst du wieder etwas Bestimmtes?«, wollte sie von mir wissen.

»Worte habe ich gesucht. Für den Anfang.« Stirnrunzelnd strich ich über die Buchdeckel, die vor mir lagen.

»Du bist mit einem Gott in Berührung gekommen, nicht wahr?« Julas Starren glich wieder dem eines Falken bei der Jagd. Scharf und unnachgiebig.

Wieder nickte ich. Dieses Mal jedoch zaghaft.

»Oh Mädchen, was hast du dir da nur eingebrockt.«

Ein Seufzen kam mir über die Lippen. Mit einem Mal stürzte die Wand aus Eis und Glas in sich zusammen, die ich in den letzten Wochen so sorgsam um mein geschundenes Herz errichtet hatte. Die Splitter schnitten so tief, dass ich dachte, die Besinnung zu verlieren.

Vor meinen inneren Auge erschien mein Vater, der sich leidvoll von mir abwandte. Der glaubte, seine Liebe wäre nicht genug gewesen. Aber das Gegenteil traf zu. Ich war seiner Liebe nicht würdig, so wie ich gehandelt hatte. Ich hatte ihn verletzt.

Da waren die vielen Menschen, die ich wie Diener meinem Willen unterworfen hatte. Bis zur Erschöpfung hatte ich sie gequält, sie erniedrigt und ihnen ihren eigenen Willen geraubt.

Ich war grausam gewesen.

Weinend ging ich in die Knie, als mir all dies bewusst wurde. Wie ein Dolchstoß rammte sich die dunkle Gewissheit mit brachialer Macht in mein Inneres. Ich schluchzte, während ich von warmen Händen umfangen wurde. Irgendjemand murmelte mir beruhigende Laute zu.

»So ist das, Kind, wenn man den falschen Pfad wählt. Aber sei dir gewiss – du bist nicht die Einzige.«

»Aber vielleicht die Schlimmste«, weinte ich.

»Nein. Auch das nicht. Es gab sterbliche Seelen vor dir, die grausamere Dinge vollzogen haben, als du es je tun könntest.«

Durch den dichten Schleier der heißen Tränen hindurch sah ich Jula an. »Woher wollt Ihr das wissen?«

»Weil ich ihre Geschichten erzählt bekam.«

»Von wem?«

Ein schweres Seufzen. »Verrate mir, welcher Gott es ist, der dich so umschlungen hält.«

Ich schluckte schwer, meine Kehle schmerzte und ich schwitzte. Seit langer Zeit fühlte ich mich wieder klein und schwach. Ich fühlte mich wieder menschlich.

»Der Spinnengott«, hauchte ich.

Jula nickte langsam und presste die Lippen zusammen. »Ein junger Gott.«

Ich schwieg. Wusste sie etwas über ihn?

»Seine Geschichte ist in der Tat sehr tragisch.«

»Weshalb?«, fragte ich.

»Er war einst ein junger, stattlicher Mann. Dann aber wurde er verflucht.«

Mein Atem beruhigte sich allmählich. Mein Kopf schmerzte, aber ich blendete es aus. »Verflucht? Von wem?«

»Von der Spiegelgöttin.« Jula brummte. »Oder aber der Dame im See. Wie auch immer man sie nennen mag.«

Die Dame im See ... Von ihr hatte ich schon einmal etwas gehört. Ein Wesen so wunderschön, dass man zu weinen begann, wenn man sie sah.

»Was ist geschehen?«, wollte ich wissen. Ich leckte mir über die Lippen, versuchte die Worte in mir zu halten und sie zu geflüsterten Fragen zu formen: »Kann ich ihn retten? Irgendwie? Kann ich das?«

»Das kann ich dir nicht sagen.«

Ich ballte die Fäuste. »Und warum nicht?«

»Weil es nicht meine Aufgabe ist, dir das zu sagen.«

Alles an mir fühlte sich kalt und schwitzig an. Mein Herz jagte. »Wessen Aufgabe ist es dann?«

»Was glaubst du?«

Ich war aufgestanden und hatte den Laden verlassen. Jula hatte mir hinterhergerufen, aber ich konnte nicht innehalten. Zu Fuß eilte ich nach Hause, rannte und rannte. Natürlich hätte ich den namenlosen Diener rufen können, sicherlich, doch ich wollte der Magie nun so weit entkommen wie nur irgend möglich. Noch immer drängte ihr Brennen gegen meine Haut, aber ich beschloss, dagegen anzukämpfen. Ich brauchte einen klaren Verstand, durfte mich nicht von der Finsternis überwältigen lassen.

Nicht noch einmal.

Als ich das Haus erreichte, schien bereits die Dunkelheit am Tag zu zerren. Das Sonnenlicht schwand, der Himmel rötete sich. Hörbar atmend eilte ich durch die Tür, suchte hektisch nach dem Spinnengott.

Er war nicht da. All die Zeit hatte er auf mich gewartet und nun? Kam ich zu spät?

Angst umfing mich, während ich in den Ballsaal hastete. Zunächst umgab mich Dunkelheit, doch dann schien sich ein schwaches Licht von der Decke zu lösen und zwischen den Spiegelwänden auszubreiten.

Und dann war er da.

Er stand inmitten des Saales, hatte den Kopf in den Nacken gelegt und starrte zur großen Glaskuppel hinauf, die nach und nach immer mehr Licht auf den Boden fließen ließ. Wie ein Wasserfall mutete das uns entgegenkommende Leuchten an.

Er sah mich an. Ich sagte nichts, erwiderte nur den sanften, schmerzvollen Blick, der den Kummer in mir nur noch größer werden ließ. Langsam ging ich auf ihn zu, letztlich aber sank ich in seine Arme und fing an zu weinen. Er hielt mich fest, wie er es in der Zeit getan hatte, bevor ich mich der Finsternis ergeben hatte.

»Es tut mir leid«, kam es mir über die Lippen.

»Was?«, murmelte er.

»Alles.« Ich sog zitternd die Luft ein, ehe ich mich noch fester an ihn presste. »Das, was ich tat, und auch das, was ich nicht tat.«

Ruhig strich er mir über mein Haar. Wieder und wieder, eine sanfte Regelmäßigkeit wohnte seinen Bewegungen inne. »Mir tut es leid, was er dir angetan hat, Saiza.«

Ich hob den Kopf. »Wer ist er?«

Der Spinnengott zog die Brauen zusammen; er wirkte, als hätte er Schmerzen. Er antwortete nicht.

»Du bist verflucht worden, nicht wahr?«, sagte ich dann.

Nun weiteten sich seine Augen.

»Von der Dame im See«, flüsterte ich.

Er versteifte sich.

Ich hielt ihn weiter fest. »Verrate mir, was passiert ist. Damals. Wie kann ein Gott verflucht werden?«

Langsam fing er an, den Kopf zu schütteln, wollte zurückweichen. »Saiza, ich … Du solltest mir keine solchen Fragen stellen …«

Dieses Mal ließ ich nicht zu, dass er sich mir entwand. »Warum nicht?«

»Weil sie gefährlich sind. Für mich wie auch für dich.«

Verzweifelt suchte ich in seinen Augen nach einer Antwort. »Warum?«, wisperte ich nur immer wieder. »Warum?«

»Es ...« Er schüttelte abermals den Kopf.

»Verrate mir, wie ich dir helfen kann.« Meine Stimme klang beinahe flehend. »Du bist nicht immer so ... so kalt.«

Auf einmal merkte ich, dass er angefangen hatte zu atmen. Schnell.

»Was ist mit dir?«

Er riss sich von mir los, tat einige Schritte durch den Saal. Doch er taumelte mehr, als dass er aufrecht ging.

»Ich kämpfe.« Er sagte es so leise, dass ich es kaum hören konnte. »Jeden Tag kämpfe ich dagegen an, aber ich schaffe es nicht. Vor allem nicht dann, wenn du nicht mit mir kämpfst.«

Wieder überkamen mich die Tränen. Sie forderten ein weiteres Stück meiner selbst, denn nun, wo ich den Spinnengott so sah – so verletzlich und geschwächt –, da spürte ich sein Leid, als wäre es mein eigenes.

Dennoch näherte ich mich ihm wieder an. »Was hat man dir angetan?«

Eine matte Erschöpfung trübte seine Augen. »Ich kann es dir nicht sagen, Saiza. Ich wünschte, ich wäre dazu in der Lage, aber es geht nicht. Die Magie brennt jedes Wort von meiner Zunge. Jeder Ton in mir wird von ihr getilgt, wenn ich darüber zu sprechen versuche.«

Ich wollte ihn berühren. Vielleicht sogar küssen. Irgendetwas, damit er aufhörte, so gequält auszusehen.

»Dann sag mir wenigstens, wie ich dir helfen kann«, bat ich ihn leise.

»Sei du. Sei die Saiza, die mit den Worten tanzt und den Sätzen singt. Das kluge, bunte Mädchen, das meinem Wald Farbe verliehen hat. Das mir als erstes Wesen dieser Welt ein Gedicht schrieb, das eine Stelle in mir berührte, welche eigentlich ein Herz bergen sollte.«

Mit einem Satz stand ich vor ihm. Ich schob eine Hand in seinen Nacken und zog ihn zu mir herunter. Unser Kuss war verzweifelt und hastig, schnell und drängend.

»Du hast mir meine Seele gestohlen«, meinte ich atemlos, während er seine Lippen über meine Wange und schließlich auch meinen Hals wandern ließ. »Aber vielleicht anders, als du denkst.«

»Glaubst du das?«

»Ja«, antwortete ich und fuhr mit den Fingern durch sein dunkles Haar. »Ich weiß es.«

Die Dunkelheit drang in den Saal. Jedoch keine, die ich zu fürchten hatte. Nur die unschuldige, immer wiederkehrende Nacht.

»Saiza«, wisperte eine Stimme nahe meinem Ohr.

Ich hatte das Gesicht an der Kuhle seines Schlüsselbeins vergraben, doch nun sah ich zu ihm auf – dem Spinnengott.

Seine kupferbraunen Augen schauten mich eindringlich an. »Ich habe einen Namen.«

»Wie lautet er?«

»Finde ihn heraus«, war das Letzte, was er zu mir sagte, bevor er verschwand.

KAPITEL 33

Der Regen begleitete meine Schritte, während ich die Stadt durchquerte, um zu Julas Laden zurückzukehren. Als hätte sie es geahnt, tauchte sie jäh neben ihrer Enkelin auf, die gerade noch einen Kunden bediente, der alsbald den Laden verließ.

»Du musst mir mehr verraten«, begann ich ohne Umschweife.

»Über deinen Spinnengott?« Jula bedachte mich mit einem halbherzigen Blick.

Meine Wangen erröteten, doch ich versuchte es zu ignorieren.

»Er kann nicht über den Fluch sprechen. Seine Magie verhindert es.« Ich baute mich vor der Theke auf. »Aber ich muss mehr wissen. Was ist das für ein Fluch?«

Ember blies hörbar die Luft über die Lippen.

»Wenn es dir dein Gott nicht verrät, Mädchen, dann vielleicht der, der ihn verflucht hat«, kam es von Jula.

Ich runzelte die Stirn. »Die Dame im See?«

Sie gab ein zustimmendes Brummen von sich.

»Kann ich sie finden? Mit ihr sprechen? Ist das möglich?«

Jula stieß ein kurzes Lachen aus, das eher wie ein Bellen klang. »Wenn du schon mit deinem Spinnengott reden konntest, dann auch mit jeder anderen dieser Kreaturen. Es ist ein Irrglaube, dass Sterbliche sich nicht allzu nah an sie heranbegeben und mehrere sinnvoll aneinandergereihte Worte an sie richten können.«

»Weißt du, wo sie ...« Ich suchte nach einem Wort.

»Ihr Heim hat? Ihre Stätte? Ihren Hort des Übels?«, schlug Jula brummend vor.

Ich nickte schwach.

»Es gibt einen See, nicht weit von hier im Süden. Er liegt inmitten einer weißen Schlucht. Darin ruht sie, bis jemand sie ruft«, erzählte sie mir schließlich. »Aber gibt acht, sie heißt nicht umsonst die Göttin der Spiegel. Alles, was du sehen wirst, kann nur eine Illusion sein. Oder ein Trick, der dich zur Verzweiflung bringen soll. Sie vermag es, bis tief in deine Seele hineinzublicken, sie weiß, welches Leid dich plagt, und sie wird nicht zögern, es gegen dich einzusetzen, wenn ihr danach ist.«

Meine Schultern sanken herab. Nachdenklich rieb ich mir über meine Braue, dann zog ich sachte an der Kette um meinen Hals, die inzwischen auf meiner Haut spannte. Ich hatte das Gefühl, sie war wieder ein wenig enger geworden.

»Ich habe ein Problem«, fiel mir plötzlich auf.

»Nur eines?« Ember lächelte müde.

»Dieser Anhänger ... Ich glaube, der Gott hat durch ihn ein Auge auf mich. Er kann mich aufspüren, egal, wo ich bin.«

»Hm, ja. Das ist natürlich ungünstig.« Jula begutachtete ihn mit abfälliger Miene.

»Gibt es eine Möglichkeit, sie abzunehmen?«, erfragte ich hoffnungsvoll.

»Nein. Das Ding ist aus purer Magie gefertigt. Eher brennt es sich in deine Haut ein, als dass es von dir ablassen würde«, meinte Ember mit einer beinahe verletzenden Gleichgültigkeit.

Ich schaute sie nachdenklich an. »Ihr beide wisst erstaunlich gut über solcherlei Dinge Bescheid.«

Ember zuckte mit den Schultern. »Großmutter gibt ihre Geheimnisse nicht gerne preis, aber irgendwer muss ja ihr Vermächtnis bewahren, wenn sie in tausend Jahren an ihrer eigenen Giftigkeit zugrunde geht.«

»Undankbares Biest«, knurrte Jula.

Ember blies sich unbeeindruckt eine dunkle Strähne aus dem Gesicht.

Nun richtete sich die Alte wieder an mich. »Vielleicht habe ich etwas für dich, das dir helfen könnte. Aber es ist eine einmalige Sache, also solltest du es besser ernst meinen.«

Sie verschwand in einem kleinen Verschlag neben dem Tresen und kehrte erst nach mehreren Augenblicken wieder. Dann legte sie etwas Schimmerndes, Funkelndes auf die Theke.

Es handelte sich um einen milchig scheinenden Stein, der in eine runde Fassung eingebettet worden war, welche dank eines dunklen Lederbandes als Anhänger getragen werden konnte.

»Das ist ein Mondstein«, sagte Jula. »Der einzige Stein, der die Magie eines Gottes zu dämpfen vermag. Nicht vollständig, aber lange genug, um einem dürren Mädchen das Entkommen zu ermöglichen.«

Ich bedachte sie mit einem grimmigen Blick. Dann nahm ich die Kette an mich.

»Leg sie erst dann um, wenn du vorhast, die Stadt zu verlassen. Der Schutz, den sie gewährt, wird mit jeder Minute schwächer, aber er sollte ausreichen, um dich lange genug zu verbergen, bis du wieder zurückkehrst.« Sie rieb sich das Kinn. Erst da fiel mir auf, dass sie selbst einen Ring mit einem solchen Stein trug.

»Hm«, machte sie noch. »*Falls* du zurückkehrst jedenfalls.«

»Eure Worte sind herzerwärmend wie immer«, wagte ich zu sagen.

Ember schnaubte und Jula kniff die Lippen zusammen. »Willst du frech werden?«

Ja. »Nein«, murmelte ich und gab mich demütiger.

»Du solltest jetzt gehen. Ich bin müde«, meinte Jula abrupt.

Das überraschte mich. Sie kam mir vor wie jemand, der nie müde wurde, seine Umwelt in Aufruhr zu versetzen, und das meist in keinem positiven Sinne.

»Tu, was sie sagt. Du willst sie nicht erleben, wenn sie schläfrig wird«, legte Ember mir nahe.

Jula machte lediglich eine wegwerfende Handbewegung, ehe sie sich umdrehte und davonschritt.

Nun war es an mir.

»Dies hier ist dein liebster Raum, nicht wahr?«

Der Spinnengott drehte den Kopf. Er lächelte mich vorsichtig an. Ich trat näher und griff nach seiner Hand, überrascht von meinem plötzlichen Mut.

Inzwischen war die Nacht hereingebrochen. Ich hatte die Mondsteinkette in den Untiefen meines Schrankes verstaut und machte mir bereits Gedanken darum, wie ich meinen Plan am besten in die Tat umsetzen könnte. Vieles drehte sich darum, zum Stall zu gelangen und Noahl darum zu bitten, mir ein Pferd zu satteln. Andererseits hatte ich mich schon beim Trab kaum auf dem Rücken des Tieres halten können, wie würde es erst sein, wenn ich es zum Galopp antrieb?

Nachdenklich folgte ich dem Blick des Gottes hinauf zur Kuppel, wo die Sterne auf uns warteten. Ihr seidiger Schimmer umgab uns wie ein feiner Nebel, der die Haut in ein seidiges Blau tauchte.

»Ich denke schon«, verriet der Gott mir schmunzelnd.

»Ich bin froh, dass du hier bist.«

Er zog die Brauen in die Höhe. »Geht es dir gut?«

Diese Frage ließ sich inzwischen nicht mehr allzu einfach beantworten. Darum sagte ich gar nichts, sondern bettete lediglich meine Stirn an seine.

»Wenn du da bist, geht es mir besser«, hauchte ich auf seine Lippen.

»Bist du dir sicher?«

»Ja. Ich kenne deinen Namen nicht, aber ich weiß, dass ich lieber dich vor mir stehen habe als *ihn*.«

Er wusste, von wem ich sprach – seiner dunklen Seite – und nickte kaum merklich.

»Und wüsste ich ihn, deinen Namen, dann würde ich dich rufen, wenn er irgendwann auftaucht. Damit er geht und du kommst, vielleicht sogar bleibst. Für immer.«

Da fasste mich der Gott auf einmal an den Schultern und schob mich ein Stück von sich. »Bist du dir sicher?«

Entschlossen öffnete ich den Mund, doch ich kam nicht weit.

»Du kennst mich nicht, Saiza. Du weißt nur wenig über den, der da vor dir steht«, sagte er.

Ich würde nicht zurückweichen, nicht vor ihm oder seinen Worten. »Genug, um zu wissen, dass in dir viel mehr steckt als das, was ich bisher gesehen habe.«

Ein abgehacktes Seufzen verließ seine Lippen.

»Du musst dich nur trauen, es mir zu zeigen«, wisperte ich.

Es war das erste Mal, dass ich echte Angst in seinem Gesicht bemerkte.

»Wovor fürchtest du dich?«, fragte ich ihn.

»Davor, so zu sein, wie ich geboren wurde.« Er senkte den Blick, griff nach meinen Händen. »Menschlich.« Sein Daumen strich über meine Finger. »Verletzlich.« Eine Berührung zarter als die vorige. »Wahrhaftig ... fühlend.«

Hatte er das sagen wollen? *Fühlend?*

Sachte drückte ich seine Hände mit den meinen und sandte ihm ein liebevolles und doch verzweifeltes Lächeln. Das schien er zu verstehen. Er schob die Finger in meinen Nacken, lehnte seine Stirn an meine, während sich das Licht des Mondes über uns ergoss wie ein silbriger Wasserfall.

»Es ist das erste Mal seit zweihundert Jahren, dass ich nicht weiß, wohin mein nächster Schritt führen soll«, verriet er.

»Nach vorn.« Ich schlug die Augen auf und sah ihn an. »Immer nur nach vorn.«

Und so tat er ihn – einen Schritt nach vorn. Erstaunt wich ich zurück. Er aber setzte nach, berührte meine Hüfte. Wieder gab ich nach. Dann erst verstand ich, was hier geschah.

Wir begannen zu tanzen.

Ich legte meine Finger in seine, bettete eine Hand auf seiner Schulter, wie es üblich war, wenn Paare miteinander tanzten. Niemals hatte ich mich gemeinsam mit jemand anderem so langsam durch einen Raum bewegt. Dennoch klopfte mein Herz schneller, als unsere Blicke sich trafen.

Ein gepinseltes Leuchten erfüllte den Raum – sichtbar, greifbar. Windungen in der Luft, die funkelten und perlten. Selbst in den Spiegeln fingen sich die ätherischen Lichter, die sich mit uns durch den Saal bewegten.

Aber auch mein Spiegelbild war dort zu sehen. Mein wahres Ich. Saiza.

Mein braunes, inzwischen längeres Haar floss um meine Schultern. Mein fliederfarbenes Kleid schmiegte sich an meine Taille, der Rock war mit winzigen, aus Stoff gefertigten Federn besetzt. Die goldene Kette lag eng an meinem Hals und einige ebenfalls goldene Nadeln verzierten meine Strähnen.

Und ich tanzte mit einem jungen Mann, der nichts mit einem Gott gemein hatte. Rein gar nichts.

Der Boden verwandelte sich in ein schillerndes Meer, so dunkel und tief, dass es anmutete wie ein zum Boden geholter Nachthimmel. Wir schwebten darüber hinweg wie wandernde Sterne.

Das fordernde Brennen der Magie, das mich all die vergangenen Stunden gemartert hatte, wurde schwächer und schwächer. Nun fühlte ich nur noch die Sanftheit der Finger, die mich hielten, und das zarte Rauschen der flüsternden Musik, die in uns spielte. In uns, nicht im Raum, nicht in der Luft. Nein, sie vibrierte in unseren Adern, tanzte durch unsere Köpfe und stahl sich in unseren Atem.

Ich wusste nicht mehr, wo wir anfingen und wo wir aufhörten.

Irgendwann zwischen Mitternacht und Morgen schritt ich auf nackten Füßen durch das Schlafgemach. Die vergangenen Stunden hatte ich mich im Mondlicht treiben lassen. Irgendwann hatte der Spinnengott mich zur Treppe geführt und gesagt, ich solle mich ausruhen. Ich hatte genickt, denn ich fühlte mich so friedvoll müde wie lange nicht mehr.

Heute Nacht würde ich wunderbar schlafen.

Kaum hatte ich die ersten Stufen erklommen, da musste ich mich umdrehen. Keine Schritte hinter mir. Nur Dunkelheit und Stille.

Vom Spinnenfürsten fehlte jede Spur. Stirnrunzelnd schleppte ich mich in den nächsten Stock.

Er hatte so zufrieden gewirkt. So sanft und liebevoll. Wie kam es, dass ich mich so schnell zu ihm hingezogen fühlte, wenn er sich derart verhielt? Was machte es mit mir? Wer war ich, wenn ich ihn anlächelte?

Nachdenklich zupfte ich an meinem Kleid, während ich den Blick über den vom Sternenlicht erhellten Hof schweifen ließ. Erst ein Rascheln brachte mich dazu, mich abermals umzudrehen. Ich hielt in jeder Bewegung inne, als ich die zarte Blume auf dem Bett liegen sah, blassblau und schimmernd.

Eine der Blumen aus dem Dunkelwald.

Zögerlich hob ich sie auf und betrachtete sie von jeder Seite.

»Ich erinnere mich noch daran, dass sie dir gefallen haben«, kam es leise aus einer Ecke des Raumes.

Bedächtig nickte ich, den Blick auf die Dunkelheit gerichtet, sodass ich den Gott nicht sehen konnte.

»Das tun sie«, erwiderte ich mit warmer Stimme. »Wo bist du?«

»Im Schatten.«

Ein amüsierter Zug stahl sich auf meine Lippen. »Offensichtlich.«

»Nicht immer kann ich so menschlich sein, wie du mich die meiste Zeit siehst.« Seine schöne Stimme klang auf einmal sehr rau.

»Mir ist egal, wie du aussiehst.«

»Wirklich?« Deutliche Zweifel versteckten sich in dieser Frage. »Nicht umsonst fangen die Menschen beim Anblick meiner Gestalt an zu schreien und zu toben.«

»Das habe ich nie gemacht.«

»Noch nicht. Aber vielleicht hast du das Schlimmste ja noch gar nicht gesehen.«

Ich stand in der Mitte des Raumes, hielt mir die Blume an die Brust und musste an meinen Vater denken. »Doch«, erwiderte ich murmelnd. »Das habe ich vielleicht.«

Schließlich glitt er aus der Finsternis. Seine Kupferaugen bemerkte ich als Erstes. Sanft sah er mich an. Nichts an ihm

Der Kuss, der folgte, war rau, die Hände auf meinem Gesicht wie eisige Schleifsteine. Sein ganzer Körper fühlte sich plötzlich kalt und hart an, die Zunge schmeckte bitter und scharf.

Er zog sich zurück.

»Und?«

»Ganz anders ...«, erwiderte ich.

»Anders als was?«

Als ein Mensch.

Er lachte leise, während ich noch immer nach Worten suchte. Ich schlug die Augen auf und blickte dem jungen Mann entgegen, keinem Monster. »Du findest das amüsant?«

»Es hat sich auch für mich seltsam angefühlt«, gestand er. »Ich habe noch niemals jemanden geküsst, wenn ich ... wenn meine Gestalt ebendiese ist.«

»Aber man sagt, du würdest all die Seelen durch einen Kuss bei Mondschein stehlen«, erinnerte ich mich. »Ist das etwa eine Lüge?«

Nun zog die Kälte durch seine Züge. Er verkrampfte sich. »Es ist keine Lüge. Aber das sind keine Küsse, wie wir sie tauschen. Sie sind magisch.«

»Und diese hier sind es nicht?«

War das etwa Verwirrung in seinem Gesicht? Ich grinste.

»Für mich sind sie es nämlich. Magische Küsse von einem Namenlosen.« Ich stieß mit der Nase gegen seine Wange. »Wie geheimnisvoll.«

»Es gefällt mir, wenn du dich amüsierst«, sagte er plötzlich.

Das tat ich. Ich wusste selbst nicht, woher meine Losgelöstheit stammte, doch gerade fühlte ich mich, als würden wir auf den Wolken liegen – wattierte Schwerelosigkeit, die uns umgab, und die Sorglosigkeit wäre der dunkle, heimelige Himmel über uns.

Unvermittelt fühlte ich eine Bewegung unter mir. »Wenn du lieber lachen und scherzen willst, sollten wir vielleicht sittsamer zugange sein«, scherzte der Spinnengott mit einem sanften Raunen.

Aber das wollte ich nicht.

Nein, jetzt wollte ich nur noch bei ihm sein. So nah wie nur irgend möglich. Also küsste ich ihn mit allem Ernst, der noch übrig war, und allem Verlangen, das ich besaß, und er küsste mich zurück. Das erste Mal wünschte ich mir diese Nähe voll und ganz von ihm – mit all meiner Klarheit und meinem Verstand.

Er umfasste mit einer Hand meinen Nacken, drückte mich noch enger an sich. Gleichzeitig wanderte die andere an meiner Seite entlang. Auf einmal aber schob sie sich zwischen uns, berührte mich an Stellen, die so empfindlich reagierten, dass ich ein Keuchen von mir gab.

Mein Herz hämmerte gegen die Brust, während ich mich ihm hingab. Doch dann musste ich die Lider öffnen und ihn einfach ansehen. Der Glanz in seinen Augen war so warm, sein Blick so berauscht, dass ich mich nicht mehr zurückhalten wollte.

Forsch und bestimmt wie nie zuvor umfasste ich ihn an den Schultern, zog ihn nach oben, während ich mich aufsetzte. Ich küsste ihn leidenschaftlich, als seine Berührungen zwischen meinen Schenkeln immer verlangender wurden. Ich stöhnte gegen seinen Hals, als mich schließlich eine wirbelnde Welle in meinem Inneren überkam. Für einen Moment schienen alle klaren Gedanken fortgespült. Ich merkte kaum, wie ich schließlich ein Stück nach oben glitt, nur um wieder auf ihn herabzusinken.

Er umfasste mich und wir fingen an, uns zu bewegen, ich lehnte meine Stirn an seine und ging vollkommen in diesem wunderbaren Gefühl auf, das seine Nähe in mir auslöste. Jeder weitere Kuss setzte ein kleines Feuer in mir frei, das nach und nach zu einem lodernden Brand in meinem Bauch heranwuchs. Dieser Moment war so wahrhaftig und so überwältigend, dass ich ihn nie wieder vergessen würde.

Dennoch vermochte ich nicht zu sagen, ob die folgenden Worte Traum oder aber Wirklichkeit waren, die da in mein Ohr geflüstert wurden, nachdem wir wieder zur Ruhe gekommen waren.

»Saiza.« Ein einziger Hauch.

Ich regte mich kurz.

»Rette mich. Ich flehe dich an.«

KAPITEL 34

Es hatte sich schwerer gestaltet denn gedacht, an dem namenlosen Diener vorbeizukommen. Seine durchbohrenden Blicke verfolgten mich, während ich das Haus verließ, schließlich kam er mir sogar nach. Seufzend drehte ich mich um, versuchte mir nicht anmerken zu lassen, dass mir das Herz bis zum Halse schlug.

»Ich gehe mich nur ein wenig in der Stadt umsehen. Schmuck, Kleider und solcherlei Dinge. Du brauchst mich nicht bewachen wie einen Knochen. Bleib hier, ich rufe dich, wenn ich dich brauche«, setzte ich ihm entgegen.

Mit starrer Miene blieb er auf einer der Treppenstufen stehen, während ich mich langsam hinunter in den Hof bewegte – und dann hinab in die Stadt.

Die Mondsteinkette wog unerwartet schwer in meiner Hand. Ich hatte mir den leichten Rock abgeknöpft, der meine in Reithosen gekleideten Beine verborgen hatte. Bedachtsam verstaute ich ihn als zusammengerolltes Bündel in einer Ecke des Stalls, denn der namenlose Diener sollte keinen Verdacht schöpfen; Stroh und Dreck könnte ich nun nicht gebrauchen.

Tatsächlich hatte ich mich für kurze Zeit in einer der Markthallen herumgetrieben und übertreuerten Plunder gekauft. Irgendwann inmitten der regen Menschenmenge hatte ich mir die Mondsteinkette um den Hals gelegt und angefangen, mich zu beeilen. Mit einem lauten Keuchen war ich am Stall angekommen.

Nun sattelte ich gerade die weiße Stute, die ich beim letzten Mal geritten hatte, doch ich stellte mich ungeschickt an und vergeudete kostbare Zeit.

»Kann ich Euch behilflich sein?«

Ich erstarrte.

Noahl stand am Ende des Stalls. Freundlich sah er mich an. Im Affekt entschied ich mich schnell für eine Antwort: »Ja. Bitte helft mir, diesen Sattel festzumachen, ich schaffe es einfach nicht.«

In drei Schritten stand er neben mir und kümmerte sich darum. Ich knetete nervös die Finger, während er mir immer wieder kurze Seitenblicke zuwarf.

»Seid Ihr in Ordnung?«

»Ja. Ich habe nur schlecht geschlafen.«

»Wollt Ihr fliehen?«

Das traf mich wie ein Schlag. Ich starrte ihn an.

Noahl leckte sich über die Lippen und zog den Gurt fest. »Ich weiß nicht, ob das, was ich jetzt sage, eine Torheit ist, aber ...«

»Dann sagt es besser nicht«, unterbrach ich ihn harsch.

Er beendete sein Tun und wandte sich mir zu. »Ich habe dich nicht lange genug kennengelernt, um es mit Sicherheit sagen zu können, aber du bist es, oder, Saiza? Dieses Nesteln an deinen Fingern, das Streichen über die Braue. Glaub nicht, dass mir das entgangen wäre. Ich habe inzwischen einen Sinn für Frauen, die nervös sind.«

Ich war viel zu perplex, um auch nur ein einziges Wort von mir zu geben.

»Was hat der Gott dir angetan?«, fragte er mich flüsternd.

Mein jagendes Herz machte mir wieder klar, dass jeder Augenblick unendlich kostbar war. Ich durfte diese Chance nicht vergeuden.

»Noahl«, fing ich an, »ich werde dir alles sagen, dir alles erklären, wenn du mir jetzt hilfst, aus der Stadt zu kommen. Ich kann nicht reiten oder allerhöchstens sehr schlecht. Ich muss unbedingt zu einer weißen Schlucht im Süden, vielleicht kennst du sie. Du darfst mir jetzt keine Fragen darüber stellen, ich bitte dich. Alles wird sich aufklären. Aber dazu musst du mir helfen.«

»Bist du in Gefahr?«

»Das weiß ich nicht genau. Manchmal ja, manchmal nein. Aber darum geht es. Ich will dafür sorgen, dass es ein Ende hat.«

Noahl schien kurz in sich zu gehen. Dann schaute er mich an und nickte fest. »Aufsteigen«, sagte er.

Ich tat, was er mir befahl, stellte dann mit Erstaunen fest, dass er sich hinter mich schwang und an mir vorbei nach den Zügeln griff.

»Das wird jetzt nicht besonders angenehm, aber versuch, dich mit aller Kraft im Sattel zu halten, ja?«, hörte ich seine Stimme nahe meinem Ohr. Ich nickte schwach.

Die Übelkeit hielt mich fest in ihren Klauen. Unser Ritt war eiliger als jeder Wirbelwind, der über das Land fegte. Ich fühlte Noahls Wärme hinter mir, doch sie spendete keinen Trost. Ich krallte meine Hände in den Sattelknauf und hoffte nur, dass Noahls Arm um meinen Körper mich halten möge, egal was noch kommen würde. Mein Schweiß wurde binnen weniger Sekunden eiskalt und so fror ich entsetzlich in diesen goldenen Morgenstunden. Sogar meine Zähne klapperten.

Ich konnte nicht sagen, wie lange es dauerte, bis wir die weiße Schlucht erreichten. Sie lag ein Stück südlicher als Velkhain, das irgendwo in der Ferne an uns vorbeigezogen war. Ein närrischer Gedanke war in mir aufgekommen, während ich an mein altes Zuhause gedacht hatte. Ich schüttelte ihn eisern weg, jetzt hatte ich keine Zeit für so etwas. Der Mondstein war nur für einen bestimmten Zweck.

Für meinen Gott. Nicht für mich.

Noahl brachte auf meinen Befehl hin das Pferd zum Stehen, nachdem die ersten weißen Steine unter seinen Hufen schabten. Ein Stück entfernt lag ein tiefblauer, in absoluter Stille liegender See.

Ein einziger Baum wogte lautlos im Wind – eine große, alte Trauerweide. Ihre langen Äst strichen sanft über die Wasseroberfläche; es hätte beruhigend sein können, diesem Treiben zuzusehen, wäre ich nicht so nervös gewesen.

Ich stieg ab. »Warte dort hinten bei den drei Büschen auf mich«, sagte ich zu Noahl. Von dort aus würde er nichts sehen, was seiner eigenen Sicherheit diente.

Mit deutlichen Falten auf der Stirn nickte er und lenkte das Pferd herum. Erst nachdem er verschwunden war, stieg ich hinab in die hell scheinende Schlucht.

Meine Lippen fühlten sich allmählich rau an, so viel biss ich auf ihnen herum. Irgendwo schmeckte ich dünnes Blut. Meine Hände zitterten und ich wischte gewiss zum fünften Mal den kalten Schweiß an meiner Hose ab.

Der kleine See wirkte wie ein gewöhnliches Gewässer. Keine Spur von göttlicher Macht, die hier schlummerte. Dennoch spürte ich eine zusehends stärker scheinende Präsenz. Ich suchte im Wasser nach einer Gestalt, hoffte, irgendetwas zu finden, das mir endlich die Antworten liefern könnte, die ich so sehr begehrte.

Auch wenn ich damit hätte rechnen können, schrak ich doch zurück, als sich plötzlich mehrere dünne Rinnsale klaren Wassers vom See in die Luft aalten und sich zu einem runden Konstrukt verbanden, das glitzerte und funkelte wie … ein Spiegel!

Zunächst sah ich die Gestalt der blonden Frau darin, die ich für die meisten besaß, dann erst mein wahres Gesicht. Jedoch flackerte ein goldenes Licht an meinem Schlüsselbein, schwächlich wie eine Kerze im Wind.

Mein Seelenlicht.

»Du kommst reichlich spät, sterbliche Kreatur.«

Ich drehte den Kopf. Eine Frau stieg unweit des Spiegels aus dem Wasser. Ihr silbernes Kleid fiel ihr seidig über den bleichen Körper, die Haare waren eigenartig durchscheinend und ihre Lippen klar wie Glas und die Augen silberne Scheiben, deren Anblick mich beinahe blendete.

»Bist du die Göttin der Spiegel?«

Eine reichlich sinnlose Frage.

Sie beantwortete sie gar nicht erst.

»Ich brauche deine Hilfe«, sagte ich dann. »Ich muss etwas über einen der Deinen erfahren.«

Wieder gab sie keinen Ton von sich, starrte mich nur an.

»Den Spinnengott«, schob ich leise hinterher. Der Mut schwand mir aus den Knochen.

»Ich weiß, von wem du sprichst.«

Ich wagte es nicht, mich zu rühren, während das quellende, magische Wasser mich langsam zu umkreisen begann. »Was ist mit ihm geschehen?«, fragte ich. »Warum hast du ihn verflucht?«

»Ich tat es, weil er wie alle Menschen eines Tages der Selbstsüchtigkeit erlag. Einer, die andere verletzte. Ich glaube, du weißt, wovon ich spreche«, erwiderte die Göttin mit blanker Stimme.

Bitter senkte ich mein Haupt.

»Wenn du wirklich seine Geschichte hören willst, dann musst du deinen Geist meiner Magie überlassen.«

Ich blinzelte. Das verstand ich nicht.

Die Spiegelgöttin kam langsam auf mich zu. »Nur so kann ich dir zeigen, was damals geschah.«

Ich rang mit mir. Doch ich wusste, dass ich keine Wahl hatte. Diese hatte ich bereits getroffen, als ich mich heute Morgen aus dem Haus begeben hatte.

Ich nickte.

»Bedecke den Stein mit deiner Hand. Er sticht in meinen Augen.«

Ich legte die Finger um den Mondsteinanhänger. Dann wurde ich von einer tosenden Flut umschlungen, viel zu schnell, als dass ich noch hätte schreien können.

»Wo sind wir?«, hauchte ich, nachdem ich die Lider aufgeschlagen und mich umgesehen hatte. Die ehemals weiße Schlucht war einer grünenden Oase gewichen. Dichte, hohe Gräser umgaben eine

Schar von hochgewachsenen Bäumen, die Vögel zwitscherten über meinem Kopf und der Duft wilder Blumen zog an mir vorbei.

»Das ist die Vergangenheit«, antwortete die Spiegelgöttin, die neben mir am Ufer stand.

Ehe ich sie fragen konnte, in was für einer Zeit wir uns befanden, deutete sie mit einem viel zu langen, schlanken Finger in die Ferne. Mit suchendem Blick verstand ich schnell, was sie mir zeigen wollte.

Ein Mann stieg in die Schlucht hinab. Ein junger, dunkelhaariger Mann.

Mein Gott.

Er trug nichts außer einem einfachen Hemd, schlichten Hosen und feste Stiefel am Leib. Sein Gesicht wirkte so viel jünger als jenes, das ich inzwischen kannte; es wirkte nachdenklich und so schmerzvoll menschlich, dass ich es am liebsten berührt hätte, aber ich konnte mich nicht bewegen. Nicht einmal das kleinste bisschen. Ich war dazu gezwungen, lediglich zuzusehen, wie er an uns beiden vorbeitrat und vor dem Ufer zum Stehen kam. Er schien uns gar nicht zu bemerken.

»Wenn du mich hören kannst, schenk mir ein Zeichen, ich bitte dich«, murmelte er mit der schönen Stimme, die mich immer wieder aufs Neue verzauberte.

Ein sanftes Plätschern drang aus dem See. Der Mann seufzte erleichtert.

»Ich brauche deine Hilfe«, sagte er. »Der Winter wird kommen und er soll grausamer sein als alle vorigen, sagen die Seher. Außerdem soll er schneller kommen als ein Gewitter bei Nacht.« Er schluckte hörbar. »Unsere Ernte war schlecht, ich weiß nicht, ob wir es überstehen werden. Meine Schwester, Phidara, sie ist doch noch so klein. Es würde Mutter das Herz zerreißen, würde sie ein weiteres Kind verlieren.«

Stille.

Der Mann faltete die Hände, führte sie an die Lippen. Er wirkte so leidvoll. So verzweifelt.

»Ich flehe, Göttin. Ich flehe dich an. Nimm von mir, was du willst, aber schütze meine Familie. Bring sie durch den Winter. Mehr verlange ich nicht.«

Ein Kloß drückte mir in der Kehle. Ich fühlte mich mit einem Mal bleischwer. Ein erstickter Laut kam mir über die Lippen, als ein weiteres Plätschern zu hören war.

Stellte dies die Antwort der Göttin dar?

Erschrocken stellte ich fest, dass es nicht mein Laut war, den ich vernommen hatte, sondern ein erleichtertes und dankbares Seufzen des Mannes.

»Ich werde mich jeden Abend für deine Güte bedanken, meine Worte und Gebete gelten dir, große Göttin«, hauchte er.

Dann machte er sich davon.

Bevor ich die Göttin fragen konnte, was da eben geschehen war, zerrte etwas an meinem Verstand. Die Bäume um uns herum verloren ihre Blätter, das Gras wurde trockener und grauer. Schließlich kam der Schnee, bedeckte alles unter seinem weißen Mantel. Der Winter fegte über das Land. Irgendwann wurde er von blühendem Frühling vertrieben, das Grün kehrte zurück und mit ihm das Leben.

Auch der junge Mann trat wieder in die Schlucht. Er fiel vor dem Ufer auf die Knie, legte einen kleinen, verbeulten Apfel ins Wasser und ebenso einen winzigen Sack Korn.

»Danke, dass du sie den Winter hast überstehen lassen«, hörte ich ihn sagen. Er hob den Kopf, ein Strahlen zeichnete sein Gesicht. Es war so wunderschön, dass es mir selbst ein Schmunzeln auf die Lippen zauberte.

»Phidara lebt und meine anderen Schwestern sind gesund. Wir haben den Winter überstanden. Jetzt brauchen wir nur noch eine gute Ernte, dann wird alles gut.« Er erhob sich. »Ich danke dir.«

Die Zeit fing wieder an zu rasen. Der Apfel wurde von einem Reh gestohlen, das Korn verschwand nach und nach im See. Der Sommer holte sich die Sonne ins Land. Dann übernahm der Herbst die Regie und ließ Gold, Rot und Kupfer über die Welt tanzen.

Mein Staunen wurde durch ein jähes Keuchen beendet.

Der junge Mann kniete wieder vor dem See. Fäuste ballten sich auf seinen Oberschenkeln, so fest, dass die Knöchel weiß hervortraten.

»Phidara ist tot.« Er starrte mit dunklem Blick auf das stille Wasser vor seinen Knien. »Die schwarze Krankheit hat sie geholt. Meine Mutter hat im Dorf um Medizin gefleht, doch sie verlangten ein Viertel unserer Ernte dafür. Singane, meine älteste Schwester, hat meinen Vater angefleht, er solle es ihnen geben. Aber er weigerte sich. Ich weiß nicht, was ich an seiner Stelle getan hätte.«

Der Mann presste die Lippen zusammen, schloss die Lider. Er rang mit sich.

»Bei Mutter fängt es gerade erst an«, sagte er plötzlich.

Meine Arme wurden schwer wie zwei baumelnde Anker. Von was sprach er da? Was war das für eine furchtbare Krankheit?

Er hob den Kopf. Tränen schimmerten auf seinen schönen Wangen. »Vergib mir, dass ich mit leeren Händen komme. Vergib mir, dass meine Worte das Einzige sind, was ich dir geben kann.«

Ein leises Flüstern brach durch die Wasseroberfläche. Der junge Mann weitete die Augen. Ein zarter Wasserstrahl entkam dem See, tanzte glitzernd um ihn herum. Dann ein Raunen – voll von Wärme und Mitgefühl.

Ich wollte schreien, während der Winter über uns kam. Der junge Mann war fort und mit ihm ein weiterer Teil meines Herzens. Die Spiegelgöttin stand unbewegt neben mir, das Gesicht eine kalte Maske, die nichts von dem preisgab, was mich noch erwartete.

Erst der Frühling sorgte wieder dafür, dass der junge Mann am Ufer des Sees erschien. Er hatte Beeren und zwei Säcke Korn mitgebracht, lachte und weinte vor Glück.

»Sie lebt.« Freudestrahlend schüttelte er den Kopf. »Die schwarze Krankheit hat sie nicht geholt. Weder Mutter noch Singane. Beide sind sie wieder gesund geworden. Wegen dir.«

Er schob die Beeren ins Wasser und schloss die Augen.

»Bist du etwa unser Schutzpatron? Ich weiß, du wirst es mir nicht sagen. Die Götter richten nie ein Wort an die Sterblichen, aber solltest du es jemals tun – ich würde dir lauschen, bis die Zeit mich holt.«

Langsam öffnete er die Lider. Ein kupferbrauner Blick ging über das Wasser.

»Du bist unser Wunder.«

Die Jahre vergingen. Immer wieder kam der junge Mann zum See der Göttin, dankte ihr und klagte, wenn Unheil drohte, seine Familie in die Knie zu zwingen. Niemals verlangte er etwas für sich. Immer nur sprach er von seiner Mutter, deren Lächeln weich wie warme Butter zu sein schien, von seiner Schwester Singane, die mit einem Kochlöffel in der Hand die Meute des Hauses befehligte, von seinen kleineren Schwestern Jani und Milani – Zwillinge, die das gleiche Leuchten in ihren Gesichtern trugen – und auch von seinem Vater, der unermüdlich mit ihm auf dem Feld schuftete, bis er vor Erschöpfung zusammenbrach und von seinem eigenen Sohn ins Haus gezogen werden musste.

Irgendwann aber hörte es auf – das ständige Bangen, das Fürchten vor dem Winter, das Sorgen um die liebevolle Familie. Denn die Gaben und Geschenke der Göttin schützten sie immerzu. Keine Krankheit vermochte es mehr, den jungen Mann und die Seinen zu befallen. Die Ernte wurde von Jahr zu Jahr besser, der Hunger war ein ferner Feind geworden.

Schließlich fand der junge Mann sogar eine gut bezahlte Arbeit. Ein reicher Ritter war auf der Suche nach fähigen Männern, die halfen, sein Haus in der Stadt herzurichten. Es sei ein gewaltiges Herrenhaus, so groß wie ein Schloss. Hunderte arbeiteten daran, Jahr für Jahr, bis es schließlich das prunkvollste Anwesen des ganzen Landes wurde.

Der junge Mann kam nur noch selten zur Göttin der Spiegel und erzählte ihr von den Dingen, die er erlebte. Stets trug er irgendwelche Opfergaben bei sich, die er ihr darbot, auch wenn er nichts verlangte.

Doch es kam die Zeit, da lief er ruhelos vor dem See auf und ab. Inzwischen war er älter geworden. Nun wahrhaftig ein Mann mit Ehre und nicht länger ein junger Bauerssohn. Als Bediensteter des Ritters kümmerte er sich um dessen Garten und das riesige Haus. Er liebte die Arbeit, die ihm so viel Geld einbrachte, dass er seine Familie damit versorgen konnte. Noch immer lebte sie in dem kleinen Dörfchen, aus dem er stammte.

»Neras Mutter ist gestorben«, begann er schließlich. »Ihr Vater hatte sie in seinen Armen gehalten, während sie im Mondlicht unter der gläsernen Kuppel gestorben ist, die wir ihr im vergangenen Jahre gebaut haben.« Er presste verbittert die Lippen aufeinander. »Nera hat so traurig gewirkt. Sie ließ sich von mir in den Arm nehmen, nachdem ich sie zusammengebrochen vor ihrem Zimmer entdeckt habe.«

Jetzt fuhr er sich durchs Haar, zögerte.

»Ich weiß nicht mehr, ob ich es noch lange verheimlichen kann, wie sehr ich sie mag. Sie ist ein so wundervoller Mensch, mit so viel Güte im Herzen. Aber es scheint, als würde sie mich nicht wahrnehmen. Nicht auf diese Weise.«

Der See schwieg. Der junge Mann ließ die Schultern hängen.

»Ja, vermutlich ist dies nichts, wobei du mir helfen kannst. Vielleicht sollte ich mich einfach damit abfinden, dass der niedere Stand und der Adel niemals zusammenfinden werden – als Paar.«

Er wandte sich ab.

Allmählich wurde mir schwindelig. So viele Jahreszeiten. So viele Gerüche und Dinge, die es zu erleben gab. Aber ich durfte mich nicht rühren. Noch war die Vision, die die Göttin mir zeigte, nicht vorbei. Doch etwas änderte sich. Der junge Mann wurde ernster und grimmiger.

Der Winter hatte das Land fest im Griff, als er in einem gefütterten Mantel an den See herantrat, der auch jetzt nicht von Eis berührt schien. Als würde die Kraft der Natur hiervor haltmachen.

»Sie beachtet mich nicht einmal mehr«, erzählte er. »Ich weiß nicht, was ich falsch mache. Es ärgert mich. Als bräuchte sie gar keinen Grund, um mich zu ...«

Wütend stieß er die Luft durch die Zähne.

»Ich habe versucht, sie zu küssen, aber sie wich zurück. Sie sagt, sie empfindet nichts für mich, aber ich glaube ihr nicht. Ich glaube, sie denkt nur daran, was ihr Vater sagen würde. Er mag mich, aber er würde mir niemals erlauben, um ihre Hand anzuhalten.«

Der Frühling war ins Land gezogen und wieder stand der junge Mann mit langen Haaren vor dem Gewässer.

»Ich habe ihr gesagt, ich würde mit ihr gemeinsam davonlaufen. Weit weg, bis in ein fernes Land. Nur wir beide.«
Er seufzte.
»Sie sagte Nein.«
Der Sommer folgte. Die Haare waren wieder kurz, das Gesicht so dunkel wie nie zuvor.
»Noch nie habe ich sie so betrunken erlebt. Sie klammerte sich an mich, während ich sie nach Hause brachte. Sie sagte mir, ich sei ein wunderbarer Freund und sie wolle mich nicht verlieren. Aber sie könne mir nicht geben, was ich mir wünsche.«
Der junge Mann schloss die Augen. Eine Träne rann ihm über die Wange.
»Niemals.«
Und dann kam der Herbst. Der Himmel verdunkelte sich über uns, ein kühler Wind biss in meinen Nacken, in der Ferne grollte Donner.
Der Mann hatte das Gesicht in den Händen vergraben.
»Ich halte das nicht mehr aus«, flüsterte er.
Die Arme sanken herab. Wut leuchtete in seinen Zügen. Keine Sanftheit, keine Schüchternheit. Nur Wut.
»Ich will, dass es aufhört! Ich will, dass sie endlich sieht, wer wir sind!«, brauste er auf.
Der See blieb still.
»Sie liebt mich, ich weiß es! Blicke können nicht lügen ... Gedichte können nicht lügen. In ihren Zeilen schüttet sie ihr Herz aus und ich weiß, dass sie über mich schreibt. Ich weiß es.«
Immer wieder flüsterte er es sich zu: »Ich weiß es.«
Auf einmal aber beruhigte er sich, stand kerzengerade am Ufer.
»Tu etwas«, forderte er.
Nichts geschah.
»Mach ihr klar, was sie für mich fühlt. Lass es sie endlich aussprechen.«
Da gab es nur das Donnern in der Ferne und diesen beständigen Wind, der die roten Blätter zum Himmel tanzen ließ.
»Lass sie mich lieben.«

Als der See noch immer keinen Laut von sich gab, packte er einen der Steine, die zu seinen Füßen lagen, und schmetterte ihn ins Wasser.

»Du sollst mir helfen, wie du es immer getan hast!«, schrie er.

Das Donnergrollen wurde lauter.

»Wie kannst du nur so sein? So grausam?«, fragte er mit lauter, zorniger Stimme. »Du bist ein Scheusal, wenn die Liebe nicht dein Herz erweichen kann! Was braucht es denn noch, bis du dich aus deinem Tümpel erhebst?«

Auf einmal bebte die Erde. Ein Dröhnen ließ das Wasser in die Höhe wogen, kreiselnde Spiralen eroberten den See. Das Unwetter eilte über den Himmel, kam immer näher heran. Aber all das verlor seine Bedeutung, als eine zarte Gestalt aus dem Wasser stieg.

Die Dame des Sees.

KAPITEL 35

Der junge Mann wich zurück, als ihm die gewaltige Macht der Spiegelgöttin entgegenschlug. Ein eisiger Wind krallte sich in seine Haut, ließ ihn zischen und stöhnen. Blitze schossen über den Horizont.

»Was wagst du dich, Sterblicher«, lauteten die ersten Worte, die die Göttin an ihn richtete.

Er zitterte vor Angst.

»Habe ich dir nicht alles gegeben in den letzten Jahren, worum du gefleht hast? Gesundheit, Essen, Schutz und Geborgenheit? Und nun? Dies ist der Dank dafür?«

Sie kam langsam näher. Ich sah, dass der Mann zurückweichen wollte, aber irgendetwas hielt ihn an Ort und Stelle.

»Ich …«, stammelte er.

»Es ist immer nur ein ›Ich‹ bei den Sterblichen. Früher oder später bricht es aus ihnen heraus. Es ist wie ein Fluch, den sie nicht überwinden können.« Die Göttin kam immer näher. »Und er holt sie alle.«

Er stemmte sich gegen seine unsichtbaren Fesseln, doch er schien hoffnungslos zu schwach.

»Soll ich dir zeigen, was mit dir geschehen ist? Wie du dich verändert hast in den letzten Jahren?«, fragte sie.

Ohne eine Antwort abzuwarten, erschuf sie einen riesigen Spiegel vor ihm, in welchen er gezwungen war hineinzusehen. Zunächst erkannte er nur sein jüngeres Ich, voll von Hoffnung und Selbstlosigkeit. Doch mit den Jahren wurde sein Blick ernster und dunkler, bis er schließlich von Zorn durchdrungen war. Seine Haut verwandelte sich zusehends in die eines Monsters, die Farbe des Lebens wich von seinem Körper.

Und schließlich stand er einem Untier gegenüber, dessen Gestalt selbst mich in Angst versetzte. So hatte ich ihn noch nie gesehen.

»So bin ich nicht«, brachte er hervor. »Das bin ich nicht!«

»Doch«, widersprach die Göttin. »Das bist du.«

»Ich wollte das alles nicht …«

»Doch«, sagte sie erneut. »Du wolltest all das, worum du mich gebeten hast. Ja, zum Schluss wolltest du sogar die Liebe eines anderen Menschen. Doch die Liebe ist etwas, das du nicht haben kannst. Sie ist etwas, das dir kein Gott dieser Welt zu schenken vermag. Ihre Kraft ist unerreicht. Wie eine lodernde Flamme hinter der Brust. Du kannst sie nicht begehren wie einen Edelstein.«

Tränen traten dem jungen Mann in die Augen. »Es tut mir leid«, flüsterte er gebrochen.

»Dafür ist es zu spät«, entschied die Göttin mit kalter Stimme. »Wenn du dich über die Menschen und ihre Gefühle erheben willst, dann werde ich dir zeigen, was es bedeutet, danach zu verlangen.«

Panik schwappte durch meinen Körper wie eine himmelhohe Welle. Knistern und Knacken um mich herum – so entsetzlich vertraut. Dunkle Wogen fluteten aus den herbstlichen Bäumen. Krabbelnde, dunkle Wogen.

Spinnen. Unendlich viele davon.

Sie huschten über das trockene Gras, das goldene, rote Laub und fielen über den jungen Mann her, der nun langsam auf die Knie sank. Er schrie, als sie über seine Haut hinwegkrabbelten.

»Ich werde dir das Herz nehmen wie ein einfaches Ding, das man an sich reißen und besitzen kann. Ich werde dir die Liebe nehmen, die du dachtest zu spüren, und ich werde sie in einen Fluch verwandeln, der dich auf ewig peinigen soll.«

Seine Schreie ließen meine Ohren und mein Herz bluten.

Die Spinnen huschten über sein Gesicht, hinterließen dunkle Flecken auf seiner Haut und rissen das Hemd auseinander, so als besäßen sie messerscharfe Klauen und Zähne.

»Und es soll Liebe sein, die dich erlösen kann. Eine, die aufrichtig in einem anderen Herzen erklingen wird. Eine, die du annehmen musst als das, was du bist«, dröhnte die Stimme der Göttin über all dem Unheil, das hier gerade geschah. Der Sturm brandete gegen die Wände der Schlucht, während das schmerzverzerrte Brüllen des jungen Mannes bis zum Himmel reichte.

Die Spinnen zogen die Farbe aus seinem Körper. Aus seinen Haaren, seiner Haut, seinen Augen. Dunkle Flecken verunzierten seine Brust. Endloses Leid verzerrte sein Gesicht, ehe er zur Seite fiel und die Spinnen ihren letzten Tribut forderten.

»Und bis dahin bist du unberührbar. Deine Gestalt und dein Wesen werden sie alle von dir treiben und dich fürchten lassen. Sie werden dich sehen, wie du bist.«

Die Göttin sah kalt auf ihn herab.

Dann endete es.

Die Vision brach zusammen.

Ich konnte mich wieder bewegen. Japsend und zitternd schlang ich die Arme um mich, wurde der Furcht in meinem Körper nicht mehr Herr.

Die Spiegelgöttin stand ein Stück entfernt am Ufer. All die Pflanzen waren verschwunden. Es gab nur noch weißen Stein und eine einzelne Trauerweide.

»Du hast ihn in einen Gott verwandelt?«, flüsterte ich.

Sie nickte.

»Das war deine Strafe?«

»Ich machte ihn zu einem Gott all der Dinge, die er hasste und vor denen er sich fürchtete.« Sie schaute in die Ferne. »Die Welke, die er verabscheute, weil er das Leben liebte. Die Dunkelheit, weil er sie fürchtete, gerade in jungen Jahren. Das Licht des Mondes, welches ihn auf immer an die Nacht erinnerte, in der Neras Mutter starb und sie selbst zerbrach. Und die Spinnen, die seine Schwestern in Angst und Schrecken versetzten, wenn er gerade in den Schlaf gefunden hatte.«

»Und sein Herz«, wisperte ich. »Das hast du ihm auch gestohlen.«
»Ich habe ihm das angetan, was er von mir verlangte zu tun.«
Sie hatte Neras Herz verschont. Seines aber nicht. Was für eine Bitterkeit. Ich konnte nicht glauben, was dem Mann widerfahren war. Wie er zu diesem Gott geworden war, den er selbst zu hassen schien. Dieses herzlose, grausame Wesen, zu dem er geworden war. Mit jedem Tag ein wenig mehr.

Doch nun hatte ich meine Antwort. Nun wusste ich, wie ich ihn retten könnte.

Einzig und allein mit meiner Liebe.

Als mir dies bewusst wurde, ergriff mich Unsicherheit. Gedanken strömten auf mich ein und verzwirbelten sich zu einem undurchdringlichen Chaos.

»Seine letzte Chance schwindet dahin«, offenbarte die Göttin auf einmal. »Und ich weiß nicht, ob ich froh bin, wenn sie verstreicht, oder aber, ob Bedauern in mir ist, wenn es so kommt.«

»Du bist dir unsicher?« Ich konnte sie kaum ansehen.

»Manchmal, wenn große Dinge in der Welt geschehen – ja, dann bin auch ich mir unsicher.«

»Und diese Chance ist eines dieser großen Dinge?«

»Es gibt eine alte Weissagung. Dass ein Fluch dann gebrochen werden könnte, wenn das Echo der Zeit auf sich selbst trifft. Dann ist die Erlösung zum Greifen nah. Aber nicht immer wird sie rechtzeitig gefunden.«

Ich verstand kein Wort von dem, was sie sagte.

»Er kann sich nicht selbst retten – er kämpft, aber allein wird er es nicht schaffen. Deshalb ist es an dir, es herauszufinden.«

»Was?«, fragte ich.

»Ob er gerettet werden kann. Dein Gott.«

Das stimmte. Ich wusste, *was* ihn retten würde. Nur wusste ich nicht, *ob* ich es auch könnte.

Ob ich ihn liebte.

»Verrate mir noch eine letzte Sache«, bat ich die Göttin.

Sie guckte mich an.

»Wie lautet sein Name?«

KAPITEL 36

»Da bist du ja endlich«, rief Noahl, als ich ihm schweigend entgegenkam.
»Saiza, geht es dir gut?«
Ich seufzte schwer. »Ich glaube nicht.«
Er fasste mich bei den Schultern, hob dann mein Kinn. »Verrate mir, was geschehen ist.«
»Vieles. Aber ich kann dir nicht alles erzählen, ich habe nicht die Zeit dazu. Ich muss wieder zurück.«
»Zum Spinnengott?«
»Es ist anders, als du glaubst. Er war einst ein Mensch wie du und ich. Aber er wurde verflucht und erst dann zu einem Gott. Er ist nicht immer die böse, seelenstehlende Kreatur gewesen. Da ist Güte in ihm, aber sie schwindet. Und nur ich kann ihn erlösen.«
Noahl starrte mich vollkommen gebannt an. »Wie das?«
»Indem ich ihn liebe. Wahrhaftig und kompromisslos.«
»Das ist doch Wahnsinn. Niemand will ein Monster lieben.«
»Er ist kein Monster«, widersprach ich leise.
»Aber er hat dich mit sich genommen. Dich geraubt. Du bist seine Gefangene«, zählte Noahl atemlos auf.
»Ich weiß. Aber ich muss noch herausfinden, ob für all das seine göttliche, dunkle Seite verantwortlich ist. Vielleicht ahnte er, dass ich versuche, ihn zu erlösen. Die Dame im See sagte, dass sich ein Ereignis ankündige, wenn die Möglichkeit bestünde, dass ein Fluch gebrochen werden könnte. Möglicherweise spürt er es.«

»Die Dame im See?« Noahls Brauen zogen sich immer weiter zusammen. »Noch eine Göttin, Saiza? Was für ein Spiel läuft hier?«

»Ein bitteres, tragisches – und wenn du mich jetzt nicht wieder zurückbringst, bist du in Gefahr. Ich kann dich nicht verteidigen.« Ich zog ihn mit mir, legte seine Hand auf den Sattel. »Bitte sag niemandem etwas von alldem. Auch nicht meinem Vater. Ich kann nicht riskieren, dass der Spinnengott jemandem etwas antut.«

Nun konnte ich vom Spinnengott als das böse Wesen sprechen, das er war. Denn mein junger Mann besaß nun einen Namen, mit dem ich ihn rufen konnte.

Ich zog mich auf das Pferd. Noahl blickte mir fassungslos entgegen.

»Wenn mir gelingt, was ich vorhabe, dann werde ich zu euch kommen.«

Noahl war außer sich. »Wenn?«, schrie er mich an. »*Wenn*, Saiza?!«

»Ich kann mich jetzt nicht verkriechen oder versuchen zu fliehen!«, schleuderte ich ihm entgegen. »Das wäre selbstsüchtig.«

»Und vernünftig!«

»Nein. Das wäre es nicht. Wenn ich die Macht habe, ihn zu retten, dann werde ich es auch versuchen.«

Noahl schüttelte stöhnend den Kopf. »Um Himmels willen. Das ist doch Wahnsinn.«

Vielleicht war es das.

Noahl brachte mich zurück zum Stall, so schnell er konnte. Angst keimte in mir auf bei dem Gedanken, der Mondstein würde zu schnell seine Kraft verlieren. Je mehr Zeit verstrich, desto mehr bekam ich den Eindruck, er würde sich verdunkeln. Als würde die Finsternis des Spinnengottes bereits nach mir greifen und ihn langsam dabei verschlingen.

Ich mochte mir gar nicht ausmalen, was geschehen würde, sollte es seiner Magie gelingen. Allein bei diesem Gedanken brach mir der Schweiß aus. Brachte ich gerade nicht nur mich, sondern auch Jula, Ember und Noahl in Gefahr?

Ein kalter Schauer rann mir den Rücken hinab.

Noahl versuchte mir abermals Fragen zu stellen, nachdem wir angekommen waren, doch ich blockte sie alle ab. Ich legte mir den sauberen Rock wieder um, prüfte, ob die gekauften Juwelenschachteln sich noch in den Taschen befanden.

Entgegen seiner Bitte lief ich zurück in die Stadt, steuerte zielsicher durch die Gassen, bis ich Julas Laden erreichte. Die Klingel läutete hell und singend. Ember stand hinter der Theke und hob träge den Kopf.

»Du bist zurück«, stellte sie tonlos fest.

»Wo ist Jula?«, fragte ich ohne Umschweife.

»Nie weit entfernt«, erschallte es über uns.

In langsamen Schritten stieg die Alte die Treppe der Galerie hinab. Ihre Falkenaugen begutachteten mich eingehend.

»Unversehrt. Mädchen, du schlägst dich besser, als ich erwartet hatte«, sagte sie zu mir, während sie auf mich zukam.

Ich hob mir ihre Kette über den Kopf, hielt sie ihr entgegen. »Ich habe erfahren, was ich wissen musste.«

Sie nahm sie nicht. »Und nun?«

»Nun ...« Ich dachte nach.

»Nun musst du kämpfen«, antwortete Jula für mich.

Ich schaute auf. »Ich kann den Fluch brechen. Aber nur, wenn das Echo der Zeit auf sich selbst trifft. Ich weiß nicht, was das bedeutet.«

Jula schaute mich unter halb gesenkten Lidern an. Zum ersten Mal wirkte sie nicht gänzlich unfreundlich. »Hm, du bist doch eine Poetin, denk nach.«

Angestrengt forschte ich in meinem Verstand nach einer möglichen Übersetzung dieser kryptischen Worte. Doch ich kam nicht darauf.

»Wie wäre es mit einer Wiedergeburt?«, kam es von Ember, die gerade lustlos in einem Buch blätterte.

»Wiedergeburt«, murmelte ich. Ja, das konnte passen.

»Die Worte der Götter sind nicht immer eindeutig«, mischte sich Jula jedoch ein. »Wenn der Augenblick kommt, in dem sie von Bedeutung für dich sind, dann sieh dich genau um. Denk nach. Und dann finde die Lösung.«

Ich nickte langsam. Doch in dem Moment, in welchem ich mich abwenden wollte, hielt ich inne. »Wisst Ihr, was ich mich noch frage?«, murmelte ich. »Der Wintergott – was wollte er damals von Euch? Weshalb wollte er Euer Leben nehmen?«

Stille breitete sich im Laden aus. Ich wandte mich zu Jula herum, die ganz ruhig geworden war. Sie zeigte keine Regung. Erst nachdem sich ihr Kopf geradezu mechanisch zur Seite neigte, öffnete sie den Mund.

»Du weißt es?«

»Ich habe es mir zusammengereimt«, erwiderte ich.

»Hm. Vielleicht bist du doch klüger, als du aussiehst.«

Ich hielt ihren Blick fest. »Also. Verratet es mir. Was ist damals geschehen? Wie wurde die große Parinux zu Jula, der Buchhändlerin?«

»Ich habe mich in ihn verliebt, in den Gott, und er sich in mich. Aber diese Liebe hatte keine Zukunft. Ich war vergänglich und das konnte er nicht akzeptieren. Er nahm mir die Sterblichkeit gegen meinen Willen. Die Magie erfüllte meinen Körper für einen gar endlosen Augenblick, der mich mehr quälte als irgendetwas anderes in meinem Leben. Dieses Brennen – nichts kommt ihm auf dieser Welt gleich.«

Ich sah Jula nur stumm an, wagte es nicht, das Wort zu erheben.

»Ich habe so viel Zorn ihm gegenüber verspürt. Ich nutzte die Magie und erschuf ein Feuer in meinen Händen, um ihn von mir fernzuhalten. Er erkannte, dass unsere Liebe zerbrach, beschwor mich, bei ihm zu bleiben, aber ich konnte es nicht. Nicht, nachdem er mir das angetan hatte. Und so wurde auch er zornig und versuchte mir das Leben zu nehmen, das von nun an unendlich sein würde. Er schaffte es nicht. Das Feuer hielt ihn zurück und ich konnte fliehen.«

»Also ist die Geschichte eine Lüge?«, fragte ich leise. »Die heilige Flamme ... Sie existiert überhaupt nicht. Sie kam nicht aus

Eurem Herzen, sondern aus dem Knoten der Magie, der dieses ersetzt hat.«

»Das brauchten die Menschen aber nicht zu wissen«, entgegnete Jula unmittelbar. »Meine Geschichte machte ihnen Mut und ich sah wenigstens eine gute Sache in all dem Leid. Wenn es half, sie gegen die Götter zu stärken, dann würde ich sie diese Lüge auch weiterhin glauben lassen. Sie standen gemeinsam Seite an Seite, um den Göttern endlich die Stirn zu bieten.«

»Wann ist all das geschehen?«, wollte ich wissen.

»Vor so langer Zeit«, murmelte Jula. »Ich weiß es selbst nicht mehr genau.«

»Und seitdem verbergt Ihr Euch mithilfe von Mondsteinen vor dem Wintergott?«

Nun wurde ihr Blick wieder schmal.

»Ich verstehe es nicht«, sagte ich daraufhin. »Ich dachte, Ihr wollt nicht unsterblich sein ...«

»Ich will es auch nicht. Aber jetzt ist es zu spät. Er hätte mich damals töten können, indem er seine Magie wieder zurückgenommen hätte, ehe sie in meinem Körper zur Ruhe gekommen wäre. Heute ist sie erkaltet. Ich kann sie nicht mehr rufen, aber sie kann mir auch nicht mehr genommen werden. Auch nicht von einem Gott.« Sie ging langsam um die Theke herum. »Alles, was ich will, ist meine Ruhe. Er soll mich und die wenigen, die mir etwas bedeuten, in Frieden lassen.«

»Dann wäre es wohl das Beste, wenn ich jetzt gehe«, meinte ich.

Sie nickte.

»Nur eine letzte Frage noch: War es Zufall, dass wir einander hier getroffen haben? In dieser Stadt?«

»Womöglich nicht. Götter und magisch berührte Wesen fühlen sich voneinander angezogen. Die Magie ist wie ein riesiges Netz, das uns alle verbindet, allerdings auf einer Ebene, derer wir uns nicht bewusst sind. Doch wenn wir in uns hineinhorchen, dann ist sie da. Und sie wird auch niemals vergehen. Das macht es auch so schwer, loszulassen.« Mit diesen Worten wandte Jula sich ab.

Daraufhin wusste ich nichts zu sagen. Diese Geschichte ließ mich nachdenklich werden. Still. Vielleicht sogar dunkel. Sie machte

irgendetwas mit mir, das ich nicht verstand. Ich wusste nicht, ob es eine gute oder eine schlechte Sache war.
Das würde sich noch zeigen.
Schließlich sah ich Jula ein letztes Mal an. »Ich danke Euch.«
»Und ich wünsche dir viel Glück«, erwiderte sie leise nach einem langen Moment des Schweigens. »Du wirst es brauchen.«
Ich nickte.
Mit diesen Worten konnte ich gehen.

Ich kehrte zum Marktplatz zurück, kaufte noch ein Paar Schuhe und vier Broschen, die mit lächerlich vielen Saphiren besetzt waren, dann umfasste ich meine Spinnenhalskette und rief nach dem namenlosen Diener.
Es dauerte nicht lang, da fuhr die Kutsche vor. Er nahm mir all meine Einkäufe aus den Händen und legte sie ins Innere des Gefährts, als ich von einer jungen Frau und ihren Freundinnen aufgehalten wurde.
»Ihr seid die berühmte Gräfin aus dem Süden, nicht wahr?«, fragte sie mit großen Augen.
Ich nickte knapp.
»Verzeiht, man sagte uns, dass Ihr des Öfteren in einer pechschwarzen Kutsche unterwegs seid, das ist sehr ungewöhnlich hier in Alvara.« Sie sprach schnell, leckte sich oft über die Lippen, wohl vor lauter Nervosität. »Wir wollten Euch eigentlich fragen, ob man um eine Audienz bitten kann.«
»Um eine Audienz?« Ich zog die Brauen hoch.
»Wir alle hier sind Poetinnen. Wir alle träumen davon, unser eigenes Werk zu veröffentlichen und vielleicht sogar erfolgreich damit zu sein.« Die anderen Frauen nickten, während das Gesicht ihrer Freundin regelrecht aufleuchtete. »Ihr habt all dies schon geschafft. Wir würden gerne von Euch lernen. Ihr seid unser großes Vorbild geworden!«
Das traf mich wie ein Schlag.

Ich sollte ein Vorbild sein? In welcher Welt?

»Wir haben auch noch andere Freundinnen, die wir mitbringen können!«, sagte eine der Frauen.

»Gern«, stammelte ich nur unbeholfen. Dann stieg ich in die Kutsche, hörte, wie die Frauen mir noch etwas hinterherriefen, aber es drang nicht mehr bis zu meinem Verstand vor.

Ein Vorbild.

Als ich den Hof erreichte, musste ich nach Atem ringen. Mein Herz raste.

Ich sah zu, wie mir der namenlose Diener die Tür öffnete. Bedachtsam stieg ich aus, besah das große Herrenhaus, das nun so edel und gewaltig anmutete, dass ich kaum glauben konnte, dass dies der Realität entsprach.

Jemand hielt mich fest. Graue Finger lagen auf meinem Ärmel. Der namenlose Diener starrte mich durchdringend an.

»Lass mich los«, sagte ich.

Und plötzlich brach etwas in seiner zornigen Maske. Da war ein stummes Flehen, das ich meinte, in seinen roten Augen zu erkennen.

»Ich muss es tun«, flüsterte ich.

Das erste Mal gab er einen Laut von sich – er seufzte. Sein Arm sank herab. Einen Moment lang schaute ich ihm noch ins Gesicht, obwohl er die Lider niederschlug.

Vorsichtig legte ich eine Hand an seinen Arm. »Ich verspreche dir, ich werde ihn retten.«

Der Diener schwieg. Also wandte ich mich ab und ging der flachen Treppe entgegen, die mich hinauf zur Tür führen würde.

Mir war nicht klar, was ich empfinden sollte, während ich durch die große Tür des Hauses trat und mich in unserer Eingangshalle wiederfand. Sie war leer. So leer wie mein Kopf. Mein Verstand. Meine Gedanken.

Erst jetzt wurde mir bewusst, dass er dieses Haus kannte. Der junge Mann hinter dem Spinnengott. Es war das Haus von Nera und ihrer Familie gewesen. In diesem Ballsaal zu meiner Linken war ihre Mutter verstorben. Ich erinnerte mich an die vergangenen Worte, die er mir einst anvertraut hatte.

*Dieses Haus wurde vor über dreihundert Jahren errichtet. Nie wurde etwas an ihm ver*ändert. Bis ein neuer Hausherr die Decke einreißen ließ, um seiner kranken Gemahlin einen letzten Blick auf den Himmel zu *verschaffen, wenn sie im Kreis ihrer Lieben alsbald dahinscheiden sollte.*

Die kranke Gemahlin. Neras Mutter. Eine Frau, die Tanz und die Gemeinschaft ihrer Freunde mehr geliebt hatte als alles andere.

Ich hatte ihn gefragt, woher er all das wusste. Doch nun verstand ich es. Er war dabei gewesen, hatte es selbst miterlebt.

Mit langsamen Schritten lief ich in den Ballsaal hinüber. Die Abenddämmerung zog ihr rotes Tuch über die Welt. Orangene Flecken tanzten auf dem Parkett. Dieses Mal erfüllten sie mich jedoch nicht mit Freude und heimeliger Wärme.

Eine Gestalt stand unter der Kuppel und lächelte mich an.

»Du bist zurück.«

Ahnte er etwas?

Entschlossen griff ich nach seiner Hand, drückte sie fest, was ihn wiederum zu erstaunen schien.

»Geht es dir gut?«, wollte er wissen.

»Magst du mich?«, fragte ich, statt zu antworten.

Die Verwirrung in seinen Zügen nahm zu. »Ich ...«

Hoffnungsvoll sah ich ihn an.

»Ich ...« Er öffnete den Mund, aber es kam kein weiterer Ton heraus. Als würde ihn etwas hindern, es auszusprechen.

»Ist *er* es?« Ich hielt den Atem an, ehe ich ein Stück näher an ihn heranglitt. »Hält er solche Worte in dir zurück?«

»Saiza«, flüsterte er. Es klang beinahe flehend. »Das ist gefährlich.«

»Ich muss dich das fragen«, entgegnete ich mit fester Stimme. »Ich muss wissen, ob ...«

»Halt«, fiel er mir ins Wort. »Wenn du diesen Weg jetzt gehst, dann ist es entschieden.«

»Du weißt, wo ich war, oder?«

»Ich ahne es. Aber ich will die Wahrheit nicht hören. Denn dann hört *er* sie.«

Und als ich ihn so vor mir stehen sah, gebrochen und verletzlich, da konnte ich nicht anders, als sein Gesicht mit den Händen zu umfassen und es anzuheben.

Dann hauchte ich seinen Namen.

Seine Miene wurde starr, sein ganzer Körper richtete sich auf, alle Farben des Raumes begannen zu leuchten.

»Was?« Das Wort kam ihm beinahe lautlos über die Lippen.

Mit dem Daumen strich ich über seine weiche Haut. »Das ist dein Name.«

»Ich weiß.« Ein verräterischer Glanz eroberte seine Augen. »Sag ihn noch mal.«

Ich lächelte.

»Bitte.«

Ich beugte mich zu ihm vor, streifte mit meinen Lippen die seinen. Dann wisperte ich in seinen Atem hinein.

»Manda.«

Er erschauderte.

»Manda, der junge Mann mit dem selbstlosen Herzen«, sprach ich zu ihm.

»Ich war nicht selbstlos.« Ich spürte die Tränen in seiner Stimme. Ich küsste ihn. Kurz nur. »Doch. Das warst du. Das bist du. Du hast nur einen Fehler gemacht. Aber wir können den Fluch brechen. Wir beide. Gemeinsam.«

»Ich …«

Meine Kehle wurde mit einem Schlag rau. Obwohl ich es nicht wollte, bekam ich Angst. Ich kämpfte dagegen an, doch irgendetwas hinderte mich an einem Sieg.

Kaum hatte ich die Lider gehoben, musste ich an mich halten, um nicht lauthals loszuschreien. Denn auf einmal liefen die Spinnen über Mandas Gesicht.

Nein. Über das des dunklen Gottes.

Sein Blick war voll Überlegenheit und Berechnung.

Die Spinnen krabbelten von seinem Gesicht über meine Hände, dann weiter meine Arme entlang. Ich wollte mich von dem Gott lösen und zurückweichen, aber es gelang mir nicht. Kälte brannte mir durch meinen Spinnenanhänger ein Loch in die Haut.

Magie.

»Gib dir keine Mühe«, sagte der Gott zu mir.

Ich keuchte. Die Spinnen bewegten sich rasend schnell über meinen Körper. Der Ekel in mir war so immens, ich hätte mich am liebsten übergeben.

»Er ist zu feige. Er wird dir den letzten Rest seiner Liebe nicht geben. Er wird sie sich nicht eingestehen. Denn er fürchtet sich davor, dass du sie nicht erwiderst«, raunte der Spinnenfürst.

Ich schaute in seine gelben Augen und wollte nichts als Hass in meinen Blick legen. Die Angst brach meine Härte jedoch mühelos entzwei.

Er schien es zu bemerken und lachte rau.

»Er muss es zuerst sagen. Und dann musst du es erwidern.«

Ein abfälliges Schnauben. Ich wollte ihm am liebsten in das Gesicht schlagen, das doch eigentlich Manda gehörte und nicht ihm.

»Und weshalb sollte er sich das nicht trauen?«, entgegnete ich mit allem Mut, den ich noch zu bieten hatte.

Eine Braue des Gottes rutschte in die Höhe. »Du hältst hohe Stücke auf dich.«

Ich biss wütend die Zähne zusammen.

»Nun«, begann er, »der liebe Manda fürchtet sich davor, dass ihm abermals das Herz gebrochen wird. Er liebte seine Nera, doch sie tat es nicht. Es war wie ein Dolchstoß, als sie es ihm sagte. Einmal. Zweimal. Sogar ein drittes Mal.«

Wie furchtbar es für ihn gewesen sein musste …

»Nun ja. Es ist mir schleierhaft, warum er nicht endlich begreift, dass da kein Herz in seiner Brust mehr ist, das du berühren könntest.«

Der Spinnengott tat einen Schritt zurück. Endlich konnte ich ihn loslassen. Dann legte er eine Hand auf seine Brust, wollte mir offenbar zeigen, wovon er sprach.

»Da ist nur noch meine alles durchdringende Magie und der kann er sich bald nicht mehr länger widersetzen. Wenn ich endlich deine Seele getilgt habe, wird es vorbei sein. Dann werde ich ihn endgültig zerstören.«

Ich ballte die Fäuste. »Nicht, wenn ich das zu verhindern weiß.«

Er lächelte schwach. »Ach ja? Was willst du noch tun? Ihn mit deinen lieblichen Gedichten umwerben wie ein Hahn eine Henne? Du vertauscht die Rollen, liebe Saiza, wenn ich dich darauf hinweisen darf.«

»Hast du etwa Angst, es würde mir gelingen?«, zischte ich herausfordernd.

Nun war seine Miene an Überheblichkeit kaum noch zu überbieten. »Du bist nah dran, Saiza, aber den letzten Schritt wirst du nicht machen können. Nicht, wenn er zurückbleibt.«

»Dann trau dich doch, das Risiko einzugehen«, lockte ich ihn. »Zieh dich zurück und sieh zu, wie ich mir die Zähne ausbeiße, wenn du dir so sicher bist.«

Der Gott wirkte amüsiert. »Du willst einen Wettstreit, Saiza?«

Ich schmeckte Blut in meinem Mund, während ich ihn so giftig anstarrte, wie ich nur konnte. Um Mandas Liebe zu ringen, war kein *Wettstreit*. Es widerte mich geradezu an, dass er dieses Wort benutzte.

»Ich fordere dich heraus«, sagte ich also.

»Hm.« Mit langsamen Schritten bewegte er sich durch den Saal, tat so, als müsste er ernsthaft nachdenken, doch in Wahrheit wollte er mich nur quälen. Jeder seiner Schritte setzte eine neue Armee von Spinnen frei, die über das Parkett huschten wie kleine Diener der Dunkelheit. Kleine Monster, die mir Angst zu machen versuchten. In den Ecken des Saales staute sich die Finsternis. Winzige Leiber drängten sich übereinander, krabbelten und eilten.

Ich wagte es nicht, den Kopf zu heben. Das leise Knacken und Knistern verriet mir, dass die gesamte Decke mit diesen winzigen Monstern übersät sein musste. Eine von ihnen seilte sich in die Tiefe, nah an meinem Gesicht vorbei.

»Deine Seele ist beinahe vergangen«, erhob der Gott schließlich wieder das Wort. Er drehte sich erheitert zu mir um. »Wer wäre ich, einer Dame, die am Abgrund steht, einen letzten Wunsch zu verweigern.«

Ich schluckte schwer gegen den dicken Kloß in meinem Hals an.

»Also gut«, entschied er. »Versuche dich daran. Amüsiere mich.«

Mit diesen Worten endete das gelbe Lodern in seinen Augen.

Kupfer trat an die Stelle des grellen Giftes.

Das Lächeln schmolz von seinen Lippen.

Manda war zurück.

KAPITEL 37

»Manda«, seufzte ich erleichtert.
»Du darfst ihm nicht vertrauen«, sagte er zu mir. Er tat eine Handbewegung und schon flog jene schwarze Spinne durch den Raum, die es sich gerade auf meiner Schulter hatte gemütlich machen wollen.

Ich sah ihn an, legte alle Stärke in diesen Blick. »Wir können ihn schlagen.«

Manda wirkte fahrig. »Ich weiß nicht, ob ich das kann ... Das zu tun, was es braucht, um den Fluch zu brechen.«

»Ich werde es erwidern«, entgegnete ich leise.

Leidgeplagt schaute er mich an. »Das reicht nicht. Es muss auch die Wahrheit sein.«

Mein Herz klopfte schwer in meiner Brust. »Es ist die Wahrheit«, beteuerte ich.

Manda kam näher. »Bist du dir sicher, Saiza? Nach all dem, was ich dir antat?«

»Der Gott hat mir das angetan. Nicht du. Du warst nur der liebe Mann, den ich in diesem dunklen Wald kennenlernte. Der, der meine Poesie fühlte wie kein anderer. Der, der mich als die sah, die ich wirklich bin.«

»Eine Künstlerin.« Sein Lächeln war unsagbar traurig.

Ich nahm die Schultern zurück, legte all die Wärme in meine Stimme, die ich noch besaß. »Genau«, hauchte ich. »Du siehst die Kunst in meinem Herzen und nimmst sie als das kostbare Geschenk, als das ich sie selbst empfinde.«

Tränen schillerten in seinen Augenwinkeln.

»Du hast mit mir Welten gemalt, die mit Worten beschrieben werden sollten, die sich niemand je zuvor ausgedacht hat. Wir haben zusammen mit Tinte Träume gebaut. Sie meterhoch zu Türmen unserer innersten Gedanken und Gefühle errichtet. Türme, von denen aus wir unser wahres Selbst in die Welt schreien konnten. Gegen Wind und Wetter. Gegen Übel und Leid. Wir haben geschrieben, selbst wenn wir am Boden waren.«

Ich wusste, dass er den Kopf senken wollte, dass er seufzen wollte, aber ich ließ es nicht zu. Dies hier war der einzige Versuch. Meine einzige Chance. Und ich würde alles geben, um zu gewinnen.

Um ihn zu gewinnen.

Für mich.

Für ihn selbst.

Für seine Erlösung.

»Du glaubst, du besitzt kein Herz, aber tief in dir ist noch weit mehr außer einem wirbelnden Knoten aus Magie. Da ist Leidenschaft und Sanftmut, die sich zu einem Gebilde vermischen, das ich zu lieben gelernt habe. Zu dir, Manda. Du bist ein Mann aus einer viel zu grausamen Welt für deine zarten Gefühle. Du hast geliebt. Wahrhaftig und mit vollem Herzen. Ich weiß, dass es ungerecht war, als man deine Empfindungen nicht geteilt hat. Dass man sie zurückwies und dich zwang, sie in einen eisernen Käfig zu sperren, den wir Verbitterung nennen. Ich kenne dieses Gefühl, einsam und verlassen in der Dunkelheit zu sitzen. Zu glauben, dass man selbst die Anker der Welt an die Füße gekettet bekam. Doch das ist nur eine schattenschwarze Illusion. Eine, die wir selbst schaffen. Denn wenn eine Hälfte um uns nicht das schätzt, was wir zu geben haben, dann wird es die andere tun. Diese Welt ist unendlich reich an Möglichkeiten und es gibt nicht immer nur einen Weg, den wir beschreiten können.«

Ich zitterte. Mir war kalt und gleichzeitig warm. Manda blinzelte nicht. Kein einziges Mal.

»Ich wünschte, ich wäre in einer anderen Zeit geboren worden. In deiner Zeit. Ich würde dich vielleicht nicht kennen, aber ich wüsste, dass du dort draußen bist. Ich würde nach dir suchen, überall, jeden Winkel der Welt würde ich absuchen, nur um deine Stimme zu finden, die mir des nachts in den Träumen erscheint. Denn das würde sie. Du hättest mein Herz bereits erobert, bevor ich dich das erste Mal je treffen würde. Denn du, dein Sein, dein Ich – all das versteckte sich bereits zwischen meinen Zeilen. Die Hoffnung, jemanden zu finden, der das Feuer in mir erkennt und es mit Nahrung versorgt. So jemand bist du für mich. Ein Funke, der mich immer wieder neu entzündet. Einer, der mich in den dunklen, kalten Nächten wärmt, in welchen mein Feuer nur mehr ein Glimmen ist. Einer, der mich wahrhaftig sieht, auch wenn da mal kein Licht ist. Der mich hält, wenn ich drohe zu fallen. Der schweigt, wenn die Stille mir noch nicht zu leise ist. Der lacht, wenn mein Lachen noch nicht laut genug ist.«

Ich stand vor Manda und hob den Kopf. Sah die Tränen auf seinem Gesicht.

»Ich kenne dich«, wisperte ich. »Schon viel länger, als du glaubst. Denn du bist die Vision, nach der ich mich sehne. Du bist die Antwort auf meine Frage.«

Er griff nach den Händen, die sich auf seine Brust legten.

»Und ich will auch die Antwort auf deine Frage sein«, vertraute ich ihm an.

Manda schwieg. Er senkte die Lider, weitere Tränen rannen über seine Wangen.

»Du bist die größte Poetin, die ich je getroffen habe«, sagte er irgendwann. »Nicht deiner Worte wegen. Sondern derentwegen, was in deinem Herzen wogt, Tag für Tag. Du bist eine Träumerin. Eine Weltenschöpferin im Geiste, auf dem Papier und in den Herzen anderer. Du hast mir zurückgegeben, wovon ich dachte, dass ich es für immer verloren hätte.«

»Was war das?«, fragte ich ihn murmelnd.

»Hoffnung.«

Nun musste ich lachen. Tränen strömten auch mir über das Gesicht, doch das hielt mich nicht davon ab, das Lächeln auf seinen Lippen zu genießen.

Und in diesem Moment wusste ich mit jeder Faser meines Seins, dass ich ihn liebte. Dass er derjenige war, den ich gesucht hatte. Mein Leben lang.

Ich küsste ihn. Sanft und behutsam und doch erwiderte er es rasch. Seine Hände fanden auf meinen Rücken, wirkten wie eine Stütze, die mich auf den Beinen hielt, die in den letzten Augenblicken so viel an Kraft verloren hatten.

Ich wünschte mir, ich müsste ihn nie wieder loslassen.

»Ich liebe dich«, sagte ich zu ihm, strich mit dem Fingern über seine warmen Lippen und spürte seinen lebendigen Atem.

Er atmete. Wie der Mensch, der er gleich wieder sein würde. Er wusste es.

Erfüllt von Glück schaute ich zu ihm auf. In diesem Moment verhärtete sich sein Griff, die Finger gruben sich in meine Haut. Ich sog abrupt die Luft durch die Zähne.

»Ich ...«

Er sprach es nicht zu Ende.

»Ich liebe dich«, wiederholte ich noch einmal, um ihn zu ermutigen.

Seine Lippen zitterten. Kälte strömte von seinen Händen durch den Stoff meines Kleides. Es brannte wie totes Feuer. Er wollte es sagen. Ich konnte es sehen. Aber etwas versagte es ihm.

Ein tiefes Seufzen kam schließlich aus seinem Mund. Doch es war kein verzweifeltes oder erleichtertes, sondern ein entnervtes, höhnendes. Ein Geräusch, das mir mitten ins Herz stach.

»Herrje, ich wusste doch, dass das nichts wird«, murmelte der Gott mit einem triumphierenden Grinsen.

Hass entzündete sich in mir wie ein Ölbrand. »Du hast ihm keine Chance gegeben!«, fauchte ich. »Du hast ihm das Wort abgeschnitten, du hast ...«

»Hast, hast, hast«, kam es spottend zurück. »Deine Worte fangen an, mir in den Ohren zu jucken, Saiza. Ich kann das ewige Gejammer nicht mehr hören. Poeten sind solche jämmerlichen Gestalten. Wie sie sich stets an eine Welt klammern, die es so nicht gibt und nie geben wird. Es ist närrisch und erbärmlich.«

Für den Bruchteil einer Sekunde wünschte ich mir einen Pflock herbei, den ich ihm in seinen tiefschwarzen Klumpen rammen könnte, den ich dort vermutete, wo ein Herz hätte sein sollen. Hinein in den Strom der Magie, die seine Boshaftigkeit barg.

Doch ich besann mich eines Besseren. Ich konnte ihn nicht töten. Ein Ende wie dieses würde auch ein Ende für Manda bedeuten.

»Lass uns das ein für alle Mal beenden«, meinte der Gott schließlich und hob die Arme. »Lass uns einen letzten Kampf ausfechten.«

»Ich habe genug von deinen Spielchen!«, schrie ich. »Gib Manda endlich frei! Er empfindet das Gleiche für mich wie ich für ihn!«

Das Grinsen des Gottes verhöhnte mich.

»Du hast doch nur Angst«, spie ich ihm entgegen.

Nun blitzte etwas in seinen gelben Giftaugen. »Vielleicht sollte ich dir zeigen, was es heißt, Angst zu haben.«

Und mit diesen Worten spreizte er seine Hand über meinem Gesicht, die Finger berührten meine Haut. Eiseskälte versengte mich, drang in mich ein und drohte mich von innen heraus restlos zu zerstören.

Aber es kam anders.

KAPITEL 38

Nach meinem Erwachen erblickte ich als Erstes den Mond. Rund und silbern stand er am Himmel und spendete klares Licht. Ich setzte mich vorsichtig auf, begriff erst dann, dass ich mitten im Gras gelegen hatte.

In der Ferne sah ich Häuser, jedoch keine, wie sie in Alvara zu finden waren. Nein, bei diesem Ort handelte es sich um ein Dorf.

Velkhain.

Ich erhob mich und runzelte die Stirn. Wie war ich hierhergekommen? Was war passiert?

Ich tat einen Schritt nach dem anderen und bewegte mich auf die Siedlung zu, die so seltsam still und dunkel erschien. Als wären alle bereits zu Bett gegangen. Selbst nachdem ich die Straße erreicht hatte und an den ersten Häusern vorbeizog, wartete dort lediglich Einsamkeit auf mich. Kein Laut erklang, nirgends gab es Anzeichen des regen Lebens, das auch nachts nie vollständig zur Ruhe kam, wie ich von Eidala noch wusste.

Eidala.

War sie vielleicht hier?

Sowie ich mich an ihr Gesicht erinnerte, kam der Gedanke an meine Familie. Ich könnte zurückkehren zu meinem alten Zuhause.

Könnte.

Doch selbst in einer unheilvollen Nacht, wie diese hier eine zu sein schien, würde ich nicht vor Mutters Tür stehen und um Einlass bitten wollen. Nicht noch einmal. Noch immer fühlten sich die

Enttäuschung und der Schmerz von damals wie ein brennender Knoten in meiner Brust an.

Nein, daran durfte ich jetzt nicht denken. Alles, was zählte, war Manda.

Ich eilte durch die schlammigen Straßen, achtete nicht darauf, dass der Saum meines Rockes mit Dreck bespritzt wurde. Ich musste wissen, was hier vorging. Wie lautete der Plan des Spinnengottes?

Eidalas rotes Haus schien genauso unbewohnt wie all die anderen. Ich klopfte gegen die Tür, wie ich es früher immer getan hatte, doch niemand machte auf. Ich legte den Kopf in den Nacken und spähte hinauf zu dem Fenster, hinter welchem sich Eidalas Zimmer verbarg.

Nichts.

Ich wollte mich bereits abwenden, da öffnete sich die Tür doch noch wie von Geisterhand. Leise knarrend schwang sie immer weiter auf und gab einen Blick in das dunkle, fast tintenschwarze Innere frei. Kälte schlug mir entgegen wie eine bitterböse Warnung, doch ich fasste mir ein Herz und trat ein. Vielleicht war Eidala ja doch hier und brauchte meine Hilfe?

Oder aber ich ihre.

Angst schnürte mir die Kehle zu. Ich wusste nicht, was mich erwartete, weder in diesem Haus noch im Rest des Dorfes. Vielleicht war ich mutiger geworden, doch für das hier glaubte ich nicht gewappnet zu sein.

Oder?

Mit geballten Fäusten arbeitete ich mich durch den finsteren Flur. Jeder meiner Schritte wurde von einem Ächzen der glatt getretenen Dielen begleitet. Ein unheimliches Raunen ging durch die Wände, dennoch griff ich zaghaft nach dem Geländer der Treppe. Ein kalter Hauch streifte mich, Gänsehaut breitete sich auf meinen Armen aus.

Auch das nächste Stockwerk wurde von eisiger Stille beherrscht. Ein Zischen kam aus meinem Mund, als ich nach der Klinke von Eidalas Zimmertür griff. Es stach wie Messer in meine Handfläche. Erschrocken zog ich die Hand zurück und betrachtete die Klinke von Nahem. Kleine Eisblumen zogen sich darüber.

Dennoch versuchte ich es ein zweites Mal und schaffte es.

Eidalas Zimmer war leer. Die Decke lag ordentlich auf dem Bett, der Schrank war geschlossen und selbst das Kopfkissen sah aus, als hätte hier länger niemand mehr geruht. Wieder zog ich die Brauen zusammen.

Eidala liebte das Chaos. Niemals würde ihr Zimmer so aussehen wie dieses.

Plötzlich drang ein Ton in meine Ohren. Ein scharfes Klirren, das ich nicht recht zuordnen konnte. Doch kaum hatte ich einen Schritt aus dem Zimmer gemacht, wusste ich sofort, von wo es gekommen war.

Ich platzte ohne Sinn und Verstand in das Schlafgemach von Eidalas Eltern. Das Mondlicht schwappte durch die Fenster auf den Boden, wurde von den zerbrochenen Spiegelscherben in ein Meer aus Funken zerstreut, die sich schillernd an den Wänden wiederfanden. Langsam trat ich näher, sah mein eigenes Gesicht in den glitzernden Bruchstücken – und schrak zurück.

Denn auf einmal erschien dort mein wahres Ich. Keine blonde Feengestalt.

Doch das war es nicht, was mich aufkeuchen ließ. Es war der Wulst an schwarzen Spinnen, die an der Decke des Raumes ihr Unwesen trieben. Wie ein lebendiges, sich bewegendes Geschwür trieben sie immer weiter gen Boden, langsam und wispernd. Ich erstarrte und begriff viel zu spät, dass es sich um eine einzige riesige Kreatur handelte, die von lauter kleineren umwogt wurde. Sie glitt immer tiefer, hielt sich nur durch einen dünnen Faden in der Luft. Ihre Beine waren so lang wie meine Arme, der massige Körper ein wahr gewordener Albtraum.

Ich wollte schreien, aber stattdessen nahm ich meine Beine in die Hand und hastete davon. Ich schmiss die Zimmertür hinter mir zu, als ich merkte, dass mich einige der kleinen Biester verfolgten. Panik hämmerte mir die Vernunft aus dem Schädel.

Ich fiel über die letzte Stufe, schlug die ersten Spinnen fort, die über meine Arme huschten. Mit schmerzenden Knochen hievte ich mich in die Höhe und schleppte mich aus dem Haus. Eines der vielen Fenster über mir öffnete sich und die monströse Spinne schob sich in die Freiheit. Mit langsamen und doch bestimmten Bewegungen glitt sie an der Hauswand entlang.

Sie jagte mich.

Ich begann zu rennen, wenngleich die Schmerzen in meinem Knie mir die Tränen in die Augen trieben.

Immer mehr Spinnen drangen auf die Straßen. Sie kamen aus den Häusern, den Hütten und Schuppen. Ein paar krabbelten sogar aus dem Hahn eines Brunnens. Ekel und Angst vermischten sich zu einer dunklen Nebelwolke, die mich ganz und gar umhüllte.

Eine Flut von eilenden schwarzen Schatten schwemmte über den Marktplatz. Wie eine finstere Wand bewegten sie sich fort, kamen von den Dächern und Gassen. Ich kam nicht umhin, die Ersten von ihnen in meinem Lauf zu zertreten. Knacken und Knistern unter meinen Schuhen.

Ich röchelte, als ich das andere Ende des Dorfes erreichte. Der Mond wies mir den Weg, doch ich wusste nicht, wohin ebendieser führen würde. Ich rannte einfach weiter. Rannte, bis mir die Lunge schmerzte. Rannte, bis mein Knie drohte, in Brand zu geraten. Ich hatte das Gefühl, auseinanderzubrechen.

Die Spinnen wurden schneller. Zahlreicher. Inzwischen übernahmen sie die sanften Hügel, die ich nur als grüne Wogen dieser eigentlich so wundervollen Natur in Erinnerung hatte. Nun hatten sie sich in schwarze Anhöhen der Verderbnis verwandelt.

Mit einem Wimmern stellte ich fest, dass ich in der Ferne bereits jenen Baum sehen konnte, unter welchem ich gern gesessen und geschrieben hatte.

Damals. Als die Welt noch eine andere gewesen war und kein Albtraum der entsetzlichsten Finsternis.

Kalter Wind begleitete meinen Lauf. Die Wolken verdichteten sich, raubten hin und wieder das einsame Licht des Mondes, was mich nur in noch größere Angst versetzte. Ich schnaubte wie ein wildes Tier, zwang meinen geschundenen Körper trotz dessen, einen Schritt vor den anderen zu setzen.

So lange, bis ich ein Glitzern in der Ferne vernahm. Dann verfiel ich in einen beständigen, noch schmerzvolleren Trab und hob den Kopf. Zuerst hatte ich die Hoffnung gehabt, dass da jemand wäre, der mich retten wollte. Licht. Vielleicht Feuer. Fackeln.

Aber es war nur golden schillernder Nebel, der über die Hügel kroch, aus den Wäldern drang und Augenblick um Augenblick ein Stückchen mehr der Wiese tilgte. Mit ihm kam ein trügerisches Wispern.

Eiskalter Schock fuhr mir in die Glieder, als ich begriff, was das zu bedeuten hatte.

Es waren geraubte Seelen. Hunderte. Tausende.

Der Spinnengott hatte etliche Existenzen vernichtet – und dies hier war alles, was von ihnen übrig geblieben war. Ein klagender Nebel aus Leid und Schmerz.

Er war gekommen, um mich zu sich zu holen.

Ich fing wieder an zu rennen. Ich musste Schutz finden. Weg von hier.

Ein ehemals goldenes Kornfeld zog an mir vorbei. Nun erstrahlte es im bläulichen Silberglanz der Nacht. Ich erinnerte mich nicht an diesen Anblick. Es hatte keine Felder nahe unserem Haus gegeben, nur Weideland.

Unser Haus. Ich weinte neue Tränen, als es schließlich vor mir auftauchte. Hinter ihm lag der Dunkelwald in all seiner düsteren Pracht. Keine einzige Spinne drang aus ihm hervor und ich verstand nicht, wieso.

Doch aus ihm gelangte nur goldener Nebel.

Ich erreichte das Haus und warf ich mich mit aller Macht gegen die Tür, doch sie öffnete sich nicht. Kein Stück. Ich hämmerte mit den Fäusten dagegen, wie ich es bereits getan hatte, als meine Mutter mich verstoßen hatte. Doch es half nichts.

Die Spinnen hinter mir kamen näher und näher. Kleine und große. Die gewaltigste von ihnen besaß die Größe eines Pferdes und glänzende schwarze Augen, die das Mondlicht unheilvoll reflektierten. Dunkle Flecken tanzten vor meinem Gesicht, als die Furcht mir die Kehle zuschnürte.

Was für Monster gab es nur in dieser Welt? Und welchen Weg hatte sich das Schicksal für mich ausgedacht, dass ich ihnen begegnen musste?

Ich stieß einen gequälten Schrei aus und sank in mich zusammen. Alles an mir schlotterte, ich war kaum mehr fähig zu einem sinnvollen Gedanken. Erst ein lauter Knall riss mich wieder zur Vernunft. Ich fiel zur Seite. Bemerkte erst dann, dass die Tür sich geöffnet hatte.

Strampelnd schob mich ins Innere und warf sie mittels eines einzigen Trittes zurück ins Schloss. Ein dumpfes Geräusch ertönte im nächsten Moment, so als wäre eine der größeren Spinnen direkt gegen das Holz gedonnert.

Mein Blick schnellte hinüber zu den Fenstern, die sich wider Erwarten nicht auf magische Weise öffneten und all die Kreaturen hineinließen, die dort draußen ihr Unwesen trieben. Nein. Nichts von alledem geschah. Hier drin gab es nur mich und die niederschmetternde Stille, deren Bedrohlichkeit mir inzwischen mehr als vertraut war.

Ich schluckte schwer, während ich beobachtete, wie die Spinnen über das Glas der Fenster krabbelten. Auch das Schaben am Gemäuer verhieß nichts Gutes. Ich erhob mich mit zitternden Lippen und zwang mich, durchzuatmen.

Momente später erstarrte ich.

Ein Blick in die Stube machte klar, dass hier etwas nicht stimmte. Dieser Tisch ... Er sah nicht aus wie der unsere. Seine Größe, die Form – alles anders. Sechs Stühle standen daran. Dahinter eine Kochstelle mit einem antiken Kessel.

Mit zu Fäusten geballten Händen drehte ich mich um und entdeckte eine zerfurchte, krumm gezimmerte Bank nahe einer Feuerstelle. Davor lag ein dünnes Kuhfell, auf welchem sich einige abgenutzte Kinderspielzeuge befanden, allesamt aus Holz gefertigt, außerdem Rasseln und Wickeltücher.

Stirnrunzelnd lief ich durch den Raum in Richtung der Treppe, die noch weitaus intakter zu sein schien, als ich sie in Erinnerung gehabt hatte. Sie knarzte kaum, hielt jedem meiner Tritte mühelos stand.

Es gab kein Licht im Flur des oberen Stockwerks, sodass es mir schwerfiel, zu meinem Zimmer zu finden. Die Tür klemmte, ging erst auf, als ich mich mit den ausgestreckten Armen dagegenstemmte. Ich stolperte ins Zimmer, weil das alte Holz nachgab.
Wieder war alles anders.

Ein großes Bett stand im Raum, in das gewiss zwei oder drei Menschen passten, und kein schmales, wie ich eines besessen hatte. Statt meiner Truhe, in welcher ich stets meine Bücher verstaut hatte, stand dort eine mit Stoff überspannte Wiege. Sie war leer.

Mit zaghaften Schritten wagte ich mich weiter in den Raum. Von draußen konnte man das Knistern und Schaben der Spinnenleiber hören, hier drinnen aber gab es nur ein einziges Geräusch, das mir in die Ohren drang.

Ein Schluchzen.

Langsam umrundete ich das Bett, spürte eine schwache Wärme. Sie war wie eine Erleichterung für meinen Geist, eine Milde, die mich für einen kurzen Moment zur Ruhe finden ließ.

Bis ich sah, was da an der Wand kauerte.

KAPITEL 39

Es war eine Frau. Eine junge blonde Frau mit einem runden Gesicht und Augen, die hätten freundlich sein können, wären da nicht die dicken Tränen gewesen. In ihrem Blick lagen Verzweiflung und Dunkelheit.

Sie sah aus wie mein falsches Spiegelbild. Oder aber ich wie ... wie ihre Wiedergeburt.

Nein, nicht Wiedergeburt. Doppelgänger.

Ich erinnerte mich an Julas Worte. Dies hier, das war es, wovon die Dame im See gesprochen hatte. Das Echo der Zeit. *Ich* war dieses Echo.

»Wer ... Wer bist du?«, kam es der kauernden Frau über die nassen Lippen.

Wenn Mandas Stimme dem Silber glich, dann glich ihre dem Gold.

»Mein Name ist Saiza«, entgegnete ich zögernd. »Und du?«

Sie leckte sich über die Lippen. Schatten lagen unter ihren Augen, ihre Haut wirkte eigenartig grau. Fast so, als wäre sie ...

»Ich bin Nera.«

... als wäre sie tot.

Ich hatte es geahnt. Doch die Gewissheit brachte es mich beinahe zu Fall. Das war sie also. Die Frau, die Manda so sehr geliebt hatte, dass es ihn das eigene Herz gekostet hatte. Mehr als einmal.

»Was tust du hier?«, brachte ich mit brüchiger Stimme hervor.

Ihr Gesicht wurde noch stärker von Furcht gezeichnet, soweit das überhaupt möglich war. »Ich bin schon lange hier«, erwiderte sie.

Die Spinnen bewegten sich über das Dach. Ein dumpfes Kratzen ertönte über unseren Köpfen.

»Schon lange?«

Erst jetzt begann ich zu begreifen. Dieses Haus ... Es gehörte Mandas Familie. Das hier war nicht mein Zuhause, sondern seines. Ein Haus, zweihundert Jahre in der Vergangenheit.

Ich schluckte gegen die kratzige Trockenheit in meiner Kehle.

»Ist das hier ein Traum?«

»Ein Albtraum«, wisperte Nera. »Ein Albtraum der Ewigkeit.«

»Hat er dich hier eingesperrt?«, fragte ich sie flüsternd, während die Geräusche der Spinnen allmählich lauter wurden.

Sie schüttelte sich, ihre Lider schlossen sich im falschen Rhythmus, mal das eine, dann das andere. Ihr Blick wurde fern und starr.

»Er ließ mich hier allein zurück. Ich weiß nicht, wie ich entkommen kann. Ich habe es versucht. Aber wann immer ich in eine Richtung laufe, komme ich auf der anderen Seite wieder heraus. Als hätte er die Welt gekrümmt, sodass sie aus einem einzigen Ort besteht.«

Sie schaute mich wieder an.

»Diesem hier.«

Was für Qualen ... Ich ging vor ihr in die Knie, zuerst zuckte sie zurück, doch dann schaute sie direkt in mein Gesicht. »Was machst du hier?«

»Ich habe ihn herausgefordert«, entgegnete ich.

Ein ersticktes Geräusch kam aus ihrem Mund. »Warum hast du das getan?«

»Weil ich Manda retten will. Ich kann ihn von dem Fluch erlösen.«

»Von welchem Fluch?«

Wusste sie es etwa nicht? »Von dem der Göttin. Die, die ihn zu ihresgleichen gemacht hat. Diese kalte Grausamkeit in ihm ist etwas Fremdes, Bösartiges. Etwas Göttliches«, erklärte ich ihr.

»Ah«, machte sie leise und versumpfte wieder in ihren eigenen Gedanken.

Schließlich bemerkte ich, dass sie mit ihren Händen etwas umklammert hielt. Ich schielte auf ihren Schoß. »Was ist das?«

Sie folgte meinem Blick. »Das … das ist das Einzige, was mich warmhält.«

Sie hob die Hände und offenbarte mir ein dunkelrotes Juwel. Es handelte sich um einen Stein, wie ich ihn noch nie gesehen hatte, doch als er mir so nahe war, entdeckte ich das pulsierende Licht in seinem Inneren. Wieder und wieder sandte es ein lebendiges, helles Rot gegen die gläsernen Wände. Daher kam die Wärme also.

»Es ist mein einziges Licht in dieser Dunkelheit.«

»Woher hast du das?«, fragte ich.

Neras Finger klammerten sich erneut um den eigenartigen Stein. »Er hat es mir gegeben.«

»Der Spinnengott?«

»Nein.« Sie lächelte traurig. »Manda.«

Ich konnte nicht verhindern, dass sich ein eiserner Griff um meine Brust legte. Wie ein unnachgiebiger Ring, der immer weiter zudrückte.

»Ich weiß nur nicht, warum er immer dunkler und kälter wird«, murmelte Nera.

»Der Stein?«, fragte ich.

Sie nickte. »Wie ein Herz, das langsam aufhört zu schlagen.«

Ich sah sie an. »Weil es das ist. Ein Herz. Der Stein – er ist ein Herz.«

Urplötzlich erschien es so klar. *Ein Mann mit einem Herzen aus Glas. Nur erlöst durch die wahre Liebe.*

Mein Buch. Meine Geschichte. Es war die Wahrheit. Meine Wahrheit.

»Was sagst du da?«, hauchte Nera mit riesigen Augen.

»Du musst ihn mir geben«, forderte ich ohne Umschweife.

»Was?« Ihre Stimme klang schrill.

Ich streckte die Hand aus. »Bitte. Es könnte uns alle retten. Dich, ihn, mich. Alle.«

Nera drückte den Stein an sich, so fest, dass ihre Knöchel knackten. »Nein. Das kann ich nicht. Auf keinen Fall.«

»Bitte«, wiederholte ich.

»Er ist das Einzige, was mich beschützt. Sein Leuchten hält die Spinnen fern. Die Wärme vertreibt die Kälte, wenn der goldene

Nebel kommt. Wenn *er* kommt.« Der letzte Satz hörte sich an wie ein einziges Flüstern.

»Ich verspreche dir, dass all das aufhören wird, wenn du mir das Herz gibst«, versuchte ich es mit der sanftesten Stimme, die ich zu bieten hatte. Doch ich scheiterte kläglich, meine Angst und mein Drängen verliehen meinen Worten einen scharfen Klang.

»Ich bin schon so lange hier, ich kann jetzt nicht aufgeben, nicht nach all der Zeit ...«, wimmerte sie in sich hinein.

»Nera, du musst ihn freigeben. Ihn und sein Herz. Er liebte dich so sehr, dass es ihn zerstörte. Aber jetzt musst du ihn gehen lassen, auch wenn er stets bei dir war und dich beschützt hat«, bat ich eindringlich.

Sie hob den Kopf.

»Würdest du nicht wollen, dass er wieder lieben kann? Wahrhaftig und voller Leidenschaft? Würdest du nicht wollen, dass genau diese Liebe endlich erwidert wird?«, fuhr ich fort, als ich sah, dass ich sie wieder ins Hier und Jetzt zurückholte.

»Ich ...« Sie presste die Lippen zusammen. Genau wie bei Manda selbst, schien irgendetwas ihre Gedanken zu zerstreuen. Sie wurde daran gehindert, sich zu besinnen. Sich zu entscheiden. Zu handeln.

»Ich liebe ihn«, verriet ich ihr mit leiser Stimme. »Ich liebe ihn so sehr, dass ich versuche, gegen einen Gott zu kämpfen, der die Welt in ein schwarzes Meer aus achtbeinigen Kreaturen und toten Blumen verwandeln kann. Einen Gott, der Seelen von Träumern stiehlt und über das Mitleid der Liebenden spottet.« Ich berührte Neras Knie, woraufhin sie sichtbar erschauderte. »Und du könntest das Gleiche tun. Bitte hilf mir, dass dieser Kampf nicht umsonst gewesen ist. Das dort ist alles, was ich noch habe.«

Ich deutete auf das Herz aus Glas.

Im nächsten Moment suchte eine Erschütterung die Erde heim. Staub rieselte von der Decke, die Spinnen huschten aufgeregt am Fenster vorbei, ein massiger Leib schob sich hinterher. Zwischendrin vermochte man Blicke in die Ferne zu werfen, wo der goldene Nebel sich inzwischen in eine Wand aus perlendem Licht verwandelt hatte.

Ein Licht, das doch irgendwie tot wirkte. Dieses Leuchten war surreal. So kalt und grausam.

Nera begann zu weinen, ihr Griff um das Herz verstärkte sich wieder. »Er kommt.«

Ich biss mir vor Wut auf die Lippe, überlegte, ob ich einfach danach greifen sollte, jetzt, wo das Leuchten darin immer schneller und dennoch schwächer wurde. Das Herz starb. Und würde der Spinnengott das Haus erreichen und den letzten Rest meiner Seele tilgen, wäre es vorbei. Das Herz würde erkalten, ich vergehen und Manda aufhören zu existieren.

»Nera, wir haben nicht mehr viel Zeit, bitte gib das Herz frei!«

Nera aber hatte die Augen zusammengekniffen und wiegte sich vor und zurück. Das Herz drückte sie fest an ihre Brust. Sie begann, unverständliche Worte vor sich hin zu wispern, klang dabei wie der Nebel, der allmählich immer näher kam. Ein unheilbringendes Leuchten erhellte das Haus.

Im unteren Stockwerk flog die Tür auf.

Ein Stoß jagte durch meinen Körper, ließ mich schreien. »Nera! Gib es endlich her!«

Sie schüttelte heftig den Kopf, weinte lauter.

»Bitte, ich will ihn retten, ich liebe ihn! Ich flehe dich an!«

Schritte auf der Treppe. Knistern. Das Huschen endlos vieler Beine.

»Bitte!«, brüllte ich noch einmal, aber Nera weigerte sich. Da setzte ich meine vorige Überlegung plötzlich in die Tat um; ich griff zu. Zumindest wollte ich es. Denn kaum berührten meine Finger den roten Stein, schoss ein eisiger Schmerz in meinen Arm, der mich zurückweichen ließ. Ich keuchte. Dieses Gefühl ... pure Magie. Sie blockierte mich. Die Verzweiflung in mir drohte mich zu überwältigen. Das dumpfe Geräusch weiterer Schritte drang mir ins Ohr.

Mein Kopf flog herum. Ich ließ den Blick hektisch durch den gesamten Raum wandern, ehe ich nach vorne schoss.

Ich packte mir eines der großen Kissen, die auf dem Bett lagen, hastete hinüber zur Tür. Mit aller Kraft, die in meinen Armen steckte, riss ich die dürftige Naht entzwei. Reinweiße Daunen flogen durch die Luft, verteilten sich in einem sanften Flug vor meinen Augen. Ich raffte jene, die bereits zu Boden gesunken waren, zusammen, schob sie an die Tür heran, bildete eine Linie von einer Seite des Türrahmens zur anderen.

Dann schlug sie auf. Ich wich gerade noch aus, fiel jedoch zur Seite und zischte, während mein verletztes Knie abermals von einem bösen Stich durchfahren wurde.

Ich sah auf.

»Hm. Klug«, murmelte der Spinnengott, als er die Federn besah.

Spinnen können nicht über Federn laufen, hatte Manda gesagt.

Mit einer kalten, fast desinteressierten Miene schaute der Gott auf mich herab. »Aber das wird dich auch nicht retten, Saiza.«

»Es wird mir Zeit verschaffen«, entgegnete ich mit blitzenden Augen.

»Ach ja?«

Jäh drangen Abertausende von Spinnen durch die Tür. Sie krabbelten am Rahmen entlang, huschten über die Wände, überzogen sie mit einer verschlingenden Dunkelheit.

Der Spinnengott lächelte schwach. »Gib auf.«

Im selben Moment drehte ich mich um, sprang auf das Bett, während die ersten Spinnen sich bereits zu Boden seilten. Ich wich ihnen aus, rollte über die kratzige Strohmatratze hinweg und schlug vor Nera auf dem Boden auf. Sie schluchzte herzzerreißend, konnte gar nicht mehr die Augen öffnen. Ich legte die Hände um ihre Wangen.

»Nera, sieh mich an.«

Das Fensterglas zerbrach, die Rahmen fielen von den Wänden. Spinnen kamen herein. So viele. Millionen von Beinen, die sich an uns vorbeibewegten.

»Ich kann nicht«, keuchte Nera.

»Bitte, lass mich ihn lieben. Bitte ...« Meine Stimme versagte.

»Ich kann nicht«, wiederholte Nera. Auch sie wurde immer leiser.

Das Licht um uns herum schwand. Da war nur noch das Glühen des sterbenden Herzens zwischen Neras Fingern.

Schlag. Um Schlag. Um Schlag.

Immer dunkler.

Immer kälter.

»Lass nicht zu, dass er stirbt.«

Die Spinnen eroberten meine Beine.

»Lass nicht zu, dass es endet.«

Sie wanderten meinen Rücken entlang.

»Lass nicht …«

Die Dunkelheit fiel über uns her. Für einen Moment war ich blind. Alles, was ich fühlte, war dieses Kribbeln auf meiner Haut, in meinem Haar.

Und dann tat das Herz seinen letzten Schlag.

Ich sah in Neras Augen. Und sie in meine. Eine Spinne saß auf ihrer Wange. Eine andere eroberte meine Stirn.

Neras Hände öffneten sich. Das Herz darin war schwarz wie die Tinte, mit welcher ich meine Seele auf Papier geschrieben hatte.

Die Zeit hörte auf zu existieren.

KAPITEL 40

Mit einem lauten Atemzug kehrte ich ins Leben zurück. Mein Oberkörper fuhr in die Höhe. Ich riss die Augen auf.
Es war Herbst. Blätter fielen in roten Schimmern zu Boden. Licht über meinem Haupt. Sonnenlicht.
»Willkommen zurück.«
Ich erhob mich, wartete darauf, dass ich mein Herz spüren würde, aber es passierte nicht. Denn da gab es nichts in mir. Gar nichts. Kein Jagen, kein Stolpern, keine Schmerzen.
Ich drehte mich um.
Da stand es vor mir, das Monstrum. Gelbe Augen, durchdringend wie Gift, eine tote, graue Haut, die sich straff über die Knochen spannte, scharfe Wangen, die wie Klingen erschienen. Dunkle lilafarbene Flecken am Hals, die unter einem schwarzen Kragen verschwanden.
Ein Lächeln, das den Tod verhieß.
»Ach Saiza.«
Ich wollte weinen. Aber ich konnte es nicht. Nein, ich konnte nur zusehen, wie sich meine Arme verfärbten, die Farbe von erkalteter Asche annahmen, während um mich herum die Welt zu welken begann.
Ich sah auf.
Manda war tot. Er war fort. Und geblieben war ein Seelenfresser.
»Auch jetzt noch bist du wunderschön«, hörte ich den Spinnengott sagen mit einer Stimme, die ihm eigentlich nicht gehörte. Nie gehören würde.

Mein Blick wanderte über den Wald und zarte blaue Blumen hinweg, die bereit waren zu vergehen. Die Farbe wurde aus ihnen getilgt wie ein Klecks Tinte, den man vom Papier löschte.

»Willst du gar nichts sagen?«, fragte mich der Gott.

Offenbar befand ich mich im Dunkelwald. Er wirkte wie ein gewöhnlicher Wald, hier, unter der hohen Mittagssonne des wolkenlosen Himmels. Es war kühl, aber nicht kalt.

»Was hat dir die Sprache verschlagen?«

»Nichts«, erwiderte ich. »Ich ... Ich will nur nicht sprechen.«

Der Gott legte den Kopf schief. »Warum nicht?«

»Ich will kein Wort mehr aus meinem Kopf verlieren.«

»Ach ja? Aber ist es nicht das, was du liebst? Worte zu verlieren und sie neu zu verweben?«

Ich senkte den Kopf und blinzelte das erste Mal. »Ich glaube, das will ich für eine sehr lange Zeit nicht mehr tun.«

»Auch nicht, wenn ich dich darum bitte, Saiza?«

»Nein«, antwortete ich. »Auch dann nicht.«

Die Miene des Gottes erkaltete. »Aber ich bin dein Gott. Ich bin dein Alles. Dein Anders. Ich sage dir, was du tun wirst.«

Ich schüttelte den Kopf.

Nun zogen sich seine farblosen Brauen zusammen. »Hör auf.«

Ich ließ die Schultern sinken. Die goldene Spinnenkette spannte sich wie ein Strick um meine Haut. Ich hob die Hand daran und drehte mich um.

»Saiza.«

Ich setzte einen Schritt vor den anderen.

»Bleib sofort stehen.«

Ich näherte mich den Blumen. Den Baumstämmen, hinter welchen sich eine sanfte Dunkelheit verbarg, an deren Ende doch Licht auf mich wartete. Ich wusste es.

»Ich sagte, du sollst stehen bleiben!«

Ich fing an zu laufen. An den Stämmen vorbei.

»Saiza!«

Ich hörte das Brüllen des Gottes, fühlte die kalte Macht, die mich ergreifen wollte und trotzdem konnte sie es nicht.

Denn ich war immun geworden. Ich hatte meine Seele verloren, war gestorben, mein Körper erkaltet. Meine Haut erschien grau wie die eines Gottes und in meiner Brust schlug kein Herz, sondern ein kaltes Konstrukt, das nicht von dieser Welt geschaffen war, sondern von einer Macht, die keiner je verstehen würde.

Magie.

Ich war unsterblich geworden. Alterslos. Eine unvergängliche Hülle eines alten Lebens.

»*Saiza!*«

In seinem Schrei schwang Leid und Verzweiflung mit. Ich lief ihm fort und verließ ihn, wurde nicht zu der seinen.

Genau wie Nera es getan hatte. Genau wie Jula es getan hatte.

Ich lief durch Spinnenweben und fallendes Laub, stapfte vorbei an kahlem Geäst und schwindender Farbe. Fort aus einer dahinschwindenden Welt, die eigentlich von Mondschein und Finsternis regiert wurde, von Spinnen bewohnt und von wispernden Seelen heimgesucht.

Fort von einem Gott, der das Leben in die Knie zwang.

Fort von all dem.

Schließlich erreichte ich den Waldrand. Der erste Schritt ins Licht, hinaus in das Gras, war schwer. Der zweite ebenfalls. Der dritte zog und der vierte stach.

Dann endete es. Ich schwankte dem Hügel entgegen, der vor mir lag. Sah die Sonne auf meiner aschfahlen Haut, aber fühlte sie kaum mehr. Mein edles nachtschwarzes Kleid zerfiel zu dunklem Nebel, löste sich in kühlem Wind auf, der die dunklen Schlieren mit sich holte. Übrig blieb nur noch dünnes Leinen, kaum genug, um die Witterung des Herbstes davon abzuhalten, ihre Fänge in meine Knochen zu schlagen.

Ich kämpfte. Jede Bewegung war ein Sieg und doch ein weiteres Zeichen der Niederlage. Die Kette löste sich von meiner Haut und zerfiel zu rieselndem Staub, der mir über die Arme glitt.

Und dann sah ich sie – die ewige Weite. Sie lag vor mir, aufgefächert wie ein grünes Buch, das ich zu durchwandern vermochte, wenn ich es denn wünschte. Doch fürs Erste ließ ich mir die Wangen von den singenden Strahlen der Sonne wärmen.

Erst ein feines Kitzeln öffnete mir die Augen. Ich hob die Hand, bestaunte das kleine schwarze Ding, das meine Finger emporkrabbelte.

Die *Kleine Nagi*.

Ihr Leib schillerte rot wie ein Rubin im Schein des Tages. Sie wanderte immer höher, bis sie sich schließlich selbst der Sonne entgegenstreckte. Dann biss sie zu. Kurz und schmerzhaft.

Ich verzog das Gesicht. Die Spinne fiel im selben Moment in die Tiefe, löste sich auf in einem winzigen Wölkchen, das im Nichts verschwand. Zurück blieb nur noch ein dunkelvioletter Fleck auf meiner grauen Fingerkuppe.

Ich machte einen weiteren Schritt.

Und noch einen.

Und noch einen.

Und noch einen.

Der Fleck verblasste. Zurück blieb nur ich.

Ich unter dem blauen Himmel.

EPILOG

Ich weiß nicht, wie lange es gedauert hat, diese Geschichte niederzuschreiben. Ich habe aufgehört, die Zeit zu zählen, denn sie spielt für mich keine Rolle.
    Ich bin hier. Ich bin jetzt. Das zählt.
    Niemand wird sie je lesen. Denn keiner wird entziffern können, was ich schrieb. Es ist ein neuer Fluch, den ich bereit war, auf mich zu nehmen. Es mag verwunderlich erscheinen, wie viele Fehler ein einziger Mensch doch begehen kann, aber dieser hier war keiner.
    Er war eine Rettung.
    Ich war bis ans Ende der Welt gelaufen und noch viel weiter. In Länder, die noch keinen Namen besaßen, durch Wälder, in denen nichts lauerte außer dem unschuldigen Leben, und durch Städte, die bloß aus drei kleinen Häusern erbaut worden waren.
    Ich sah die Jahreszeiten kommen und gehen, vieles veränderte sich. Nur ich nicht.
    Ich erinnerte mich zurück an das, was ich einst gewesen war. Ein Mädchen. Eine Poetin. Eine Autorin. Ein Vorbild.
    Ich hatte mich im Schatten gehalten, als mich mein Weg eines Tages zurück in die große Stadt Alvara führte, die sich so verändert hatte. Des nachts stand ich auf dem einsamen Platz und betrachtete den Felsbrocken, in dem noch unbearbeitete dunkelrote Granatsteine schimmerten. Meinen Namen hatten sie auf einer Tafel zu seinem Ende verewigt.
    Meinen wahren Namen. Saiza Evanoliné Manot.

Velkhain gab es nicht mehr. Es war ein blühender Kosmos aus Geschäftigkeit und Trubel geworden. Straßen mit schnellen Rädern darauf, lachende Gesichter und Unbeschwertheit an jeder Ecke.

Ich besuchte das rote Haus, wanderte weiter zum großen Stall, der inzwischen einer reichen Familie gehörte, welche sich auf das Züchten edler Pferde spezialisiert hatte. Noahls Name blieb unvergessen. Er war es gewesen, der es erzählte. Ihnen – den anderen.

Jene anderen, die ich beschützen ließ. Für immer.

Eine allerletzte Bitte hatte ich damals an die Dame im See gerichtet, bevor ich aufgebrochen war. Sie sollte die meinen schützen und hüten vor der Vergeltung des Spinnengottes, wenn ich denn versagte. Sie versprach es mir, doch nur, wenn ich das Letzte gab, was ich noch besaß.

Meine Kunst.

Genau in dem Moment, in welchem der Fluch begann, endete meine Geschichte als Poetin, die ihre Worte mit der ganzen Welt zu teilen vermochte. Alles, was ich schrieb, schrieb ich nur noch für mich. Bis in alle Ewigkeit.

Ich weiß nicht, was aus dem Spinnengott geworden ist. Niemals mehr setzte ich einen Fuß in den Dunkelwald. Ich war aus dem Norden entschwunden und hatte Ozeane überquert, deren Gewaltigkeit zu überwinden mich ein ganzes Jahr kostete. Aber was war ein Jahr im Angesicht der Unendlichkeit.

Ich ließ mich treiben. Mein Geist besaß kein Ziel, denn es fehlte mir ein Herz, um mich an ein Ding dieser Erde zu binden. Das Einzige, was der Wärme meiner verstorbenen Seele nahekam, war die Erinnerung an Manda.

Ich saß im eiskalten Schnee des höchsten Gipfels dieser Welt, während ich ihm eine Zeile schrieb. Dann noch eine und noch eine, bis die Tinte auf dem Blatt gefror. Und mit dem letzten Kratzen der Feder kam der singende Wind, der die Worte mit sich holte.

Jedes einzelne.

Das Glitzern von silbernen Sternen in der Nacht
Wer sind wir, wenn wir uns in der Ewigkeit verlieren?
Im Atem
von Zeit und Raum?

Das Echo eines schlagenden Herzens
Wer sind wir, wenn wir uns in uns selbst verlieren?
Im Zauber
von Liebe und Fantasie?

Was bleibt, wenn das Vergessen die Träume stiehlt?
Was bleibt, wenn Stille deinen Geist umgibt?
Was kommt, wenn die Finsternis sich selbst vergibt?

DANKSAGUNG

Zu Beginn möchte ich der wohl unermüdlichsten, fleißigsten, herzlichsten und ~~vermutlich~~ auch coolsten Verlegerin aller Zeiten danken – Astrid! In allem, was du tust, liegt so viel Herzblut, das spürt man. Bitte hör nicht auf, die Welt mit immer neuen grandiosen Büchern zu beschenken.

Das Team des Drachenmonds, das die Visionen von uns Autoren wahrmacht.

Lillith, die verrückteste und witzigste Lektorin, die ich je hatte. Danke, dass du hier und da hast Gnade walten lassen (nein, Spaß, sie ist total lieb). Du hast noch mal das Beste aus Saiza und ihrem Spinnengott herausgeholt.

André, der bisher in jeder Danksagung vorgekommen ist und auch in dieser nicht fehlen darf. Danke für jedes verrückte Schreibkatzen-GIF, das ich je bekommen habe, wenn ich mir die Finger wundgeschrieben habe. Ich will noch viele mehr davon.

Frau B., weil Sie einfach eine unglaublich tolle Person sind (ich wollte coole Socke schreiben, wusste aber nicht, ob das gut kommt). Danke für alles!

Die NaNoWriYeah-Gruppe, crazy people par exellence! Wenn ich Motivation brauche, dann finde ich sie bei euch. Dies hier war meine erste Geschichte, die Teil eurer Schreibchallenges sein durfte. Und danach folgten noch viele weitere. Ihr seid super!

Ronja und Jana, die mich immer so toll unterstützen und immer ein offenes Ohr für mich haben. Ich bin so froh, dass wir uns kennengelernt haben.

Alle anderen Buchverrückten, mit denen ich zusammen schwärmen, träumen, meckern und auch lachen kann. Mit euch macht alles so viel mehr Spaß.

Und zum Schluss danke ich natürlich dir, lieber Leser, der dieses Buch in der Hand oder auf seinem E-Reader hält. Ich wünsche dir tausend und mehr Bücher, die dich begeistern und berühren. Vielleicht war dieses ja auch eines davon.

Du brauchst Lesenachschub und hast Entscheidungsschwierigkeiten, möchtest dich überraschen lassen oder wünschst Empfehlungen? Da können wir helfen! Wir stellen für dich ganz individuell gepackte Buchpakete zusammen – unsere

Drachenpost

Du wählst, wie groß dein Paket sein soll, wir sorgen für den Rest.

Du sagst uns, welche Bücher du schon hast oder kennst und zu welchem Anlass es sein soll.
Bekommst du es zum Geburtstag #birthday
oder schenkst du es jemandem? #withlove
Belohnst du dich selber damit #mytime
oder hast du dir eine Aufmunterung verdient? #savemyday
Je mehr wir wissen, umso passender können wir dein Drachenmond-Care-Paket schnüren. Du wirst nicht nur Bücher und Drachenmondstaubglitzer vorfinden, sondern auch Beigaben, die deine Seele streicheln. Was genau das sein wird, bleibt unser Geheimnis …

Die Wahrscheinlichkeit ist groß,
dass sich das ein oder andere signierte Exemplar in deiner Box befinden wird. :)

Wir liefern die Box in einer Umverpackung, damit der schöne Karton heil bei dir ankommt und als Geschenk nicht schon verrät, worum es sich handelt.

Lisan bringt das kleinste Drachenpaket zu dir, wobei *klein* bei Drachen ja relativ ist. € 49,90
Djiwar schleppt dir in ihren Klauen einen seitenstarken Gruß aus der Drachenhöhle bis vor die Tür. € 74,90
Xorjum hütet dein Paket wie seinen persönlichen Schatz und sorgt dafür, dass es heil bei dir ankommt – und wenn er sich den Weg freibrennt! € 99,90

Der Versand ist innerhalb Deutschlands kostenfrei. :)

Zu bestellen unter www.drachenmond.de